反骨头

人气作者
艾木西沈 著

长江出版社
CHANGJIANGPRESS　　漫娱图书

"当时我在街对面躲雨，在看一眼都怕心动的年纪，我目不转睛盯了你整整十五分钟。

十五分钟，姜珀。

你总说我对你的追求毫无理由，可我想这是一种本性。喜欢上同样的一个人两次，是本性。"

Fan Gu Tou

她和他的这一晚像一场恣意疯狂的私奔。

现在她仰望天际，整个人被罩进满是他气息的卫衣里。他的温度仍在，横冲直撞，一如他的热血和冲劲儿，让人轰轰烈烈地跟着暖，跟着心跳个不停。

Fan Gu Tou

Contents

目录

 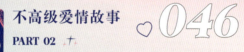
 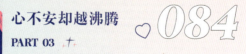

JIANG PO
KE FEIYU
FAN GU TOU

▶《姜姜》by「Fein.K」

我一直觉得我们的相遇就像这首歌一样，
歌里头有故事，有回忆。
但这几分钟的时间，
怎么也写不完我对她一生的想象力。
这首歌献给我的玛利亚。

01:38　　　　　　　　　　　　　　05:20

ZHE KONG MEN
DENG NI LAI CHUANG

The First Part

这空门
等你来闯

Fan Gu Tou

　　姜珀是被袁安妮带来这个酒吧的，说是朋友的酒吧开业，帮忙捧个人场。袁安妮说了没有十次也有五次，姜珀盛情难却。

　　酒吧开在了一个不错的路段，人来得多，满场蓝光白光乱闪，左右烟雾狂喷，姜珀模模糊糊中看到几个最近有些交情的面孔。

　　狂欢声自四面八方涌来，震天响的电音环绕在屋顶，舞池中男男女女高举双手摇晃身体。

　　姜珀被服务员领着上了二楼，袁安妮隔老远就看见她了，忙举起手朝她喊："姜姜，这里！"

　　一群人里有男有女，姜珀走过去，挨着袁安妮坐下，打了一圈招呼。

　　"新朋友看着有点眼熟啊。"一个圆头圆脑的男人问。

　　姜珀熟识的摄影师Leon替她答了："OOAK这次反光系列的模特是她，知道吧？那个牌子挺火。"

　　"难怪。"男人说着有些和气地朝姜珀点头。

　　姜珀礼貌性地笑了笑，袁安妮靠到她耳边介绍道："Rison，里总，搞说唱的。"

　　男人戴佛牌挂手串，十四颗菩提珠子在手心来回转，给人的感觉很和善，所以姜珀回道："不能够吧。"

袁安妮对这个反应也是见怪不怪了："他真的是，不过现在主业是电商，不然怎么看你眼熟？"

"也是。"

"In2iew那边看了你的模卡，问好几次了。"

In2iew是个意大利设计师品牌，品牌主打礼服，极其擅长放大女性的美。牌子挺小众，但很受时尚买手青睐，近年来总能在一些出席活动的女偶像身上看到其身影。

姜珀摆弄着玻璃杯，没说话。

袁安妮问道："怎么说？"

"再考虑考虑。"

"考虑考虑，直接放弃。我还不知道你？"

姜珀不做回应，袁安妮也不好再说什么，只能拍拍她的肩随她去。

说实话，袁安妮的朋友都很能照顾人，见有生人，抛来的话头一直不少，姜珀也配合，一个没落，全接了，但适应和投缘是两回事。

姜珀打算走了，实际上她也已经起身了，只是刚离开卡座，来自一楼震耳欲聋的狂呼就将将叫停她的脚步。

她往下看去，攒动的人潮由安保费力地劈开一道路，几个花里胡哨的人被簇拥着上了台。他们身上尽是国内外潮牌的最新单品，个个发型都做得很狂，一眼望过去，多新奇的打扮都有。

其中一个戴Durag①头巾的男人对后方DJ点点头，电子背景板就闪出了"19 Hood"的巨大字样，观众也纷纷心领神会地将手机开启摄像模式举过头顶，几乎是音乐声响起的瞬间台下就跟着摇了。

强劲的鼓点直击心脏，逼着心跳跟着重音震，头顶的聚光灯光线四射，一片眼花缭乱中，姜珀的注意力全被一个人手里变着花样翻的麦克风吸引了。

随着动作的勾扯，他左侧手腕处探出点青黑色文身，他甩麦的速度太快，快到没等她看清就又换了只手握住，然后放到嘴边。他的声音够

①Durag：一种样式的头巾，嘻哈文化的重要标志。

低够哑也够抓耳，字面意义上的，被烟酒浸了十几年的嗓子，一开口就直接将场下的尖叫拉到沸腾的最高峰。

这场声势来得浩大，姜珀的视线不禁从男人手握的麦克风往上移——

年轻，嚣张，一张有充裕资本玩乐人生的脸。墨镜架在白色线帽上，从脖到手一身上下的链子晃晃荡荡，一身行头配合台风松弛有度地狂妄，所至之处无不让前后排观众将脚踮得凶上加凶。

这个叫"19 Hood"的厂牌团队配合默契，给彼此 Back Up^①时毫不含糊，和人群的互动也到位，该洒水洒水，该跳水跳水，把场子闹得很热，气氛被引爆到甚至能闻到空气中那股火花滋啦带响的烧焦味。

酒吧内声势一浪高过一浪，卡座里所有人都站起来朝他们呐喊鼓掌，台上香槟狂喷，浓烟盖不住气氛里溢出来的燥热。

当袁安妮的手搭上肩膀时，姜珀才意识到自己不知何时也站到了看台边，手臂的皮肤碰到铁栏都没觉得冰。

袁安妮用手掌扇风散热，朝下喊了几句，完了转头对姜珀说话："K今晚太炸了。"

"谁是K？"

袁安妮往台上的某个方向抬了抬下巴。环境太过喧闹，姜珀辨认着嘴型，一时没明白袁安妮说的是"最跩的那个"还是"最帅的那个"。但是没有差别，她心里有数。

喉咙有些干，姜珀回卡座喝了杯水，杯子落到桌上的瞬间，周围又有了动静。她一回头，台上那拨人隔着段距离就满口"哥们儿"地和众人打招呼。Leon和走在最后的白帽男人勾手、撞肩、拥抱打招呼三件套做全，拖着长长的尾音说道："K，今晚帅的——"

Leon口中的K额上还带着薄汗，一站到她身边，不过两拳的距离，姜珀一下就感受到了来自他衣物下喷薄而出的热气，带着烟草调的香水味不由分说侵入她的鼻腔。

男人从远至近向众人打了招呼，姜珀是最后一个。他盯人的眼神带点儿压迫感，稍有间隙的距离让他的视线自然地落在了她的鼻尖。姜珀

───────────────
①Back up：撑腰，在嘻哈文化中指其他人去衬托主唱，带动氛围，增援。

011

点着头把目光错开，男人又看她一眼，坐到了她的正对面。

　　一群人从最近热播的说唱节目开始聊，从 Hitsong 赛制①的合理性探讨到"old school"和"new school"②的发展脉络，Boombap③聊，Jazz④也聊，碰撞完音乐想法，谁也说服不了谁。最后是袁安妮帮忙调和了意见，说是说唱到底属于街头，街头的东西得回到街头，S 市今年得举办一场大型说唱比赛。

　　里总扭过脖子和人商讨起比赛的场地和赞助问题，老偷瞄姜珀的那位紫发男终于开口向她要了联系方式，交朋友的话一开头，这一桌刚认识的男男女女互换微信的行为就变得很顺理成章。

　　扫完二维码，姜珀一个个通过了好友请求，做完备注和分组后，顺手刷起了朋友圈。她亲妈——姜云翡女士发了和小姐妹一起爬山的照片；麦宝仪惯例每周往朋友圈发送吃喝玩乐的九宫格；团支书在催促新一期的青年大学习；导师韩明分享了一篇《Nature》的文章；认识的造型师姐姐定位巴黎，拍来一段前排看秀的小视频。

　　等她返回聊天界面，两条信息几乎同时跳了出来。

　　我想和你谈一谈。

　　我们再谈谈。

　　姜珀面无表情地盯着手机屏幕，半晌，伸出手去够果盘。

　　"砰"，突如其来的礼炮声很重地轰在耳膜上，姜珀手抖一下，圣女果从手中漏出，眼看就要落下桌沿，她条件反射地伸手去接。

　　手背被另一个人的手心托住，姜珀被温度蜇到，身体比大脑更快做出反应，飞快缩手的同时仰头看了过去。那颗果子稳稳落在那人的掌心里——K。

　　指腹蹭过皮肤的触感似过电，反应再迟钝也不影响她脑子噼里啪啦的爆炸声，众目睽睽下这样隐秘的肢体接触有种微妙的感觉，一种近似

---

①HitSong赛制："Hit Song"指的是占据榜单的热门歌曲，HitSong赛制就是分组，让每个小组合作创作一首自己认为最有可能成为Hit Song的作品。

②"old school"和"new school"：Old school和New school，一个是老派，一个是新派，代表复古和创新两种风格。

③Boombap：嘻哈文化中的一种音乐风格，其中Boom代表的是大鼓的声音，而Bap是小鼓的声音，Boombap的音乐风格是用最少的乐器创造出最多的节奏声音。

④Jazz：这里指Jazz Rap爵士说唱，嘻哈文化中的一种音乐风格，将嘻哈与爵士乐融合。

调情的概念。

K 的面上没什么反应，好像做这事的人不是他，一面和人有一句没一句地聊着，一面挂着自在的笑，甚至余光都没扫过来，只是反手把东西放到了桌上。整个过程不到三秒，动作干净、漂亮，理所当然。

姜珀回过神来，低头点开微信的对话框：**还有什么可谈的？**

一气呵成打出这行字，姜珀压着火，手指空悬在发送键上一会儿，又一个个删除干净，改成陈述句，指甲在屏幕上敲得噼啪作响。

我没兴趣闹得难看，你好自为之。

另一条回复则完全没经过大脑，干干净净三个字：别想了，然后顺手拉了黑名单。

出来喝酒，玩骰子好像是个躲不掉的既定议程。除去离座各自找乐子的几位，卡座还余七人，里总作为老大哥观战，卡座顶上的筒灯亮起，满桌烧着蓝色火焰的伏特加已经备好，只待人来饮。

姜珀眼角余光所至处，男人正和朋友侧耳分析战略，商讨完往沙发背上舒舒服服一靠，二郎腿跷着，一只手端酒往嘴里送，全身上下那股浑然天成的坏样儿让人不由多看一眼，收回，然后又看一眼，再收回。

局开起来了，有个留鲻鱼头的叫赵阙，喝得有些多了，直接蹿到沙发上蹲着，手上用力摇骰子。K 在一旁优哉看戏，没等开盅就和兄弟说起耳语，和高中男生撺掇着捉弄人的神情一样。他比画着，话没说几句，先把自己乐翻了。

话传到服务生那儿，小哥俯下身毕恭毕敬地等待吩咐。等听懂了意思，小哥也忍不住笑了，转身拿了瓶蛇草水上来，在角落里做了点什么。

酒桌上，结果出来，赵阙果然输了。第一杯罚酒刚尝了一口，臭袜子味直冲天灵盖，赵阙的五官皱在一起，狂骂脏话。知道内情的人倒在沙发上笑得起不来，K 笑得差不多了，站出来承认就这杯加了点儿蛇草水。

站在赵阙的角度想，"就这杯"显然是此地无银三百两，他喊道："我不信。"

就吃准了赵阙"一朝被蛇咬十年怕井绳"的心态，K 拍拍手，服务生配合地提上一袋大蒜，他笑道："一颗生蒜抵一杯酒，嚼碎嚼烂才算数。"

赵阙欲哭无泪："能不能别捉弄我了。"

K说："没有捉弄你啊，这个吃了对身体好。"

一群人跟着起哄，赵阙实在没办法，吃蒜总比吃袜子强。他缓慢地咀嚼着，清泪也缓慢地流。同行们不忘拍视频到微博或各自的粉丝群留念，粉丝整活儿速度很快，没一会儿赵阙的表情包就顺着座位传阅了一遍，谁看了都不住哈哈大笑。

兴致伴着蒜味全提上来了，接下来的游戏里不少人吃了好几颗蒜，彼此红着脸流泪互呛，谁都不肯先认输。

轮到姜珀了，她掀开骰盅一条缝，瞟了一眼随口跟上家叫。她刚喊出声，紫发男就笑了，叫她开。骰子全摆出来，结果很明了。

赵阙问她："喝酒还是吃蒜？"

说这话时，他嘴里的蒜味全飘进姜珀鼻子里，她也没多说，站起来，俯下身，很干脆地端起酒杯。

"可以啊，有魄力。"

周围的人都在夸她，她仰头正准备喝，酒杯就突然被人夺了。K的喉结上下滚动，利落地喝下整排酒。

"英雄救美开始了。"里总笑道。

K把酒杯往桌上一放："人一小姑娘。"他没遮掩，挺自然，就大大方方地偏袒，很明目张胆，不知道他真是在替人着想还是藏着一份私心。姜珀看不出，也不想懂，她所有感官一股脑儿地团在心里，众人的起哄声变得很远。

一双紧盯着的眼睛，交叠托起的掌心，两个人碰在一起的触感，还有他此刻落在头顶的温热呼吸，那都是些在夜色里藏着的、很隐蔽的东西，就在这时，混成了这样厉害的反应——痒，又蠢蠢欲动。

有个女声在边上说道："KK，我也是女孩子，怎么没见你给我挡酒啊。"

"要是让你老公Morty知道还不立刻打飞的回国？"

"你打不过他呀？"

女生声音尖尖细细的，长着张略带混血感的脸，精心打理到锁骨的法式卷做了挑染，身上穿着一件缎面吊带裙，身材很辣。

"打不打另说，喝不过的问题比较大。你老公我可惹不起。"

女生努努嘴，不信服，拿手一指："那安妮姐呢？她刚刚喝了很多。"

K按她指出的方向望过去。

袁安妮眼睛尖，看得明白，立即把他的话截停："K的心意我领了，但我今晚来这儿就是喝酒的，谁挡我和谁急。"偏过头她又去问那个女孩儿，"yoyo你能喝吗？喝不动上我这儿来，我帮你喝。"

叫yoyo的女孩儿嘴一噘，扬扬头发，踩着尖头靴噔噔噔噔要离座。酒局没受影响，一堆骰子摇起来的声音仍旧脆得要命。

姜珀挤过一片喧闹移到袁安妮身边，拍拍她的肩。袁安妮转过头来，问怎么了。DJ把"M.I.A."的《Double Bubble Trouble》放得震耳欲聋，说话非得对着耳朵才听得清。

"我去趟洗手间。"

袁安妮看她一眼，了然于心，点头说知道了，把包塞到姜珀怀里。

手臂肌肤倏地被包上的链条一带，有点儿冷。姜珀尚未来得及多想袁安妮的用意，一转身，电光石火间，人先愣了。一整晚，那道若有若无的视线终于在她的偏头回望里落实到了底。

K的手插袋，人懒懒跟着音乐节拍摇，眼神却锐利，跟钩子似的，隔着几个人，蹭着他抵在鼻梁的玻璃杯射过来，不偏不倚把锚牢牢钉到它本该在的地方。

姜珀在原地站着，辨认着K的口型，额头青筋直跳，而他仍看着她。音乐放到高潮处，电音利落地劈下来，砸到姜珀心猿意马的火星上——滋啦，着了。

嘻嘻哈哈的声音仿佛还在耳边绕，人却拐了好几个弯来到了新街。这条街满是挂着粗制霓虹灯牌的海鲜馆和烧烤摊，无需店面，在街边支起一口大锅就能做起生意。烧烤的浓烟扑来，几十米开外都能闻见那股在空气中飘着的油香味儿。

K跟在后头，见她拎包钻进马路对面的一家大排档，从碰杯嬉笑的食客中侧身穿过，选了角落的一张双人桌坐下。

红帐篷上挂着的黄灯泡发着忽明忽暗的光，姜珀慢悠悠捏着筷子往一次性餐具的塑料膜上戳。膜上附一层不显的油光，她戳了几下没成功，再想试试的时候面前的光却突然被遮了大半。

她刚想抬头，下一秒筷子就被人抽走，"啪"一声响，没等她反应过来，碗碟的塑料包装就已经在他手里打转，被"嘶啦嘶啦"地攒成球了。

"来了？"

"来了。"东西随手一扔，想了想他又问姜珀，"你知道啊？"

"我猜到了八成吧。"姜珀把手机拿起来看时间，已经到了再不回宿舍就有点麻烦的那个点。男人把姜珀的一切动作收进眼底，盯着她，用一种很古怪的语气对她说道："你很漂亮。"

"谢谢。"姜珀放下手机抬头，"但好像没漂亮到让你主动来加我微信的程度。"

她把话说得直白，他倒没半点儿不好意思，还扯着嘴角笑，但手上没闲着。先把她尚未锁屏的手机拿过来，哒哒哒敲一排号码，拨过去，再挂断，完事撂回桌面，转个角度一推，手机直直滑到姜珀面前。不多不少，刚好卡在桌沿。

"什么地方加什么人，我做个自我介绍。"K的手很稳，一系列动作行云流水到好似排练过无数次。

姜珀点开最近通话，最新那条记录已经有了备注——柯非昱。

她看着这三个字说道："我知道你想做什么。"

姜珀见多了这种事，她把屏幕倒扣下去："谢谢你刚刚替我挡酒，但有一说一，你今晚没戏。"

说完她抬眼看K的反应，却撞上他直晃晃投下的目光。两人一坐一站，稳稳当当地对视。

姜珀以为他该走了，然而下一秒他一脚踢开满地绿莹莹的啤酒盖，顺腿钩了张油津津的塑料椅坐下，完了还随手把桌上那层塑料膜给抻平了。

"有没有忌口？"他问。

"没有。"姜珀看着他熟练地朝老板点菜下单，口条是真厉害，连报一大串菜名都不带喘气的，"你不觉得这样太不公平吗？"

柯非昱转头看她："展开说说？"

"隔壁桌磨了我半天我都没给电话。"

他摘了帽子抓了抓藏在下面的黄毛，又戴上帽子。估计也是觉得这么做挺掉好感，于是他干脆把主动权还给姜珀，问她怎么想。

姜珀望向一旁烟熏雾绕中的厨师："叫的那两盘小龙虾，谁先吃完算谁赢。"

"如果你赢？"

"把通话记录删干净。"

"行啊，可以。"

摊子生意火爆非常，人挤人，大电扇吹得袖口上下起伏，两人在雾气中缄默保持对视，直到老板过来给他们这桌上了一次性餐具。

是姜珀先收回了目光，完了侧头问老板："你家麻辣小龙虾辣吗？"

"肯定辣啊。"

"有多辣？"

老板被冷不丁这么一问，一下子答不上来。然而姜珀刚想开口，就有人听懂，先她一步说出需求："刚刚那两份麻烦加麻加辣。特麻特辣的那种。"还带着 Rapper 的职业病，他咬字过分清晰，个别重音压起来有种狠厉的、喷脏的错觉。

大概是柯非昱撸起袖子后黑压压一片的手臂让人觉得不好惹，对方连连点头，突然变得有些过分殷勤："好说好说。"

姜珀看着老板匆忙离开的背影，问柯非昱附近有没有药店或者诊所。

"身体不舒服？"

"不是我，是你。"姜珀说，"我加个筹码吧，一会儿赢了送你几盒西瓜霜和胃药。"

柯非昱听完，说行，他也加一个，他赢了这顿就他请。

"我怎么觉得不管结果如何都是你在出血呢？"

"那不是挺好，显得我比较倒贴。"

姜珀终于没忍住笑了，柯非昱盯着她鼻尖上的痣，也笑起来。他笑起来完全没有了台上锋芒毕露的戾气，此刻的眼睛特亮，给人感觉特真诚。冰镇啤酒在姜珀手中凝了层细小的水汽，她单手托着下巴，等冒气的泡一串串往上涌，然后把倒满的酒杯推过去。

他接过，问道："里面免费的不喝，跑出来喝啤酒。玩得不开心？"

"没有。"

"那是？"

"人太多了，我出来透透气。"

不知道柯非昱是没上心还是没过脑子，压根儿没注意到姜珀话里显而易见的纰漏，还在专心给她烫餐具。

很快，店家出菜了。老板是真实在，交代了要加麻加辣就真的下足猛料，上了菜，龙虾个个肥美，葱姜蒜辣椒爆出的辛味往鼻子里冲，炒到极香的桂皮八角盖在满满鲜红的大虾上，热油再往上一浇，嘶——

柯非昱抽了抽嘴角。

姜珀把头发全都绾起，又咬下手腕上的黑皮筋扯开，简单扎了个丸子头，胜券在握回望他一眼："怵了？"

"没可能的事。"他慢腾腾地戴上塑料手套。

姜珀也在戴："准备好了吗，好了就开始。"

柯非昱点头。他开始还算稳，但看上去再稳也耐不住干辣椒的呛，咳了几声后眼睛红了个彻底，可手上动作没敢停。后来他索性连倒酒的步骤也省略，直接拿起来对瓶喝。

人声鼎沸，这条街市越晚越热闹，铁勺碰撞锅底叮叮咣咣响，食客火热地大声攀谈，很有市井气的痛快，这样的气氛下谁都没说话。

明明露天的环境，通风再好不过，空气却不知何时潮湿黏腻起来，深呼吸都不干脆，拖泥带水的，闷。晚风变得很不够用，汗津津的脖子黏住几丝落下的碎发，衣服黏在背后，电扇开到最大挡的风都吹不开。

"哐"，酒瓶落地的气势宣告出一个结果，两个人互看了一眼。姜珀看着他眼睛鼻子嘴巴一个色，被辣椒刺激得拿纸巾擦完汗又马不停蹄擦泪擦鼻涕的狼狈样，笑着问他还好吗。柯非昱闭着眼皱眉，手背挡住口鼻，意思是让他先缓缓。

姜珀灌下几杯啤酒解辣，等那股子灼烧的辣劲儿消退一些才脱了手套，从桌上抽了几张纸，递过去给他，又给自己留了几张，压压鼻尖上冒出的汗。

"我真不知道你这么不想让我拿你手机号。"他说这话的时候，姜珀正对着手机前置擦嘴上掉色的口红。

"太容易到手的你还会珍惜吗？"她把眼球转向他，下结论，"你不会。"

"别预判我。"他秒回。

"不特指你，谁都一样。"

柯非昱笑了一声，用的是鼻子出气。姜珀没再理，开始玩手机。

他手上有一下没一下转着开瓶器玩，眼睛倒是一直稳稳地盯着她的脸："所以你现在是不是觉得我特没劲儿，多看我几眼我就能巴巴地跟出来要电话？"

姜珀不置可否地笑笑，柯非昱看懂了她的表情，左手慢悠悠也划起手机。袁安妮询问进展的信息在这时传过来，姜珀手指悬在按键上好一阵，正想着如何去回，通讯录却跳出个小红点。

她瞥一眼，还没来得及点，他声音就先一步传过来："我问你件事吧。"

姜珀锁屏，抬眼："问。"

"现在有对象吗？"

"没有。"

"嗯。"

酒精制品把反射弧拉得很长，话在满是辣椒味的空气里飘了一会儿，姜珀才意识到他误会了，于是补一句："几小时前的事。"

柯非昱点头。她的原意是想提醒他自己刚分手，现在钻空子不合适。但他这个头点得很有意思，在她声音没落完就点了，不咸不淡的，好像只是碍于面上该走的程序得确认这么一句，结果如何他其实并不关心。

她抚额，有点无奈地说："你这么有把握？"

"我猜八成吧。"他的反应给得实在利落、直白，直接拿她的原话堵她的嘴。多厉害，姜珀被堵得再没什么好说的。

酒足饭饱，按照先前的约定，柯非昱起身去买单，等他再回头时姜珀已经离了座，正站在街边等车。她穿着纯白色的T恤，穿牛仔裤的腿很细，蓬松长发被风吹得直往后面飘。

他付完账出了塑料棚，那瞬间挺心有灵犀的，她朝他那边看过来，转头时脖颈凸出的那根筋绷得很直，且细，漂亮。柯非昱几步上前。

"你还不知道我名字吧。"姜珀没转头就说道。

"怎么？"

"步调快了。"柯非昱不明所以地看过来，她对上他眼神接着说，"你步调快了。要追人可以，但连名字都不知道就发起攻势，看起来就很有问题。"

"那你叫什么？"

没想到脑回路还能这么转，姜珀愣了一下："姜珀。"

"现在还有问题吗？"话递过去了才后知后觉发现不妥当，柯非昱把手从裤兜里拿出来，面对她站住了，"我这么说吧，不知道名字又怎样，就碰见了，就喜欢了。没办法的事，但挺真。"

"有多真？"

"至少你相信。"

姜珀感觉有些好笑："我怎么就相信了？"

"凭你现在站在这里。"柯非昱绷紧下颌，目不转睛地看着她，似乎执着于证明自己的猜想。他顿了顿，又逼问一句："对吗？"

嗓音不疾不徐敲在她耳膜上，姜珀嘴边的弧度缓缓降下来，但心跳没降，跳得很快。对的，为什么一群人互加微信时唯独记着他坐在角落没动静，为什么借口上洗手间却先行离了场，为什么放着单人单座不选偏偏挑了边角的双人座，甚至为什么认识不超过三小时的他们会心照不宣撇下所有人单独在这里进行这么一场匪夷所思的对话……

是感兴趣，把饵丢出去，做了个不痛不痒的试探。来了，交个朋友；没来，也不可惜。这个想法他知她知，袁安妮也知。她姜珀能站在这儿，就已经证明他不是要无赖的单箭头了。

暗流涌了一晚上，这下窗户纸捅破了，底牌翻出来了，藏着的心思也全摆到台面了，先前萦绕周身的那股躁意、痒劲儿就一下褪了下去。

其实没走太远，还望得见那片升腾的烟雾，街上尚有来往的行人，行驶的车辆也很多，但周围突然变得安静，平白无故的让人感觉好像隔出了一个另外的空间，就他们两人，一切都很豁然、坦荡。

还有敞亮，就像飞驰而过的轿车前头打的近光灯一样，明晃晃两道，把空气里那点飞扬的尘埃照得明明白白。姜珀能看到他眼中的敞亮。

姜珀望着对面在倒数的绿灯说："我该走了。"

"我送你。"

"我打车。"

"打车不也能送？我顺路。"柯非昱划出叫车的小程序，手机的白光把他的脸打亮，姜珀看见一双眼从屏幕上方抬起，直直盯着她，"去哪儿？"

姜珀迎上他目光，沉默几秒，承认道："今天和你在一起我是很开心，但吃饭那会儿我就说过，今晚没可能。我认真的。"

柯非昱皱眉摆手，想着该向她解释，但过了好久话没能说出来，倒先把自己气笑了，他挠挠头："说白了我就是想和你在一起多待会儿，十分钟就好，五分钟也行，能多一秒都好，其他的我是真没那个意思。"

"所以你是非要送了？"

"是啊，要送啊。"

姜珀看着他真诚到底的眼睛，一下子想不出拒绝的理由。行，要送那就送吧。

一晚上他有无数个可以借机亲近的机会，但他一个都没抓住。并排坐在车后座的时候，司机拐弯加刹车，两人手臂膝盖好几次差点碰在一起。但就算靠再近，他也没毛手毛脚，规规矩矩把人送到房门口，和她说拜拜。

姜珀点头，前脚说再见，后脚头也不回进了门，反手"啪"一声响，关门的风裹挟她的发香没犹豫地打在他脸上。真香，那瞬间柯非昱摸着鼻子在原地还没来得及回味完全，不过三秒，锁链窸窸窣窣的声音传来。

门从里面被拉开，他带着诧异站在门外，呆愣愣地问："怎么？"

姜珀朝他走近几步，半靠在门边，双臂交叉。柯非昱见她指了指自己垂在身侧的手，似乎有话要说，于是把手抬起来，疑惑地绕了绕手腕。

"我手上有东西？"

"表不错。"

"我知道。然后？"他的黑水鬼可不是开玩笑的。

"然后我想问问你，现在是什么时间。"

"零点四十八分啊。"

姜珀看着他："柯非昱，新的一天到了。"

两人注视着彼此，姜珀在心下做倒计时。三，二，一……听不懂算了。

姜珀正欲进门，手上压着的门把"啪"的一声回弹上来。重重一声响，房门关上，姜珀的手腕被人一钳一拽压着撞上去，身后的墙向她身上传递着瓷实的凉意。屋内一片漆黑，面上却是热的。

姜珀尽力调整好呼吸，倚着墙，站好。手臂垂在身侧，两个人的指尖撞在一起好几下，热的，痒的，落下几星火花。她顺着指缝慢慢探下去，对方没给她留犹豫的余地，一把回握上来。十指紧紧相扣，掌纹重合，手全贴到一起。

温度渡过来，距离再次逼近，滚烫的鼻息烧上她的脸颊，由指骨传导的电流直接麻了半边身体。房间太静，心跳异常清晰。

他声音放得低："那什么，可以吗？"

嗓音在这一刻变得很糙，引起共振般轻易就能让心脏跳很快，姜珀用动作作答，将钩他脖颈的手往下压。脚和地面摩擦几声，柯非昱整个人就这么被拽下来。

他顿了顿，愣住了似的，但很快反应过来，双手合上她的双颊，反客为主。吻铺天盖地落下来，唇瓣厮磨着，很黏糊。

柯非昱翻身把她手里的房卡抽出来插回去，灯光从过道一盏盏亮起来。

柯非昱把人按在墙上，在灯下找到她的眼睛，声音大了些，不知道是在对自己说还是在提醒她，又强调一次性质："我们第一次见。"

姜珀歪着头看他，眼里一层柔和明亮的水光，回应他："如果你现在想出去，来得及。"

"不然今天先算了？"

胸膛正隆隆，情潮正火热、正汹涌，所有状态情绪都跟着沉浸在里面没拔出来，他冷不丁来了这么一句，姜珀僵在原地，脑子里除了一个猜测也就只有一个猜测。即便她什么也没说，柯非昱也能一下读出她眼神里的意思，一样愣了。

在接下来很短的一段时间内，他眼里的情绪明显有了多层次的递进。从最初的迷惑到后来的不可思议，从"我被质疑了"到"我能被质疑吗"，还有一些其他的，挺复杂，姜珀没看明白，只是他嘴唇上下张合几下，能看明白是有话要说。

苗头烈，还不是普通的陈述，而是能撸起袖子现场理论起来的那种。是 Battle MC① 刻在基因里的条件反射，难改。但他很快清醒过来，现在这儿不是 Iron Mic② 的场子，不恰当的本能要克服，嘴动不如行动。气势多重多张狂，在最后全收住，用力掐住腰把人按下来。

冷气很大，但不妨碍两个人汗流得厉害，就这么维持着交颈的姿势，紧贴着，心脏跳得重，就在耳边，咚咚咚，很快。

姜珀看向他，柯非昱也朝她看过来，彼此都知道发生了什么，可哪儿见过这个世面啊？没经验，是真不知道该说些什么，面面相觑沉默着。

姜珀犹豫了好半天："你是不是不……"

023

---

①Battle MC：指嘻哈文化中的对抗王者，"MC"指Master of Ceremonies也就是"控制麦克风"的人，"Battle"是嘻哈文化中两个RAPPER对抗比赛的意思。
②Iron Mic：是中文说唱界最著名的比赛之一，比赛是一对一的对抗形式，每轮比赛还会有即兴说唱展示。

"不是。"柯非昱的话茬儿接得飞快。

姜珀没敢直视他，只是眼角余光处瞥见他动作连骨带皮地僵硬。他烦躁地上上下下翻头发，姜珀觉察自己方才的话说得不太合适，心里过意不去："其实我不是那个意思。"

不说还好，一说他脸更黑了。姜珀眼见他沉默地靠过来，手臂不由往后退了退："今天就先算了吧……"

"刚刚那个不算。"

"一会儿下课去哪？"铃声响起的霎时，麦宝仪在一片喧闹中问姜珀。

"跑步。"

椅子回弹到原位，书本匆忙合上，彼此交头接耳商量着去吃什么。攒动的人群闹哄哄的，冲出教室的脚步又急又麻利，全堵在教室半开的门口。

姜珀不急，抱着书，边慢慢往台阶下，边问麦宝仪："我大概晚上八九点能回，有没有要带的？"

"有！"麦宝仪转身，迅速接过她手里的书，嘿嘿地笑，"周四 KFC 有个活动，十块钱十五个翅。"

"昨天才听你说要减肥。"

"不吃饱没力气减。你吃吗？你要吃的话我买两份。"两人说着走出门。

姜珀摇头："我得控制了。"

麦宝仪上下打量着她："细胳膊细腿的，还控制个什……欸，郑导好！"

姜珀转头见到来人，也打了个招呼："郑导。"

男人点点头。这是他们的辅导员郑晓航，前几年才分配到生科院的老师，从大二起带的姜珀这届。他穿着白衬衫牛仔裤，看着显小。不过他确实也没多大，在 S 大就读，在 S 大工作，走的辅导员保研路子，身上还保留着学生的青年气，以老师的身份说起话来，底气不足。

不知道该不该问，踌躇着，他还是对着姜珀开口了："最近怎么样？"

什么怎么样？姜珀看一眼麦宝仪，不知道该做什么表情，笑了："最近挺好的。"

"哦……有什么事可以随时联系我。来我办公室也行，308。"

两个人异口同声和郑晓航道了别，姜珀望着他离开的背影消失在重重人潮里。

麦宝仪撇撇嘴："辅导员是不是听见什么说法了。"

"我们院就那么些人。"姜珀说，"管他呢，反正问心无愧，要说就让他们说。"

一转头，麦宝仪瞥见了校车尾巴："妈呀！车来了，我得先走一步，你可千万别忘了买鸡翅啊！"麦宝仪朝校车追去，风风火火地，隔了老远的距离又转身朝她招手道别，大喊道，"走啦，你早点回！"

姜珀点头，说了一声好。在东门发了几个信息，又回了几个信息，网约车也就等到了。就算关于她的谣言满天飞，生活终归还是要回到正轨。

健身房晚间锻炼的人不少，满满当当的器械都有人用。

姜珀从更衣室出来，抬起手臂又转了转脖颈，把耳机戴好，走向唯一一台没在工作的跑步机。在看到前方的身影时，她的心脏猛提了一下，卡在嗓子眼，步子都不由跟着停了停。

一周后再见面是她没想到的事，姜珀感到意外，但不代表柯非昱的出现就是个意外。想通这点她稍微自在一点儿，没那么别扭了。

缓了缓情绪，姜珀站上跑步机，按了按钮，调到自己习惯的坡度，两手朝两边用力紧了紧马尾，开始走。

柯非昱稍一侧头，显然是不吃惊的语气："晚上好。"

顿了几秒后，姜珀还是撩下了一边的耳机，回了他一句晚上好。

"这个情况我说句'好巧'，你看合适吗？"她的语气挺呛的。

柯非昱点点头，说："不太合适吧。"

姜珀保持偏过脸的姿势，还在看他，等着他的下一句说辞。她的鼻梁有微微的骨峰，非常高，眼皮薄，斜眼看他的时候紧贴着眼球，这个

The First Part

角度看，有一个尤其漂亮的眼窝。

"特意为你来的，我装什么偶遇。"

听完这句，姜珀抿抿唇，把头转回去了。柯非昱通过镜子看她，她手上切了几首歌，然后抬头，目视前方跑步，绑高的马尾一晃一晃的，没再搭话。

"生气了？"

"没。"依旧目不斜视地，她声音没带喘，"有些话对你说。一会儿楼下见。"

柯非昱先到的约定地点。

白色长袖搭天蓝工装裤，鼻梁架个银方框，三根网球链在脖子上挂好，脚搭膝盖上，人在椅背上懒洋洋地倚着，一边看搞笑视频，一边在啃指甲，冷不丁还笑两声，帅得过分惹眼了，隔壁桌几个女生的眼神就没移开过。

姜珀在他面前坐下，他立马切掉视频："来了？"

"嗯。"姜珀应完，突然觉得现在的画面似曾相识，那晚在大排档见面时也是以这句作为开场白，只不过那时说话的人是她。好像共用一个说话名额一样，两人有很莫名其妙的默契，这样的默契体现在很多处，比如那天他先说"今天先算了吧"，后来她也——

打住，青天白日大庭广众的，不好再想下去了。总之现在，两人都运动完，都冲了个澡，清清爽爽地坐在了咖啡店。

早打定主意做了心理建设，所以连对话也利落，没多余的铺垫，姜珀单刀直入地问："谁告诉你我在这家练的？"

柯非昱晃晃脚，又摇头："不好说。"

放在桌子上的手机嗡嗡两声，泄密者适时地自己跳了出来。姜珀看了眼袁安妮连发了几条语音信息，暂时没去理，注意力重放回他身上。

"说不说都无所谓，我的态度很明确，你应该懂。"她话头直接就抛出来了。

奇了怪了，怎么就"应该懂"了？柯非昱心里觉得不得劲儿，不舒服，他坐起来，手臂放到桌上，重心往前移，不躲不藏，对上了，凑近了盯她的眼："态度？你的什么态度？没通过好友申请的态度，还是一觉醒来人不见的态度？"

"都有。我那晚喝多了，你也是，成年人酒后发生一些事隔天是不能作数的，我以为这是约定俗成的默契。"

柯非昱一下就听乐了。

"老实说，"柯非昱旋了旋手上的戒指，"我从来不相信酒后失智这回事。第一，男的喝多了根本不能做什么；第二，酒精顶多算催化剂，或者说，至少没本事让人嗨到对面是谁都认不清；最后，我一贯有话直说，在你这儿更不想让不到十度的啤酒来背这个锅。今天大家都清醒，我好好说，你好好听。姜珀，我就是想告诉你，那晚我说过的话，做过的事，作数。"

"你不明白。"

"我有什么不明白的，你给说说？"这么游刃有余的态度，他就差把"今晚别想逃"五个字写在脸上了。

她当然看得清，知道他是有备而来，便随口诌个借口："今天 KFC 鸡翅做活动，我得给同学带。"

"地址多少，我叫外卖。"

"宿舍不允许我们晚归。"

"你上周的这天到凌晨两点还没睡。"

姜珀没说话，柯非昱靠回椅背，继续对她说道："如果你很烦我，那直说，要么就找个听得过去的理由把我打发走。我看你之前拒绝来搭讪的那些人都挺干脆的，怎么到我这儿就这么——"他停住，给她一个"该懂的都懂"的眼神。

"所以只要我说烦，你就能放弃，是吗？"

"不是。"

姜珀一直板着的脸终于没绷住，笑了："那我说了还有什么用。"

　　"会让我暂时受挫，消停个两三天吧。"在脑子里过了一遍自己的话，觉得没错，柯非昱点了点头，很确定地告诉她，"就这个用。"

　　姜珀目视他，想起那晚他跟着歌晃着唱，隔老远给她抛的那个口型——You got a trouble。麻烦，是个麻烦。按柯非昱自己的话说他是死皮赖脸，但能这么真切坦荡到让她只心动不碍眼的麻烦，少见。

　　压抑不了上扬的嘴角，抗拒不了本能的心跳，姜珀突然一点儿辙没有了："都安排了什么节目？"

　　"吃喝玩乐，随便挑。"

　　"吃喝我很挑，按你平常玩的来，泡吧除外。"

　　他有些愣，卡住了："说出来怕你不信，我娱乐活动不多。"

　　姜珀交叉着手臂，一点儿不急，就这么等着。柯非昱眉头皱很深，挠挠头，抹了把脖子又换个姿势坐着，好半天终于想起来了。

　　"玩音乐算不算玩啊？"

　　算是算，但姜珀是真没想到，他们不过见了两面的交情，柯非昱就把她往他们厂牌的工作室里带。

　　"随便坐。"柯非昱开了门，冷气涌了些出来。

　　不大的一层空间，正对着的照片墙里姜珀一眼就看到了柯非昱，一帧他演出时被捕捉到的瞬间。再细看，她还看到几张那晚曾见过的面孔。左转头，黑压压一片她说不上名号的录音设备；右转头，边上的大架子摆着专辑和周边；往中间走，隔音玻璃另隔出一间小小的录音室。

　　最终姜珀坐到角落摆着的那张红沙发上，柯非昱在冰箱里找东西，问姜珀要喝什么。

　　"我喝水。"

　　柯非昱拿着手机走过来，递过水，对姜珀说把她同学地址给他。她把宿舍楼报给他，他挑眉，手上打着字，说真牛啊，自卑了。他一如既往笑嘻嘻的，没什么正形。

　　姜珀手里晃几下他松过盖子的矿泉水说："真的假的？"

　　"真的。"

"你给我的感觉是不屑所有人。"

他坦然点头："Rapper 的基本操作，缺钱缺文化，缺什么就不缺自信，没这个的不准入行。"

姜珀知道他在开玩笑，也乐得和他继续调侃："你刚刚还自卑呢？"

"我的意思是我很牛没错，但我现在在追一个比我更牛的姑娘，有点儿犯怵，但不能被她看出来，我这不得给自己长点儿自信吗？"

"那你长吧。"

"成。"鼠标响几声，音乐就放起来了。这方面，他擅长，自信。

是 Morty 给他新专辑特地准备的 Beat①，节奏感强，特别容易摇起来。他靠在电脑前的转椅上，两只手臂搭着扶手，手指有一搭没一搭地打节拍，左右脚不紧不慢轮流施着力，椅身很放松地晃两下："来这儿就只能这么玩，现在觉得无聊了？"

"不无聊。"姜珀左右看了看，"平常就你一个人？"

"提前通过气。怕你不自在。"

"我打扰你们工作了吧？"

"没有，别那么大压力。"

姜珀也不知道该不该信，只告诉他没什么不自在，反正那晚都见过面。

"是，还处得挺好。"柯非昱头点得不情不愿，这话说得也不情不愿。

姜珀看在眼里觉得好笑，故意说："你朋友人不错，还问我去哪儿，一个人要不要送，安全到家没，蛮细心的。"

"他们说要送你那能是好意吗？合着伙灌你酒你不知道？"

"你不也一定要送我吗？"

"我和他们能一……等等，你先告诉我，谁给你发的信息，赵阙还是那个紫头发的，刘思戈，啊？"完全没心眼的，他一下就入了套了，但找重点很有一手，眯起眼盯，狼一样，步步紧逼，不依不饶地非要从她嘴里撬出个答案。

姜珀自然没把这两人不约而同都给她发了信息的事情抖出来，只说这是她的隐私，又接着说："前面我听杨教练和你说办卡的事，那里办

---

①Beat：在嘻哈音乐中指一首歌的伴奏，相当于编曲，制作人通过鼓点、合成器乐器、采样等制作的伴奏。

年卡偏贵，隔壁新开的在做活动，优惠力度更大一点儿。"

他没死抓着刚刚的话题不放，多看她两眼，又切回吊儿郎当的态度，不甚在意："不贵，再翻几倍都划得来。"

"成本下足了又不一定会有回报，我是觉得你没这个必要。"

姜珀的弦外之音，柯非昱听出来了，话也一下就回过来了。

"必不必要能用回报去计较？演出费体力，我总不能比听众先蹦到岔气吧。去健身房锻炼也是为现场演出效果打根基，对工作有帮助又能见到你的事我没理由不干。如果非要讲究什么成本计算，可以啊，知道男的在健身房面对喜欢的异性都能有多装吧？硬拉必须百多十斤，卧推更得翻到一百七，这下你再算算，我到底是赔还是赚？"

姜珀基本放弃说服他的想法，也不拐着弯劝退了，很明白地问他："所以你是非追不可了？"

"对。"柯非昱应得利索。

"柯非昱，我上次说过了，认识你的那天晚上我刚分手。"

狗鼻子相当好使，他敏锐地嗅到要说正事的气息，一下不晃悠了，飞快把音乐掐了。

姜珀见他端正态度，叹口气，也好好跟他说："无缝对接，我首先就过不了自己这一关。当然，我知道，说这种话现在有点儿晚了，但叫停不晚。"

他啃着指头。

姜珀又问："觉得我想法很过时？"

他说他也没多前卫，但啃手的嘴顿了顿，问道："你先提的分手？"

"什么？"姜珀有些蒙，"又是谁告诉你的？"

"这还用谁来告诉我？我想不出有哪个正常男的会主动甩你。"

姜珀：……

"敞开天窗说亮话吧。我就问你，如果不考虑那些有的没的，单说，就单说好感度，你对我有吗？"

不知何时他换了个坐姿，手肘抵着膝盖，然后隔着一段距离，抬头，不偏不倚地看她。就那么明晃晃地盯，直勾勾地逼问，说懒也懒，说凶也凶，不交代清楚情况不会放人的架势摆得非常足。

姜珀被注视得心跳如鼓，胸口微微起伏着，斟酌好久，回他一句："有。"

"行了。"他说，"这就行了。"

"你就别老想着让我放弃了，无缝衔接是错吗？我看不是。但你说的我尽量理解，我尽量适应。你用不着立刻点头做决定，你要多大的缝，我给，要多少时间慢慢跨，我就有多少时间慢慢等。只要你对我还有兴趣，觉我还有万分之一的可能性，那这事就还可以商量。我的意思是——"

柯非昱的视线牢牢锁在她脸上："姜珀，我们来日方长。"

姜珀紧握矿泉水瓶，沉默。说不过，他的歪理总是很多，关键是还能押着韵跟你说歪理，Rapper 的职业病，说得又好听又正经。

其实说不过尚且不要紧，最致命的是她中意。中意他的不正经，中意他把强硬的话说得云淡风轻，有种完全不拿事当事的无所谓劲儿。在她眼前的这个男人，或者说，应该是男孩，长得帅，说的话却特别坏。

她一直觉得不清不楚的胡闹得有个限度，毕竟他们的相遇从开始就不成熟，搅在一起又是糊涂，而停在现下才是最好的那个度。可光姜珀一个人拎得明白没用，他的所作所为一次又一次模糊了她心里的那条防火线，多清醒的人都拿心动没招。

他的话和他的人一样，真真诚诚分分明明的，哪哪儿都戳在她喜欢的点上。很有冲击性，很要她的命。姜珀被逼出一层薄汗，她仰头喝了口水。

默认即是达成共识，柯非昱有这个觉悟。他举了举手里的烟盒示意，问她："介意吗？"

姜珀摇头，随意。

烟缓缓吸进去，雾在肺里过一圈才吐出来，柯非昱见她目不转睛地盯着他看，懂了："没抽过吧？"

问出口他才觉得不妥，她这样的，一看就没碰过，他问个什么？

姜珀只是看着他。

"干吗呢？"他问。

"没干吗。安妮姐说她工作压力大，烟瘾才大。你工作压力也大吗？"

柯非昱回忆一下，老实说道："没灵感的时候当然会有点儿麻烦，但我最早不是因为这个，我最早是看人抽烟觉得特新鲜特帅，再后来是习惯了，想改没法改。"

他看姜珀还在看着他："要试试？"

姜珀挑挑眉，柯非昱会意，把烟叼到嘴上，重新去烟盒里取一根新的。摸到烟时他才后知后觉，真够玄乎的，就一个眼神，怎么就立马明白她什么意思呢？

他正琢磨着，姜珀把他动作叫停了："等等。"她拍拍沙发，"你过来，抽一口我看看。"

听到要被她拿来做范本，他的精神头立马来了，摩拳擦掌着三两步走到她身侧。沙发陷落下去，他挺直背，拿着劲儿，准备吐个最厉害的烟圈出来。深深一口吸够了，他含在嘴里，蓄足力正要往外吐，她凑上来，五官在他面前放大，瞳仁大而亮，睫毛长又翘，嘴唇……找不到话形容。

词穷，僵硬地被她轻轻压到沙发背上，磨着唇瓣，反复好几次，把他口中含着的白烟全卷干净了。

她松手，放开他起了身，笑眯眯地说："其实也就那样吧。"

姜珀说话时，柯非昱就愣着，嘴唇还是润的，真就那么愣住了，怔怔地看着她说。姜珀盯着他红了一圈的耳郭，还在笑。

柯非昱的咬字明显和平常不同了："那不然要怎样？"

"没怎样。"她眨眨眼睛。

姜珀把他放在沙发边上夹烟的手举到自己嘴边，吻住被含过的烟嘴，按下他的头，从唇缝中，对着柯非昱的脸，把白雾轻轻缓缓喷上去。

呼吸，绷紧下颌，喘气。整个房间内柯非昱就听得到自己逐渐变大的喘气声，心跳充斥在神经里，脑中那根名曰自制力的弦抻得死紧。就当下这个情况吧，不做点什么，就真太那什么了。

没等面上的烟气消散他就直接把人的脑袋狠狠摁下，很粗鲁地撞上去。与其说是撞不如说是磕，火星撞地球的狠劲儿，滋啦滋啦冒火花。不知道谁的嘴皮破了，嘴里泛着股淡淡的铁锈腥味，让人又起劲儿又上瘾。过好久，实实在在满足了，才舍得把人松开来。

姜珀在柯非昱怀里急促地喘着气，倏地对上他的脸。她的视线向下滑，拿食指提醒他："流血了……"指尖在离他嘴唇一厘米的地方停下。

柯非昱说："多大的事儿。"然后他一把将她的手握住，包在手心里，揉一揉，再使点劲儿将她拉过来，放嘴边亲了亲，另一只手摸索到她膝盖，拉过来，让姜珀坐在他身上。

她穿的短裙，膝盖泛着凉，圆润地窝在他掌心内，挺乖巧的，手顺着纤细的小腿圈到她纤细的脚踝。

姜珀慢慢又细细地呼吸，问他："干吗呢你。"

"你说呢？"

姜珀不按他的套路回答："在健身房等了多久？"

"快一周。"

"要是我因为没器械走了呢？"

"你走不了。"

姜珀刚想问他凭什么这么斩钉截铁，结果下一秒自己就想通了。爆满的健身房，怎么他身边就那么巧会有空位？

"你什么手段？"

"办两张卡。"

姜珀：……

"其他时候我不管，但只要我在，不管做什么，旁边都必须得空着，陪着我。"

姜珀差点儿被他噎死："你被辣成那样，我以为至少要躺上几天。"

他点头，承认确实有这么一回事："你说不容易得到的会珍惜，那我能不珍惜吗？肚子闹了，嘴烂了，要个联系方式要到胃出血的人我看全世界也找不出几个。头几天光喝白粥差点儿没把我难受死，但行动总不能松懈吧？长痛不如短痛，没逮住你我更……"

话说一半，他朝她扬一扬下巴，又是嬉皮笑脸的。都什么和什么啊，姜珀掐他的脸，用点力气拉了拉，又捏了捏。

他也不生气，笑着看她，认栽似的抹了把脸，挺无奈的："你真别勾我，我受不了。"

她把手放开，不掐了："谁勾你了？我要真勾你，应该是——"姜珀抚上他耳后到肩臂文着的图案，"这样。"

说实话，第一次见面她就好奇。他和人说话的时候，颈部图案一动一动的，遗憾那日环境昏暗没能看清楚，坦诚相对的那一晚又没余力关注。今天灯光正好，够亮，她看明白了，是一个稍加改动的"1，3，7-三甲基黄嘌呤结构式[1]。偏长的羰基，碳氮键拉长了些。

姜珀的指甲顺着划拉，他着了墨的肌肤跟随她的动作轻轻挪了位。柯非昱眯着眼看她，心跳得狠了，怎么说呢？就特别燥。柯非昱圈住她的手腕狠拽一下，姜珀差点脸对脸撞上去。

"你要死啊。"语气不是生气，姜珀还带着笑，算娇嗔。

柯非昱根本不怕，只是痒。被她碰过的地方像羽毛挠，也像蚂蚁咬，后劲厉害，还在痒。她的力道明明放得轻，他的心脏却跳得重。

握着她手的力气重了，连咬字都重，柯非昱很仔细地："这得问你，让不让我死？"

眼神一触，根本不需要回答，一切都自动归位。柯非昱和她缠缠绵绵好一通亲，亲到耳根通红，亲到心脏暴动。姜珀头微倾着，黑发从天鹅颈上垂下，动一动，发丝又从背后绕着手臂滑到前头，飘在拢起的弧度上，她在二十度的冷气里忍不住打了个寒战。

柯非昱感受到了，立马把人搂近："冷了？那我抱抱。"

怎么个抱法就不说了，总之两人的呼吸一下全乱了。

柯非昱不知道哪来的那么旺盛的精力，两个人闹腾到天色泛白还没停歇的意思。困意加倦意的双重来袭，姜珀被闹得累到最后完全化成一摊水，哪儿都动不了。好端端一张绒面红沙发变得很不像样，最后一人

①1，3，7-三甲基黄嘌呤结构式，俗称咖啡因，是中枢神经的兴奋药。

占据沙发一个角，各自找状态。

姜珀嗓子干到发紧，又懒到不想抬手喝水，柯非昱不知从哪儿给她找来一根管子，插进矿泉水瓶里，他拿着，她喝。姜珀没客气，索性把腿斜搭到他身上，让他给自己捏抽筋抽到酸疼的腿。

姜珀窝在沙发里享受他的服务，她想到了什么，有些想笑，又不知该不该笑，最后还是笑了："柯非昱，我谢谢你，这能顶我去健身房两回。"

"不用那么客气，你要实在觉得过意不去，给点儿甜头，我争取让你少去健身房的次数翻倍。"全都是没正形的话。

姜珀叼住吸管，喝一口水，问他是什么甜头。他指了指自己的嘴巴，亮晶晶的眼神又出来了。还好意思说，姜珀指着一排牙印给他指认："你属狗吗？"

"不是，我属猪。"

姜珀：……

"不信啊？我真属猪。"

"你是不是……还觉得自己挺幽默的？"

"没有啊。这样，你要不看我身份证吧。"

姜珀没来得及拒绝，钱包就已经被他扔到怀里，瞟过去，一眼就看到好几个计生用品。

姜珀把钱包丢回去，情绪没有起伏："你真负责。"

"这东西纯粹讨个意头，招财。"

"你还讲究这个，有用吗？"

柯非昱点点头："酒吧生意很好。"

她这才想明白了："那是你的店？"

"合伙。我哪来那么多钱。"

姜珀咬着吸管，指指他腕上的表，意思是表又换了。

"那晚是黑水鬼，今天是皇家橡树离岸，"姜珀说，"我感觉你的言论多少有点站不住脚。"

"干我们这行的，今天买得起，明天不一定。"

"做音乐耗钱？"

其实他想说的是虚荣心，兜里根本留不住钱，一身的派头没输过，只问帅不问价，瞻前顾后从来不是他的过法。今朝有酒今朝醉，当下爽到最重要。

但柯非昱还是按她的话头往下答了："耗。总用 Free Beat 肯定不是事儿，自己不会敲就得去买。混音编曲，想要出来好的效果，找制作人这块儿又得出血。临了要录歌，没录音室的就得去租，一个小时上百块算便宜的。不提水平高低，单就完完整整一首歌做下来，大几千是起码的，还不一定有人听。那都不是耗钱，是耗人。"

"如果你们没副业的话，就只能喝西北风了？"

"这话放在十年五年前就是肯定句，现在难说。现在市场有，机会多，但前提就是你自己得硬。"说完话，自己听出歧义，柯非昱还给姜珀补充一下，"我说的是实力啊。"

她翻了个白眼："看你们纸醉金迷随心所欲的，我以为——"

"以为什么？走起来的另说，走不起来的各有各的不如意。真想做的事谁会去计算代价。先做再说，后不后悔之后再算。"

柯非昱把她散在肩头的头发顺一把放指间绕着玩，直勾勾看着她的脸："烟圈吐得很漂亮。"

"还行。"

"哪儿学的？"

看起来这么仙的姑娘，在柯非昱的世界观里就该是喝露水吃花蜜长大的。她瘦高瘦高的，皮肤很白，脸上不显山不露水。虽然是在酒吧认识上的，但能看出来她不属于那儿，当然，更不属于大排档。她干干净净不沾一丝烟火气，和名字一样，琥珀，剔透，反正哪处都不沾。

但就当你觉得她就这么纯粹到底的时候，她再给你垂眸懒懒散散吐口烟，猝不及防来个反转推翻你所有遐想。不是说不行，只是说他心里想追人的那股瘾烧得更旺了。哪儿见过这种的啊？他喜欢得不行。

"好奇，自己偷练的。"

柯非昱笑了："看不出来啊。"

姜珀也笑："还能让你什么都看出来？我要说我玩骰子很有一套，你看得出吗？"

那晚只知道她放饵，却不知道她还留着这手，难怪前几局数字叫得那样游刃有余，却在最后掉进那俩傻子挖的明眼人都看得出的局了，原来全是试探。这给谁谁不迷糊？他没话说了。

然后柯非昱就真再没说话，只认真看她一颗一颗系上那些被他扯到摇摇欲坠的扣子。晨光熹微，透过玻璃窗折射进来，直接给她镀上一层柔和的光，垂下的发遮住她大半个侧脸，只露了个特漂亮的鼻尖。

她把褶皱的裙边拉好，他整个视野内就一截纤细莹白的手腕在晃。于是光圈也晃起来，圣洁又带着情动。那瞬间他想到了玛利亚，想这想那，想了很多七七八八，愣是没说出来一句话，先把她头发拨到耳后了。

姜珀转过头，柯非昱的掌侧正好紧贴着蹭过她脸颊。她拨拨头发，说差不多该走了。

"回学校啊，我送你。"

"算了。你把这儿理一下吧，一会儿人来了。"

柯非昱随着她视线望向沙发，他抬手看时间，才六点："来不了，这会儿都刚睡。"

姜珀眯起眼看他，柯非昱停顿个三秒开始讨价还价，说不送她回校，就送上车总行吧？见姜珀默认了，他这才站起身来，仰头懒洋洋地翻弄两下头发，到一旁的衣架取下几件衣物，慢悠悠伸到她面前："先穿我的。"

折腾了一晚，姜珀在车上闭目稍稍养了养神，到校附近的便利店时让司机停了车。还是不大精神的，直到推开门，便利店里打得过分足的冷气伴着"叮咚"的门铃直接打到头顶，她才清醒一些。

柯非昱的衣服她穿着偏大一码，袖口裤管，哪哪儿都透风，哪哪儿都有他的气息。姜珀摸摸受凉的小臂，拿一盒纯酸奶去柜台结账。用微信付完款才看到未读的十几条语音消息，姜珀把听筒口放耳边听，边听边下门前的几级台阶。

昨天袁安妮那边传过来的意思是让她和品牌方聊一聊，顺利的话周末就能拍摄，连带着把In2iew负责人的名片也推过来了，临了还说一句"你想通就好，好好干"。姜珀发过去一个抱抱的表情，说谢谢老板。

在这时，她才突然想起列表中还躺着一个尚未通过的好友申请，点一下，会话框自动弹出来：你已添加了K，现在可以开始聊天了。

学校生态环境好，鸟叫声清脆，叫得人身心都愉悦。熬过那个点，疲倦感就渐退下去了，鸟儿翅膀扑腾扑腾的，一路跟着她走到宿舍楼下。

一些赶去上早课的人流迎面下来，姜珀上了九楼，边走边摸钥匙，刚准备开门，水珊珊正好从里面把门拉开了。对视一眼后她侧身走开，姜珀也懒得和她有什么多余的眼神交流，回到自己的座位，带上洗浴用品到浴室里，一番洗漱后挑出衣物手洗。

正是八九点的天，太阳刚出来一点，但不热。住高层的好处就是能吹点儿自然的风，姜珀把阳台门敞了，窗户也拉得大开通风透气。人坐凳子上，精华水乳往脸上仔细拍一遍，抹完身体乳上发膜，一套完完整整做下来才算把流程过完。

姜珀靠在椅背，听小鸟的叽叽喳喳声和洗衣机运转的碰撞声，一切都慢悠悠安安静静的，算着时间差不多了，把敷完的眼膜摘下扔掉。

手机突然亮起来，In2iew那边通过验证有了动静。姜珀盘着腿，嘴里叼一片吐司，慢慢地敲键盘。沟通的过程挺顺利，合作很快敲定下来，负责人说把造型图先发过来让姜珀看看。

在等待回复的时间里，姜珀看到对话框紧挨着的那个黑头像，手指在上头悬了几秒，还是点了下去。花五分钟审了一遍他的朋友圈，最新的一条状态是一周前的凌晨，分享了一首 Kanye West/Charlie Wilson 的《Bound 2》。她顺手点了播放，正好洗衣机发出完成提示声，姜珀望向窗外，柯非昱的T恤和球裤挂在晒衣杆上，随着风轻轻浮动，时不时落下几颗水滴来。

姜珀把音乐稍稍调大了些，返回会话框，打了几个字：什么时候方便？

我还衣服。

　　刚返回主页面，姜珀想了想，又转头切进微信的设置里，把朋友圈的最近三天可见改成半年。

　　"哟，怎么坐这儿？"刘思戈哼着歌，手提外卖晃晃悠悠走进厂牌工作室，环视一圈，有种说不上来的不对劲儿，直到看见柯非昱靠转椅上才想起来了："你沙发呢？"

　　厂牌的人调侃过他不知道多少次，说就不能找个凳子坐吗，他不，就对那个红沙发情有独钟，坐没坐相。

　　话问了，但柯非昱没反应。刘思戈提高音量又问一遍，还是没反应。他走过去，踹一脚转椅，这下反应大了，柯非昱整个人突然弹起来。刘思戈还以为他要动手，赶紧后退两步。但柯非昱没动静，又坐下去了。

　　刘思戈疑惑得很："问你话呢。"

　　"送干洗了。"

　　"怎么就突然去干洗了？"没等到回复，刘思戈又问，"说话啊，哑巴了？"

　　"当然是脏了才送去洗，不然谁没事洗沙发啊？有病？"

　　不说话是不说话，一说话就噼里啪啦冒一大串，刘思戈愕然："你吃炸药了吧。"

　　柯非昱没理，手指撑着太阳穴，光盯着手机看。说实话，这样认真的表情刘思戈很少在他玩手机的时候看到，这基本上是独属他写歌时才会出现的忘我状态。今天挺不同寻常的，跟个不定时炸弹一样，古怪。刘思戈自觉惹不起，耸耸肩，拆了外卖坐旁边吃午饭去了。

　　朋友圈半年的可见时间说长不算长，但他迫不及待把她的照片全保存了。照片不多，但让柯非昱着迷。

　　她的朋友圈基本是些生活化的记录，吃的饭，看的展，还有其他日常，比如路边偶然摸到的狗和猫，被夕阳笼罩的实验楼，设计师朋友送来的画像，配合广告主题特地去做的夸张美甲，用燕尾夹夹住腰身的拍摄花絮……照片日常到没边，但够他一遍又一遍品味到手机没电。

扯一根数据线回来，插上，他继续一张张放大抠细节。有那么一瞬间柯非昱觉得自己挺变态的，可很快就释然了，因为他真没找到什么能够说服自己不去变态的理由。

稀罕，但不满足，仔仔细细研究完照片后他才想起姜珀朋友圈还有配文搭配着去读。兴冲冲点击头像进入，发现近几条下都有好几个爱心，柯非昱这才后知后觉地去查看详情记录。也许这就叫作你认识的男孩儿都会给她点赞，而其中一个现在就坐在眼前吃饭。

不怪他们，当然不怪他们。这么优秀的姑娘，发出来的东西生活气息浓又带点儿神秘，让人想深入了解却没有头绪，点赞也是应该。只是男人都共有同一份脑回路，柯非昱太清楚这个圈子追求女孩儿的手段，无非是先刷够存在感再找点儿共同话题，扯个两三句就开始问今晚有没有空出来喝酒蹦迪。

抬眼，柯非昱说："刘思戈。"

"啊？"

"别吃了。"

"干吗？"

"打架。"

姜珀问柯非昱什么时候把衣服送过去的消息有了回复，语音消息，简简单单就俩字——再说。那就再说吧。

姜珀每天准时打卡健身房，没碰见柯非昱，她也没主动去问，该上课上课，该吃饭吃饭，除了撞见水珊珊回寝室拿换洗衣物外，日子过得很舒心。

周三傍晚，姜珀在食堂门口和提前约好的麦宝仪碰上面，两人挽手抄着小道往实验室走。电台播放的英文歌传到教学楼时，有人从正门那头慢悠悠走过。

人来得巧，没踩点胜似踩点，类似 Lay Back[1]的唱法缓一拍。姜珀

①Lay Back：一种说唱方式，唱的节奏比音乐节拍的节奏慢一点，是一种非常舒服的跟拍方式。

一开始没反应过来，毕竟从未和柯非昱在学校见过面，这么突然出现，更像是自己看走眼了。

他的磁场和 S 大相悖得厉害，只消一眼就看得出，校外人。他的墨镜照例挂在帽子上，穿着冲锋衣，人个儿高，手插袋，痞劲儿重，好似转头就要进夜店的门，或者说稍微走近一点就能闻到浸渍了整夜还没散掉的伏特加的味道。

正是下课的点，来来往往的人特多，不夸张地说，整楼层的目光不约而同全都黏他身上没移开，三三两两的人，连路走一半都要折过头来看上一眼，问上几句"谁啊""找谁的"。

三步，两步。姜珀轻轻屏息，屏完了才后知后觉地琢磨，这是在干什么呢？

一步，他走到她面前，姜珀放开来吸了一口气，鼻腔除了一股烟草调香水味，什么异常也没有，姜珀这才反应过来，是他的长相的问题，这不能怪他。

此时此刻，姜珀不用转头去看就知道，那些目光全黏到自己身上了。

其实这是她一点儿也不陌生的情景，经常会有人来学校找她，大庭广众下，就直接点大名问姜珀在哪里。没怵过，因为她清楚这只是对方的一厢情愿，很多年她都如此，不管心里怎么躁怎么跳，真不紧张。

可这回不一样。

楼上课题组熟悉的师兄师姐见姜珀几人在电梯口站着，抵着按钮问她要不要进来，姜珀说不用。一行人马上交换了个"这明显有情况啊，朋友们我们先憋一憋等回中心了再关上门好好说"的眼神，在电梯门关上的前一秒都没舍得停止对两人的打量。

电梯缓缓上升，姜珀才转头："怎么来了。"

柯非昱从裤兜里摸出一个东西，她看了一眼，皮筋。女孩子最容易弄丢的东西，没什么特别的，丢就丢了，不值得存个三两天，更不值得他特意来学校跑一趟。

姜珀没急着拿回，只是问他："你知道我在这儿？"

"'惯例周三晚'，拿你朋友圈的图问的路。"

"观察力不错。"

柯非昱倒客气，说还行。

旁边的麦宝仪终于按捺不住，悄悄顶了顶姜珀的胳膊，小声问："男朋友啊？"

音量在收敛，但耐不住距离太近，声音还是清晰落入几人耳中。麦宝仪侧头的动作在此时显得格外可笑，姜珀闻言掀起眼皮看了柯非昱一眼，对方正挑着眉，似笑非笑，一副挺乐意挺耐心等她回答的样子。

她说，对了两个字，下一秒便抽走他手指间捏着的东西，道了声谢，伸开手，让它弹回手腕，然后拉过麦宝仪走进电梯，按了楼层站着看他。

门逐渐合上，直至镜子中完整照出两个人的脸，麦宝仪的好奇心终于爆发，开始事无巨细地盘问细节，什么时候认识的，在哪儿认识的，问七问八，把平日里细枝末节的东西全堆到一块儿问，问到最后把自己吓一跳。

"所以那晚是你们在一起，你没能赶回校才给我叫的外卖吧！"

姜珀摇头。

"哦……"

"他给你叫的。"姜珀刚说完这句电梯门就自动往两边开。

"老天！"麦宝仪忍不住捂嘴惊呼，"难怪你不收我转账！所以你们是不是已经……"

才踏进实验室，两人就在转角处迎面撞上张奕，他正在大喘气，把刚要来的热乎合照往朋友圈发。撞上姜珀，他立马化身娱记，两只眼睛都在放光，手机屏幕转向二人，开口就截停麦宝仪的话："他是你男朋友？"

麦宝仪凑上前细看，姜珀也瞟了一眼。张奕给合照的配文是"有点人脉"，照片里，柯非昱把帽子压得很低，两手垂下在中间叠着，抬个下巴看镜头，一股冲出屏幕的跩样儿，张奕一手竖根手指一手比勾朝他那头靠，就差没把"我是迷弟"四个字写在脸上了。

麦宝仪说："不像好人，但是很帅。"

姜珀说："你速度够快的。"

"能不快吗？你刚说完话我就上去要了合照，就怕跑了。他还夸我这双鞋帅来着！我今天太圆满了！"

张奕这小孩儿是实验中心一道较为特别的风景线，他比姜珀和麦宝仪小一届，顶着一头毛躁的烫发，就算穿着实验服也不妨碍他穿花里胡哨的内搭，手背时不时还有因赶场而忘洗的夜店荧光章。导师韩明一提起他就直摇头，说他不服管，所以现在他被丢给姜珀管。

姜珀问："你认识他？"

"上次不就是因为追他的异地巡演没赶上第二天高铁，组会上被导师劈头盖脸一顿批吗？"张奕看着姜珀脸上不是特别知情的表情，做出了一个比她还不解的表情，"19 Hood，单刀会，你不知道啊？"

姜珀摇摇头，随即笑了："不是，我该知道吗？"

"这么出名的说唱厂牌你不知……"张奕一下止了话头，问到关键点，"那你们怎么认识的？"

"工作上有点儿交集。"姜珀业余兼职模特的事情不是秘密，和Rapper 有交集也算合理。

张奕了然地点头说："哦哦这样啊，那……"他换上一副讨好的笑，搓搓手，"学姐，我看你们关系挺好的，年底他们厂牌有巡演，能不能帮忙给我留张票啊？我怕到时候抢不到票。这样，我请你吃饭，帮帮忙，成不成？"

"问问没问题，吃饭就算了。我临时有点儿事，超净台还有板子在……"

"后续我来！您忙！"他不皮了，连要做什么都不问一句，痛快地一股脑儿把活儿全接下来，非常难得。

"行。"姜珀抬手看了看手机时间，"哪里不懂随时联系。辛苦。"

"不辛苦不辛苦！师姐明天见啊！"

耳边是学生们闹哄哄的声响，柯非昱坐在车后座，边啃指甲边研究公告栏上的活动海报和他们厂牌巡演海报的差别。

　　一群抱着书本的同龄人三三两两走过来，挡住他视线，几个人嘴里不高兴地嘟嘟囔囔着，说着什么最后一节课了既不划重点也不给PPT还复习什么的话，你一句我一句，热热闹闹的。

　　柯非昱咀嚼着挂科率和绩点这些对他而言很陌生的词汇，有些兴奋。处于她处过的世界，听她听过的话语，见她见过的景物，整个人逐渐沉浸在已经和姜珀产生某种牵绊或联结的奇妙感受里。

　　他挺开心的，傻乐，直到姜珀敲他窗时才倏地从这个状态里脱离过来。他走下车，反手一关车门，利利落落站到她面前。

　　姜珀说："我回寝室拿衣服，你等等吧。"

　　"急什么，改天再说。"

　　她往后拨了拨头发，不急不慢地："所以你今天来就为了给我送根皮筋，是吗？"

　　能是吗？肯定不能啊。

　　柯非昱知道她话里有话，单手上下翻了翻头发，敛起吊儿郎当的那套，手仍牢牢插住口袋，老老实实承认道："是。我确实是想玩把欲擒故纵，但我真没想到纵了两天你都一动不动。"

　　姜珀环着手臂，没有说话。

　　柯非昱有些等不住了："你好歹也发条信息。"

　　"你都说不急了，我还能发什么。"

　　"是不急。"他回嘴很快，但改口更快，"不，我那个。呃，我挺急的。"

　　"急什么。"

　　柯非昱摸了摸鼻子："急着见你？"

　　其实并不是太能明说的话，但他似乎是稍微戳一戳就愿意翻过肚皮把心里想的一切都明明白白抖搂出来给她看的人。红色一直蔓延至耳根，他的反应给得特别真，没遮掩没城府，心里想什么就全写在脸上。姜珀看着他，觉得心跳得有点儿快。

　　"刚刚一男孩儿说认识你。他谁啊？"

　　他话题转得生硬，姜珀笑着说："我师弟，皮得要命，没想到你能治。"

"有多皮？"

"刚刚那张合照你拍得很帅。有多帅？没法形容，就是这么皮，明白了吗？"

"明白了。"

她"嗯"了一声，说那别站着了，走吧。完了侧头看了柯非昱一眼，手臂绕过他开了车门，坐进了车。那瞬间两人肩身擦得特别近，她头顶的发香就蹭着他下颌来回了那么一下，车门"咔"一声响，冷气顿时涌出来打在他身上。

凉，柯非昱一下就想起她指尖的冰凉，想起她刚刚抽走那个小玩意儿时食指拇指蹭过肌肤，在众目睽睽下顺带用指甲挠他一下的触感，想起她在电梯临关闭前用口型对他说出的那句"一会儿见"，头皮登时麻了。

回头再一看，她正好奇地看过来，手在车座上轻轻地拍了拍："不走吗？"

BU GAO JI
AI QING GU SHI

The Second Part

不高级
爱情故事

走，当然走。

姜珀看着窗外不停倒退的景物问他："去哪儿？"

"吃饭，带你吃饭去。"他摇头晃脑的，连眼睛都在笑，身后无形的螺旋桨尾巴甩得快起飞，得意死了。

完全不同于上回的安安分分，同样并排在车后座，这次她的手被柯非昱攥得紧。他应该是非常喜欢Skinship^①的类型，从她腕间开始，不轻不重地揉，跟多动症一样没一秒停下来，指节到指尖全都仔细捏了个遍，体温交融在一起，掌纹也全交融在一起，有种说不上来的腻歪劲儿。

他手上在动，嘴上也没停，喋喋不休在讲，从昨天打了一场贼精彩的球赛讲到今天点了一家巨惊喜的外卖，一点儿小事都在跟她分享："有家绝麻、绝辣、绝烫、绝好吃的店，你一定喜欢，骗你我是小狗。"

"我不吃。减肥。"

柯非昱看她一眼，奇了怪了："你减个什么啊。"

"职业操守啊柯非昱，我要有这个的。"

他再确认一次："真不吃？"

姜珀被他问得莫名其妙："你觉得我跟你出来就是为了吃——"话

①Skinship：指肌肤接触。

说一半,对上他那副认真的神情,她一怔,霎时又觉得没必要,对着前方司机打招呼,"师傅不好意思,我们不去那儿了,麻烦您就近停个酒店吧。谢谢您,麻烦了。"

出来不为了吃饭那为了什么?

"你就是这么想我的?"刷完房卡,柯非昱前脚锁住门,后脚就开问。

关门声震天响,姜珀肉眼可见他的不爽:"你指什么。"

"什么都指。"

"说清楚点儿。"

柯非昱尽量压住火气:"你觉得我就是想来酒店是吧?"

"你不想吗?"

柯非昱没说话,姜珀耸耸肩,一副"你看吧,被我说准了"的样子。她情绪很淡,但柯非昱多想半秒都觉得上火,偏偏姜珀还是一副泰然自若的表情,波澜不惊的,气得他胸闷气短加牙痒,直接按住她后颈把人压到嘴边来咬。

依旧是很烫很热乎的亲法,没任何迟疑。柯非昱逮住她就咬个没完,姜珀手抵在桌沿,脊柱弯出一个半圆弧承受,她将他脖颈按下来,就着上次没咬完的口子咬上去,伤上加伤,铁锈味立马充斥口腔。

人好像都变钝了,吻持续了几个来回,柯非昱才后知后觉地嘶了口气,反压上去。他将她顶到桌子旁,手臂撑在身体两侧,像一堵墙,牢牢将她围住,眼光周周转转在她脸上游离了一圈,最终落在唇上。

她口红花了,嘴唇上有被咬下的齿痕。他捉着下巴再吻上去,磨牙一样,力道比以往大得多,逼着她觉得疼,她反而贴上来。

吃硬不吃软,反骨头。他猜姜珀应该是极中意这样的,就喜欢别人逆着毛捋,因为她圈他脖子的力道显然要比刚才紧得多。等到要窒息的时候两人才放开来,给彼此腾出些空隙。

柯非昱盯着她喘粗气:"姜珀,不管你信不信,我真没拿这儿当目的。我们好好见个面,开开心心的,该吃吃该玩玩,情投意合了再那什么,

047

锦上添花的事儿，并不是非得怎么怎么，明白吗？"他用大拇指揩掉她被吻出界的口红，"你得明白，啊？"

姜珀侧过一边头，应他："好，就当你没这个意思吧。"

解释了跟没解释一样，柯非昱抹了把脸，又烦躁地抓抓脑袋，心里攒着股劲儿："是不是我第一次给你留的印象太差了，所以你觉得我是那种人？"

"哪种人？"

"满脑子黄色思想的。"

"不至于。"

得到回答柯非昱放下心，可头点一半反应过来不对劲。不至于好像不是好词啊，这头能点下去吗？正进退两难，一只耳环撞到桌面的声音把他脑中那点想法撞了个散。

目光被吸引过去，他见姜珀收回手，朝他看过来："有些事我想说和你清楚。"

"现在聊？"

她摇头。

他又问："等会儿聊？"

她再摇头，她伸出手，钩住他外套下摆收口的牛筋绳，绕缠在食指好几圈，加点儿力收紧，拉回。柯非昱不由被她往前带了两步，她身上好闻的气息撞上来，他低头就瞧见她的眼，她把话说得很明白——

"就这样聊。"

柯非昱头皮顿时疼得厉害，身体比大脑更快做出反应，拉住她小腿就往自己这边带。太过轻车熟路了，有了两次就跟有了两百次一样，一点即通。或者说，柯非昱在琢磨姜珀这方面有点儿东西，跟搞说唱一样，属于天赋型选手。

姜珀主动，柯非昱就能比她更主动，两个人这样面对面搅在一起，吻得舌根都发僵。

柯非昱还想往上亲，被姜珀看了一眼，动作自觉停了，知道这是要开始谈事情了。

"你应该看出来了，我不怎么乐意你来我学校。"姜珀说。

他哼笑一声："是啊，看出来了。"姜珀以为他不说话了，却听他愤愤出声，"我就这么让你拿不出手了？"

姜珀皱着眉，调了呼吸才开口："那你叫我怎么介绍。"

"你朋友不问了吗？问是不是男朋友。"

麦宝仪的原话是"男朋友啊"，姜珀告诉麦宝仪她对了两个字。排列组合一下，其实无非就是在"男友"和"朋友"中做选择。

姜珀单手捧住他的脸，上下摩挲两下："柯非昱，和你在一起我挺开心的。"

这话说得，柯非昱承认自己不聪明，脑子笨，没读过几年书，但也不至于是"和你在一起挺开心的你当然是我男友"还是"和你在一起挺开心的你再问连朋友都做不成"都听不清。

今天他主动来学校找人，一来是想她想得不行了，二来是真的找了家觉得她一定喜欢的店，包了辆专车，安排做得挺全，晚上该怎么过他也有主意了，结果她转头就跟司机说不去了，说什么直接找个酒店停。

他认认真真追姑娘，人却觉得你来来去去就图个美色。

柯非昱本身也是挺心高气傲的一个人，从十八岁首战拿下 Iron Mic S 市站冠军成名起，一路所向披靡，谁都看不上，缺什么都不缺簇拥追捧，"挫败"两个字根本不在 King Of Underground 的人生字典里。

柯非昱当下无法接受，下意识地避重就轻，光拣自己想听的话来听。两人一时回避了这些矛盾，又吻在了一起。

手机响起的第一次他们没管，拉拉扯扯的，都挺忙。响第二回的时候姜珀往房内瞟了一眼，还是没管。锲而不舍的第三通电话响起，姜珀把浴袍往身上一披边系带边走出去，柯非昱伸了手，没拦住，赶忙抄了条浴巾紧随其后。

姜珀按下绿键，那头麦宝仪急哄哄的："你怎么才接啊。"

"有点儿事。"

"什么事啊半天不接？"

一片沉默，麦宝仪骤然安静，过了好半天才吞吞吐吐道："……呃，没打扰到你们吧……"

柯非昱显然是听到了，因为姜珀扭头看他的时候他摸着鼻子笑。姜珀背过身，走到窗户那头继续听电话，不发一言。十秒后，手机突然被掷到床上。

柯非昱的目光从弹起又落下的手机收回，姜珀跟没事人似的偏头用手指顺了顺头发。

看出来她有情绪，柯非昱说："怎么？"

"没怎么。"

他走过去，急了："有事吧？"

"没事。"为了证明真没事，姜珀还主动环上柯非昱的脖子。

他下意识搂上她的腰，但头没被拉下来，由着她指甲在肩胛骨处使劲儿，由着她下巴在他锁骨磨蹭，硬是没配合。他还在不停问，什么情况啊，到底说什么了，先停下行不行。

姜珀被他问得烦躁，把人往后一推："你专心点儿成吗？"

他没说话，姜珀从他的表情里找到答案了——还想问。没多说，没看他，她自顾自捡了一地的衣物到浴室去。柯非昱在原地站了一会儿，搓搓脸，跟进去。

这会儿姜珀已经穿戴齐整了，她用手绾起发尾的时候和柯非昱在镜中对上视线。柯非昱离她不过半米远，正靠在门边看她的动作，面上没太大波澜，只有眼神始终保持锐利，看样子还是很执着，想搞明白状况。

只停顿一瞬，姜珀错开眼神，咬开手腕上那根他给的皮筋把头发归拢好。"啪"一声响，绕了最后一圈的皮筋弹到马尾上。

"和你没关系，是我累了。"姜珀再看他，"有话要说？"

柯非昱摇头又点头，最后摇摇头："如果你不想说你的事，那就谈谈我们的事。"

"我想了想，觉得做朋友，也不错。"几个字几个字往出蹦，费劲儿，他继续说，"你的学校我就不去了，以后见不见面的，你来定。"

"知道了。"姜珀将包一拎，从他面前经过。

手差点要压上门把了，她的心里终究放不下。姜珀回头，他还靠在那儿，还是望着她。她不禁开口："柯非昱，虽然我挺喜欢你的。"

"但是？"他截过她的话茬儿，挑眉，"别发好人卡，真的。"

姜珀笑了一下："我呢，没你想的那么好。我脾气很差，而且阴晴不定，这只是你今天看到的，在你看不到的地方我还有更多臭毛病，做朋友我们也许能处，但超过这条线做男女朋友，你绝对受不了。"

柯非昱就要开口反驳，她一抬手止了他的话头："想说你怎么就知道我受不了，是不是？我闭着眼睛都能猜到。"

"处事不考虑后果，全凭意气和冲劲儿，'至死是少年'当然很好，我也承认你的风格确实让我上过头，我喜欢你有一说一的真诚，哪怕不讲道理，但这不代表对我的吸引力会一直有效，至少在这件事上不行。"她深深看了他一眼，"你考虑清楚。"

姜珀站在亮着点微光的宿舍门外。

麦宝仪告诉她，郑晓航给水珊珊做了思想工作，但话到这儿就停了，只叮嘱她专心谈恋爱："说多了影响你心情。"

可不多说也影响到她心情了，寥寥几句就让她没了兴致。

身为辅导员的郑晓航不可能只做水珊珊一个人的工作，所以姜珀的第一通电话就是来自他，之后在回校的路上她又接到一次："大家都是同学，快毕业了也没剩多少时间，矛盾说多了都是误会，珍惜这份缘。"

姜珀是能够理解的，两人寝室内部不和谐，一个跑到隔壁挤单人床不是长久之计，但要想另外安排有空位的寝室，先不说有没有，也不说水珊珊愿不愿意，对方寝室肯定是百分之百的不答应，像这种中途换寝的人，塞给谁谁心里都有疙瘩。这事棘手，辅导员没那么好干，但理解和接受不一样。

门打开，水珊珊的床帘里透着光，姜珀径直走到自己的位子开了小灯，在桌上翻找出充电宝，俯下身拉开抽屉摸出一包烟，叼嘴上，走到阳台外面去。锁好门，烟盒先放一旁，姜珀手肘抵在栏杆上，给手机插上电源。

黑屏幕亮起，麦宝仪先前发来的吐槽伴随着振动弹出来，一条接一条几乎霸屏，姜珀划拉着慢慢看，火气上涌，光挑最后一句回了：我刚到。

上方立刻显示对方正在输入：她有找你说话吗？

没有。

麦宝仪的消息接着发过来：水珊珊今天这个操作差点没把我惊呆，这不就是在暗戳戳说你欺负她吗？

姜珀打字：她真和郑导这么说的？

对。我们全寝都听着，郑导打给她，她说她也不知道你为什么不理她，又不敢回去热脸贴你冷屁股。碍于我们俩关系好，我舍友她们没说什么，但是你懂的，加上秦沛东那档子事，大家肯定都先入为主了，觉得你——

发完这段话后，麦宝仪补了个无语的表情，又回到最初的话题：所以你们之间到底发生了什么事啊？

麦宝仪不知道她心烦，还是持续发消息，又连发几个疑惑的表情包：怎么不回我？你是睡了吗？

头疼欲裂，姜珀把手机放下，从烟盒中取出一根烟，放到鼻下闻了一下。苦涩，熟悉，尼古丁的味道让人安心。堆积的压力无处释放，她就自己学着用烟解压。以前都是偷偷抽，做模特后，出于对皮肤状态的考虑尽量不碰，从抽改成了闻。

夜很静，四下仍有些不知名的响动，整个宿舍区就笼罩在这样的气氛下，有人睡得香，有人睡不着，而迟迟没得到回应的麦宝仪终于相信姜珀是睡了，发了一个晚安的表情包给她。

姜珀将错就错，让手机屏就这样慢慢熄下去，然而新的消息却在这时陡然跳出来，白光自下往上打得姜珀不自觉皱眉，她低头眯眼看。

柯非昱：我挺想见识见识的，你的臭毛病。

　　生活中的变数太多，原本约好的摄影师档期临时调整，In2iew 未能如期开拍，于是姜珀周末空出来的缺就由本专业的科研填满。

　　导师韩明拨了越洋电话来询问课题进展，姜珀一一反馈了，他听上去心情不错，还顺带着问了一嘴张奕毕设的开展情况，姜珀想起被他糟蹋的那摞培养基，表示都挺好。

　　该说不说，柯非昱发的那两句话对姜珀极具杀伤力，这一觉她睡得心神不宁，在隔天醒来摸手机时才回给他一句：*好奇心害死狗*。

　　可能是习惯了柯非昱秒回，姜珀捧着手机一阵没等到回复，一看时间才想起来，这才八点，他才进入初期阶段的睡眠。

　　麦宝仪没舍得放过姜珀，喋喋不休地问她一些柯非昱的事，最后姜珀实在没办法了，就告诉麦宝仪他的名字，说百度知道的肯定比她多。麦宝仪确实在很多时候热情到无法抵挡，可该有的分寸感她有，就像她再也没提起水珊珊的事情，这让姜珀感到非常舒心。

　　不舒心的事也有，例如每天都会出现在桌上的零食，又例如她某次在食堂碰见的人。那是秦沛东的舍友，一个沉默寡言的男生，虽然同班，但姜珀没怎么和他来往过。姜珀遇见他时他正拿着两个外卖盒打饭，看见她，他脸上闪过一丝鄙夷，但很快压下去了，朝她不自然地点点头。

　　大学生虽身处象牙塔，说起来却已经算半个社会人，大家早已不在那个讨厌谁或喜欢谁都恨不得写在脸上昭告天下的年纪，就算某个人风评再差，只要不涉及自身利益都不至于翻脸闹难看，实在看不爽，最多私下吐槽几句，然后体面地把该人划入心中那份社交黑名单。

　　不过还有少数人不是，像柯非昱，他的爱恨就一直很鲜明、强烈，甚至可以说是非黑即白。姜珀说"好奇心害死狗"，根本不是什么好话，他居然还能顺着话认，回她"那你救救狗吧"。真无赖……

　　他话多，时不时就在朋友圈发些动态，晒鞋也要摆成打电话的姿势留影一张，很显摆。姜珀看到这张照片时正在寝室里看文献，看到鞋就想起他的球裤还在她这儿，正好闲暇，便问他人在哪儿，她送过去得了。

　　柯非昱发来一串乱码，姜珀的心脏反射性一紧。水珊珊曾经也发过类似的一段，乱码比他的长点儿，且没有符号。

挺怪的，她正想着，那头就撤回了，取而代之的是一条语音："我打球呢。"

语气带点儿喘，依稀听得见鞋底摩擦塑胶场的嘎吱声。姜珀说那她过去，他嗯嗯又啊啊的，犹豫一下又说可能不太方便，搞得姜珀突然就来兴趣了，问他怎么个不方便法。

"你师弟在。"他小声说。

姜珀还没说什么柯非昱就先慌乱起来，压着嗓急着给她解释，再三保证说真不是他叫的人，他甚至都没有她学弟的联系方式，真是巧合。

姜珀说没事，左右也不是第一次见了。这话一出，对面迅速就把定位丢过来了。

"学姐！"姜珀刚下出租就碰上一群汗流浃背的男生抱着篮球说说笑笑走来，张奕在其中向姜珀打了个高兴的招呼。

"这么开心。"她笑。

张奕脸上挂满笑容说："学姐来找 K 哥吗？"

"是啊。"

"你都不知道今天有多巧，我朋友说有个打球的好地方，谁知道能和——"他还想多说几句，但前方友人大声喊他动作快点儿，要赶不上车了。张奕急忙伸脖子应了声马上来，和她比画着："学姐我先走了啊。"

"好。"她走进球馆，在门口驻足。

大概十来个人在，有几个看起来是兴起耍一把的，没穿球服，又热得不行，一排坐地上全把裤腿卷起来在比谁的腿毛长，还有几个在比倒立矿泉水瓶的，挺热闹。只是这么多人里，她一眼就瞧见他打球的身影。

膝盖下一截劲瘦的小腿，肌肉线条分明，他的左手臂自然垂下，单手利落接过远处抛来的篮球，一个屈膝跳投，出手没半点儿犹豫，三分线外轻松投入。

众人鼓掌欢呼："牛的牛的。"

电子显示屏上的分数定格在"100:96"，"K"得分 20，位列第一。姜珀折回视线再看他，柯非昱留了一个侧面，看得出是在笑，手一收，篮球从胸前流畅划过，干干净净打板上篮，浑身上下那股不受束诫的浑蛋劲儿太浓了，周围"嚯"声此起彼伏的，都服气。

独属少年人的意气风发，他就有这个本事狂。柯非昱这个人吧，就是你知道他在装，他也从没想掩饰这点，就坦坦荡荡让你知道他很会，装得都很有味儿，让你上头，让你别想走。

细带白短背心，牛仔阔腿裤，头发随便盘个髻。姜珀脚踩球鞋刚踏入主场，近处几个男生的脑袋就像多米诺骨牌似的转过来，前头人的脏辫甩到后头板寸的脸上，手肘一个顶一个，嘴型是"wow"，嘘声从小变大，胆大的甚至还吹起口哨，不小的动静引得柯非昱边退边看过来。

对视上的前一秒还懒洋洋的，下一秒他就立马把球掷给赵阙。赵阙没防备，骂了一句歪过头惊险躲过，柯非昱管都没管，扯下脖上挂的毛巾一路小跑来，留赵阙一人在原地目瞪口呆。

他一靠近就热气腾腾的，特灼人。

姜珀从袋里翻出矿泉水递给他："热不热？"

柯非昱胸膛起伏着："你买的啊。"

"路边捡的。"

柯非昱的笑容直接没忍住："饿了吗？饭吃了没？"

"不太想。"

"知道你减肥，多少吃点儿。"

正说着，后方一群人三三两两走来，各个造型稀奇古怪的。走近之后，他们先是看姜珀，又看柯非昱，视线在两头来回转，这是啥情况啊，都蒙。

刘思戈在最后，一手拎着功能饮料，一手举手机朝柯非昱喊："Morty快下飞机咯。"他又转头招呼姜珀，"晚上有空吗，一起来啊！"

柯非昱帮她和自己都拒绝了："去不了，等会儿我跟他说。"

"之前不是都说好了下馆子接风？干吗临时变卦。"

"就有事呗。"手汗津津到发条信息都能手滑，他轻拍姜珀肩膀示了意，然后扬扬下巴，舌头顶上腭发出"咯"的一声，对众人，"走了。"

姜珀看明白形势了，扯他被浸透的衣角："不是要给朋友接风吗？"

"是啊。"

赵阙耳朵灵，跳一下撞上柯非昱肩膀，一个劲儿撺掇他："一起去啊，多热闹。"

柯非昱扭头停下，低声询问姜珀意见："真的？"

"真的。"

柯非昱听到回答，耳根发烫，热汗从发根冒出顺着额头不停往下淌，眼睫全是湿的。他使劲儿抹了一把，手捂大半张脸都没能掩住笑意："我们很快到。"

姜珀没想到柯非昱住的小区离S大能这样近，通勤时间居然连二十分钟的车程都不到。

门刚一开，一团黑色身影光电一般闪出来，姜珀被吓得往后一退，旋即惊喜。但"黑脸"铁面无私，不在乎人美不美，只在乎人生不生，朝姜珀就是凶猛吼叫一声。

"安静——"柯非昱皱眉制止。

看到主人，独眼小狗赶紧扑过来扒拉着他的腿转圈。柯非昱边换鞋边指它，顺手摸摸它的脑袋，进行"严父"教育："你知道她是谁吗你就叫，不准叫了啊，听见没，格？"

姜珀简直怀疑自己耳朵："你叫它什么，哥吗？"

"格啊。"柯非昱用脚逗它，"野格，它名字。"

柯非昱面对姜珀的无语做投降状，表示很冤枉："是Morty建议的。"

他转头看到姜珀很疑惑，又补充道："Morty，我们厂牌的制作人。他说取名还是取食物类的好，上口不说，一个厂牌的遛出去叫起来也比较有团队精神。我说行，但想半天想不出什么好名，后来没办法就搞了个抓阄，把家里吃的拿出来让它自己嗅，这叫什么？这叫三分天注定。"

姜珀闻言望了屋内一圈，近处桌上扔着几包槟榔和口香糖，还有抽空一半的烟盒："嗯，七分靠主人不正经。"

野格好像听得懂话，看向柯非昱，又眨巴了好几眼，坐下，注视姜珀，开始摇尾巴。姜珀弯下腰，伸手给它闻味道。

"握手。"柯非昱在一旁说，它便配合地搭上姜珀的手掌。

"它好听你的话。"

"没事，我听你话，一样的。"他把上衣一脱，说洗澡去了，临走前还交代野格留下来陪姜珀，"格，给我点面子。"

野格果然听话坐下。狗随主人，其实看它看久了，是能看出柯非昱影子的。具体像哪儿不好说，可能是身上那股气质。

土狗短皮毛，油光水滑的黑，底板儿特好；也可能是它闪闪发光的眼睛，黑乎乎的，看上去很精神，里头明明白白写着"我很忠诚"四个字。她想，要是能有两只的话，应该还能再锋芒毕露一点儿。

柯非昱洗完澡出来时，姜珀正蹲着摸狗头，一人一狗在他洗澡这会儿工夫已然完全建立了信任。狗崽子肚皮大翻，惬意地眯起仅有的一只眼睛享受，姜珀也摸得入了神，连他走到面前都没察觉。

柯非昱把手机往边上一扔，弄出一点儿动静引她抬头，他挺不高兴的："啧。"他先怪野格，"是不是面子给大了。"完了他朝姜珀说："也没见你这么摸过我。"

姜珀翻了个白眼，强调一个事实："它是狗。"

他无所谓地摊手："要能有这待遇，你把我也当狗得了。"

"好啊。"姜珀淡淡瞟他两眼，起身，招手，"过来。"

他站到姜珀面前，姜珀把他脑袋上歪七扭八的毛巾盖好，盖正，两手扶着给他擦干湿发，一碗水不仅端得平，还端得他满意。柯非昱任她这样那样摆弄，一反常态安分得要命。

姜珀本来还在认真揉头发，后来实在受不了，忍不住问了："能拜托你一件事吗？"

"说。"

"能不能别那么看着我。"

他还没反应过来："啊？"

"我快被你看透了。"她说这话时眼神没放他那儿，仍在给他擦头发。他听得出来，这算婉转的打趣，语气间全是笑意，但他笑不出来。

一滴水珠落在她的眼皮上，姜珀一眨眼，水珠顺着往下滚，停留在她的唇珠，然后流下。后知后觉有什么正重重压在唇上，她抬眸和他对上。

那眼神厉害，姜珀顿觉嘴角被压僵了，抬起的手臂愈来愈重，呼吸下沉，手腕被他握着拿下来。他顺着脉搏摸到她五指，交扣住了，再走近，这下她的额头堪堪擦过他下颌。

后退，后退，再后退。姜珀的小腿刚触到沙发边缘就踉跄着坐下去，倒下去的间隙里和他匆匆对上一眼，呼吸陡然大乱。他伸着下巴凑近，姜珀下意识往后倒，他不让，手臂抵在她身侧，还是投球时那样肌肉分明的线条，强势圈出属于自己的领地，灼热的气息在她脸上四处游走，到哪儿她都藏不了。

情动从姜珀心底翻滚着涌出来，柯非昱在姜珀的呼吸里呼吸着，目光着落于她的眼，她的鼻尖痣。冷冽的香水味儿从她耳后发间散出，高级，就像她刚刚在球场向他走来的那幕一样高级，刻脑海里了，他这辈子绝对忘不掉。

见姜珀一直在躲，柯非昱问她怎么了。

姜珀小声地说："……它还在。"

"谁？"

姜珀没说话，他顺着她目光往后看，野格坐在那儿，歪着头，吐个粉舌头好奇地看他们。

"害羞啊。"

"它什么都知道的。"

"那……去房间？"

然后他们真就去了，柯非昱从未如此感谢自己卓越的运动天赋，只需三秒就可以把她抱进卧室。傍晚时分光线正正好，一切处在看得见和看不见的平衡点，若隐若现。

默契，贴合时彼此都长舒了口气。他一双手紧握在她腰上，虎口正好卡在一对腰窝里，相称，好像合该长在这儿一样，柯非昱兴奋起来，面对面地亲昵着。

这样的亲昵就是无论契合得多深，柯非昱都一直要找她的眼睛，想对视。很难解释，但她看他的眼神就是让他觉得可以在她这儿死上一万次。

他扔外头的手机振动个没完没了，喘声也没完没了，什么都没完没了。

人有些发晕，姜珀用最后一分理智提醒他："他们还在等你。"

"等一会儿又死不了。"

"里总没接？"

"没。"刘思戈替老大解释，"里总最近忙到脚打后脑勺，哪有时间接电话。"

"老K也没接？"

"没。"

刘思戈猜到了原因，夹了粒花生米放嘴里没接话。赵阙前后打了十来个全都是无人接听，手机一扔，没耐心了，不打了。

不打了是一回事，等不等又是另一回事。厂牌人没来齐，大伙儿就先聊会儿天，交流交流感情。

Morty看着手机挠头："老K最近什么情况，一天一百条朋友圈都不够他发的。"

刘思戈说："你太夸张了，也就五十来条吧。"

Morty把手机屏亮给众人看："大早上发腹肌照，这不有病吗？"

旁边的赵阙"哈"了一声，稀罕了，这圈子居然还有不知道情况的。

"是这样的。"刘思戈放下酒杯，转头给Morty解释起来，"老K呢，最近在追一姑娘，情况估计呢，挺棘——"

"来晚了——"

都说背后不说人是非，这不，正说着，柯非昱推门就进来了，姜珀的身影随后出现，在座几个男生刚想发"K"的音顿时就卡喉咙里了，而后同时转为一声极为躁动的"呜呼",跟野人似的。

赵阙拉长了调说嫂子来咯,柯非昱笑着制止:"别瞎叫,啊?都是朋友。"

Morty 在和柯非昱钩手撞肩的同时和刘思戈相视一笑,彼此进行一个无声的交流:瞧见没?瞧见了。正不正?太正了吧。

柯非昱给姜珀拉了凳,邻座的是今晚饭局上唯二的女孩儿,黑发齐刘海,仿佛动漫里走出来的少女,柯非昱刚进门就见她胳膊搭在 Morty 腿上滑手机,两人什么关系一目了然。

一个很有书生气的戴眼镜的男生问柯非昱:"K,迟到这么久怎么说?"

他吊儿郎当靠椅背上,很痛快:"这顿我请。"

本来是想让他自罚三杯,没想到他张嘴就是要破费。男生说不行,刚下节目没多久好容易见一次,今天理应他来把握,随后赵阙第一个不同意,说馆子是他推荐的他来请,还有一个戴着 durag 头巾的男生更不服气,嚷嚷着局是他提议组的,关他们几个什么事。

江湖气息浓,你争我夺刀光剑影的,就差撸袖子打架了,最后是刘思戈表示后半场的温莎红酒都已经备好了,他一条龙接风服务谁都别想抢,几个人这才消停下来。

音乐工作者的饭局自然是绕不开音乐的,刘思戈说某档说唱节目的导演组前几天给他发了报名表,问西别怎么看。西别就是那个戴着眼镜的男生,看上去文绉绉的,没想到烟抽得最厉害,全程吞云吐雾,基本没看清过脸。他先是沉默一会儿,又说让他想想。

赵阙也附和道:"钱难赚屎难吃。节目效果是真垃圾,我说句'兄弟我挺你'都能被剪成'兄弟你吃屁',都快盘包浆的 Beef[1] 还要拿出来翻来覆去地讲,不整点冲突矛盾好像节目就办不下去一样。"

接下来赵阙绘声绘色描述了一番自己的微博是如何被粉丝骂的,所有人都哈哈大笑,而柯非昱一反常态地没参与讨论,只是悠闲地抽着烟笑,更奇怪的是没有任何一个人把话头抛给他。

---

①Beef:在说唱文化中指用 Diss track 来互相攻击,解决歌手之间冲突的方式。也可以表示为说唱歌手之间的不合,这类的不合通常是在说唱音乐的范畴中解决的。

服务员上了盘沙拉给姜珀，姜珀以为是上错菜了，柯非昱说没有，就是他给叫的："看你一晚上都没怎么吃东西，我刚问杨教练，他说这个卡路里挺低的。"

姜珀愣一下："你会不会太贴心了。"

"我觉得还可以。"

酒过半巡，大家肚子里都垫了点东西，又开始聊天，话题从圈内八卦转到了厂牌内部事务里，Morty 表示年底的歌有思路了，完成度百分之七十，曲子放出来让大家先找找感觉。

多少年兄弟了，刘思戈看柯非昱摇头的那个自在样就知道他一定喜欢这个调子，赶紧起哄说："K 啊，这你必须得先 cypher①一个。"

几个人不约而同欢呼起来，众望所归。

柯非昱笑着往嘴边送了口烟，张口就来了段吹牛的词，中英夹杂着来，腔调非常足，周围人给他 back up 的声音太大了，后面姜珀没能听清。

词是张嘴就来，人是说嗨就嗨。姜珀开始还觉得有些不安，可情绪这玩意儿是能感染的，气氛都热着，所有人都跟着躁着，她渐渐适应这伙人随时随地的都能野蛮生长闹腾起来的疯劲儿。

赵阙说他喜欢第二段旋律，摩拳擦掌加入了 battle 战场。有人笑他是送人头，而柯非昱就笑嘻嘻地听，和 Morty 点头举杯的同时还能精准猜到赵阙每句的最后一个音，属于伤害不大侮辱性挺强，赵阙气急败坏到骂他是疯狂开屏的公孔雀。

他倒坦然，轻轻松松反驳："你连开屏的机会都没有是不是因为太丑？我之所以承认是因为我 keep real。"

在场有录像的，有笑得直不起腰的，所有目光都聚焦在这俩人身上，赵阙被他骂到落荒而逃在凳子上捂着肚子笑。

姜珀也忍不住笑，余光不经意瞥见有个类似个人信息证明的玩意儿从女孩儿的外套口袋里掉出来，正好落她脚边。她伸出手，把手心里的东西翻了个面放到桌上。

一晚上柯非昱隔个几分钟就要看姜珀一次，这会儿瞧出点异样，问

---

①Cypher：麦克风接力，指一群说唱歌手一人来一段自己的说唱词。

她是不是不舒服，姜珀说没有。尽管这么说了，柯非昱依旧担心她不习惯这种太过热闹的酒局，于是在中场之际向兄弟们提前说拜拜，用的还是姜珀敷衍过他的借口——

"学校不允许晚归，我得把人送回。"

走到外头，柯非昱对她说车叫好了。姜珀想起宿舍里的那尊大佛，心里犯愁，摇头说道："你要有空的话陪我散步消消食吧。"

"那敢情好。"他转手取消了订单，特地选了条相对安静的路陪她走。

十八岁，牌子上的数字始终在她脑海中挥之不去。

姜珀静了半晌，说："柯非昱，你谈过几段恋爱。"

柯非昱刚想交代一段也没有，突然乐了，黑眼睛直放光："你这么在意啊？"

"也还行，就是好奇，你可以不说。"

"我乐意啊。但你得先告诉我，"柯非昱反问，"你看我像是有几个？"

姜珀驻足，在灯光下认真仔细地看着他："一百零八个。"

一百零八个？他摇头笑了。

姜珀却很难笑出来，一颗心沉得厉害。

柯非昱就怕她不信有这么回事，从车下说到车上，反复申明自己活到现在二十好几真的一段都没谈过，说完意有所指地看向姜珀。姜珀手上敲着键盘回复 In2iew 负责人紧急发来的短信，忽略他的暗示。

一句话没说，她到了校门口就下车。柯非昱刚想跟着就被车门挡回去了，想从里面开，但她按得紧。

几个意思啊？柯非昱狂戳车窗控制按钮要向她要个说法，但等玻璃降下来了，姜珀却率先弯下腰，单手肘靠到车窗边缘截住他的话——

"柯非昱，我们也没谈过，但该做的哪样没做？"

一句话把他堵得很死，有多"死"难说，但至少是"死"到他一晚上一条朋友圈都没发。

晚上姜珀躺在宿舍的床上，自省。

明明是她先问的情史，他也澄清了，她还反过头说风凉话。可老实说，他的朋友都能和小女生交往，唯独他洁身自好的可能性有多大？

感性和理性拉扯了一晚上，姜珀没能睡踏实，始终半醒着，原定四点的闹铃没响就被提前掐了。夜熬猛了眼眶就有点儿黑，姜珀拿遮瑕压了压，又仔细盖了脖颈和耳后的一些痕迹才快速出了门。

没有一次开工的天是亮透的，姜珀在车上草草用过早饭，人来得早，到场时棚内灯光都还没打起来，工作人员让她先到化妆间做造型。负责妆造的是一个叫丝丝的女生，干活麻利，人温温柔柔的。

做发型的过程百无聊赖，姜珀看起了朋友圈，入眼第一条即是昨晚那段 Battle 小视频，刘思戈发的。评论区按队形在发大拇指表情，她又看了些其他的，返回主页再往下一拉。很巧，这条状态下突然多了一个赞。

姜珀回到微信的最初界面，找到柯非昱的对话框，指甲在屏幕上打得噼啪作响：**你这样迟早猝死信不信？**

"对方正在讲话"的字眼很快出现在对话框上：**起这么早啊？**

他又发了一句：**早上好。**

语气挺讨好的，不知道是他忘性大还是什么，好像只要她给点儿好脸色就可以不计较她的一切过失，照样殷勤摇尾巴。

她的行为和打一巴掌给一甜枣太像了，姜珀于心有愧，主动告诉他自己今天到棚里拍片，还问他早餐吃了吗。

柯非昱分享过来一首歌——《不吃早餐才是一件很嘻哈的事》，隔着手机她都能看到柯非昱那张满不在乎的脸。

姜珀忍着翻白眼的冲动，发送：**我没在和你开玩笑，改改你的作息行不行？**

他还是发语音："在哪儿拍啊，我能去吗？"

姜珀看破他转移话题的常用伎俩，说睡你的觉吧。

他回：**那我去问袁安妮了宝宝。**

姜珀拿他的死皮赖脸没招，只好发过去定位，同时警告他：**没睡觉不许来。**

他迅速回了个"ok"。

"嘶……"姜珀突然被温度烫到，反射性往旁边一躲。

"不好意思啊！"丝丝急忙把卷发棒放到边上给姜珀检查伤势，姜珀缓过神，捂着额头笑笑说没事。

女生拉开她的手，挺着急，左右看了看："痛不痛？"

姜珀说并不是很疼，让她先用粉底盖盖发红的位置，再把刘海烫卷一些遮住脸，应该没大碍。丝丝照做了，效果的确不错，至少不影响拍摄。但当姜珀再次看向镜子时，丝丝的表情却并不是很自然。

"有什么事吗？"

"啊？没有。"

姜珀没追问，任由丝丝用夹子把她的偏分定好型。打腮红时两人对视上，丝丝把视线移开，而在上唇妆时，目光却再次聚在一起。

姜珀笑了："你还是说吧。"

丝丝尴尬地说："刚刚给你发语音的是 FK 吗？19 Hood 的 Fein.K？"

"认识？"

可能觉得偷听别人的语音不太得体，又可能是碍于两人的关系，生怕姜珀误会，丝丝的话说得犹豫："见过几面。"她斟酌着，"你们现在是男女朋友？"

见姜珀不说话，她赶忙摆手解释："我没有其他意思，我是想说这个圈子的有些人太……如果你们还没有在一起的话……"

她没把话说透，姜珀却明白了大半："你和他们之中的谁交往过，对吗？"

"……我在一档说唱节目负责过妆造。"交往范围顿时缩小不少。丝丝转过身，叹了一口微不可闻的气，开始整理化妆刷："你听说过洗衣机式恋爱吗？"

姜珀一愣，当然听过。洗衣机式恋爱，顾名思义，就是像洗衣机一样和你恋爱。先泡着你，再缠着你，不停围着你转，如胶似漆地和你纠缠在一起，把想要得到的都得到，然后甩在一边，晾起。

丝丝点到为止，说完话就去了隔间整理今天需要拍摄的服装，而姜珀坐在原位，掌心出了点汗，裙角被她揉得也有些皱巴。

门外敲门声传来，姜珀回头，老熟人了。

"好久不见啊。"Leon 冲她笑。

"我只知道换了摄影师，没想到来的是你。"

"我师姐太忙了，实在抽不出空，索性把项目介绍给我。"Leon 走到她身后，抬手看了看表，"以我们的默契，傍晚结束拍摄我想问题不大。"

今天拍摄的品牌是 lookbook，Leon 选择在白棚的无影墙上打光拍摄。棚内单开三盏灯，只为突出具有光泽感的服装面料。

姜珀皮肤白，人鱼姬色的绸缎面料穿在身上波光粼粼的，很显气色，按理来说出片率应该不低。可试拍了两张 Leon 就摆出暂停的姿势，丝丝上前给姜珀整理服装，Leon 调试着手里的相机，问姜珀是不是心情不好。

姜珀拨了拨头发，顺势扶额，有种"这也被你看出"的无奈。Leon 给她一个"不然呢"的眼神，让姜珀先休息休息，找找状态。

丝丝忐忑地迎上来，问姜珀是不是因为她的话受到了影响。

姜珀摇头解释："是我昨晚没睡好。"

随后她独自到化妆间，反锁住门，坐着发了会儿呆，在包里找出了随身携带的烟和打火机走进卫生间。抽完一根烟，姜珀的心神稳下来不少，再次进入摄影棚时思绪不飘了，能专注镜头了，肢体和表情都收放自如。

和 Leon 的默契当然也在，他变换着抓拍角度，满意，快门按个不停，很快就拍完一组。在休息的间隙，Leon 在显示屏上前后看了几张，实在喜欢，又用胶片相机另外给姜珀拍了几张。

墙上时钟的指针指向"十"，柯非昱没来探班，这让姜珀松下一口气。可棚外突然有了些动静，助理出去又进来，两手拿着包装袋一脸茫然。

"谁叫的外卖啊？放饭时间还没到呢！"

丝丝过去确认订单备注，把单独包装的一份递给姜珀："这杯是特别给你的。"

姜珀接过，看着署名 K 的冰美式心情复杂，Leon 在一旁瞟见，拍拍她肩膀笑道："老 K 来真的了。"

咖啡上面贴着便签，上面有个记号笔画的简笔狗头，内容为——**野格说它想你了**。每个字都写得巨大，带点儿潦草的用心。姜珀喝了几口咖啡，脑海里全是他像闹着玩似的小学生字体，忍不住想笑。

她放下杯子，转头提出继续工作。几个工作人员一下拥上来，又是帮着拆发型又是忙着补妆容，所有人都紧锣密鼓地投入下一场拍摄。

其实姜珀从见他的第一面起就知道，柯非昱是和她截然相反的另一个极端。他外放、张扬，爱意恨不得让全世界都能看到，什么事都愿意付出百分百，不考虑后果不讲求回报，在乎的就只有你这个人。

如果根据洗衣机式恋爱的进程来看，目前已经到了不停围她转的阶段。姜珀不确定他是不是洗衣机，她只知道，他的确转得很用心。

下午六点半，一天的拍摄结束，姜珀累得睁不开眼，回到宿舍洗完澡才稍微清醒过来一点。

大概是搞音乐的人半夜灵感来得快，柯非昱过着日夜颠倒的生活，姜珀手机里有他下午发过来的语音消息，拖着明显是没睡醒的口音问她拍摄结束了没，饭吃了吗，一会儿怎么安排。

犹豫了片刻，她的指尖摸上二十六宫格，问题一个一个慢慢回过去：结束了。吃了。在宿舍待着。

唰——斜后方的床帘突然发出了窸窣的响动，桌上的化妆镜反射出些动静，她能感受到有人从床上爬下，然后走到她右手边，桌上就多了一个面包。

零食换着花样放了几天，而今天却是姜珀和零食主人这么久以来打的第一个照面。在感受到那股熟悉气息的瞬间，姜珀就已经开始不舒服了，强压着，可那人就杵在衣柜一角，想要装作没看见很难。

姜珀忍了多久，她就站了多久，仿佛一种无声的对抗。

"啪"，姜珀把手机往桌上一放："我记得我说过让你好自为之。"

水珊珊默了默，问了姜珀三个字："为什么？"

姜珀的余光里，水珊珊在拨弄手指的倒刺。

"你是觉得我还什么都不知道吗？才不停试探我的态度？"

话到嘴边了，姜珀却有些矛盾。说，各方努力维持的和平局面绝对撑不过今晚；不说，她心里憋了长久的气有了出口却难以爆发。这么固执地想知道答案，不知道水珊珊究竟是想让谁难堪。

姜珀到底还是开口了："去年我生日，他喝醉过一次。"

水珊珊闻言抬头，姜珀感受到她投来的目光："看来你记得。"

"前阵子我正式提分手，他几番挽留，我随口问了句'你觉得我们为什么分手'，他以为我知道了什么，就把那晚发生的事全盘托出，并对我再三发誓，除了一个拥抱，你和他什么也没发生。"

"我和他认识了快七年，他不是会轻易喝醉的人，那时候我们的感情就已经出现了问题，他是借酒消愁，而你是——"姜珀懒洋洋看水珊珊一眼，把她的行为定性，"乘虚而入？"

水珊珊沉默着，毫无离开的意思。

"没听够？"

"这是他的一面之词。"

没错，姜珀托着脑袋，疲倦地点头："所以一开始我没信，直到你做贼心虚发状态封我的嘴。"

人对自己名字的英文缩写总是有刻在 DNA 里的敏感度，水珊珊曾经发过一条状态，三行拼不成文的字母，三个 JP，像乱码，配图是一条布满刀口划痕的手腕，而图片特意经过处理，调成了黑白，不细看看不出来。

姜珀看到时距离发出状态的时间已经有五小时了，零点赞零评论。她当下就明白了，这大概率是一条特供给她的朋友圈。

"这是你走得失败又成功的一步棋。如果你没这么做，凭我们的交情，我绝对是信你远大于他。你很聪明，用割腕先发制人，再主动搬出宿舍倒打一耙，让我开不了口。老实说，从出事到现在我都没想过闹得难看，只是我不明白你怎么还有脸找我摊牌。出于曾经关系还不错的份上，我真的很想问你一句是不是有病？"想说的话她终于说完了，尖锐，直白，难听至极，姜珀却没有一点想象中该有的痛快。

水珊珊缄默地听完，既没否认也没承认，她异常镇定，泰然自若得仿佛早已料到，不紧不慢拉了条凳子在姜珀身边坐下。

姜珀一开始还对她的主动感到迷惑，直到事态的发展离谱到一个极点，就半分惊讶也没有了。

"我有没有病都不重要，重要的是，你，忌惮我。是我赢了。"水珊珊指姜珀，又指自己，绕绕缠着白纱布的手腕，笑着重复道，"我赢了。"

硌硬得像吃了一万只苍蝇，姜珀不愿多搭理，她却不依不饶。

"其实你不怎么喜欢秦沛东吧。和这种好男孩勉强处了一年，是不是很没劲儿？虽然从头到脚都挑不出毛病，但是他百依百顺，很无趣。你说的大部分都对，除了一点，那就是我一点儿都不喜欢他。"水珊珊"啧"了一声，嫌弃溢于言表，"就是太好的毛病了，对谁都好，好到替我隐瞒，好到让你腻烦。"

真是听不下去了，姜珀说："我在录音，水珊珊。"

她先是一愣，接着掩面失笑，对着姜珀放在桌上的手机努了努嘴："你的手机放那儿呢，怎么录？"

"录音笔。"

这下水珊珊笑得更厉害了，整个人弓着身体在抖，好不容易才直起身，连带着音量都大起来。她说："姜珀啊，你有什么能是我不知道的呢？例假日期我都替你记得一清二楚，还有，前几个月买的烟快抽光了吧。"

烟除了外带，姜珀一直是放宿舍抽屉的。哦，原来水珊珊不光要勾搭男友，还要窥探她的个人隐私。本以为对这个人的失望已经到了尽头，没想到她还能撕下最后的伪装持续火上浇油。

姜珀看着她，这张脸太陌生，她越看越觉得心凉，气不断上涌着，心跳得猛，连手也在抖，忍不住问："装了近四年，你累不累？"

"这方面你是前辈，假了二十几年，岂不是比我更累？"

姜珀没说话。

"听说你最近有了一个新男友呢，啊不，应该是暧昧对象，或者说是玩玩而已？玩说唱的？酒吧认识的？认识还不到一个月吧？"

姜珀懒得去问她从何处得知的消息，从椅子上起身，打开柜门。

水珊珊挪了挪椅子，像好心地给姜珀腾地方："你也不听嘻哈啊，是好男孩满足不了你所以才需要在坏男孩那儿寻求刺激吗？"

珑骧包被翻出来，姜珀一件件往里面扔衣服。她收拾着桌上的瓶瓶罐罐，乒乒乓乓，不管磕没磕着，只管快，一股脑儿全收到化妆包里。

"和他在一起，很刺激，是吗？"

水珊珊还在问，没完没了。姜珀在忍无可忍的边缘濒临爆发，而水珊珊的逼问却戛然而止。打断她的是一阵振动声，嗡嗡嗡，从桌上传来的。姜珀皱眉，停下手上的动作低头看，微信界面跳出的是一个视频电话。

水珊珊站起来，伸过头来看备注，似笑非笑道："说来就来了，你的坏男孩。"

柯非昱找到姜珀时，她正坐在路边发呆。空荡荡的街道上，只有她一个人。

她手托额，柔软的长发遮了半张脸，身型薄到在宽松的家居服里晃，她不知道在想什么，很入神，完全沉浸在自己的世界里，连这么帅的他都没发现。不合理吧？

柯非昱发动引擎，轰油门的呜呜声割裂夜风，机械车身绕了个浮夸的大圈，腿一架，停住，这个排场装得稳稳当当的。

被改装得相当张扬的摩托车隐匿在夜色里，光打着个车前灯，明明白白照出被他带起的一地尘埃。

简单的枣红卫衣和破洞牛仔裤被他穿得痞里痞气，脖颈处还刻意翻出个在 KMJ 定制的首饰，刻着"Fein.K"的链子在一片漆黑中发着很闪的光。不可否认他出场很帅，有点儿天降骑士的味道。

没想到他能来得这么快，姜珀慢腾腾起身，走向他的脚步有些不确定。

柯非昱把头盔脱下，跨下车，雷厉风行走到她面前："怎么穿得这么少？"

姜珀摸着手臂，摇头。柯非昱要把卫衣脱了给她穿，姜珀说不要，可拗不过他不由分说强势把衣服从头套下，她只好穿上，但依旧低着头。

脸上一点儿妆没化，清清淡淡的，素到底了也还是漂亮，她的黑发因为方才的动作有些凌乱。柯非昱伸出手，一撩开，一双带红的眼睛。

"你哭了？"

"没有。"

"谁惹你了是吧？"他沉下眼，单眼皮很凶。

"你小点儿声。"

他立刻炸了："小声什么啊！"火得跟什么似的，他嚷嚷着，"惹我的人！"看起来像是迫不及待就要去打人，然而面前的她还红着眼，柯非昱着急忙慌摸遍全身上下也没摸出一包纸："你别哭啊。"

姜珀抹了抹脸："没事。"

"没事个鬼，你就说是谁？"他够年轻，敢和天硬碰硬，谁都不怕，口无遮拦就开骂，分分钟要用拳头解决问题的架势，可一见到姜珀他又手足无措，语气软下来，"别哭了宝宝，我不会安慰人啊……"

爱或恨都鲜活，什么心眼都没有，情绪全表现在脸上，她没见过这么不成熟的人。姜珀无奈，吸吸鼻子。

他咬字恶狠狠地说："到底是谁啊，我去找他。"

怎么说呢……姜珀本来想哭的，可在他面前，哭都哭不起来，就像没有大人会在小孩面前诉苦一样，姜珀莫名有这个自觉："我舍友。"

反反复复，最后被催得实在头大，她还是说了。

"你舍友？"前一秒还嚣张得很，现在他立马犹豫了，"你舍友是……呃，是女生吧？"

"嗯。"

他挺尴尬的："我不打女孩子。"

姜珀没忍住，瞬间破涕为笑。

没见过他这么虎的，事情的起因经过问也不问一句就站队，管她是对还是错，就明目张胆地偏爱了，就帮亲不帮理了，一听到她受委屈，平时都克制着不怎么在她面前说脏话的人张口就来，鲁莽得很。可她却觉得好纯粹，分明安心得要命。

柯非昱到底还是想帮忙解决，去牵她被风吹凉的手，不停揉着："她怎么你了，啊？"

"没怎么，"他掌心热乎乎的，姜珀叹口气，觉得以柯非昱这种一根筋的思维很难懂，"说了你也不会明白。"

他眯着眼，不屑地扯起个嘴角，非常不服气，好像姜珀小瞧他了一样。摩托车灯亮得分明，他周身被打上一层光晕。

姜珀手心手背都被他揉捏得发烫了，她心下微动，抬眼看他锋利的眉眼，说："柯非昱，你带我兜兜风吧。"

没任何犹豫，他说行，转身从车上取下一个头盔，认认真真给她戴好。

不知道柯非昱是不是对"兜风"一词有什么误解，他的油门加到最大，疾驰着把静悄悄的黑夜撕破一条巨大的口子。

姜珀心惊肉跳的，这不是兜风，这是炸街，但在午夜无人的街道飙车的确是姜珀长这么大从未有过的疯狂体验。

车沿着国道蜿蜒的路灯一路轰鸣向西，风驰电掣，姜珀没被头盔压着的发尾狂飞不止，耳边只剩下呼呼咆哮的风声。

山风吹得厉害，凉，她紧紧环着他的腰，柯非昱真有点儿像某种大型犬，单穿一件打底衫都热乎得不行，就这么靠着他，她的心似乎也被焐热。

车身继续漂移，压过整个山头，他们穿梭过一个又一个泛黄光的隧道，轰隆隆，加速再加速，姜珀的肾上腺素飙到一个极限。

柯非昱在前头大声问她："你舍友叫什么？"

姜珀问他要干吗。

"没干吗，你就说叫什么。"

姜珀抿着唇，沉默。

"不说算了。"他静了三秒，随即开骂。

姜珀着实被他没来由的一嗓子惊到，因他驰骋的车速绷成一个平面的心脏再次被抻开，像要炸了。伴着风声的是他不断的骂声，姜珀反应过来了，柯非昱是用这种方式替她出气。骂完人，他自己先哈哈大笑，兴奋，问姜珀要不要一起来，爽死了。

幼稚死了，丢死人了，姜珀下意识想捂脸，却又不敢放开抓他衣角的手。真是的，怎么会有柯非昱这种人啊？

可偏偏就是有这种人，她放不下的教养他替她放，她丢不起的脸面他替她丢。他年轻气盛，路子够野，大大方方，坦坦荡荡。

还能这么骂啊？服了。服气过后她就后知后觉地想笑，柯非昱太能说了。姜珀把脑袋死死藏到他宽大的肩背后，硬是憋着笑。柯非昱感受到附在后腰的颤抖，知道她心情好点儿了，骂得更欢了。

车开了一路，柯非昱就骂了一路，变着法儿骂到姜珀分不出心思去回想那些不愉快的记忆，只顾着笑。她和他的这一晚像一场恣意疯狂的私奔，出格，说白了是没素质，但爽快到底。

笑着闹着，不知不觉，车速放慢，他一蹐脚撑："到了。"

她慢慢睁开眼睛，从他的背后直起身，一抬头，入眼可见的星光璀璨。

姜珀望着这片星辰遍布的夜空，漆黑的幕布挂着漫天的白垠，荒芜的星星点点散落在天际山谷，这里有星星，还有昆虫隐身于黑暗中发出簌簌鸣叫，恍若奇境。

柯非昱朝她伸出手，姜珀扶着跳下车，不由往前走了几步，驻足。

"喜欢这个？"柯非昱靠着车身，在她身后抱臂问道。

说不上有多喜欢，但她的确被震撼了。姜珀在S市上了四年大学，人工不夜城的高楼鳞次栉比，都市太过明亮，少见这般坦荡的星空。

现在她仰望天际，整个人被罩进满是他气息的卫衣里，他的温度仍在，横冲直撞，一如他的热血和冲劲儿，让人轰轰烈烈地跟着暖，跟着心跳个不停。

"你老实交代，刚刚是不是故意开快车让我抱住你。"

柯非昱摸鼻子："很明显吗？"他刚出声就圈着脖子嘀咕了一声脏话。

"谁让你骂了。"

"想骂就骂咯。"说完他又很得意，"我表现得好不好？"

姜珀没回，倒退着，手摸上车身，倚着问他："哪儿找的地方。"

"车刚到手的时候每晚都到处探索新地图，无意间发现的，偶尔心情不好的时候就来看看，我想你应该喜欢。"

"会来事儿。"她肯定道。

目光触上，柯非昱在看着她笑。是吧？他挺得意的，她随便一夸他尾巴都能翘上天，眼睛很黑很亮，真的好像小狗。

可是姜珀明白他想要什么。她当然明白，怎么不明白？柯非昱就压根儿没隐藏过，什么都大张旗鼓地来，特别是在这件事上，他的朋友都笑他是开屏没开完的公孔雀，只要长着眼睛，谁不知道他在追人？

如果这是他的目的，想进攻，现在就是很好的时机，起码情调够足。所以她在等，等他开口，可她等了很久他都没有声响，他似乎志不在此，好像满足她心愿就是一件很纯粹的事，没有任何附加条款，单纯就为了逗她开心。他不说，那么就由她来说。

"柯非昱。"

"嗯？"

"我们在不在一起，没那么简单。"

他迅速转了头，先是一愣，而后问道："有多难啊？"

"可能我怕分手后被你写进歌里 Diss①吧。"

"我看起来有这么没品吗？"

"你看起来？"她的目光落在天边，远方有星光在闪烁，"那还真难说。"

他看起来急了："其他的怎么说我都不屑，说人品不行我直接破防了，我这方面一直还可以的。"

"姜珀，我问过你，是不是因为我第一次给你留的印象太差所以你犹豫，你告诉我，不是，可我没法儿觉得不是。这么说吧，我长这么大后悔过的事不多，这算其中一件，你说如果我们开始得不那么糊里糊涂，你会不会对我多一点信任？"

073

①Diss：嘻哈文化中的一个重要的组成部分，是英文单词Disrespect（不尊重）或是Disparage（轻视）的简写，说唱歌手之间用这种唱歌的方式来互相批判。

　　他说得认真，姜珀借着车灯的光望向他，扪心自问：是因为这个吗？也许有，但不全是。在这段时间里她认识了一些圈内人，他们个个看上去不羁，我行我素，就像游离在现实世界之外，姜珀承认自己向往过，可光鲜之下自有一地鸡毛。

　　他身边人的花边新闻层出不穷，上过热搜的，她有所耳闻，她亲眼所见的也有。他厂牌的制作人 Morty 不久前还有位叫 yoyo 的"老婆"，转头却和小女生在饭局上牵起甜蜜的手，还有丝丝口中那个擅长洗衣机式恋爱的前男友……太多太多了，而这些人却全都围绕在柯非昱身边。

　　姜珀问他："你身边朋友的男女关系是不是很复杂？"

　　柯非昱默了默，承认，说："是。"

　　很老实，算是她预想中的回答。姜珀又问："那你呢？"

　　"你担心这个？"他定定地看着她，保证道，"我以野格发誓，我没乱过。"

　　姜珀差点儿没绷住："你放过野格。"

　　实在没办法了，柯非昱真急眼了："不是，我说真的，你给我点信任。"

　　"我拿什么信。"

　　"你先让我证明。"

　　"那就晚了。"

　　"晚什么，成不成另说，高低给个机会。"

　　姜珀把被风吹乱的发往后顺，停了几秒："柯非昱，我们认识还不到一个月，你就这么急吗？"

　　他摇头，不认可："时间能说明什么？别说认识一个月，就算认识一年又怎样。时长算什么，和靠谱的人在一起怎么都靠谱。"

　　"你觉得你靠谱吗。"

　　"靠谱啊。"他利索地撂下一句。

　　不管怎么样，他们今晚是把一切敞开来掰扯了，很明白的形势，要么一拍即合，要么一拍两散。两个人都有心思，各自琢磨着，都静了，很长一段时间内山谷只有风声。沉默到最后，是柯非昱率先打破僵局。

"姜珀，我是真觉得我们有戏，别误会，不是急，其实等多久我都无所谓，只是我想问问得认识多久才能被纳入你考虑的门槛之内？"

"说不准。可能半个月，也可能十年。"

"我看今天就行。"

"怎么就今天了。"

"不是你说的吗？可能还得考虑十年半个月的，如果迟早都要在一起，还不如就从今天起。"这话说得非常机灵非常皮，顺杆儿爬，他的强项。

姜珀一时没想到该怎么反驳，怔住了，反应过来后又忍不住笑，快速看他一眼，憋住了。她捂着嘴巴，再看他一眼，又觉得好笑。

他问："开心啊？"

"开心呀。"

他又问："和我在一起开心啊？"

开心吗？姜珀看着他。是开心的，他哄人实在有本事，好像是与生俱来的天赋，从认识的第一天就在想方设法让她开心，也从没掩饰过对她的喜欢，一切都是直白地讲，直白地干。

想送人回家就说想，想追人就各种找机会碰面，等真碰上了，也不装偶遇，明白告诉你，就是为你而来的。

在追她这件事上他没退缩过，够敞亮。比如那天在健身房，比如那天在学校，又比如……今天在这里。

刚才她没有第一时间接起柯非昱的视频电话，而是挂断，发了一句话：你能来找我吗？没抱太大希望，她是想人陪，不过没当真，大半夜的，她情绪不好不可能要求全世界都配合她不睡觉。

但柯非昱不一样，就这一句，只一句，他就可以问都不问，带着所有的爱意以最快速度出现在她面前，带她兜风，帮她骂人，拉她看星星。

他爱装场面是众所周知的事，平时该拿捏的时候一样不落，耍酷插袋，能怎么帅就怎么帅，可就是这么在意形象的一个人，问他拉没拉肚子也不怕丢份儿，老老实实承认了，让她觉得好笑的同时又觉得这人还……挺真诚的，让人没法不心动。

过去的一幕幕在她眼前回放，姜珀想，自己是吃这套的，不然不会放任他长久的追求不管。她的心脏跳得很重，愈来愈重。

"怎么样，能成吗？"

姜珀看着他略有忐忑的神情，微笑着回了俩字："再说。"

这是他曾经说过的话，他肉眼可见地沮丧下去了，柯非昱在外人面前范儿一直拿得很足，到她这儿就什么情绪都遮不住，全写在脸上，二十好几了，还像个小孩儿。

姜珀想了想："手给我。"

柯非昱也不多问，说给手就乖乖把手递给他。姜珀把手腕上的那根皮筋取下，用中指大拇指撑着，食指挑开了个折。

她说"你伸个食指"，他也照做了，两个人的指腹相触，她用大拇指轻轻一挑，皮筋几个圈儿就转到了他的手指上。

柯非昱"嚯"了一声，说牛啊。

"你拿着吧。"姜珀说。

世界上不缺成年人，更不缺处事成熟稳重有城府的成年人。

姜珀见过他摆骰收骰的利落，也见过他举杯灌酒不眨眼的胆魄。掸烟灰可以掸得漫不经心，酒桌游戏可以要得不以为意，什么都很无所谓的，眼角嘴边带着股懒洋洋的邪气。

可不知道他在她面前怎么会这样不开窍，给了皮筋反倒要被他问一句："给我没用，我不绑头发。"

"你少根筋，拿着。"

柯非昱不管好话赖话，不计较，全数收下，还真就直接把皮筋套到手腕上。完了他还抬起胳膊晃荡两下，朝姜珀炫耀，你看，挺有意思的。

她心下轻叹了口气，旋即抓住他手臂，倾身上去。双唇接触的刹那柯非昱没反应过来，仍呆愣着，姜珀捧住他的脸，在他唇上辗转起来。

小狗是听不懂暗示的，没有弯弯绕绕的花肠子，更不会思考，它只会用亮乎乎的眼睛去分辨那些肉眼可见的亲热和腻歪。

也就转瞬之间，他意识过来后立即反客为主，手臂一带将她揽进怀里，扳着后脑勺严严实实堵上去，很稳当。意味明确，来了你就别想逃。

没想逃，姜珀是下了决心的，吻得细密，投入。姜珀像是要往下坠，又像是要向上飘，车身也靠不住，直往下软。他伸手捞住了，于是姜珀整个人被托坐到摩托车座上。两个人额头抵在一起，他的嘴唇紧接着贴向她锁骨皮肤的每一处。

月黑风高的夜，在夜色的遮掩下，一切隐秘又刺激。

姜珀的道德标准远比柯非昱来得高，他是没脸没皮的浑蛋，不代表喜欢浑蛋的她能习惯这些。但理智拉扯不过快感，思考也艰难，她的指尖在他后背用力，臊得直抠他。

"没人，啊？没人。"柯非昱知道她脸皮薄，受痛也不皱眉，还揉着她的发不停安慰。

姜珀不是不清楚方圆十里不会有人影，可挡不住自己底线被无限拉低的认知强烈，她眼里晕乱一片，连太阳穴都绷着直跳。

眼前白光逼近，她在崩溃的前一秒问自己——

这辈子还能和别人再这样疯狂一次吗？

"不能。"柯非昱埋在她颈边闷闷地说，挺烦，"出门急了，没带钱包。"

姜珀脱力地趴在他肩上，被逼出一额头的细汗，待意识回笼了好一阵，她才反应过来柯非昱在说安全措施的事。钱包里放着计生用品讨意头，他说过。

柯非昱抱了她一会儿，然后说要带她回家，姜珀没有任何表示。从宿舍出来她就没想过目的地，酒店也好工作室也罢，今晚他要带她去哪儿她都会去。

摩托开得飞快，从山外到市区，没有左灯右行的冲突，姜珀抓着他的衣角，靠在他宽大的背后，放空了脑子，只觉得这一刻够踏实。

戴着头盔，谁都没说话，她的发尾上下飘得狂，一路上除了风还是风，和来的时候一样刮得猛烈，是畅快的一切。

刚下车，柯非昱一手提她的包，一手迅速攥住她，从捏着的手腕一下滑到指缝间，十指没商量地交叉住，紧紧牵着。

姜珀由着他从车库牵到电梯间，再由着他在进门的下一秒把她压到墙边。门用踹的，状态是分分钟都在，一触即发，可偏偏有东西在脚边扒拉。柯非昱暂时放开扣在姜珀后颈的手，一低头，又是野格。

"不然你先进房间，我安抚一下？"

姜珀说行，走了。然而当柯非昱把野格吃喝拉撒安顿好进房间时，她却已经沉沉睡去。挨床就睡，可想而知她一天过得有多累。

柯非昱给姜珀拉好被子，在床边坐着看了她一会儿，顺顺她脸上的碎发，然后走进浴室，冲了个冷水澡。

夏季的天很是说不准，昨儿个还能在夜风里尽情飙车，今天砸在窗玻璃的雨声就能细碎不已，噼里啪啦的动静扰人清净，总有些烦，室内空气仿佛能让人拧出水来，泛着潮。

柯非昱翻身时没搂到人，睡梦中都不住皱眉，伸手再一感受，胳膊真的半点儿重量没有，心咯噔一跳，立马掀开被子跳起来。

幸好不是第二次不告而别，姜珀坐在飘窗上，身上换过衣服，是扭结儿挂脖背心的那种款，似曾相识的纸白色，裙摆很漂亮，视线顺着动静瞟过来，朝他略微一点头。

他写过很多歌，狠的踮的，他也听过很多歌，国内国外的，为了准备够多的韵脚打赢比赛，他甚至背过新华词典，可此时此刻却不知该用什么字眼表达自己的心情。

找不到词，干脆不说。他摸来手机看时间，上午九点。再抬头看她，她环着膝盖静静坐在那儿滑屏幕。鼻梁是真的高，距离感也是真的强，在她身上，时间似乎都比平时流得慢一些。

话到嘴边，他又咽下了，该说的，不该说的，都没有说出口。她的心意有没有改变，他看不出来，太冒失地开口会不会把人吓跑，他想不明白。于是柯非昱什么也没说，转身就进浴室。

手上传来的振动让姜珀将目光从他背影移开，是房屋中介打来的。早前她就有过这个想法，碍于辅导员的阻挠未能实现，但经过昨日一事，她不可能在有水珊珊的寝室继续待下去，一是确实忌惮，二是实在硌硬。

中介的工作效率不错，说是有几处房源可供考虑，让姜珀加下联系方式进一步详谈。

估计是听见她说话的声音，柯非昱出来看了看。不止一次，而是时不时，生怕她走了似的，一会儿嘴里叼着根电动牙刷，一会儿下巴满是剃须泡沫，也没走近，就远远站在浴室门口。

姜珀通话结束时他刚从里面出来，开口就是谁大早上给打电话。

"中介。"姜珀把手机一扔，颇有些如释重负，"我不住宿了。"

柯非昱刚想说挺好，又意识过来不对劲："你要租房子？"

姜珀点头。

不是，这不就有现成的吗？柯非昱搓搓脸，搞不懂："我的床不够大？"

姜珀当然明白他的意思："你觉得我们同居合适吗。"

"哪儿不合适？"

"哪哪儿都不合适。"

柯非昱挠了挠头，脑海闪现了几个说辞出来，可都差点儿味道，不够实在，说服不了她。盘算着，他走到姜珀跟前："我今天在H市有商演。"

姜珀仰头看他："所以？"

"野格没人照顾。"

她笑了："你不是第一次出远门，柯非昱。"

"没错。"他点头承认，"之前是让刘思戈他们看着，有时候也放宠物店，但野格不亲人，附近的店老板不欢迎，赵阙说他那只无毛猫见了野格就应激。"

七七八八绕了一圈，把野格遭人嫌的寄养史讲了一遍，他才终于切入重点："得你在，真的。"

"野格怎么不亲人了？别总拿它说事。"

"它对你不一样。"

离谱，印象里她就见过野格两面。小狗是什么都知道，但不至于成精。

姜珀觉得他太扯太夸张："你觉得这个理由合理吗？"

柯非昱挑挑眉，接话接得很快："如果是帮男朋友的忙呢？够合理吗？"说完，他一眨不眨地盯着她。

她没反驳，转手闲闲地撩了撩头发，看着他说了一句："原来你是双眼皮。"

他是的，平时懒散惯了，眼皮都不大爱抬，又不是看不见，没那么多值得的事，单就单着了，当然偶尔也会有需要精神集中的时候，眼神专注点，自然也能双起来。

他双手撑在姜珀身侧，俯下去，问她要不要看得再清楚点儿。感觉这种东西总是莫名，要解释为是晨起的情动或者两个人距离靠得太近，怎么都可以。

窗户开了一点儿缝隙，从地面返上来的植物腥气慢吞吞泛进屋子里，湿进骨子里。黏腻，潮辘辘，像掌心中的汗液，像不干脆的呼吸。

姜珀用指尖触他那认真起来就会变双的眼皮，往下，顺着他高挺的鼻梁滑到嘴唇，接着是喉结。他咽了口口水，她的手就上下颤了一颤。眼神没变，他还是那么目不转睛地看着她。

姜珀往后挪，他就往前进，退到窗户玻璃，终于鼻息撞到一起。那团带着热度的湿气在玻璃窗上氤氲出一片似散未散的雾气，姜珀抑制不住的渴望随之从心底蔓延，他的手默契地伸向她想要的位置。

姜珀的背被迫绷得更直，她几乎要融化在他的手上。柯非昱咬完耳垂咬她的下巴，趁水雾还未散尽的时候，拿她手指在窗面写下一个"K"字。

"写歪了。"

姜珀睁开半眯的眼去看，玻璃窗上一个颤颤巍巍的竖，勾折也有些歪扭，确实歪了。她听他在耳边说，让再写一个："又歪了。"

她的脸烧得厉害："柯非昱，你故意的吧。"

她的鼻间一股须后水味道，他下巴抵着她笑："没错，我就是故意的。"

依旧是又热又绵的动作，柯非昱沉下声贴在她耳边问她，自己的名分算是坐实了吗？姜珀用行动给出了回应。

雨滴打在玻璃上拍成了水花，红霞从颊边烧至姜珀耳根后，柯非昱的吻就跟着到了耳根后，然后咬了咬她鼻尖的痣。被咬得心痒痒，姜珀偏过头，和他情投意合地接了一个带着相同牙膏味的吻。

雨一直下，气氛很融洽。中途柯非昱从床头柜摸了根烟出来，点上，抽了口后俯身要把嘴里的烟渡给姜珀，一个她曾经用过的招数，但姜珀拿虎口掐住他的嘴逼他吐出来。

"柯非昱，你以后少抽点烟。"

"听你的。"然后他就把烟往床头的烟灰缸一摁。

说这话时，白雾腾着，却模糊不了他锋利的脸部线条，他紧收着下颌，就这么近距离地注视她。情绪透明，姜珀被看得很是受不了，主动仰脖和他交换了一个漫长而辛辣的吻。

姜珀抬手抹了额上的汗，问他什么时候走。

柯非昱往边上大刺刺一躺："一点的飞机。"

"你知道现在什么时间吗？"

"不知道。大不了改签。"

姜珀受不了一身的黏腻，歇了会儿就去了浴室，柯非昱也跟着进去。

她有点无语，然后又被撩拨了一次。

只要和他在一起，姜珀的计划就会持续出现偏差，远的不说，就说近的，原定上午返校收拾行李的行程被拖延到下午，连带着看房子的事也一并搁置下来。

柯非昱是不以为意的，他不认为租房迫在眉睫，只是看姜珀着急就也跟着上了点儿心，让司机先绕路送她回校，再开往机场去。

上了车，她仍在和中介打字，柯非昱看不惯，直接把她手机抢了："这么着，你把我当房东，房租就是照顾野格的报酬。我下半年三天两头要往外跑，你想想，野格一个人在家多可怜。"

姜珀看着他，他改口："一个狗。"

"是只。"她纠正道。

"对。一只狗。"

"女孩子一个人在外面住不安全，你就不能让我省点儿心？"他头头是道地教训起人来，也不知道让人不省心的究竟是谁。

姜珀翻了个白眼，把自己的手机夺过来，没好气道："你要多久回？"

"答应我了？"

"只是暂住。"

"你很客气。"

"我应该的。"

嘴就这么自然而然拌上了。

老实说，姜珀今早从他臂弯中醒来时是不自在的，后来看到他慌慌张张醒来找人时，也是有点儿不自在的，她个人把这种不自在解释为确认关系后的尴尬期。

可毕竟和他的接触早已同情侣无异，所以矜持得短暂。

柯非昱对她的态度一如既往没变化，还是坦诚，还是死皮赖脸，就算只能单手玩手机，她的手也还是得紧紧握在他掌心里。

柯非昱看着玩世不恭，对很多事都无所谓，但对于仪式感却有出乎意料的执着，在姜珀犹豫着是否公开和怎么公开恋情时，他就已经把所有社交软件的状态更新了个遍，而姜珀首先发现的是他微信头像的改变。

照片里的她正半蹲着在摸野格的头，一人一狗全是侧脸，她在笑。从衣服来看是第一次去他家的那天，具体什么时候拍的，她不知道。

"洗完澡出来的时候。"他嘴上应答着姜珀的问话，手上点击发送，微信状态更新一条文字：我儿有妈了。

发完就把手机屏幕翻给姜珀看，他挑着眉，一方面是挺得意，还有一方面——

姜珀真的太明白了，无奈，向柯非昱要来了他头像的原图，转手也往朋友圈发，配了一个中规中矩的爱心表情，把屏幕给他审阅："行了吧？"

柯非昱探头过来看了眼，笑了，说行，并且对她未选择分组发送的表现甚为满意。

与其说是满意不如说是兴奋，狗尾巴摇得厉害，恨快乐不能和全世界分享，只能先勉为其难地往大群小群里发发红包，给身边的兄弟乃至粉丝朋友们多少都来点儿脱单的参与感。

姜珀这边，状态发出的第三秒收到了麦宝仪的评论：**男友视角！！！**

麦宝仪仿佛是住在手机里的，评论完就迅速开了小窗私聊她，连发六个喜炮狂轰的表情包，一副什么都不知道的样子，看来水珊珊这回没去隔壁宿舍诉苦。

姜珀的微信很快热闹起来，提示跳得猛，评论的、点赞的、校内校外的，因着没分组的缘故，眼生的头像一下跳出来好多。

麦宝仪说得没错，照片是男友视角。男友视角是个挺玄学的玩意儿，和摄影技术半点关系没有，在乎的无非就一个氛围感。欲语还休，用了心、带着爱的，很难说明白。

虽然姜珀只是发了张照片，但明眼人还是一看就知道，这个气氛，这个情调，再加上背景还是一面属于男生的鞋墙，暴力熊手办站着，限量签名篮球摆着，分明就是"懂自懂不用多说"的隐晦宣布恋情。

姜珀停留在这个界面，新消息在不停出现，她用大拇指划拉着评论区往下看——

安妮姐：便宜 K 子了。

张奕：恭喜啊！

造型师姐姐：祝幸福哦。

里总：恭喜。

赵阔：嫂子好。

Leon：99。

刘思戈：秀住了，999999。

她的心一跳，指尖陡然停顿，最底下的一条评论是：**不要摸狗。**

上方备注——妈妈。

XIN BU AN
QUE YUE FEI TENG
The Third Part

心不安
却越沸腾

Fan Gu Tou

　　姜珀到校后先去办公楼 308 报了个到，提前打过招呼了，辅导员郑晓航没再说什么，签字盖章的一系列手续办得都算痛快。

　　姜珀赶往下一个地点。宿舍开门进去，水珊珊在书桌前玩手机。那晚的记忆浮现在眼前，挺窒息。谁都没说话，当然确实无话可说。

　　姜珀不愿和水珊珊在一个空间待太久，不到一小时就把剩下的行李打包好，然后请搬家公司上门。走出寝室时的天很蓝，风虽热，但她的心却轻松无比。

　　姜珀给麦宝仪发完短信后坐车到学校附近的便利店买了些吃的，然后拎着袋子慢慢散步到实验中心楼下的甜品店，点了气泡水和桃子泡芙。

　　麦宝仪很快赶来了，风尘仆仆，屁股没来得及沾凳子就问姜珀干吗突然搬出宿舍，没多久就毕业了，有什么事这么急。

　　拆开塑料盒，姜珀扔一颗蓝莓到嘴里："没法儿待了。"

　　麦宝仪一下猜到是水珊珊的原因，没多问："那你不住宿舍住哪儿？"

　　"他家。"

　　"哟——"

　　"怎么？"

"真是进展神速。"

姜珀笑了笑，不置可否。

"看来秦沛东要再瘦十斤了。"麦宝仪咕噜咕噜喝了大半杯气泡水，抽了纸巾擦擦手心的水汽，打个气嗝，"想想也是，好不容易追求到的人，一分手就有新对象了，我要是他我也得疯。"

她抬眼看了看姜珀脸色，又马上补了立场："可怜人必有可恨之处哈，他分手后那个做派我是绝对看不惯的。"

姜珀听着，和秦沛东的那段在她这儿已经是过去式，再翻不起任何情绪的波澜。

麦宝仪看着她漠然的态度，不知怎么想起一件事："你和他分手的事，你家人知道吗？"

"我没说。"姜珀吃蓝莓的动作稍一迟疑，"他应该也没有吧，不然我妈一定会来问我。"

"所以你没和家里提起退寝的事。"麦宝仪说得肯定。

姜珀也很肯定，反问她："我敢吗？"

整件事里里外外似乎都透露着一种难以言说的古怪，麦宝仪皱着眉头把一些令她疑惑的点整理到一起："你说他们不知道你们分手，但我今天还看到阿姨回复了你那条状态……"话说到这里瞬间石破天惊，她一下想明白了，"你是故意选的这么模棱两可的图？！"

姜珀给她做了一个噤声的手势。

"老天。"麦宝仪降下音量。

姜珀偏头顺了顺头发："我妈以为我是在玩狗。你也知道，她不喜欢一切带毛的东西。"

"嗯……"麦宝仪作为姜珀大学里最好的朋友，曾在她家度过某个暑假，两个月生活下来，姜云翡的喜好她是清楚的，或者说姜家的家风她是略知一二的，"你要瞒多久？"意识到事情的严重性，麦宝仪吃泡芙的速度都缓慢下来。

"不知道。以我对我爸妈的了解——"姜珀顿了顿，看她，"我基本上想得到他们会怎么评价他。"

麦宝仪和她对视三秒，一些心知肚明的信息快速在两个人的眼神里完成交流，而后姜珀望向窗外，麦宝仪则在她的眼里看出了无可奈何。玩火，麦宝仪愿将姜珀的行为称为玩火。一方面她震惊于姜珀的胆大包天，另一方面她也很清楚，有这样的父母，姜珀的无奈根本不可避免。

有几个付完账的女生从店里出来，边走边不时回头朝她们这边看，小声讨论着，依稀能听到一些"rapper""女友"的字眼。姜珀往那边淡淡看一眼，她们很快收声。

麦宝仪也听到了，想让气氛活络点儿，转头轻松调侃姜珀："我说你那男友也是绝了。"想起些什么，她摩拳擦掌就要和姜珀分享，"你知不知道他——"

话没说完，手机开始响，麦宝仪低头一看备注，瘪了瘪嘴。

"实验中心？"姜珀问。

"嗯。我师兄打的，可能是让我回显微镜室看片子。"

姜珀摆摆手："没事，你先去吧。"

她这一走不知道什么时候才返校，麦宝仪临走前一步三回头地叮嘱她："你一会儿千万记得登微博啊。"

事实证明，麦宝仪的预感完全正确，姜珀的确忘了这回事。姜珀没有玩微博的习惯，她的账号是中学那会儿被同学拉着注册的，在玩网络这方面她被家里管得严。

直到高考过后她才捡起这个号，发了些照片，而她与 Leon 就是相识于这里，Leon 在看过她的照片后主动私信，询问她是否有做模特的想法。

闪光灯、摄影棚、奇装异服，一个光怪陆离的世界。在好奇心和兴趣的驱使下，姜珀第一次踏入了模特圈。正规的模特圈不大，全靠熟人互相介绍。

一开始姜珀只在课余时间拍平面作品，有些是摄影师约拍，有些是商业合作，总之小打小闹地玩。但表现力完全是老天赏饭吃的东西，天赋在，即便是玩票，她也在业内攒下了不小的名气。合作多了，名声响了，于是顺其自然的，在姜珀大三那年，袁安妮的模特公司正式抛出了橄榄枝，成功将她签约名下。

和麦宝仪告别后，姜珀回了柯非昱的家，刚一开门，玄关处又是一个熟悉的黑脑袋，吐着小舌头表示欢迎。姜珀换鞋的时候它到门后探了探头，似乎在等人，忠诚的小家伙。

姜珀俯身揉了揉它的脑袋："你爸出门啦。"

野格似懂非懂地歪了歪头，盯着姜珀给它的食盆加了点儿狗粮和水，嗅了嗅，没吃，反正走哪儿跟哪儿，姜珀坐沙发，它也跳上来，摇着尾巴扭扭屁股挨人趴下，用仅有的一只眼睛示意她。真是和主人一模一样，喜欢被人摸。

姜珀一手顺它头上的毛，一手给它拍照片。她把额上的墨镜摘下给它戴，它懂得配合，甚至有极强的镜头感，会看着镜头耍酷，这让她不禁想起了一个大夏天还坚持把墨镜架在毛线帽上戴的人。

姜珀嘴角扬起笑，在微信翻找到柯非昱的对话框，刚要把照片发给他，停住了。事儿先放一旁，姜珀找到微博，输入了密码。

好家伙，未读消息九百九十九条多，粉丝数暴增，随便一条微博都成了旅游景点，评论区几乎都是来打卡的游客。最高那条热赞的内容是：姐姐怎么没和KK互关呀？在这条评论下又形成了楼中楼，一个队形整整齐齐，同时指向一个账号，是柯非昱的微博。

早前被好奇心驱使着，姜珀查过一次，只是柯非昱和她一样，不常发微博，几个月都难有一条消息，想了解他不如看朋友圈。但和上次来时相比，他的个人主页有了明显的变化，不仅头像发生了改变，还出现了一条显眼的置顶微博。

绝了，姜珀当下的反应和麦宝仪下午提起时的表情一模一样。

他宣布恋情的方式直接到一个境界，一句废话都没有，只有一个——@姜珀。是的，就是这么简单。

姜珀是在五天后才真正见到柯非昱的。

据柯非昱自己交代，上午通常是他的睡觉时间，下午到现场走个位试音，傍晚再和当地的兄弟伙轮番见见面吃吃饭，零点后才开始正式club演出。姜珀近日也接了活儿，拍的首饰广告，累得不行，难得有余力去健身房运动完也是沾床就倒，一直都早早休息下。

确定关系后感情通过微信联络，两个人明明同在一个时区，却生生谈出了跨国恋的即视感。其实也不是不能接受，但他秒回的好习惯没了，连他歌迷每天给她微博发的早晚安都比柯非昱本人勤快。

姜珀问过一嘴，问他是不是追到手就松懈了。他当时在登机，急急忙忙中发过来语音解释："冤枉了，连着五天飞五个城市演出，谁能有空看手机。"

理由合理，姜珀暂且饶过。

不知是后知后觉的认床毛病，还是不习惯没他恨不得二十四小时围在身边的腻歪劲儿，姜珀连续几天都在天泛鱼肚白的时候醒来，周身围绕他的味道，像被环抱着，但那种感觉很虚，不踏实。她翻了两次身，又覆了两次身，实在睡不着，索性起来准备早餐。

刚到客厅野格就一骨碌起身，抖抖毛噔噔噔跑过来。姜珀把它安顿好，转身把果蔬和酸奶从冰箱内拿出来解冻。正准备榨汁，脚边不停绕的小家伙却突然不见了，她抬头，下一秒门开了，目光猝不及防和柯非昱对上。她愣了，他也愣了。

"这么早？"默契，异口同声。

柯非昱说她起得早，姜珀则是说他回得早。昨天半句没提起归程的人，今早就突然落地。

"我赶机，给你个惊喜。"柯非昱说着蹲下身和野格亲热了会儿。

说是连续工作几天回来的男人，身上的配饰却一件没落，叮叮当当，耳饰、项链、戒指，全都整整齐齐戴着，穿得还是潮，没有半分赶机人的狼狈。这大概是说唱歌手死都要坚守住的底线，爱面子，再穷不能穷打扮，再懒不能懒穿搭。

　　但在他脱下口罩的那刻，姜珀的这些想法立即消失四散。从没见他这样落拓过。眼球充着血丝红了一圈，周身的劲儿压不住脸上的倦怠。

　　他平时浑不懔的样儿她看惯了，突然来这么一下，姜珀都揪心了。他自个儿反倒没当回事，踹开行李箱就朝她走过来。

　　"你比我想象中 Hustle①。"她说。

　　这词是跟他学的，姜珀几天前心血来潮听了他的歌。正如评论区夸的那样，丝滑得像吃过巧克力，就是词和人一样浮夸，飘。

　　顺着柯非昱的脚步，姜珀的视线由远至近："你干吗呢？"他从后面牢牢圈过她腰身时，她尚未缓过神，说话的声音都不自觉放轻许多。

　　柯非昱的动作顺手，熟练，仿佛是想了千百回了，一绕，一收，流畅度百分百。

　　他靠在她身上，把人抱得紧，却留有余地，没把大半个身体都支过去，只是将头搭到姜珀颈窝里，深深地吸了一口气。

　　一米八五的个头不是开玩笑的，姜珀被箍得动弹不得："你放开点儿，我还要榨汁。"

　　他充耳不闻，用刚长出的胡茬儿蹭她，很自说自话地开口："让我抱会儿。"

　　他的声音带点儿嘶哑，喷出的气里有喉糖的味道，整个脑袋就耷拉在她耳侧，无精打采的。姜珀想想他这几天的奔波确实于心不忍，动作不便就不便吧，象征性挣扎两下就由他去了。

　　她的胸口轻微起伏着，榨汁机震了多久，他就老实了多久。晨光熹微，打了点儿光在她手臂和他侧脸上。

　　姜珀侧头看，他闭着眼，眼皮褶皱很浅，挺乖的，难得安分。她把一杯绿油油的东西举到他面前，问他要不要喝。

　　柯非昱凑上来嗅了嗅："什么啊？"

　　"西芹汁。"

　　皱着鼻子，脱口而出的"C"音节被他硬生生拐成一句别扭的"菜——味好重"。

_089_

————————————————
① Hustle：在嘻哈文化中指努力赚钱。

姜珀说他狗嘴吐不出象牙，随后自己闻了下："有那么夸张吗，还好吧。"

他拧着眉头说："你知道这像什么吗？像我喝多了吐出来的胆汁儿。"

"那我很难明白，因为我没喝吐过。"

他挑眉："你牛你牛。"然后他的头再次耷拉下去，窝在姜珀颈间。

熟悉的斗嘴让姜珀觉得他的魂儿还是在的，还是这么个人。心下柔软起来，她一手用勺子拌加了浆果的酸奶，一手抬起，摸了摸他一头的黄毛。惬意了，满足了，他脖颈放得更软了，一呼一吸姜珀都感受得清晰。

抱够了，充电也充够了，知道她能给这么多安慰已经不容易，满足了。柯非昱手上使了点儿劲，姜珀受着力被他转过来，就这么正对着，他在看她鼻尖的痣，问："这么早去哪儿。"

"回校答辩。"

"答辩是什么？"

"就是做个汇报。过不了不能毕业。"姜珀舀了一口酸奶，咽下去了才问他，"你呢？一会儿什么安排。"

他看着她，回道："补觉。"

姜珀"哦"了一声，然后舀了勺有桑葚的递到他嘴边："吃不吃？"

他盯了她许久，突然一把扣住她后颈，飞快在她嘴角落下一个吻。

姜珀皱眉："你干吗？"

柯非昱说她嘴角有酸奶。

"不可能。"姜家对吃相都管束得严，姜珀摇着头笑，"招数从哪儿学的。"

他倒是也坦诚，没隐瞒，痛快招了："西别教的，他说女孩儿都懂这个，还举例他前女友吃这套，一分手就使这招，百试百灵。我问有多灵，他说前段时间又复合了，你说有多灵？"

西别，那个戴眼镜的男生，姜珀有印象。她问："他女朋友做什么的？"

"你问的哪个？"

姜珀无语，沉默了几秒："就你现在说的这个。"

"化妆师还是什么吧，个子小小的。"他在她肩膀处上下比画着，"到你这儿？还是这儿？忘了。"

姜珀继续看着他，没说话。

"好奇啊？他俩谈挺久的，分分合合好几年，意难忘都能拍好几遍，但我是真没见过几次面。"

姜珀说没事，记不起来别记了，然后推开他。时间差不多，她该出门了。

答辩比预想中还顺利，所有事宜结束后姜珀和麦宝仪去了学校餐厅。

姜珀虚靠在椅背上，提根叉子卷生菜叶。麦宝仪就看叉子原地打转，后来姜珀好不容易卷起菜了，酱也没沾就往嘴里送，嚼得慢，吞咽得也慢。一盘素菜，看上去的确一点儿食欲也没有。

麦宝仪说那么难吃别吃了，姜珀摇摇头，这是昭然若揭的食不知味。

麦宝仪看出姜珀的心不在焉："想他了？"

"没。"看着在走神，她答得倒快。

"我都没说是谁。"麦宝仪瞅她一眼，可以完全确定，"陷进去了。"

"有什么好陷的。"

"那问你咯，反正我没见你这么魂不守舍过。"

姜珀没说话，下意识看手机，有消息。学院的、班群的，热热闹闹，讨论着毕业事宜，但没一条来自他。她突然就觉得这饭吃得特没意思，"咔嗒"一声，叉子搁到盘上，姜珀说有点儿事，先走一步。

"恋爱中的女人啊。"麦宝仪感叹，"满心满眼都是男朋友。"

"少来。"姜珀站起来，把包从座位上一拎，"我纯粹怕他猝死。"

口是心非，麦宝仪摇着头无情拆穿她："你就嘴硬吧。"

然而姜珀到底还是小瞧柯非昱了，原本还担心他两顿没吃饿肚子特意带了份餐，结果刚到门口就看到了外头摆着的外卖垃圾。

开门进去，他窝在沙发里摸黑打游戏，野格就在他旁边蹲坐着，整个客厅的光亮全靠一个显示屏撑住。

他听见声响立马转头："回来了啊。"下一秒眼神又迅速回到游戏上。

　　姜珀没出声，将打包的食物放到餐桌，绕过他去阳台收衣服，完了再把衣服一件件叠好，把放客厅的行李箱一个个开了，蹲下去，开始收拾。

　　柯非昱还算有良心，没多久就把游戏手柄扔了，从沙发上起来给她开了灯。灯光亮起的一瞬他不适应地皱了皱眉，再回头看姜珀。

　　她额前的刘海跟着她理衣服的动作落下，她将到耳后，很快徐徐散下，她不厌其烦又来了几次。这样心无旁骛的神情柯非昱早前就见过一次，现在再看也还是……心动，他就爱看她这样。

　　他问："怎么不把行李整出来，多不方便。"

　　一觉醒来他就发现了，卫生间放着化妆包和洗漱用品，阳台零散有几件衣服，除此之外她的生活痕迹淡到小于等于没有，仿佛是住酒店，就歇歇脚的工夫，想走随时走。他打算发条信息问问，刚打开微信又想起她说在做重要的汇报，于是问题就这么搁置了下来。

　　姜珀在叠衣服，没抬头："我怎么好意思鸠占鹊巢。"

　　"占。"他双手一张，大方说道，"随便占。"

　　她手上顿了顿，回他："算了吧。"

　　几秒后他反应过来了："你想走？"

　　"不然呢，你以为我要长住？"

　　话一落就闻到空气中的火星儿，了解他分分钟就能炸起来的性格，姜珀不想和他闹，随便把话头一转："柯非昱你要么闭嘴继续打游戏，要么过来帮我一起整理。"

　　不出所料，他还真没在前一个话题上做过多纠结，吊儿郎当就走过来了。也蹲着，同样是蹲，他不一样，他能蹲出街边刺头放风的气势。

　　不是所有人都能够接受这样的人的，他这副"我天下第一牛"的样子其实让她焦虑已久，偏偏他自己半点儿没意识到，还来了句："你衣服挺多啊。"

　　"你先看看你自己房间。"未免也太五十步笑一百步了，他的衣服裤子到处丢，跟狗窝一样。

　　"都是品牌方送的。"

"巧了。"

柯非昱没再说话，从箱子里随手抓起一件学着她对折，笑得没心没肺。

姜珀的东西多、杂，又是每天不重样的穿法，刚从阳台收下的都得腾到下层避免重复，然而行李箱就那么点空间，操作起来格外不方便。

她做事有条理，柯非昱却没讲究，像他胡乱摆了一屋子的衣物一样，也不是无心搞破坏，但——

她刚想出声制止，下一秒他就用食指挑起一团软糯的东西，愣了："你买的？"

黑蕾丝，被水珊珊讥讽过的。

姜珀一惊，掌心向上，几乎是命令的语气："还我。"

柯非昱没客气地指尖一转，传球一样，贴身的衣物就被稳稳当当接到另一只手上。姜珀扑了空，沉下脸生气道："柯非昱！"

他依旧笑得痞气："买给我看的？"

"不是！"她支起身子作势要抢，柯非昱还挺有兴致，防守那套玩到她身上来了，假动作一流，左挡右挡让她够不着，然后悠悠地笑着："说谎不好吧？"

"真不是。"姜珀开始很慌，毕竟是私密，拿出来这么开诚布公地说不合适，可转换了个心态后，突然就不急了。她不伸手了，索性盘腿坐到地上："买给前任的。"

"不可能。"

"不可能？"姜珀的好胜心不比柯非昱差，不爽他斩钉截铁的语气，冷笑一声，解锁完手机开始翻找购买记录，还气定神闲给他撂了一句，"你等着。"

点开搜索订单，她正要开始打字，面前的人却站起来了，手上还勾着她的衣物。姜珀觉得莫名其妙，问他哪里去。

"哪里去？"柯非昱头都不回，"我扔垃圾桶去。"

姜珀站起来拉住他手臂，柯非昱也没玩乐的心思了，手上松松提溜着，姜珀堵住他，轻易就抢到手："我没穿过，行了吧？"

"姜珀,现在不是穿没穿过的问题,是我不想看的问题。"说完还指她,他警告一记,"你穿都别穿。"整得还挺严肃。

"我干吗要听你的？"姜珀的逆反劲儿上来,不理他,转身回到客厅把整套都找出来。

姜珀从卫生间走出来的时候他正坐在床边,手肘抵住俩膝盖,样子很像是闻到主人身上不属于自己味道的狗,脸很臭。这么一摆臭脸,他身上那股"生人勿近"的狠劲儿更厉害了。但下一秒,他全收了。

当下柯非昱脑子里只有一个想法:真厉害。他的眼神不由自主往下飘,姜珀看到他眼里化不开的情绪,笑了,而后挑衅地朝他偏了偏头。

多余的什么话都不必说,下一秒天旋地转,姜珀直接被他打横抱起。一点儿可供她逃跑的余地都没留,他扑上来,闹腾。

姜珀躲避,拍他,骂他有病,柯非昱任打任骂,一句话不反驳。他现在懂事了,明白有些事靠做不靠说,把人手臂往背后一折叠,非常强势,姜珀被他压得很死,像是一点儿招儿都没有了,可是怎么可能。

鼻尖抵着,视线一触上,嘴唇贴紧,柯非昱扶着她吻了两圈,姜珀笑着偏开头,拿手指摁住他嘴唇,看起来很得意:"还想看吗？"

柯非昱点完头:"他没看过？"

连"前男友"三个字他都不稀得说,索性省略为"他"。

"没有。"姜珀干脆地否认,完了翻了身侧躺着,手托着脑袋看他,指尖挑了挑腿上的吊带,"是我自己买的,没拿出来过。"

他眼睛半眯着:"我不爽。"他坦白说了,"以后别穿这套,你要喜欢我给你买,买一百件不重样的。"

说完他还是不放心,再叮嘱她:"不许穿,听到了吗？"

姜珀看他吃瘪特有意思,笑眯眯地说:"看来今天还是想看啊。"

他秒回:"不看。"

谁没个过去啊？柯非昱对了解她前任没多少兴趣,说得再明白点,当下他心里烧着的那股瘾远大于醋劲儿。前任怎么了？他没放在眼里。他迫切地压过来,手摸到开关一拍,卧室的灯光顿时变成粉紫色,迷幻到一个境界了。

视觉气氛足，但姜珀不习惯，拿手肘盖住眼睛："我好不舒服。"

"好。"他没犹豫，"明天就换。"

话音刚落他就找到她的唇，唇瓣任意厮磨着，亲得黏黏糊糊，找不到南北。意乱情迷中，桌上响起一阵振动声，姜珀在接吻的空隙睁开眼伸手去捞，手指触到一角，稍作旋转，机身完全落到她的掌心。

拿近后，姜珀慌忙捂住柯非昱的嘴，很紧张地，声音都压低了："你别说话。"

他不明所以。

"喂……嗯。刚才在忙，没看微信。"

柯非昱在看她，看着看着，突然开始笑。好似心有灵犀，姜珀意识到即将发生什么的下一秒立马用眼神制止他的歪心思，但通话的语气还是照旧保持平缓。

"我在实验室，不方便视频。"

他能怕这个吗？手顺着游移过去，姜珀急急躲开。

"本科毕业典礼而已，其实不用……"

他俯身，姜珀没防备，身子顿时一麻。靠得够近了，柯非昱听到电话那头在问她为什么不说话。

"刚刚导师过去了。"

他笑，死皮赖脸地坏笑。姜珀快要恨死他了，行动上却还得顾及着撒谎撒得圆满。实验室就是个安静的地方，没敢弄出声响，她只能用眼睛拼命瞪，警告着，让他别靠近。

姜珀撑着他往外推，做嘴型让他滚，可柯非昱视若无睹。听筒近在耳边，任何一点动静对方都听得一清二楚，在这样的情况下她变得异常敏感，已讲不出话来，到后来对方甚至察觉出异样，问她声音怎么了。

"穿少了，有点儿感冒。"说着她配合地吸了吸鼻子，一本正经扯谎就罢了，做戏还做全套。

少见她这一面，柯非昱觉得有意思得不行，憋着笑，作恶作到底。

姜珀抓着他头发，只有靠着墙才能勉强支撑自己不瘫软下去。

心跳声咚咚作响，偏偏电话那头的声音还在耳边绕，理智被拉扯得厉害，到后来姜珀几近失去逻辑，一切只用"嗯"和"好"来应付，对方说的话大半没听清。

在心理防线崩溃前一刻，电话终于挂断，姜珀喘下一口艰难的气。可新的火气很快腾起，她胸膛剧烈起伏着，然而柯非昱还毫不知情，嬉皮笑脸凑过来，试图拉下她挡脸的手亲她。

姜珀任他拉了，然后柯非昱看到了她那张绯红但布满怒气的脸："你知道是谁吗？我刚刚接的电话是谁的，你知道吗？"

她的语气很淡，柯非昱丝毫没听出严重性，很不以为意地说："谁啊。"

姜珀就这么看着他："我妈。"

那瞬间他确实是愣了一下，连带着握她手腕的那股力都松了松，但很快恢复自然，耸了耸肩："应该没听出来吧。"

"现在是听没听出来的问题吗？柯非昱，你能不能成熟一点，看看场合，别想做什么就做什么，那是我妈！懂吗？拜托你站在我的角度考虑考虑问题，如果被发现，我——"她没敢想下去，话哽住了。但这口气到底顺不下去，憋在喉管，要死要活的，难挨得近乎窒息。

如果现在她面对的是秦沛东，他一定会立即道歉，但显然不存在这个前提，因为借他一百个胆子他都不会做这样出格的事，可柯非昱不，他处在世界的一个极端，处事原则是怎么叛逆怎么来。这样的反骨当然给姜珀带来了这辈子都没可能有过的刺激体验，但体验也分好坏。

眼见她眼里的光沉下来，神情变得肃穆，柯非昱心中顿时警铃大作，到现在他才真正意识到踩上了那条属于姜珀的防火线。他知道错了，可他一时半会儿实在没能低下头。他沉默，持续沉默，姜珀同样一言不发。

面前的这个人自尊心比天高，和他拌嘴的频率要比上段感情高得多，但奇怪的是，争吵后她不是想让他立刻消失在面前，而是想把愤怒融入血液，化作一次次和他的深入交流。然后她就真的拽着他衣领跨坐过去，狠狠箍住他的脖子。

柯非昱没料到有这么一出，被她固定住脑袋在唇上辗转几个来回后才反扑过来，手一伸把人搂进怀里。

酸胀感蔓延开来，有口气在她胸口堵着，五脏六腑都疼得厉害，而止疼的方法就是让情绪完全停摆。姜珀忍不住咬在柯非昱肩上。她能猜到他会有多痛，可他没吭声，赌着气。

柯非昱折腾起人来可以说和平日那副懒散样大相径庭。她忍不住去掐他脖子，柯非昱不躲，就仰起头盯着她的眼睛，眼里一片晦暗交织，紧接着她的下巴就被钳住。

都不说话，就这么沉闷地较着劲儿。等两人情绪稳定下来后，他们又渐渐缠绵起来。

姜珀的心情平复不少，不说好坏，但至少能静下心来说话了。柯非昱精力旺盛，她穿得清凉，而他的眼神很浑蛋。

"你还上瘾了是吧？"

柯非昱侧了侧身，背上有她指尖划下的道道红痕，回道："我看你瘾也挺大。"

姜珀手臂交叉在胸前，没好气地看他。

柯非昱走到她跟前，就那么站着，挡了大片光。他呼了口气，狠抓两下头发，张张口，又闭上，来回几次，像在下定什么艰难的决心。不知过了多久，姜珀听他说了句："我下次不这样了。"

声音压很低，能感受到他一向高傲的头颅低得不容易。

"哪样？"

"在你打电话的时——"

"不。"姜珀摇头打断，"不止。"

"不止？"

她是气柯非昱的出格冒失，但她的气愤更多源于畏惧，归根结底——

"我们在一起的事不能让我妈知道，柯非昱，麻烦你以后藏好。"

他像是被气笑了："怎么，我见不得光？"

语气冲，但冲得合理，姜珀知道这个理由站不住脚："我没处理好上段感情，所以我也在气我自己，你明白吗？现在是我，在麻烦你，给我点儿时间，行不行？"

"我"和"你"的咬字仔细，听着就很让他不爽。柯非昱喉结上下浮动几下，想说什么，到底还是没说出口，慢慢走过去，坐下了，然后习惯性摸兜，可他现在是围着浴巾。

姜珀把他的一系列动作看在眼里，斟酌着开口道："我前男友，我爸妈拿他当准女婿看的，我没缘由地甩了他，不好和家里交代。"

"不是，"他扭过头，"就掰了呗，有什么不好交代的？"

是的，分个手而已，应当是很好交代的，可对姜珀来说却不是。在严厉的家庭里长大是种怎样的体验她很难说明白，正因为世界上不会有感同身受，所以柯非昱才不理解她有多害怕这份感情曝光在父母面前。

在他的世界里，喜欢就在一起，不喜欢就分开，感情是两情相悦的事，没那么多弯弯绕绕。缩手缩脚不在他人生的字典里，他永远不会懂。

在姜珀告知了理由过后，他态度挺轻松，还气定神闲地说："你爸妈未必不喜欢我啊。"想了想又不太服气，他问道，"他很帅？"

姜珀反应过来，这个"他"指的是秦沛东："还行吧。"

"照片？"

姜珀随便从姜云翡的朋友圈里找出两家人某次出游时的照片发给他，那是一张秦沛东坐在驾驶座的侧脸。客观地说还不错，不过是属于正气的帅，和他截然相反。

食指拇指撑开，他看了一眼："就这？"他特别不屑，关了手机，"要是比脸我真的强他好几倍。"

他看起来眼界浅，老大不小却依旧涉世不深的样子，看人只懂看表面。

姜珀何尝不想光明正大牵着他的手走到父母面前，可是太难，她没有勇气迈出这一步，或者说根本无法想象。

多年来满足父母的期待近乎成了她的一种肌肉记忆，从学习到生活，甚至是恋人，方方面面，只要是他们希望的她都会去做，他们也的确是为她好。于是她慢慢接受这样的安排，收起棱角，按照长辈的构想过了二十多年四平八稳的人生，如果不出意外，她也许会继续听话下去。

可是偏偏遇见他。柯非昱的脾性姜珀明白，硬，张扬。要捂他的嘴、绑他的手脚迫使他低调不声张，那他就不是他了。不能做自己，姜珀心知肚明有多残忍，能有多不甘心，多窝囊，她知道。

预想过他会不爽，也做好了他要炸了全世界的心理准备，但一反常态地，柯非昱没说话，眼光落在地面一角，像是心不在焉又像在思考，手机盘在手心转个没完没了，没找着烟。

少抽烟，他想起她说的。算了，抽不着就不抽，见不得光就不见，怎么谈不是谈？多大的事。

"随你吧。"他妥协了，想了想，又问她，"我以后还能发微博吗？"

"我爸妈不看。"姜珀顿了顿，"但你还是尽量别。"

"我要等多久？"他问。

"什么？"

"我堂堂正正见人，还要等多久？"

没头没尾的一句，姜珀疑惑转头："见谁？"

"你家人。"

"……再等等。"

他点头："你要不方便就先见我家人，你假期回不回去？我们一起。"他说这话时姜珀下沉的视线落在他手臂上的人像文身，两个人，老人，慈眉善目的。

"有工作，估计不回。"

沉默的时间里，姜珀内心逐渐升起一股莫名的情绪，总觉得有哪里似乎不太对劲儿："……你是 X 市人？"

他耸耸肩，默认。

"那你怎么知道我也——"姜珀皱眉，"安妮姐告诉你的？"

柯非昱嗤笑一声："还用问她？"

是不对劲儿。姜珀想起他从两人认识以来执着到近乎偏执的追求态度，那样死磕到底，好像除了她再没别人的笃定，不安感逐渐包裹她的心脏，她不由皱起眉头："我和你打过交道？"

"怎么打？"他翻了翻头发，"我们的生活圈怎么重合在一起？"

这话说得过分直白，但事实也摆在眼前，答案是不能。姜珀在上大学前的生活圈子极度闭塞，学校、课外班和家三点一线，一切活动以学习为出发点，除此之外和同龄人间的娱乐活动少得可怜。

和人缘没关系，或者说恰恰相反。姜家严格的家教里没有准许孩子参加同学聚会这一条，姜珀的人气一直很高，受邀颇多，但她每次却只能抱歉地送出礼物，久而久之，周围知情的朋友便不再提起。

身为教师的父母对姜珀的管束甚严，姜珀四岁跳芭蕾，五岁弹钢琴，六岁学画画，样样涉猎，样样拔尖儿，学习更是抓得紧，从优秀的小学直升到重点中学，再考上顶尖大学，姜珀如此，她所在的圈子自然不会差。而柯非昱，他自己也说过了，高中都没上完，确实毫无交集可言。

心稍稍放下一点，姜珀轻踹他的腿："你到底怎么知道的。"

"想知道？"

她点点头。

他笑嘻嘻地说："因为我见过你。"

姜珀只能想到一种可能性："跟着你大哥来学校找我的那种'见'吗？"

柯非昱"啧"了一声："不至于。"

"那就是带着你的小弟来咯？"

他慢悠悠地摇头，笑道："我发现你是真没想象力，能来点儿浪漫的场景吗？"

"比如？"

"梦里。"

姜珀叫了一声他名字，正色道："如果说什么早在梦里见过之类的话我真的会掐死你。"

"往这儿掐，你刚刚掐得很舒服。"边说他还偏了偏脖子，大大方方，一副任人拿捏的模样。

姜珀气得直喊他名字："柯非昱！"

这也不是那也不是，话越讲越没个谱，姜珀拿枕头砸过去，柯非昱头一偏轻松躲过，撑起身子来揉她的脸，笑着问："心情好点儿没？"

"你骗我。"姜珀愤愤道。

他摇了摇头："我更愿称之为'哄'。"

他总是有让人变开心的魔力，她一直知道。不愉快的事儿虽仍未解决，但托柯非昱的福，姜珀暂时忘记了这茬儿，打着闹着两人又搂搂抱抱折腾了一番。

柯非昱又是蹭又是拱的，头发和耳朵磨着她的脖颈，挺黏人。可一切是有代价的，她听到了肚子的响声。

体重是最直白的自律，比起享用美食，保持两位数的体重让姜珀感到踏实和快乐，她对饥饿早已耐受，声音不是来源于她。柯非昱不一样，他追求的是随心所欲的自由。也不知道他下午吃了什么，只听见肚子咕咕叫唤。

姜珀于心不忍松了口，说餐桌上有份吃的。他立刻狗一样地奔出去了，一看到是她给带的外食，冲上来就要亲要抱。

姜珀拍开爪子，用手指他："今晚没做安全措施你记不记得？"

他的笑容卡在嘴角。姜珀并不是在追责，老实说，她也有一半责任，一开始是气到人都糊涂了，后来是什么也没顾上。不是能玩笑的事，姜珀在浏览器上查询紧急避孕药的相关信息。

柯非昱拆开外卖盒的同时瞟见她打开的网页："吃药不好吧。"

她的眼睛从屏幕上抬起："那你觉得现在当爹好？"

柯非昱很认真地想了两秒："得看你。"

姜珀冷笑一声，继续看网页，而他则看着她："你不喜欢小孩？"

"喜欢。"她没犹豫地说，但紧接着，她抬眼，"但如果是我的小孩，我喜欢不起来。柯非昱，我才刚毕业就要挺着肚子去读研，你觉得这像话吗？"

听完这话，他少见地没顶嘴，安静地吃完一顿饭，收拾了房内残局，然后老老实实下楼给她买了药，另外还带回一些东西。

姜珀是在隔天晨起去厨房找水喝时看到的，几个箱子就摆在客厅，很显眼。

她有些讶异："柯老板，这是你除了酒吧外的新副业吗，卖气球？"

柯非昱刚从他的小房间出来，两人在过道碰上头。又是一夜没睡的姿态，他先伸了个懒腰，再转了转脖子，悠悠回她："自留。你考不考虑合伙，我邀请你加入消耗气球的行列。"

姜珀看他一眼："有病。"

他点了点头："你指哪里？"

"脑子。"

"知道。"他说，"这个没打算治。"

"怎么，你还有其他隐疾？"

柯非昱笑了，他笑起来的眼珠非常亮，带着些痞气，但挺有深意的，稍注意看就知道，有只眼睛被撑起了双眼皮。她太明白这种眼神了，这是来劲儿了。所以就在姜珀前往学校参加毕业典礼的前三个小时，柯非昱和她来了场心灵间的交流。

她脸皮薄，时刻担心野格跑过来，心绷着，身体也绷着，他不停在她耳边说你放松点儿。呼出的气在她耳边烧，烧得她心怦怦直跳，姜珀情难自禁地把手掌递给他，十指交扣在一起握紧。

情话也有，基本上都是柯非昱单方面输出，姜珀给的始终是身体上的反应，比如转过头和他接上一个长长久久的吻。"喜欢你"一直是柯非昱常说的话，经常是翻着花样儿造的句，而今天姜珀破天荒应了他一句"我也是"。

这三个字姜珀从未对秦沛东说过，热恋那会儿也没有。男女间存在吸引力法则，很可惜，姜珀一直没能在秦沛东身上感受到，即便他什么都好。这么一个挑不出错的恋人，少了那份看似可有可无的心有灵犀，其实就在感情世界缺了很大一角。

姜珀在毕业典礼这天久违地见到了他，她代表优秀毕业生上台发言，一眼望下去，秦沛东瘦到脱相，完全变了一个人，精神也萎靡，难怪需要舍友帮忙带饭。

会议一结束，众人倾巢而出，天热得不行，个个边走边脱学士服和学士帽。麦宝仪也脱了，边脱边跑，说现在和姜珀走在一起压力太大，怕被偷拍先行撤退。

姜珀从来都是人群的焦点，而这份关注在成为柯非昱女友后变得更加强烈了。周围投来的目光很杂，有艳羡，有鄙夷，窃窃私语不断，她没管，目不斜视地走。

在预感到她走向的方位后，四周的骚动变得不加掩饰起来，秦沛东正在等车，有男生附到他耳边说话，他反应了好几秒，才迟疑地抬起头。

姜珀已经走到他面前了："好久不见。"

"……好久不见。"

"有空聊聊吗？"

他看着她，缓缓点头。

姜珀就近找了家安静的咖啡店，点完单，在她酝酿如何切入正题时，秦沛东就先她一步开口了："有男友了。"

姜珀"嗯"了一声，几乎是不留痕迹地把话题转移开："然而我们分手这么久，长辈们却还都不知道。以性格不合作为统一口径，你觉得可以吗？"

秦沛东一直在看她："男朋友该做的一切，我不是没做到。"

"但我们不合适。"

"他就能合适吗？"看姜珀啜了口咖啡，秦沛东继续说道，"你知道叔叔阿姨不可能接受的。姜珀，你也不该和这样的人在一起，如果你只是被那个圈子展现出来的浮华吸引，我可以告诉你，他们远没有看上去的——"

瓷杯碰击碟子，姜珀放下咖啡，截断他的话："既然你消息这么灵通，那我们分手后的传闻你应该都听过吧？有说我让你透支花呗给我买包买化妆品的，有说我靠你在学生会的方便拿奖学金的，等等。秦沛东，你明明知道这都不是事实，为什么还躲在寝室任由各路谣言中伤我却不发一言？"

姜珀见他不语，索性低头玩手机，就这么沉默了好一阵。

"我告诉他们那些都不是真的，他们会相信吗？"

姜珀抬起头，看着他，无奈到发笑。秦沛东不懂她内心的失望，更不懂她不容践踏的底线，这就是他们分手的原因。

他时至今日还执迷不悟，以至于反过头来指责她："我是在为你好，如果我当时站出来，他们只会更加……"

他持续阐述着分手后的心路历程，自圆其说着为她着想的那份好心，只是姜珀再没耐心听下去，有些烦躁地偏头捋了捋头发，她看到窗外有抹熟悉的身影。

"行了，我知道了。"她放下撑着下巴的手，"有人来找你，我让位吧。"

秦沛东顺着她目光的方向看，皱眉，又回头跟着她站起来，说希望她看在这几年的情分上把他从黑名单中拉出来，姜珀说她考虑一下，也请他考虑一下她说的事情。

姜珀离座，走了几步便迎面碰上水珊珊。有阵子不见，水珊珊的头发短了不少，很像前阵子自己为某个杂志拍摄宣传照的造型，只不过她那时戴的是假发。

直至今天姜珀还是无法得知水珊珊的敌意究竟从何而来，在她的印象里，两人四年来友好相处，连一句嘴都没拌过。她们在晨光里一起踩过上课铃声，也在深夜里一起赶过论文，她们甚至还一起打趣过隔壁寝室因为空调而大打出手的可笑行径。

方才姜珀在朋友圈看到麦宝仪十分钟前发布的一张宿舍聚餐照，难得煽情一回，却是字真情切，反观她和水珊珊——实实在在一地鸡毛。真是奇怪，明明闹得最难堪，可姜珀现在想起来的却全是她们曾经共度的快乐时光。

可恩恩怨怨，好好坏坏，终究在各奔东西的毕业季一笔勾销。

麦宝仪跨专业保研成功，奔向生化环材的怀抱，听她说秦沛东拿到了某著名生物研究所的 Offer，水珊珊进了中科院，还有班里那位戴眼镜的男生顺利定向到了家乡的公务员岗位……一个班几十人，各有心仪的去处。至于姜珀，她将继续在本校攻读硕士学位。

校园内蝉鸣阵阵，姜珀走在林荫道下，一切和四年前刚踏入这里一样，鸟鸣声依旧轻快，她的暑假开始了。

对于生物学科，姜珀谈不上喜恶，之所以选择这个专业，不过是因为家里有两位生物老师，有点儿继承衣钵的意味。但即便没兴趣，姜珀也习惯将每件事都做到完美，毕竟来都来了。

几年大学读下来，她各项成绩评定年年第一，国奖挑战杯拿到手软，各类奖学金和荣誉也一并揽到怀中，拿到保研名额是众望所归的事，姜珀没意外，只是在外界猜测她究竟选择去何处深造时，她在纠结是否放弃。

偶尔的兼职早已无法满足她对镜头的渴望，大概是叛逆期迟到了，在去年，姜珀转行的心愿异常强烈，强烈到连推免资格放弃申明都填写齐全了。可在父母的耳提面命下，她最终还是在登录推免系统的那晚将申明书揉成团，丢进垃圾桶。

姜珀自大一进入实验室起，做出的成绩有目共睹，因此在她向导师告假时，对方很痛快地放了人。这两个月，她想完成自己未能实现的愿望。

姜珀通过了秦沛东的好友请求，并和他商量好一前一后将分手的事告知了双方家长。信息发出去不到五分钟姜珀就收到了来自姜云翡的视频请求，她给一旁的柯非昱做了一个噤声的手势，找了个白墙当背景，倚着墙接通了视频。这次柯非昱很老实，安安分分靠在床边，嚼口香糖都忍着没发出声响。

父母那边的意思很明确，就三个字：不同意。秦沛东是他们从初中起看着长大的，样貌好，品行佳，性格不合都是小年轻间发生摩擦的说辞，两个家庭知根知底，没有比秦沛东更合适的对象，怪来怪去还是怪姜珀太不懂得处理问题。

"爸妈，你们同不同意这个手我都得分，感情的事我勉强不了，我们真的不合适。别说了，我不会回头的。"她少有的顶撞让姜云翡和陈中宏张大了嘴巴，但还没等两位长辈反应过来，姜珀又快速以一句话结了尾，"实验室还有事，我先挂了，爸妈再见。"

手机往床头柜一扔，姜珀盘腿坐到柯非昱身边，床面随着轻轻弹了弹，她抚着额，吐了口气。如释重负的轻松和无可奈何的疲惫，两种情绪同时交织在她脸上，稍蹙的眉头未展开，使得她的眼窝更显，气质更冷。

柯非昱撑着脑袋侧卧着，注视着她："难怪说漂亮的女人会骗人。"

他有心情打趣，姜珀可没有，真要掰扯起来柯非昱算得上是她不得不向父母撒谎的罪魁祸首。心气不平，她俯身把他下巴攥起来，用了点儿力："你骗没骗过我？"

"骗过。"

"什么？"她手上的力道更重了些。

"很无关紧要的事。"

姜珀紧盯着他的眼确认真伪，"问心无愧"，她从柯非昱眼里看到了这四个字。他的眼神纯粹，一如既往地坦然，似乎真的是可有可无的谎言，她手上松懈下来。

谁没点儿秘密呢，都别苛求。这么想着，姜珀躺下了，对着天花板问他，也在问自己："喜欢到底是什么呢？"

这个问题萦绕在她心间许久了。她对秦沛东是有过喜欢的，他几年如一日地优秀、可靠、爱她，无论让谁来评断，她和他都该是天造地设的一对。但她仅仅和柯非昱相识了几十天就可以头也不回地放下这段感情，甚至受尽外界的指指点点也在所不惜。是啊，她分明是慢热的人，怎么想都不应该。

柯非昱回答她，也许是一种永不会消逝的费洛蒙。

姜珀一只手捂在脸上，忍不住笑起来："这就骗上了？说白了，我们都是见色起意而已，谈不上多喜欢。"

他立马不答应了，偏头，把口香糖一吐："见色起意就不是喜欢了？

谁规定的？别人我不知道啊，我反正第一个反对。喜欢就是喜欢，制定那么多条条框框累不累？你开心的样子我喜欢，你生气的样子我喜欢，喜欢在我心里的你，喜欢永远是你的你，无条件喜欢你，我觉得全世界都不能不喜欢你。就这样。"

柯非昱看着她说出这段话，一口气没喘。姜珀也转头——他们视线对上。是这样吗？是这样的。

一拍即合，他翻过身，手臂压着手臂，身体力行地证明自己的观点。她从喉咙泄出的声音又被他封回唇间，她仰着头，任他索吻，耳鬓厮磨。所谓喜欢，对姜珀来说大概就是可以为他把原本过高的底线不断放低。

柯非昱把她搂过来亲，姜珀身形薄，他一只手臂就绰绰有余，两个人抱在一块儿缓神。

床头柜传来持续的振动，柯非昱在吻她的间隙瞟了一眼，嘟囔着问她这个点设什么闹铃，姜珀睁开迷蒙的眼，想起什么，连忙推开他："安妮姐让我去公司，有工作面谈。"

他若有所思地点头，然后边点边去拉她的手："放你老板的鸽子吧。"

姜珀懒得和他斗嘴，伸手再去够手机。柯非昱再次把她试图离开的身影拉过来，不由分说地压下去："我告诉你，她的安排。"

姜珀挑眉："你知道？"

"我当然知道。"

姜珀看着他。

"19 Hood 的线上商店——

"这次打算用你。"

1786 Studio 这个牌子姜珀有所耳闻，只是她到今天才知道，原来 1786 Studio 就是 19 Hood 厂牌的线上商店。

1786 Studio 可谓是近几年的原创国潮新锐之一，其以凸显自由和反叛为设计核心，融合了 Hip-Hop、滑板、摇滚、极限运动等多种地下文化元素，讲究个性鲜明和态度，是当下年轻人最喜爱的美式高街风格。

19 Hood 厂牌粉丝基础雄厚，本身影响力就大，再加上与国内知名 Rapper 联名频繁，品牌自上市就迅速获得了国内街头文化爱好者的青睐，生意一路做得风生水起。

姜珀一页页翻着膝盖上的资料。因为自身形象的关系，以往公司给她递来的合作都是小众轻奢的设计师品牌，成衣风格多变，硬朗的、少女的、优雅的，说起来并不单一，但回想起来却始终没跳出那个限定的框。

自封面上那个极具冲击力的鲜红 Logo 落入眼帘的第一秒起，她的心就开始泛痒，是一种似曾相识的痒，在遇见柯非昱的那刻起就在身体里疯狂滋长，似乎早已埋下种子，只等待他灌溉。

这股痒劲儿仿佛藤蔓般持续缠绕着她，远超过原有的自控力，心底那些原本藏得很好的东西被这股力量一层层翻出来，她无力阻挡。

空气中有纸张轻轻翻动的响声，隔着一张办公桌，姜珀垂着眉眼看资料，对面的袁安妮摇晃着高脚杯，缓缓给她分析这次尝试的利害关系，她从姜珀自身的职业发展谈到接下合作后厂牌可能出现的粉丝反应，各个角度各个深度都预想了个遍，可惜姜珀一个字没入耳。

"我接。"

袁安妮收声，看向姜珀："上次让你接 In2iew 的时候你犹豫了两周，刚刚考虑了有两分钟吗？"

"三分钟跑不掉。"

"这么痛快答应，和他有没有关系？"

"没有。"她应得干脆，而后继续翻纸页。

袁安妮抿了口红酒，似笑非笑："开业那天就看出你俩有后续。"

姜珀抬眼："怎么看？"

袁安妮曲着食指中指，指向自己眼睛，表示她没瞎："没戏才有鬼。"

姜珀笑了一下，指腹捻着书页，没翻开："这么看好我们。"

"人你接触过了，K 子不错的，你们看上去也般配。你觉得他们厂牌剩下那几个能看吗？连丑都丑得不流畅，要是不当说唱歌手的话都不知道找不找得到女朋友。"

"难说啊——"身后传来男声，姜珀回头，男人还是初次见面时那个圆乎乎的和蔼模样，"我都结婚几年了。"

"里总。"姜珀起身要打招呼，里总摆了摆手让她别客气。

坐好，跷起整个厂牌共用的二郎腿，里总环视一周，问道："他没来？"

姜珀一脸疑惑，袁安妮提示："你男朋友。"

"他是闹着要来，我没让。"

袁安妮摇摇头感叹自己莫名有种初为人母的欣慰，里总认同，说他儿子刚学会走路的时候他也这个心情，之后便切入正题，开始商谈起这次合作的事宜。

说是商谈，其实是闲聊。"人不可貌相"这话说得没错，同样是说唱歌手，里总和柯非昱的头脑绝对处于两个量级，寥寥几句姜珀就可以感知出男人对潮流敏锐的商业洞察力，她实在好奇这样的两人到底是以何契机称兄道弟的。

"比赛。"里总简短地说，"团队最开始也就三四个人，闹着玩的，算不上什么厂牌，顶多是业余爱好者过家家。拉他入伙很偶然，他首战的 Iron Mic 大家都在场，能把押韵玩到那个程度的……"

里总摇头，很难用语言去准确描述当时的心境，他无奈地看向袁安妮，袁安妮一样摇头，柯非昱给他们的那种前无古人的震撼，她也无法说出个所以然。

"你们都在？"

"当然。"袁安妮用大拇指朝里总比画，"我们就是在说唱比赛中认识的，那会儿他是选手我是观众，谁知道现在成同行了。"

"我算是退居幕后了。"里总说，"年轻一代的说唱实力秒杀我毫不费力，既然这块蛋糕我吃不了，不如干些别的帮帮团队。做生意这方面我不说有多大造诣，就是有点儿天赋。其实 1786 是我们最早那个工作室的门牌号，做的时候没想那么多，就想搞个周边，后来做大了是预料之外的，但根总归在这儿，走不掉。"

出门前姜珀问过柯非昱，问这次合作是不是他的手笔，他靠在门边慢悠悠摇头："半毛钱关系没有，我不管事儿。"

没骗人，他是真一点儿不管事。厂牌事务归主理人 Rison——里总全权负责，线上商店的运营也是他一手操办，作为核心成员，柯非昱两耳不闻窗外事，一心只负责做歌。

住一起久了就知道了，柯非昱的日常远没有她想象中的那样纸醉金迷。当然，酒局邀约一直有，球局邀请也没断过，只是他都主动推干净了。

那么一个爱热闹的人突然改了性，成天和她在家里头窝着，谈个恋爱谈成失踪人口，搞得现在有什么事儿兄弟伙都索性直接找姜珀——成共识了，反正她在哪儿柯非昱就在哪儿。

偏偏白羊座占有欲还挺强，柯非昱极不乐意姜珀和除他之外的男性对话，有次当场逮到刘思戈拨来的微信语音，他一把抢过手机就冲那头发脾气。刘思戈被他劈头盖脸一通臭骂，实在无语就反驳了一句："你要能回我个信息我至于打你老婆电话？"

不知道哪个字戳中了柯非昱的点，锋利的爪牙慢腾腾就收了，他整个人陷进沙发里，懒洋洋地问刘思戈干什么。

刘思戈没好气道："节目快开录了我得进组，过几天出来吃个饭。"

姜珀感受到投过来的目光，知道他在征求意见，可眼睛没离开平板，照旧看文献，边做标注边说你想去就去，柯非昱啃着指甲一时做不出决定，就先对那头敷衍着："再说，啊。"

挺大个人了，但比野格还像块橡皮糖，黏糊糊的，天天在一起也不嫌腻。是真没腻，两人在某些方面向来对头，但倒也不是非得发生些什么不可。可以干柴烈火，也可以各居沙发一角相安无事。

姜珀看书，柯非昱就戴起耳机打游戏，谁也不耽误谁，无须任何言语交流，只要对方能在眼角余光的视野范围内就足够心安。她知道他喜欢这样，真巧，她也挺喜欢的。

姜珀没觉得柯非昱作为一个地下 Rapper 能有多少关注度，当时在校内受到的关注她仅仅看作是和秦沛东分手后的余波，而当麦宝仪把实实在在的流量数据甩到她面前时，她才真正有了实感。

几个网页都是讨论她的帖子，从发型到妆容到穿搭，无所不谈，其中有个楼建得高，标题是——为什么哈人能找到这么优秀的女朋友。

抓过遥控器朝上，空调"嘀"的一声开启，姜珀转圈挖了勺怀中的西瓜塞到旁边毫不知情打游戏的柯非昱嘴里，开始翻评论。

男人不坏女人不爱。

台风酷吧，会打扮，看起来是氛围帅哥。

美女快跑！

长成这样还高学历，我服了。

真人更好看。在他们学校附近的便利店见过一次，跟风买了美女同款酸奶，第一口差点把我送走，给大家避雷。

之后有好几个人追着层主问有无"瓜"吃，层主回复了：很出名，属于在学校里大家都认识的那种，听说是靠她前男友才满绩点的，但她能考上Ｓ大，我觉得应该不至于，不过好像无缝对接现在这个哈人男友了。听说很高冷，脾气不太好，具体没接触过。

柯非昱认为喜欢一个人不需要理由，姜珀不能。耐心看完评论，虽然没找到她不惜撒谎也要和柯非昱交往的缘由，但大部分评价中肯，特别是说他会打扮这点，姜珀强烈认同。

他去楼下扔趟垃圾都得挂点儿东西在身上，从项链到手链，叮叮当当的。姜珀问他到底什么毛病，偶像包袱这么重。柯非昱挑挑眉，也没解释，就偏头秀了秀挂着的克罗心耳钉："帅不帅？"

老实讲——帅。底子好，穿得又潮，就算口罩遮住大半个脸也遮不住他是个帅哥的事实。

姜珀继续往下翻。

才华滤镜，楼主请看隔壁月亮组。

本已经翻篇了，她踌躇了几秒又返回前页，对着这条评论细细看。她查过柯非昱的资料，有音乐人曾称他以一己之力改变了中国Hip-Hop走向，"少年天才"四个字在他身上理所应当。

柯非昱有才华这点的确毋庸置疑，只可惜长了张不干正事的脸，身上游手好闲的街头痞子气质又重，容易引起误会，但事实上他只是对大部分人和事物无所谓而已，在特定的场合他会很专注，这样的状态主要集中在两个时候——一是和她亲密的时候，二是做歌的时候。

他有个用来放设备做音乐的小房间，姜珀一般不进去，不打扰他工作。然而不打扰的结果就是这人能在里边儿待一天，房门一关，全世界拜拜，窗帘一拉，时间概念随着光线一起消失不见。他肚子饿没饿姜珀不知道，就是苦了野格只能在屁大点儿的地方上蹿下跳。

有次遛狗时姜珀忍不住指责他："能对野格上点心吗？我看刘思戈比你负责多了，每天都在朋友圈发狗子日常。"

"那两只法斗是他朋友替他养的。我对野格别的不说，起码亲力亲为。"

姜珀回他："你适合养猫，省得遛。赵阙不就养猫吗？"

这下他直接鼻子出气，更不屑了："养猫是担心掉毛，他说黑衣服沾毛丢份儿，所以养的大肠。"大肠是赵阙那只无毛猫的名字。

姜珀停下来，看他："我说什么你都有话应是吧？"

"你拿他们和我比我就不爽啊。"

"兄弟情义呢？"

"兄弟情义就是不要拿自家人比来比去，伤感情，谁还不是世界第一等啊？"

他玩双标很有一套，姜珀懒得和他争，不说话了。柯非昱后知后觉不该顶嘴，乖乖从她手里接过狗绳，"对不起"三个字仍说不出口，他选择以一种委婉的方式低头，说知道自己的德行，一开始没想过养狗，野格是路边捡的。

姜珀斜他一眼："这么有爱心。"

"你也不差。"

"K哥又知道了？"

"K哥牛呗。"姜珀还没来得及说什么，他就先行否定了，"算了，你K谈感情容易用力过猛，用力过猛就不牛了。"他突然开始剖析自我，一条狗尾巴没精神地耷拉着，有些沮丧。

"没有，你还是世界第一等。"姜珀憋着笑安慰他。

气是真容易气，哄也是真好哄，被她这么一夸，他的眼睛立马亮得跟什么似的，一边捡狗屎一边就进入状态了，拿小区草坪当他的Livehouse①舞台，还讲究观众互动，大声问候修剪绿化的大叔今天这里人多不多，又朝姜珀问马来西亚能听到吗？完了再冲在草坪撒欢的野格招手。

"新加坡的也在啊。"他不在乎他人眼光，开心就行。

唱了几句，他闹得起劲儿。唱的歌是中年男人最爱之一《世界第一等》，还是 live 版，姜珀听陈中宏外放过。

她笑道："你还听刘德华？"

他也跟着笑："不然你觉得我该听什么？"

说不上来，Rapper 该听什么姜珀不懂，毕竟她对于说唱的认知几乎没有，脑子里能想起的好像只有那首前段时间走哪儿都能听到的《R&B All Night》，什么"16 hours 有点长，时差总让我特别晕"。

不是说他不能听，就是怎么也没想到柯非昱会对刘德华的歌感兴趣。

"很多制作人喜欢从八九十年代的文艺作品里找灵感。我有个朋友就很迷恋这个，人送外号'采样狂魔'，唯爱港台老歌，胡伟立和黄霑的配乐随身听，副歌用邓丽君的曲，编曲采罗大佑的样，连 Beat 的水印都是从《喋血双雄》里截出来的段。"

"你说的这个朋友是不是你自己？"

"虽然不是，但可以是。"

姜珀半开玩笑做了个简短的总结："我觉得你唱得比说得好听。"

"我的歌你听过几首？"

"就一首，你代表作。"

柯非昱点了点头。姜珀牵来绳子，带着野格继续朝前走，很意外，身后没有脚步声。

她心下奇怪，转身看去。他站在原地，一手拎装着野格排泄物的塑

①Livehouse：指音乐展演空间，是一种音乐表演的空间，提供乐团或是独立歌手开小型演唱会的场地。

料袋，一手插裤兜。依旧酷，但他的脸上是难得一见的认真神态。

品牌的电商总部设立在隔壁H市，各地来的模特自然该在这里聚头。

全职模特的日程表不比先前的玩票性质，异常紧凑，姜珀五点做完瑜伽五点半就得披着晨露赶车。

每天坐着高铁在两市间往返，累到只能在通勤间隙补觉，但她毕竟孤身一人，也没太敢往深了睡，总还提着点儿神。

紧绷一天的神经只有在回S市时才能松懈下来，毕竟柯非昱是"迈阿密作息"，大白天得睡觉，到了晚上他才有精神接人回家。

这天姜珀照例站在车站口的柱子旁等人，瘦高瘦高的，好认。

她没换衣服，穿得少，一双白腿在大晚上显眼得不行，有几辆出租车挨个儿排她跟前热情招呼，她礼貌拒绝了。

柯非昱见状油门一旋，摩托车轰鸣，一路带响拉风地飚到她面前，把人都赶走后，心里还乐和地想着待会儿带她兜风，结果姜珀在看到他的下一秒就变了脸，把包一掷。

柯非昱接得顺手，目光随着她上车的身影绕了个圈："怎么？"

姜珀甩下两个字："开车。"

他顿了顿，转过半个身："你不说清楚我怎么开？"

"你开车用我的嘴开？"

嚯，这暴脾气。女人不坏男人不爱的理论同样适用于柯非昱，就稀罕她叠着手臂在他车后座那个谁都不搭理的样儿，宁可抓摩托后座车沿都不碰他的身体。

拍片的妆还没来得及卸，她的眼线拉得很长。眼角眉梢全吊着，傲气冲天，让他分外有归属感。

"早上不还好好的？"昨晚她还情意绵绵的，早上还破天荒给了他一个吻才出了门。柯非昱睡得蒙眬，迷迷瞪瞪间还以为自己在做梦，醒来立即向她发语音报告内容，得知情况属实后乐了半天，动力十足，怒写四首歌出来。

"谁惹你不高兴你说出来，我收拾他。"

"好啊，把你自己收拾了。"

"我？"

"对，你。"她点点头。

"我就我。"柯非昱看她一眼，没打算做解释，把身上牛仔外套脱下扔给她，"先回家再收拾我。"

以柯非昱长期没皮没脸的经验来看，和姜珀理论事情，地点最好选对，就像谈生意通常得在酒局上谈一样，先把气氛调起来了，情绪高了，人开心了，口自然松了。

柯非昱屏住呼吸，人倾身往前伏，汗湿的下颌蹭过她额间便逐渐把持不住，老婆宝宝一通乱喊。姜珀咬着指头，眼前整个视野都在晃。

柯非昱习性没变，爱亲人，他吻过她的脸颊又吻到耳垂，还想要更多的时候姜珀偏过头，拒绝和他进行任何眼神对视。

柯非昱强势地掰过她下巴，终于憋不住了："那种话你也信？"

他倒是轻飘飘的，看起来跟没事人似的，她看着就烦。

"我凭什么不信？"姜珀蹬他，他躲得快，人没踢到，反倒被拽住了腿，"你滚！"

看看，自己好了就让他滚。但什么锅配什么盖，柯非昱就只对她一个人好，就喜欢热脸贴冷屁股被她踹，就乐意伺候。

姜珀心气难平，在柯非昱看不到的地方翻着白眼，愤愤说他不是好东西。

被骂的人不痛不痒的："我是不是好东西另说，我先问你那女孩儿叫什么名字？我和她在哪儿约的？"

"我有病我去问这些？"

"没问清楚你就回来对我置气？我委屈死了好不好？"

不是不知道自己这次不占理，但没办法，她真的上头。

拍摄基地是共用的，话是姜珀无意听到的。说话声、高跟鞋声、口红磁吸声，一通响，关着门都能闻见扑鼻的香水味儿。

几个模特上午打过招呼，她们和姜珀年纪相仿，可看起来要专业不少，彼此都认识。

从某种意义上来说，女孩们很贴心，照顾她心情，没当面戳破，只当姐姐妹妹在洗手间的八卦闲聊，几位首先提起的是 19 Hood 主理人——Rison，里总。

"他也约？"

一个女声见怪不怪："约。"

"他不是有一个孩子吗？"

"一个？有十个孩子也不耽误啊。他和他老婆早就离婚了，但是没有公开。去年我和他有过一次，刚刚在过道还打了招呼。他人蛮和气，后来还介绍了资源给我，现在就是当个朋友处着。"加长的甲片在屏幕上嗒嗒响，"喏，这他微信。"

第三个声音果断下结论："千万不能找 Rapper 谈恋爱。"

"那她是——"外头的嗓音被刻意压低，姜珀心虚地感受到有目光聚焦在她所在隔间的门板上，不由屏住呼吸。空气就这么静止了片刻，女孩儿们达成了某种心照不宣的共识。

"谁知道，各取所需吧。FK 我朋友约过，赞不绝口。"

姜珀心一坠。

"真的假的！"

"真的。她是粉丝，两个人在庆功宴认识的，还是他先找的我朋友主动要号码，当晚就去酒店了。"

"啧啧啧，Rapper 一般都怎么认识啊？"

"没其他的，够好看就行。你下次去现场坐前排，他们一下场就能主动找你要号码，你信不信？"

你信不信？多胜券在握的四字疑问句。

　　柯非昱在微黄的灯光下注视着她，她皮肤透得能看见毛细血管。太过猛烈的情绪醺红了她的眼眶，而他的亢奋震得姜珀灵魂都在颤。

　　后来就连颤都颤得不利索了，和白日听见流言的反应相似，一颗心卡在喉咙口，舍不得吐，吞下去难，悬在半空，双手抖着，脑袋发晕。

　　"主动要号码"五个字像魔咒般在她脑子里循环。人群中心猿意马的对视，恰好悬在桌沿的手机机身，莫名锲而不舍的追求，难受。

　　贴得紧，贴得密，他前胸环她后背，但姜珀心里不痛快，两只手在他掌心锁着，特别难受。

　　"还生着气呢？"

　　没回应，被他捉住的手腕不经碰，红了一圈，脉搏隔着一层细薄的皮肉在跳。柯非昱把话再重复一遍，浑话不要钱地往出蹦。她一反常态没有任何叫停，只是沉默地抽开来。

　　一味地包容不是他风格，百依百顺不是他本性，热脸贴冷屁股总也得有个度。一股烦躁执拗的气堵在他肺里，灼得头疼，突然就上火了，柯非昱直接把人翻了个面，逼她正视他。

　　姜珀咬着下唇，抹一把眼，问道："你不澄清？"

　　"澄清什么？我要真像她们说的那样，给你的感受从一开始就能更好。"

　　"你可以演。"她指的什么，彼此心知肚明。

　　"我演？"柯非昱被气笑了，"我演技这么好我怎么不去做演员？"

　　Rapper命硬学不会弯腰，走到今天是非不算少，被从天而降的锅砸到没什么大不了，他不介意，反正他朋友们的名声没多好，但是她介意，那就很难搞。

　　他的脑容量一直不大，能想到讨人开心就一种方法，伸手搂她的讨好动作被姜珀看在眼里却变了味儿。

　　"你想糊弄过去。"冷冷的声音从上方传来，她咬着牙，异常肯定的语气。

　　他抬头对上眼神，她看着他："是吗？"

柯非昱没回答，眼见她支起身子，扯过毛毯包裹住身体，恨不得要划条三八线分清关系的样子。

当然不是，讨你开心你说是糊弄，这也不行那也不行，一点儿破事别别扭扭地闹，真的烦了。她心里有气，他心里也有气，还不少。

凭什么啊？被造谣的是他，被质问的还是他，这么长时间了吃住一起，什么都尽力了，到头来一点信任都不给他，谈个什么恋爱？

"外人说什么你都信，我说什么你都不信，我这男朋友当得有什么意义？玩我呢？"

姜珀闻言冷笑，两个字几乎是脱口而出。

一直在他心头窝囊着的鬼火彻底发作："分手也能随便说？"

"怎么不能？"

"想都别想，我不同意。"

"你不同意没用。"

"怎么没用？你还要读研是吧？不去学校无所谓啊，健身房先堵，堵不到就去你老板公司坐着，想见你我总能找到办法。我再问你一遍我不同意有没有用？"

"……好聚好散听过吗？"

"我书读少了，只听过不择手段、屡败屡战。"

"柯非昱你少耍赖！"

"你觉不觉得叫无赖别耍赖才是真的耍赖？"

说不过他，咽不下气，姜珀咬牙切齿。浑蛋，全世界最浑的浑蛋。

柯非昱当然有话想说，可就是憋死了，在嘴里出不来，想发作的劲儿被空气冷却到底，完全对抗他根本的自尊心，在她面前凝成一句万分屈就的话："你就为这些风言风语怀疑我。"

姜珀的表情可以说是皮笑肉不笑了，何止，如果这些尚且能归结为道德层面的问题，那法治层面的败坏又要怎样粉饰？

女孩儿们掰着指头数约过的 Rapper 数量，数完了哈哈大笑，又嘲弄某新人抄袭同行，几分钟的时间谈到的八卦不少，有亲身经历的，有道听途说的。

"单刀会里那个谁，叫什么我突然忘了，前几天被警察点名了。"

"我知道呀！"

这就是姜珀没有对柯非昱坦白的部分，问不出口，或者说害怕知道答案。

"吵架了？"里总来探班时有意无意问了姜珀这么一句。

喜欢一个人，就算合上眼睛捂住嘴巴，爱意也还是会从钱包流露出来。

早前姜珀找代购买了几个潮牌玩具，又向里总确认过柯非昱的喜好，男人建议她买鞋，后来她手绘了一双空军一号鞋给柯非昱，他开心得跟什么似的，舍不得穿，放在家里当摆设。

里总在工作和生活上给过她不少帮助，对他，姜珀一直挺敬重，直到那些八卦出现。不论真假，总是有所影响。

姜珀避开里总探寻的眼神，对感情的事三缄其口。不想面对柯非昱，姜珀索性不回S市，在基地就近找了个酒店住下。

1786 Studio 的新品发布会近在眼前，团队进入收尾阶段，上上下下都忙得不可开交，她像是被生活推着走，从早到晚忙到虚脱，大脑腾不出太多的空间给无处安放的情绪。

结束一天的疲惫后她沾到床就能睡，根本没有多余精力去复盘她和柯非昱的争吵。

但这天例外，就在她进入睡眠的前一秒，外头传来敲门声，不轻不重，三声。

"……谁？"

"我。"

一个激灵，她睁开了眼。姜珀承认，自己存在侥幸的等待心理，她希望听到来自他详尽的解释，希望他明确告诉她那些传闻毫无依据，但期待一旦过了期限就容易引起反噬，所以她把被子盖上头，睡觉。

漆黑的房间里，时间缓缓地过。该困了，困不了；想睡了，睡不着；

走了吗？走了吧。她反反复复想着，把最后一点儿睡意耗得精光。

到底还是开了灯，姜珀披上衣服到门边附耳倾听，没什么动静，她拉下防盗链，压上门把——门几乎是一瞬间被破开！她下意识往后退，一张再熟悉不过的脸出现在面前。

有愠意，但少到找不着。有阵子不见，他那股"我全世界第一牛"的气势淡了许多。胡茬儿没刮干净，有一圈暗青色。疲倦、微弱的衰败从眼神里透出来，势在必得的张扬没了影子，看得出来他这几天也没好过。

第一个照面就无声胜有声地直接让她败下阵，姜珀怔了怔，柯非昱看她一眼往里走。

"如果我不开门你打算等多久？"她转身，对他的背影发问。

柯非昱没说话，把毛线帽摘了扔床上，环顾四周，确认她过得还好，抓一把头发，这才把她最后三个字重复了一遍："多久无所谓，差不了这回。"

她觉得莫名其妙的，他等她什么了，搞得好像认识她多久一样。

心火未消，姜珀负气往外走了几步，柯非昱追来，拉住她手肘，把她拉停在走道上："去哪儿？"

姜珀甩不开，瞪他："用得着你管？"

"好好说话成吗？"

目光从被握住的地方向上看，他一只眼皮双着，黑眼珠这会儿不太亮，眼里难被动摇的执着杂糅着倦怠，很不得已的低声下气。似曾相识，姜珀一时没想起。

光是直视就有点受不了，她低下声音："你怎么知道我住这儿。"

"打听的。"

她针扎似的敏感起来："向谁打听？这里的模特？"

尖锐，阴阳怪气。她想收回，但无奈泼出去的水，收不了，她想叹气，结果就真的出现了一声轻不可闻的叹息，却不是她的。

"演戏也好，约人也罢，你怀疑的我除了口头否认实际上一样证明不了，你听到这些心里委屈我知道，歉由我来道。"

"这五天我不是故意不理你，一开始是自尊心太高身段没法儿低，后来是不知道怎么做才能让你消气。归根到底错在我，你有什么不痛快就跟我说，我该解释的解释，该解决的解决，你别自己闷着生气。姜珀，我真不想就这么和你分了。"

听着平平淡淡，却没来由叫她心惊。她想装作不介意，还是太过于介意："……问你三个问题。"

"嗯。"

"主动加过女孩儿微信吗？"

"加过。你。"

"就我一个？"

"你以为呢？"手机从裤兜摸出来塞给她让她看记录，姜珀叫他放回去，偏偏他自证清白的决心强烈，硬是不肯。

拉拉扯扯推拒着，手机从中间脱落，"啪"一声砸地上。他之前说是花呗买的，可金贵着呢，但这会儿根本不管，不心疼。两只手因着惯性作用撞在一起，柯非昱没给她后退的余地，迅速交握起来。

两人面对着面，十指扣着，掌心贴着，心立马踏实了，但她嘴上仍没放过他："一个生理心理都正常的二十五岁男人，身边诱惑不断，那他在为谁当苦行僧？"

"你啊。"

姜珀翻着白眼转身，又被他紧紧拽回来："听没听过一句话？'如果每个女孩都亲过我，我就是廉价的'，我天下第一高贵，除了你，别人想得美。"

说的话不可一世，很扯，但很"柯非昱"。

他笑得轻轻松松，姜珀看着他的黑眼圈："想说你出淤泥不染？"

"我是说你魅力大。"

"有多大？"

他认真注视着她，顿了许久，有许多话要说，但顾忌着什么，吞回去了，只给她两个字："很大。"

"那我问你第二个问题，你和我真是第一次？"

"如假包换。"

话题一引到这儿气氛就怪了，他开始不安分起来，本性暴露无遗。姜珀半推半就，柯非昱的鼻子往她颈窝里好一通嗅才算解了这些天的渴。

争吵的隔天，他依旧去了车站。几个小时没等到人，他急了，打电话给她，提示音是"您拨打的号码不方便接听"。整个人在车站就没忍住火，立马打给里总气势汹汹问他要人。

对方熟悉他的性子，怕出事，尽力安抚着，让他先冷静，答应连夜去问。后来问到了，说她去住酒店了，他的心刚放下去，就又提起来了，发现她是真生气了。

往常是碰见了就天雷勾动地火的，可今晚谁都没那个心情，折腾了这些天，思念涨潮再退潮就只剩疲惫。柯非昱从后面搂住她，临睡前他想起第三个问题，顶着困劲儿，问她是什么。

姜珀自然有想问的，可话到嘴边却改了口："柯非昱，你会对我永远坦诚吗？"

"会。"他毫不犹豫地保证道。

天没亮透，他比大自然先生机勃勃。一个翻身把人压到身下，密密麻麻吻着，姜珀实在被勾得厉害，可累得慌，就拿马上要开工的理由推拒，让他别闹。

柯非昱自个儿手机还在地上躺着，他把姜珀的摸过来，闭着眼睛拨号码，三句嘟声后，对方说了一句喂。

"哥，给我老婆放天假。"

好不容易要来的假期里，除了贴在一起就没做别的。

分开的五天里，有一万个瞬间姜珀觉得他们玩完了。一次次等待中，号码拉黑了，微博取关了，但柯非昱却在一天内身体力行证明给她看，什么叫作来日方长。

他目不转睛地看着她，让她感觉自己快要融化在他那湿漉漉的眼神里。腰窝被双手牢牢把控，紧密的贴合催生出一股热意。

比起伸手才能摸到人的距离，柯非昱更中意黏糊糊的亲密，非要贴着，非要亲密无间。于是他直起身抱她，姜珀顺从地用双臂环绕住他的脖子。秀气的耳郭在日光下近乎透明，他吻上去。

姜珀现在处于一个不太能思考的状态，脑子被搅得混混沌沌，意识被抽空，他说什么她都一一答应下来，难得乖顺。声音很软，好听，他很喜欢，两边耳朵都恨不得竖起来让收音效果拉到最满，仔仔细细听舒坦。

他问姜珀："你爱我吗？"

她在他耳边说爱，他的心颤着："以后别说分手的话了。"

她点了点头。

"那给我一点儿安全感好不好？"

"好。"

在得到答复后他顿时就安心了，大口嗅着她身上的味道，随之吻住她的嘴唇，痴缠起来，失而复得的思念全数体现在此刻。他呼吸很重，烧得她耳畔烫了一片。

说白了是年纪轻，根本不懂得"克制"两个字怎么写，干什么都要干得尽兴。姜珀眯着眼仍在缓神，他倒恢复得很快，又精神了，他还是要抱，要眼对眼地腻歪人，像只小狗，没完没了。

她望见他额角挂的一点汗，还望见他眉骨有个不深不浅的疤，长不出眉毛了，断了一截，看上去很有年头。姜珀轻轻抚上去，问他哪来的，是不是以前和人打架弄出来的。

他笑着说："是啊，你才知道吗？"

很无心的一句话，但姜珀突然发现她对于柯非昱的关心远不及他对自己的万分之一。明明还像个小孩儿似的瞎过日子活不明白，却把关于她的一切记得很牢。

用嘴问，用眼看，姜珀的口味、喜好，甚至于经期他都了如指掌。

姜珀受不住他这样的折腾，拿手指堵他的嘴，告诫他年轻人要懂得克制，柯非昱对此嗤之以鼻："年轻人要懂得放肆。"

说着，他掰正她的脸强制性要对视，她的耳根被烧得很热。

柯非昱陪姜珀在 H 市待了几天，直至她的工作结束。回 S 市的那晚，他把她送回住所。

热情地扑到怀里的野格让姜珀有些应付不过来，它跳起来又要舔手又要舔脸。她分神抬头，看见柯非昱在后头站着，似乎在斟酌什么。

"你还要出门？"

"马上要进组了。"柯非昱朝她晃了晃手机屏幕，上面显示着刘思戈的备注。

姜珀点点头："去吧。"

得到了许可，他却没应答，蹲下来，伸手摸了一把野格的脑袋，野格这才想起也该和男主人亲热亲热，于是又屁颠屁颠地冲他撒起欢，但此时柯非昱的眼睛看向的却是姜珀："我想你一起去。"

姜珀闻言皱眉："你知道我不——"

"我知道你不喜欢那种场合，但你答应过我。"

"我答应过什么？"

"给我安全感。"

持续对视，她的手指头被野格不厌其烦地舔了一遍又一遍，姜珀还是没想明白陪着去酒局和给安全感的等式为何成立。但算了，她说走。柯非昱却不动弹。

"干吗呢。"

柯非昱下巴抬了抬，姜珀顺着他的视线别过脸。客厅摆放的落地镜照出一字肩遮不住的背，钛链粗细叠戴在脖间，头上还有没来得及拆掉的绿色挑染辫，一改往日形象，很嘻哈，很辣，两人的目光在镜中对上。

"就这么去？"

姜珀转身："不乐意啊？"

柯非昱老老实实地说："嗯。"

她笑着问："然后？"

"然后他们一会儿指定没完没了盯着你，我不爽。"

"是占有欲还是没信心？"

柯非昱显然是被后三个字击中了高高在上的自尊心，头也不回往房间走，结果再出来的时候上下都换了行头。金表金链，显身份的硬通货全挂起。

派对动物倾巢而出，四射镭灯迷人眼，声色场中见熟人。刘思戈，还有好些姜珀叫不上名字的生面孔，多半是主人那边的朋友，围着卡座里外几圈，很是热闹。

柯非昱和姜珀的现身让所有人难掩惊讶，视线下移，停留在十指交扣的一双手上，他们半天没挪开。

刘思戈适应得快，边和柯非昱相握撞肩边笑道："祝福祝福。"再看向姜珀喊道，"嫂子。"

姜珀被这声称呼叫得有些蒙，不知道该不该应承。柯非昱没她顾虑得多，扯着手腕就把她拉下来，整个人斜倚靠背，脚踝架在另一条腿膝盖上，找了个特舒坦的姿势窝着。他到酒吧的状态相当于回归真我，不知道的人还以为是他的主场。

姜珀拿指甲掐他虎口："你把我们的事到处说是不是？"

"我哪敢。"他不急不慢接过递来的酒，灌一口，回道，"圈子又不大。"

言外之意，是什么消息都传得快。

"是吗？"说话间有人给柯非昱递了根烟，他条件反射伸手的同时却去看姜珀，没得到指示，尬在半空。

她被看得好笑："我在让你有哪门子的安全感？你一个人来能玩得更开心。"

一杯芝华士下肚，他摇头，优哉地笑。

赵阙喝多了，在对桌和人打闹着玩，隔壁吧台上刘思戈和西别各端一杯酒站着，前者讨教着进组签合同的注意事项，后者臂弯搂着人。高挑的背影，姜珀认出来了，是位名气不小的网红。

交际应酬都挺忙，尤其是柯非昱，找他的人一窝蜂，厂牌内外都有，拉合影的、求合作的、讲事情的，没停过。柯非昱个个都搭理，但始终稳当坐于姜珀身侧，搞得他不方便，对方不方便，姜珀看着也不方便。

姜珀推他走，让他和人好好说话。柯非昱临走前把手机丢给她，勾肩搭背去了几步，又扭头。音乐声太响太杂，姜珀听不清他的话，只知道席间一直有人在看她。

一开始她以为是柯非昱的存在太过惹眼张扬，但他离座之后，这些如炬目光仍在。看热闹，看新鲜。男男女女，四面八方，指指又点点，眼里耳侧全是她看不懂的杂念。

想不通就不想了，姜珀掂了掂手中的重量，懂柯非昱比懂他们简单，这人坦荡到连个手机密码都没有，够厉害的。按着他的口型点开微博，她看到移除的关注被他设置回来了，还是特别关注。

她的手指有一搭没一搭地滑动界面，没什么新奇，首页都是圈内人，有几位今晚的微博已经发上了。姜珀点到右下角的红点，里头未确认的消息一堆，随手一划拉，有催歌的，有写小作文吹捧的，还有……发酒店定位的。红数字消失，是已读的状态。忍着手抖，她一条条从下往上翻。

等你哦。

哥哥还在 S 市吗？

分手了？

和女朋友闹别扭了吗？

脑袋嗡嗡响，直觉让她在私信里搜寻起来。类似的示好多如牛毛，发定位的行为都算含蓄了。

人群爆发出欢呼声，她下意识寻找他的身影。男人此时在调音台前打碟，在最高处尽情享受着尖叫，身体随着声浪自如地晃，眼睛往下看，睥睨一切。

许是她所在的方位声势太过浩大，他抬头，锐利的视线在一团喧嚣中竟精准投到她身上来。他挑眉，招招手。

燥热的身体在劲音下扭得陶醉，她挤过弹簧舞池里摇头晃脑的人群到他身边，见她来，柯非昱眼角眉梢都写着兴奋。姜珀刚想说话，他一个耳麦为她戴上，顿时电音齐天。

姜珀恼火着一把拽下，将手机砸到台面："你要让我看的就是这个？"

他瞟过去，界面停留在私信："没错。"

姜珀继续盯着他。没在怕的，他人翻了个面从后面环抱上去。姜珀挂在脖上的耳麦重被他戴上，音乐从罩着的一头传来，而另一头则被提起，他的声音很沉："你愿意来，我很开心。"

她没说话。

"你往下看。"

姜珀这才赫然发觉她的出现让人潮躁动不已，手机高高举起，绝不放过台上即将发生的一切，无数个黑洞洞的镜头像极了眼睛，对着他，对着——他们。

"你觉得有多少人盯着我们分手？"

"……我不知道。"

他靠下来，操着一口被酒精泡软的腔调贴在她耳边说话："唱衰的人我不管，我在乎的是你。都说苍蝇不叮无缝的蛋，可你觉得我看上去足够无懈可击吗？"

左耳的电音高到地板都跟着摇，右耳是他摩挲在耳膜的低音，一左一右，割裂成两个世界。当然……不够。

他所谓安全感的思路渐渐被她摸出头绪。腰侧附着的掌心，硌在颈窝处的下巴，还有鼻间的浓浓酒气，目光所及与不能及的都令她心跳如鼓。

他可以不说话，可以陪她谈不为人知的地下情，而她呢？一言不合就把微博双向取消关注，用实际行动给这段本就不被看好的感情盖上印章。怪不了他，怪不了送上门的女孩。到这儿她算是想明白了。

姜珀偏过身，柯非昱随之松开环她的劲儿，他正在看她。姜珀的头微微侧过，她伸手覆上他被酒精催红的脸颊，脚尖一个踮起，拉过来，压下来，于是柯非昱就这么受着力被她往前带。

在唇畔相抵的下一瞬，他主动反扣住她后脑勺往深处猛地辗转。她的腰撞到打碟机边缘，鼻梁碰在一起，鼻尖都是麻的。他们头昏脑热，吻得狂。什么里子面子什么影响，那会儿全没顾上，她疯了似的，给他一个交代的冲动和想让闲杂人等打脸的占有欲代替了所有情感和理智。

有多上火就有多肆无忌惮，交缠得烈，闪耀的白强光毫不留情出卖她的心动。脸烫着，手脚一并发麻，数不清的尖叫她看不见听不到。被音乐隔出的另一个空间里，只有心跳和他——

还有众目睽睽下，那个充满主权意味的吻。

社交平台的消息分分钟爆炸，姜珀没空管。关于那晚的记忆是混乱和嘈杂的，一吻过后两人被扯到台下喝酒，柯非昱情绪高涨，特别开心，揽着她的手紧到不行。

亢奋的状态持续到回家也没停，姜珀以为他是酒后难受，大半夜起来给他弄蜂蜜水喝，一杯喝下去，他仍旧手舞足蹈的。他不睡整个世界都别想睡的架势让她整晚没休息好，第二天开工时头疼欲裂。

后来她才知道这是柯非昱演出前夜的通病，简称兴奋到睡不着。

姜珀准备换造型时助理上前递了手机，说有电话，是秦沛东的。他在正式分手后从来都是给她发微信，即便姜珀一条不回也不妨碍，但打电话却是史无前例的。

姜珀犹豫两秒，接了，秦沛东开口就问现在方不方便。

她闭着眼睛按额头："有事吗？"

听声音对方像是疾步走到了安静的角落，报上几个博主的名号让她看微博。话来得急，没给她任何消化的空间，一向稳重的人话里话外是压不住的急躁，姜珀不由自主就被带起情绪，边戴上蓝牙耳机边在搜索框中敲入文字。

微博弹了出来，闪烁的白灯下，激吻的身影。她耳根一烫，脸登时红了。

姜珀许久没作声，秦沛东转而让她看评论区。数不过来的"999+"，祝福声很友好，可她往下翻了几条就不由皱起眉。好似整个社会的蛆虫都集中于此，恶臭的思维从她被柯非昱按着的腰侧开始发散，她往后仰的弧度被评价为"柔韧，平时'锻炼'得不少吧"，来自男性视角的目光聚焦于她一人身上。

"你也不想被上传。"相识几年的默契让秦沛东迅速归结出她的反应。

讲真的，当时宣示主权的念头占上风，她什么都不想管，可疯了这么一回，爽劲儿过后，后悔是有的。坐实了男女朋友身份，她的一举一动要被曝光在更多人的眼皮底下。她要被剖析生活，被挖掘隐私。

"你有没有想过叔叔阿姨看到的感受？"他加上一句，"你知道他们有多保守。"

秦沛东和柯非昱的不同之处有太多，例如后者从来不说废话。

姜珀细细咀嚼他话里的意思，问："你想帮我处理？"

他默认，她继续问："为什么？"

"为你好。"

"为我？"

"为我们。"一声不响，他挂了电话。

事情过去有几天，姜珀去看过微博，已经一干二净了。

明面上的视频已被清空，但私下里的传播又是另一回事。姜珀几天来除了忙工作就是在找寻平衡点，怎么将柯非昱大大方方带到父母面前……心病，顽疾，找不出头绪。

那时没敢往深了想，就先初步在柯非昱身上做了尝试。

她发了条信息，问他考不考虑换个发色。没有秒回，几小时后他落地开了机，发语音过来问她是不够帅吗？姜珀用贴合他性格的话术顺着毛捋，说你看你黑发根都长出来了，该改风格了。他挺干脆，说行。

晚上她在张奕的朋友圈里看到这货的头发变红了，火红的红，扎眼睛。气得她直骂柯非昱是蠢狗，他还乐呵地当夸奖，说那也绝对是最帅的那条。试水失败，姜珀再没发消息，而他也没上赶着黏人，估摸是忙得分身乏术。

柯非昱的行程被排得很满，暑期档，可以理解。姜珀先前听他提起过，玩街头篮球是他做说唱的契机。从哪儿来回哪儿去，她知道柯非昱无意走到"地上"。

The Third Part

　　他情愿费时费力跑巡演去见全国各地的听众，也不愿上几小时的遮瑕把身上的文身遮盖，更不愿去接乱七八糟的活儿把歌按甲方要求改得面目全非，但他身边仍有上了综艺节目，所谓"走起来"的朋友。

　　个人有个人的坚持和追求，他理解，尊重。他只代表自己，不会妥协。社会怎么变化无所谓，他尚有棱角。姜珀不忍心，可现状摆在面前，总有人要做出改变。

　　某天傍晚姜珀收了工回家，发现玄关处有双球鞋，她伸头看向门外，并没有外卖垃圾，野格被放出来满地乱跑，所以他是回来了的。

　　姜珀第一次敲响小房间的门，里头传出些零碎的声响，说让她等等。一些未加印证的想法席卷心头，头皮一紧，姜珀不顾他的话直接闯进去。吸吸鼻子，没有怪味，她在昏暗红光下皱眉。

　　四壁铺满黑色吸音棉的房间里，烟灰缸被妥帖地藏于桌下，烟气被大开的窗户散去许多，他本人多半觉得遮掩得挺严实，晃几下椅子，一副"我很好，任你参观"的大方模样。

　　姜珀走过去把他叼着的烟取下来，捻灭："做音乐这么费烟？"

　　他抓抓头发，尴尬地扯嘴角。状态不佳，他努力了，真的笑不出来。

　　超大显示屏上是花花绿绿的音轨，电脑自带的记事本开了好几个，音箱草草摆着，两排电子合成器将他围困在一个狭小的空间里，地上打着地铺，落魄，根本没落脚的地方。

　　屋里残留的尼古丁藏匿着情绪，这是她头一回见到他做歌的状态，不同于在她面前的任何一面，憋闷得她几近窒息。有种忆苦思甜的即视感，挺拧巴的，姜珀把她的感觉直说了。

　　拇指拨过火机的砂轮，柯非昱摆弄手里的东西，忆苦思甜，她算是说对了一半。托那档爆红说唱综艺的福，大伙儿日子肉眼可见好过很多。从前是真难熬，没钱了都不好向兄弟们借，行业如此，找谁都张不开嘴。最难的时候他们工作室在租来的五平方米空间里，设备一放，有事没事就 Battle，被邻居骂完扰民后收起麦克风，转头就去钻研 Dr.Dre[1]的韵

130

①Dr.Dre：嘻哈界的一位元老级人物，也是嘻哈界有名的"伯乐"。

脚和Tupac①的编排。

柯非昱不信命，但信丛林法则。无论哪个圈子，地上地下，全都是有本事的吃肉，没本事的喝西北风，而他永远要做那个吃肉的，永远要天下第一牛。

他沉默，气压低着，姜珀不出声了。她慢慢蹲下来，扶着他的膝盖。

"你怎么了？"

他一言不发，当着她的面摸过桌上的烟，火机"咔嚓"一打，滑向桌面，夹烟的手臂垂下，嘴边烟雾缭绕着四散开来。

在那个Battle就是最高荣耀的时代，他单枪匹马斩获全国各个赛事的冠军，倒扣帽檐，年纪不大，但风头无两。对于韵脚，他玩到了极致，三押四押五押甚至四句十五押是张口就来，影响深远。以至于后人即便不认可他的作品，也始终无法否认他的存在就是中国说唱那座绕也绕不开的里程碑。

技术流，桂冠戴着，追捧受着，说他"做说唱大于做音乐"的声音他听得很多。这是Battle MC的通病，他受困已久，唱得比说得好听。

那天姜珀的打趣给他提了醒，他早知道脏词那套放现在玩不动了，转型是必然的事，但路难走，Freestyle②需要临场反应和押韵技巧，做音乐却不能仅浮于技术流的层面。想要照顾听感，与生俱来的天赋和扎实的乐理基础，缺一不可。

"瓶颈。"他和她对上眼神，坦诚道。

如果不主动走入这间屋子，她就根本发现不了一向拿冲劲儿示人的他会身处低谷。也许他曾在这里独自消化过数以万计的低迷情绪，但只要跨出门槛，他就能够变成那个嬉皮笑脸的柯非昱，顺着她的臭脾气，变着花样讨她开心。

她羡慕他横冲直撞的叛逆，也羡慕他满怀奋进的热血，她把自己实现不了的心愿寄托在他身上，她见不得他低沉。

"饭吃了吗？"

①Tupac：嘻哈文化中匪帮说唱的代表人物。
②Freestyle：指嘻哈文化中的即兴发挥表演，Freestyle Rap特指现场创作，完全即兴，歌词没有特定的主题和结构。

他摇头，没有。

姜珀轻轻牵起他几根手指："不要饿着肚子工作，对身体不好。"

他吐了口烟气，顾及着姜珀，终是灭了。他反握住她的手，不轻不重捏两下，回道："没心情。"他又叹了一口气，"你先出去吧。"

"赶我走？"

"我不是。但我现在……你知道……算了其实……"前言不搭后语的，说了一堆快把自己说迷糊了，最后他认命似的，拍拍膝盖，"你坐吧。"

姜珀保持着下蹲的姿势，没起身。她没什么哄人的经验，让他心情好起来，她想不出其他办法。她问自己，柯非昱喜欢什么？——肢体接触。

抬眼，昏暗红光下，他的目光几近燃烧。喉结上下滚动着，他没说话，转而用手包住她手背，握她的手紧了再紧。他仰头，显出了一条利落的下颌弧线。

姜珀问他是不是歌做得不满意，她眼里流淌着柔和的光，一脸关怀。柯非昱没说话，当下他觉得自己是真不做人了，注视三秒，掰过她的下巴，和她接吻。椅子猛地往前滑，进攻性与压制感一并迸发。

姜珀因着惯性被压到桌上，她重心没放稳，手一通乱摸，不知道推动了哪个按钮，伴奏从这一刻开始响。姜珀下意识就绷紧了，她伸手试图推拒，指节却磕绊在一起，和他凌乱地纠缠。

想让她放松些，他喊了姜珀两声，咬着她的耳朵说："出点儿声好不好。让我开心点好不好？"

心理斗争许久，姜珀松开咬着的唇。声音自然地从喉间泄出几声，她被自己吓到，条件反射去捂嘴，手在半途被拦下，手指一一在他唇间吻过，她一口气碎得不像样。

他笑了："新歌就用你的声音采个样？"

设备全放在边上，姜珀扭头，麦克风上的绿色信号闪动着，意识到什么状况后她紧张到颤抖，脸红得要滴血，张口却说不出完整的句子。柯非昱想听到更多，于是 Beat 循环一遍又一遍，他就在每个重音的地方更为亲昵。

姜珀掐着他的后颈摇头："你敢……"

回答她的是更热烈的吻。

柯非昱垂了眼睑，他在这种时候的状态不定，有时激烈有时懒，但不管怎么都不妨碍他热衷于把视线盯到她脸上的习惯。

能对视？最好，他最兴奋。不能也没关系，就持续黏糊着，使劲儿看，不停地看，好像她给出的反应才是他最原始的期盼。

姜珀面上被看得热，脑子也热，要烧起来似的。她伸出手推他，推不动，反而被捉住了手。

姜珀脑子里仍记挂着先前采样的事，尽力克制着气息控诉他："你倒是叫我出声，你自己怎么不……"

不说没事，一说像给了他一个发挥的舞台，他一下来劲儿了。

"你想听啊？想听我现在就给你听。"他没包袱，说来就来。

姜珀没心思答他，现在分不出神让他收收那死德行。柯非昱心里那股邪火烧得旺，一俯身就撷住了她的唇，久没闻过的烟味直直往她嘴里灌。

姜珀被亲到头脑缺氧发晕，柯非昱的低音在她耳窝处钻："喜欢吗，啊？"

"疯了吧你。"姜珀咬牙切齿叫他名字，尾音都飘着颤。

他笑着，满意了。

她套上带着他味道的 T 恤，别过头不理人。

柯非昱心知今日过了头，抱着人又是亲又是哄的，不轻不重捏着她的小腿肚各种献殷勤，总算从她嘴里撬出一句话："到底有没有录到音？"

"没有。"他双手投降状，鼠标响几声点出文件夹给她看，"全删了。"

她将信将疑地让他再次确定："你要录了我真的会生气。"

"生什么气啊，我都听你的。"他眼睛黑不溜秋的，挺老实，姜珀暂且相信。

敲几下键盘，柯非昱把耳机分给姜珀一只。

她用耳机线晃出了一个圈："这什么？"

"歌。"

"给我听？"

"嗯。"

"可是我给不出什么专业建议。"

"不需要专业。"他把耳机从她手里抽出来又塞进她耳蜗里，"歌是做给所有人听的，太在意这个圈子的评价只会故步自封，我想听你的意见。"

姜珀看着他，谈及音乐他就像变了一个人，认真的。即便五官没变，但眉宇间吊儿郎当的神态不见了，这样巨大的反差让她心绪复杂。

"柯非昱。"

他在调试设备，头没抬，"嗯"了一声。

"……你这辈子都不会放弃说唱的，是吗？"

柯非昱斜着脑袋望过去，没懂她的用意，也根本没把这话挂在心上，当她说笑呢，还嬉皮笑脸地晃晃膝盖："那肯定啊。说什么呢。"

"嗯。"

耳机里传来音乐声，和刚刚放出的 Beat 不同，或者说风格相差甚远。不闹亦不躁，舒舒缓缓的一首歌，只是歌词像含在嘴里似的，含糊不清，听不出个形态。

"Mumble Rap[①]？"

他笑出声："可以啊，懂挺多。"知道她是外行，他又说，"为我了解的？"

他的心情这会儿是完全好了，眉宇间得意得不行，然而姜珀还闷着，一半是对他刚才采样的事余气未消，一半是被他冷不丁戳穿心迹的羞恼，早知道不问了。

柯非昱知道她皮薄，没深究："词还没完全写好，先哼着。"

"谱呢？"

"没有。"

"那你怎么写的歌？"

"就直接哼啊，然后录下来。"

姜珀没见过这种操作，愣了。柯非昱给她介绍，说这是他第一次

①Mumble Rap：模糊说唱，指跟着伴奏用谁也听不懂的方式来说唱的一种说唱方式。

试着拉鼓点，编曲不是他强项，就先用了基本的 808 Bass①和 Kick Drum②，简单，但他不太满意。当然，他以后肯定得学着方方面面都到位。

姜珀把他的话听着，偏头捋了捋头发，在合成器的88键上试了几个音。钢琴和合成器除了都是键盘乐器外，区别不算小，她琢磨了一会儿才摸出点门道，弹了一段给他。

"我觉得旋律方面能再改改，像这里——"她停下，"你盯着我做什么？"

他盯着她看有段时间了，是她不知道。刚开始他独独注意到她的手，纤细的手腕立着，漂亮，弯曲时微微顶出的骨节也漂亮。琴音随着她的动作响起，他又去看她贴键的指尖，一跳一跳的。

姜珀被他鲜明直白的眼神看得不自在，多巴胺的余韵还在血管里窜，两耳渐渐发烫，心在胸膛里越跳越重。她垂眸在脑子里再过了一遍旋律，强迫自己集中精神不去看他："一分五十五秒开始，你按我弹的试试。"

"学过？"他饶有兴致地问。

她学过，家里的钢琴就摆在窗户边。八点是她练琴的时间，更是小区内的小孩们呼朋唤友的时间。吃过晚饭，他们无视家长"饭后不要激烈运动"的警告聚到一起，闹着笑着。嬉笑声传到姜珀耳里，就算再想加入，她也必须压住心思，就因为姜云翡在琴边盯着。

那时候年纪小，她的手不够宽，跨八度的地方总会不小心碰到上一个音，而错一个音就是一记细竹竿伺候。姜云翡手起竿落，毫不留情。

没什么好回忆的。

"好久没弹。"她说。

"还学过什么？"

"你能想到的应该都——这么说吧，我上大学前没停过课外班。"

柯非昱摸摸耳朵，看向她："你妈管你管挺严。"

平时懒懒散散的，他这会儿倒能耐，仅凭一句话就能精准定上位。别说，还真挺准。

姜珀顺手在琴键上弹了一首巴赫的曲子，找找久违的感觉："你为

135

①808Bass：指创作中用的一种重数，是1980年代诞生的录音室节奏混音器型号，在说唱音乐中具有非同一般的地位。特点是比较低沉，有回顾的感觉，音色很像心脏跳动时发出的声音。
②Kick Drum：指底鼓。

什么觉得是我妈管我啊？"

"直觉啊。男人的直觉。"

的确，在姜珀的教育上最尽力的是姜云翡，陈中宏和许多家庭中的父亲一样，有那份心，但主要出个嘴。

姜云翡不光在姜珀的学习和兴趣培养上抓得厉害，还负责每天上下学的接送，无论天晴下雨，从不缺席。在姜云翡的眼中，闺女必须完美，她有义务也有责任去杜绝一切节外生枝的可能性。

"我妈就是太希望我好了。"姜珀摘下耳机，"她很怕我变坏。不管是学习还是交友，她都必须严格把关。"

突然想到什么，她笑起来："你知道吗，当时我连放了学吃个垃圾食品的机会都没有，因为她一定会来接我。那时候我最羡慕的就是在小卖部买零食的同学，就一包辣条，几个人分着吃，然后吃得嘴角流油，再舔着手指一起回家。"

"你要说别的我不一定能有，但辣条还怕没有？"话音刚落人就动起来了，柯非昱先是捞了个毛线帽戴上，又到乱七八糟的角落里挖出衣服，再在桌上摸了些东西，一个一个往手上套好，站着看姜珀，头朝门的方向一偏："走？"

姜珀摸不着头脑，问他去哪儿。

"买辣条。"

"不是，我就随口一提。"

"我馋了。"

姜珀知道他是异常固执的人，硬刚只会适得其反，于是就采用了迂回的柔性语术去劝："我不去，而且你也别去。大晚上的，太罪恶。"

"怕什么，大不了这个月我陪你泡健身房。"他说得云淡风轻，因为很少有什么在他眼中能算是个事儿。

姜珀无语了："你知不知道现在什么时候了？"

柯非昱把手机解锁了，一看："这才哪儿到哪儿啊。"

是，对他这种昼夜不分的人来说，晚上九点才哪儿到哪儿啊。

姜珀跟不上他总是活在当下的步伐，她做选择前习惯把想法一遍遍地在脑中过，前因后果和利弊都掂量明白了再行动。

而他则属于截然相反的磁极，简单的小孩子天性，做人就图个一时开心，从不考虑后果，想要什么就一定要得到，且不加节制。

上回没了计生用品就搬回一箱，这回提到辣条就立马去附近小学的小卖部搞了批发。这人还是边吃边回的家，大包小包一堆摞在脚边。

满手沾着料，姜珀气极反笑，问他是不是有病。他被骂也无所谓，还笑嘻嘻的："你吃不吃？"得，嘴一张，全是调味料的油味儿。

隔天下午四点，摄影棚。

Leon对棚边上抱着臂没凑近的男人举了举手中的奶茶，算是打了个招呼。一转头，身旁跟着听方案的姜珀看都不往那处看一眼，他顿时就懂了："又吵了？"用词特别到位，又。

看来柯非昱没得说错，这个圈子小到六人定律都用不上，就先前和他那么点儿矛盾传得是走哪儿都有人知道，不明白个中缘由的群众还替他们胡诌出了分手的理由。

姜珀刚刚在化妆间就听到一种，说是出现第三者了，不然怎么需要当众接吻宣示主权，还有理有据的。

"谁要和他吵。"

拿人手短吃人嘴软，Leon很慎重地和她确认："有事可以和我说。"

姜珀咬着吸管小口喝降火茶，摇头说："没事，我们不一直是这样吗，没事。"

不过就是气他幼稚，气他冲动不听劝罢了。冒冒失失，说买就买，封口一撕整个房间都是香料味。

她反复强调了不吃，柯非昱点头，也不勉强，直接坐她边上，随口扯了段Freestyle，押着韵的，包括但不限于描述辣条有多好吃多筋道。

当时姜珀转过头瞥他，就差没把微博切成相机的界面了："知名Rapper吃辣条表演，你猜我发出去会有多少点击量？"

"那你等等，我擦个嘴。"

"……你能不能走开啊。"

他凑上来，贴心地撕开封口，递到她面前："模特是人，不是苦行僧。"

和苦行僧无关，单纯出于模特的职业素养，她就不能这么干，结果还是破了戒。

姜珀烦了一整晚，一半气他，一半气自己没原则没底线。柯非昱说尽了好话她也不搭理，隔天早早出了门，他发的消息全没回。

只是没想到他这么能耐，前脚还呼呼睡着大觉，后脚就能带着饮品追到片场拿热脸贴她的冷屁股。

姜珀摸了摸下巴上冒起的痘，比眼周贴上的亮钻还要大，懊恼，她没忍住给远处的柯非昱翻了个白眼。镜头捕捉到这一幕，他把拿着的手机降下一点儿，回她一个似笑非笑的表情。

在严于律己的饮食把控下，除了经期可能冒痘外，姜珀的皮肤状态一向良好，这是她的优势，品牌方也是看中了这点才找上门的。拍化妆品广告通常采用人像大头的构图形式，距离近，高清镜头下多小的缺陷都无所遁形。

不知道是凸起的痘太红太立体还是她的遮瑕手法有问题，怎么都盖不住，突兀。刚刚双方选片的时候，客户就在边上站着，她整个人心虚得不得了。

她低头，抿了口茶，问 Leon："丝丝呢，怎么没看见她。"

摄影师一般有自己的团队，为了保证出片的质量和整体拍摄风格，队内人员不会轻易变动，今天她都见了一遍，唯独妆造师是个生面孔。

Leon 没说话，和工作人员交谈了几句，在姜珀再次看向他的时候才开了口，吐出两个字："请假。"

她笑了："你这种工作狂还能允许团队里有人请假？"

揶揄他的时候没想太多，但对方表情却僵着没动，姜珀嗅到不寻常的味道，多看了 Leon 几眼。

"是病假。"他说。

CUO XIANG
MEI YAO SHI DE SUO

The Fourth Part

错像
没钥匙的锁

姜珀没法儿和自己和解，柯非昱就顺着她拧巴。

班探得老实，他乖乖待一旁看着，时不时地用手机拍一拍她，其间不断有人来要合照和签名，和外表那种生人勿近的跩样不同，他好说话，什么要求都配合，怎么摆弄都可以，没架子。

拍摄结束后姜珀依旧没搭理他，和工作人员打完招呼就自顾自走了，他吊儿郎当地跟后头，保持三步的距离悠着走，一路上没交流。

斑马线前，信号灯挡住她的去路，姜珀低头看手机信息，一时没注意周遭环境，突然包带就被人抓着往后拽了一记。她重心不稳向后倒，而一只手在她背后撑住扶稳了，再顺势环到臂间，以一种近乎护食的姿态将她护住，一辆车几乎擦着她的鼻尖驶过。

"和我闹别扭可以啊，找死不行。"不知道她看什么这么入神，他好奇心重，开着玩笑伸了头去看她屏幕。

姜珀恍过神来，刚想还嘴，下秒耳边就炸开一句脏话。完全是脱口而出，他没憋住，声调全扬起来。

"这谁啊？！"他伸手就要夺。

她飞快把手机屏关了，回他："没谁。"

"微博私信是吧？"

"不是。"

他静了三秒，眯起眼睛，说："姜珀，我发现你的秘密真多。"

姜珀听在耳朵里，总觉着他这语气是喷脏的那种，"真"和"多"间多半还得有俩字，出于某种原因才人为地过滤了。

长发被风一吹，糊了半张脸，她偏头拨开："猥琐男的猥琐发言你也要管。"

"管啊。干吗不管？他骚扰你我还没资格开麦了是吧？"

"那你想怎么管？"

柯非昱抬下巴的同时向她伸出手，往内勾了勾——这是在要手机呢。

他活得透明，确实和她这种有秘密的人不一样，大部分情况下姜珀只要透过他那双黑亮的眼珠就能轻易读懂他到底在想什么，所以在近距离对视的瞬间她就消了气。跟他计较什么啊，是吧？

现在的状态显然是脏话已经在嘴边了，首先就是骂，如果对方是同城还能再约一架，跟十几岁的热血男高中生一样，没脑子，干就完事了。

"得了吧。"她说。

骚扰私信看了脏眼睛，是很烦，但她毕竟不是第一天接收负面消息了。和他在一起后微博私信里的消息就变得杂乱，有人夸有人骂，有人不厌其烦地肉眼鉴定她箱包首饰的真假，还有人三天两头地说她高调蹭柯非昱热度，说她资源好得蹊跷，全靠男朋友才出的名。

这些反应在她答应接下 1786 品牌的拍摄前就被袁安妮预料到了，姜珀心里早有准备，曝光度一旦上去了，多少双眼睛都盯着。她理解，都能消化——除了那些爆料。

好事者把曾在学校表白墙挂过的有关她的投稿文字截图，加上截掉头像的匿名聊天记录发给她，零碎的线索全都指向水珊珊和秦沛东的事。这还是专门设立的一个账号，零关注零粉丝，没有闹大，只是每天都提到她，语焉不详，反倒像特意晒给她看一样。

关于这些事她一个字没和柯非昱提过，专门去澄清显得太过此地无银三百两，好像多心虚似的。按照柯非昱玩微博的频率，他看没看见还不一定，没必要。

水珊珊的事她还好解释，但秦沛东的，难。说起他，她就无法避免带柯非昱见家长的那档子事，头疼。

他不做出改变的话，父母那边……这个圈子的德行或是柯非昱的人品都先按下不提，光是他密密麻麻的文身就能把他们惊掉下巴，不必再说，否决恋情是势在必行。

姜珀长这么大就冲动了一次，没想到后患这样无穷，挺糟心的。

转眼到了七月末，回想这段时间，姜珀收获了这辈子都难忘的体验，她指的是各方面。

公司给的机会一直不少，质量也高，姜珀隔三岔五就有工作，后来就纯粹是老天爷喂饭了，她一流的表现力引得各种品牌找上门来求合作，袁安妮会先以专业的眼光替她筛过一遍，剩下的让姜珀自己挑。

做着自己热爱的事，多累都不觉得疲惫，分分秒秒都紧凑，跟打了鸡血似的，疲惫也能被解释为充实，她想柯非昱同是。商演跑完跑音乐节，每场都淋漓尽致，玩得嗨，连和她打视频电话的空当都没有，沉浸式工作。

她偶尔会去他的超话逛逛。罗马不是一日建成的，耍酷也不是。他的台风长年累月都在练，踩着重音转个圈，手朝天指，随便几个动作就引得台下尖叫连连。耳机里一阵又一阵的欢呼声几乎覆盖他的声音，她就这么感受他被众人仰慕的狂热，远程地想一想他。

感情一直挺收放自如的，分开了他们就各忙各的，一见面就特别亲密。

之前是尚在摸索，尽力满足，现在是游刃有余的一个状态。两个人在一起，对姜珀来说是挑战快乐的无极限，对柯非昱而言，和梦想中的人梦想成真，那简直是打开了新世界的大门。

和他在一起，开心是常态，拌嘴也是常态。成天小打小闹的，姜珀说得最多的话就是——你别。以"你别"为句首发语词，后缀随意搭配，可以笼统概括为"这样"，也可以搭配上具体动作，例如不吃饭、嚼槟榔、太熬夜……她活得像个操心的老母亲。

当姜珀第无数次看到柯非昱把手指放到嘴里时，她熟练地伸手拍掉，他"嘶"一声，吃痛收回。

"你别啃指甲行不行？"

他一被凶就蔫了吧唧的，垂下脑袋。

她继续瞪他："手拿过来。"

柯非昱老老实实听了，她把"狗爪子"扯过来端详，一摸就摸到了指腹，中间三根手指被水泡得起了褶子，皱巴巴的，糙。耳后顿时发烫得厉害，她忍着，专心看他的丑指甲。先前给他涂甲床增长液没起作用，还是短。

"全被啃秃了，都跟你说多少次了。别啃。"

他晃晃腿："哎呀这个无所谓。"

剩下的话被姜珀瞟过来的一眼堵回去，他闭了嘴，但还是没放在心上，张开五指动了动，随随便便的，还觉得挺独特："秃就秃呗。"

"你就不能不啃吗？"

"不能。"

姜珀看他一眼，下了床，到化妆包里翻找起来，瓶瓶罐罐响了好一阵，随后柯非昱见她拿出了个黑瓶子。不大，小小一瓶窝在手心里。

柯非昱凑过来嗅嗅："这是什么？"

"指甲油。"姜珀在他指间套上泡沫板，"涂了我看你还怎么啃。"

他的甲床已经被啃得太小，几根手指翻来翻去好几遍都没找到能下手的地方，她忍不住教训："你不是很在意形象吗？自己都没感觉丑？"

"我是真的，"他反复申明，"真的觉得还好。"

连柯非昱这么粗线条的人都看出来姜珀这次是拿了态度在和他说事情，不好辜负心意，他立马赔笑脸："我也不是故意的，我真的控制不住。不然这样，以后你来提醒我好不好？"

"那我能二十四个小时和你在一起吗？"

"反正我不介意。"他耸耸肩。

"别想着寻求帮助，你说你全身上下那么多文身有什么用？我看你最好把'禁止啃手'文手上，时刻警醒自己，懂不懂？"

他直勾勾地盯她，姜珀被看得发毛，警惕地问："你干吗？"

"一会儿有空吗？"

"做什么？"

"陪我文个身。"

姜珀被他杀了个猝不及防，状况还没搞明白，也根本没来得及追究，匆匆忙忙就被拉着出了门。

别的不好肯定，但柯非昱在行动力上一向没的说，雷厉风行，有什么想法就必须实现，前一小时还躺床上，后一小时就能穿得人模狗样站在小区楼下等车，给谁谁不愣神。

虽是夏季，但傍晚的风却带冷意，袖口被小幅度吹起，她低头摸了摸发凉的胳膊。无垠的天幕渐入夜色，路灯亮起的同时，一滴豆大的雨珠毫无前兆地落在姜珀的左颊上。她抬头望，密云涌动，压抑着一场欲下未下的风暴。

"你这就想好了？"

"想什么？"

"文身。"姜珀说，"柯非昱，你能不能别头脑发热，凡事想清楚再做决定。"

"有什么好想的？"

有风在刮，树丛沙沙地摇晃作响。雨滴渐大了，砸到地上成了一个个斑驳的点，很深。

"我的意思是你慎重点儿，文身跟在身上是一辈子的事……"她叹口气，实在劝不动了，"你这么冲动下去总有一天要出事知不知道？"

柯非昱扭过头，字面意思拆开来都听得懂，但他说："后悔？这么有意义的文身我巴不得多来点儿，就是喜欢，怎么了？"边说着边揽过她到一旁避雨。

姜珀抬头看他，脚上走不动道，心里那股滋味难以言说。最初是被他随心所欲的自在吸引，但她向往的绝不是这样想一出是一出的孩子气。

143

没有原则的自由从不是自由，而是胡闹。

可转念一想，他这么乐呵着都二十五年了，她有什么立场将自己的想法强加于他？心理活动过了一遍，她喊住柯非昱，让他别躲了，先上楼带伞，说这个架势雨只会更大。

"我家没伞。"

"玄关最左的抽屉里不是有一把？"

柯非昱愣了下："你知道？"

"我为什么不知道？"

上次吵完架后，本该和他对质的三个问题她只问了两个，最后一个是挺踩底线的事，她不想去怀疑。但可怕的念头一旦产生，就很难装作无事发生。

发现那把伞的契机很偶然，并不是搜查，她只是在之后对他的一切都留了个心眼：可供藏匿的角落，可能不对劲儿的气味……所以那天见他独自在房间内她才会那样紧张，第一个反应不是等待，而是破门而入。

疑心病不是一天两天了，追溯起来，大概是在得知水珊珊曾勾搭过秦沛东的瞬间就埋下了种子。她有感情洁癖，折磨自己也折磨别人。

可柯非昱已经尽他所能将他能给的安全感都给了她，不管姜珀看不看，他的手机随时为她敞开，想翻就翻，怎么都可以。有几次她手机没电，在他的设备登过微博，切换账号前不经意又看到了些乱七八糟的消息。她一直认为柯非昱之所以敢这样敞亮，是身正不怕影子斜。

"你看起来好紧张。"姜珀说，头一次向他学习打开天窗说亮话，语气间有她自己都意识到的不自然。

他看她一眼，认下："是的。"

"为什么？"

"你知道那把伞是——"他停下，将眼光投向她，是希望她把话继续讲下去的意思。

可姜珀没遂他的愿，口风一转："你为什么告诉我家里没伞。"

"又不是我的。"他反应很快，顿了顿，补充道，"随便用人东西，不合适。"

那把伞一定不是他的，他不屑打伞是一方面，还有一方面，那是一把遮阳伞。她读书的时候班上女生人手一款，她也有一把。

和姜珀不一样，柯非昱并未受这一小插曲的影响，什么冲不冲动伞不伞的，没放在心上，上车后他又开始多话了，久未文身了，他摩拳擦掌着，很是兴奋。

文身店师傅和他是旧相识了，同他热情地打招呼。

"装修啊？"柯非昱往隔间探脑袋。

"是啊，当初多亏听你的来这里。"几年时间，门面大起来，学徒招了不少，他的生意越来越好。

"是吧？"柯非昱挑挑眉，挺得意的，问，"有空没？给我文个身。"

"有啊。"老板热情十足，但等坐下来开始商讨字样时，兄弟还是和他再三强调，"老K，难听的话我说前头啊，文手指上，不仅疼还容易散墨。再考虑下？"

柯非昱摆手："疼算个什么。"还叫他别扯那么多，磨磨叽叽的。

"行吧。"

说好了，"禁止啃手"四个字文左手四根指头内侧，多高端的字体都不要，就要姜珀亲手给他写。姜珀拗不过他，在灯下一笔一画认真写完了。

柯非昱看她把头发往耳后别了一下，又俯身下来，仔仔细细确认字样，她犹豫着说："要不要再改改，'啃'字好像有点歪。"

"不歪。好看的。"他很满意。

结果开工的时候柯非昱是真疼到了，但女朋友还在这儿呢，他忍不住出声了也要装在哼歌。

姜珀看在眼里，直摇头。这人就喜欢逞能，能做的事做，不能做的事，多困难也要做，谁都阻拦不了。

第二天柯非昱就得飞去X市，有个商演，出发前问过她要不要顺道

The Fourth Part

回趟家，姜珀摇头，以有行程为由拒绝了。想躲是一方面，另一方面她也是真有工作，她接下了杂志《Moom》的拍摄，抽不出空。

烦琐的会一连开了几天，从Moodboard[1]整体拍摄风格开始沟通，各班人马从早到晚没停下，重压之下，她忙得甚至有些低血糖，但平日饮食没敢放松，清一色的蛋白质蔬菜，能量供给全靠拍摄间隙的奶酪棒。

意识到事情严重性的那天很寻常，天蓝云白的，但棚内灯光出了小问题，拍摄得不太顺利，各方都在协调，而姜珀则盘腿坐在凳上等待开工。杏仁一颗颗往嘴里丢，但因为从小家教要求，连坚果都吃不出声。

小助理在这时跑进化妆间，神神秘秘地弯下腰，说想向她借个东西。这是个负责熨烫服装的实习生，姜珀和她聊过几次天，她说希望成为时装编辑时眼里都泛着光。姜珀看着她，觉得一个人为梦想努力奋斗的样子真的很可爱。

小姑娘蹲在她耳边，小声向她要卫生巾。姜珀笑了笑，从包里翻出一片给她，她接过，连连道谢着跑开了。

姜珀放下包，把塑料袋里的东西一股脑儿倒至桌面，拎起葡萄糖粉剂撕开，簌簌倒进杯子里。她站在餐柜边，一手提玻璃棒，搅拌着杯中尚未完全融化的粉末，另一只手掌撑桌，指间夹烟，望着外头的雨发呆。

空气中压着潮，天色灰沉，连绵的阴雨下到今天，闷得让人透不过气，手边烟雾缭绕，她深深呼吸着。久违地，她得靠尼古丁定神想事情。

桌上的小盒子还放着，没拆。玻璃棒敲击杯壁的脆响声将她从思绪中抽离出来，姜珀睁开眼睛去看桌面上的手机，盯了微信里和柯非昱的对话框许久，她拿起来，单手大拇指打字，一个个在二十六宫格上慢慢敲。

wo，ke，neng……预料到他可能给出的冲动反应，于是她又将其挨个删干净。

手机还在手上，人出着神，这时一个电话拨进来，姜珀垂眸看了眼备注后就迅速掐灭了烟，快速扇散烟气，摘掉鸭舌帽和口罩扔到一旁，搓搓脸，绕过柜子才把视频接通，对方一开口就问她怎么脸色这么差。

"最近有点儿累。"她解释道。

①Moodboard：作品集情绪板，指通过一系列图像、文字和样品的拼贴来展现设计师对一个项目的情绪。

姜云翡那边似乎也是刚回家，背景是玄关处，在脱鞋："我昨天还在和你爸说好久没你的消息了，想着你肯定是忙实验，你这个气色不行的，过几天我寄点黄芪和红枣过去，你记得要每天煲水喝……"

姜云翡絮叨了一堆，让她多吃饭，不要净想着控制体重。她心思不在，左耳进右耳出的，敷衍地应了几声。

"和东东怎么样了？"一句话夹在家长里短里，被随口翻出来。

"没联系。"

姜云翡一脸恨铁不成钢："你知不知道这边本来有个人才引进的机会，他为了你留在 S 市，结果你还……这么好的男孩儿你不要，你说你还要喜欢个什么样的？姜珀啊姜珀，我真不知道你是怎么想的！"

她沉默了片刻："妈，分就是分了，你就别想这件事了。"

姜云翡冷哼一声："是你非要分的吧？"

"人家三天两头往家里送礼，问候我们比你还勤。说什么性格不合，你以为我看不出来？"

姜珀想起上次秦沛东给她打的电话："……他说什么了吗？"

"能说什么，"姜云翡的脸色一变，"还是说有什么我不知道的事情？"

姜珀摇头说没有："妈，我去洗澡了，先挂了，今天想早点休息。"

柯非昱三更才登上夜店的台，唱了十几分钟，又是说唱又是蹦，出来被围着拍照，签了几个名，互动好一通差点儿误机，紧赶慢赶到 S 市时天色都已经泛起鱼肚白了。

这座城连续几天被水泡着，他带着一身雨汽轻手轻脚摸进房间，床上的身影动了动。

"……你没睡？"柯非昱下意识压着声靠近。

"失眠。"她说。

他坐到床沿，嗅到一鼻子的香气，手指绕着她的长发玩："想我想的？"

她连白眼都懒得赏给他，被子一盖，翻身回原位。柯非昱把身子压上去，厚着脸皮凑到她面前要一个对视。可触上眼神就不只是看一看那么简单了，姜珀没精神，下不足力气去推他，试了几下无果便作罢。

她换了个说法让他滚："外面的衣服不要躺到床上来，脏死了。"

脱，立马脱，三下五除二，他速度滚到被子里。腰被他的手臂从后面收紧，姜珀整个人被窝进了属于他的味道里："怎么失眠了，给我说说？"

"你是医生？"

"如果你需要的话，我可以是。"

姜珀的脑子这会儿乱成糨糊，随便糊弄着："开个处方？"

"失眠就是睡不着，睡不着就是脑子在转，脑子在转就是心里有事，心里有事就不开心了呗。"他的思路异常清晰，在她耳边低声道，"我让你开心开心。"

虽然他的目的并不是很单纯，但从某种层面上，他说得没错。

轻吻落于蝴蝶骨，再往上，可姜珀心里不舒服，人倦得很，瑟缩着想躲。

真不想，但躲不掉，力量悬殊，再说柯非昱有的是手段对付她。说明白点，就是逼着人开心。

挺烦的，她咬着唇，说出口了。柯非昱就在她耳边笑，性质很顽劣的一个人。他说别着急烦，还有更烦的。

姜珀的心更烦了，想说今天真没那个兴致，他的另一只手从她颈下一绕，直接把人脸蛋掰过来了，圈紧，话全部封于唇间。她咬死了牙关，不让他亲，他也不紧不慢的，换个城池攻陷。

姜珀把脸藏在软枕里，憋着。柯非昱爱说，喉结动了动，嘴里不停地问她开不开心。姜珀不搭理，他就更凶，非得从她嘴里撬出点儿话，他想听的那种。

窗外雨声渐大，淅淅沥沥的，吵得人心烦。姜珀忍够了，忽地推开他，坐起身。柯非昱一愣，手都没来得及伸回。碰都不让碰，他反应过来就觉得情况不对，非常古怪。

"怎么了？怎么了？"他也跟着坐起来，问个不停。

姜珀说："怎么你的精神比狗还好，野格都睡了，你还能这样亢奋。"她说这话时没带情绪，就单纯做一个阐述。

"野格和我能比吗？他都七八岁了，我才——"

"十五。"

他纠正她的话："二十五。"

姜珀没心情和他玩掰扯年龄的游戏，沉了沉情绪，把手里紧攥着的东西给他，捏着一头在他面前晃了晃："二十五的人知道这是什么吗？"

有什么是他柯非昱不知道的？他不屑地接过，结果没念完包装上的字就哑了，眼一抬："你……"

姜珀一手环着膝盖，看着他："我一个月没来大姨妈了。"语气特平淡，像谈论着今天或者明天的天气，也许天晴也许下雨。可就是太平静了，平静到不正常。

他摸摸姜珀的脸说"你别急。"之后他的手插进自己的发间往上捋，翻出个额头，反反复复地，这副模样也不知道到底谁在安慰谁，"你别慌，啊？你让我好好想想……想想……"回忆了半天，一头红毛挠了再挠，精心用发胶打理过的头毛变得凌乱无比，"我记得我都有做措施？那个，我不是不相信你，但——"

他往地上那箱计生用品抬了抬下巴："那也不是摆设啊？"

已经翻来覆去复盘好几天了，事情怎么来的，姜珀心里很稳："你想想这箱怎么来的。"

"怎么来的？我买来的啊。"

"你为什么去买？"

"我……"柯非昱怔住了，旋即皱眉。

她加一句："现在你再往前推算时间。"

是那天，他在她和家人打电话时干坏事，而后两人都生着气没有做措施。算起来，到现在差不多一个月。如果不是助理向她借卫生巾，她大概都不会发现包里的备用未曾动过。

这段时间工作几乎占据了她的全部生活，她明白这两个月来之不易，所以投入所有精力去活出那个违背父母的自己。没在意柯非昱替她记住的生理日期，他不是没提起过，而是她没放在心上。

雨还在下，心烦意乱。

姜珀把验孕棒拿过来："我花了几天时间接受事实，在昨天鼓起勇气去了药店，说明书上说最好清晨测。柯非昱，如果我真的……"

"我负责。"丢下这句话的下一个瞬间她手里东西咻地被抽走，姜珀反射性抬头看他，验孕棒在空中划出了条漂亮的弧线，类似一种三分球的概念，被他异常精准地投到垃圾桶里。

柯非昱站起身，眉头仍锁着，但语气很坚定，且重复了一遍立场："我会负责。"

话说得干脆，大有底都由他来兜的气势，好似很可靠，可姜珀清楚他骨子里是一个连自己都没活明白的大男孩儿，他懂什么？说能负责在她看来是纯属逞强的可笑反应。

心头郁结更甚，她没忍住三连问："你怎么负责？让我生下来？还是和我结婚？"

"姜珀。"柯非昱叫她的名字，吸了口气，也在尽力稳情绪，"怎么负责是我的事，把心放回去是你的事。先睡一觉，醒了我和你一起去医院。"

"躺下，听见没？"

姜珀不明白他站在什么立场对她大声。

"你别把话说得那么轻松。"火气在她胸间涌动，"你负责？要是真中招了，不管生育还是流产，受到不可逆伤害的都不是你柯非昱，而是我。没中招那再好不过。那这段时间我不过就是魂不守舍地失眠，不过就是提心吊胆到干呕，头晕到不得已中止拍摄，不过就是心神不定地把意外怀孕的页面翻了一遍又一遍。现在我问你，你在替谁轻松装没事？"

"那你想我怎么做？是我闯的祸，我认啊！但认下是不是也不行？你就告诉我，你到底要我什么反应，啊？"

剑拔弩张，再说下去免不了就是一个"吵"字。柯非昱用力抹了把脸，全身都躁得不行，他把袖子撸到胳膊肘边，小臂上因暴怒凸起的青筋很明显，胸膛剧烈起伏着。看她，然而也看不出结果。他想找个没她的地方静一静，抬脚正要走。

"……抱歉。"伴随砸在窗棂上的雨声而来的是她的道歉。脚步霎时停住，柯非昱侧身。姜珀正拿手撑着额头，室内昏暗的光线下他看不清她的神色，只见到一个尖尖的下巴。

"也许几年后，我会觉得你的毫不犹豫是责任心的表现，但现在的我不行。现在我很乱，心特别乱。

"从来不是我要你给我怎样的反应，而是你的任何反应对我来说都只会是一种刺激，因为这个意外对于你无关紧要。

"这些天我把每一个可能性和影响掂量了遍，无一例外，受到最大伤害的只会是我，你口中的负责和真正摆在我面前的问题是两码事，其实你根本无法设身处地感受我的焦虑。你看，我们就是一个这么不对等的情况。

"理性上我理解你共情不了，但感性上不行，我真的挺累的，柯非昱。"她说得眼酸，抬手搓了搓眼睛。

小县城傍晚时分的粉霞染红了大片天空，水珊珊把藤椅搬到阳台上，学着盘腿坐起来，耳机里放的是姜珀歌单里的歌——《In Disguise》。

水珊珊切换几个微博号，翻着里头的提示消息。人性真是……特别有意思的东西，"爱看热闹"四个字刻在基因里，很不安分。她猜这些人中有九成都没真正见过姜珀，但并不妨碍他们轻易就被牵着鼻子走。

他们差远了，她的料都是有事实依据的，他们则是凭空捏造，那种程度的发言顶多值得她点个赞。网友是很蠢，但姜珀有今天这个下场是她咎由自取，活该。

积怨已久了，久到水珊珊自己也忘记是从何开始的了，其实一开始对她是很有好感的。姜珀，从名字开始，她就很喜欢她。

水珊珊站在宿舍门外，看着门上贴着的名单，把门往内推，光影顿时斜打在床上那人的大半个肩身。漂亮，这是水珊珊对姜珀的第一印象。她跟仙女似的，五官精致，白得不行，被突如其来的光线晃得眯起眼，她收拾床铺的动作停下，反射性地抬手挡了挡。

水珊珊觉察到自己的冒犯，反手关了门："不好意……"

不待说完，姜珀先行颔首，五指穿过发丝把头发往后顺，不言不语，手往对面一指，挺冷漠的。水珊珊只知道心在那一刻特别痒，跟猫挠了一样，酥麻。

点头究竟是什么意思？水珊珊在原地木了几秒，看着姜珀从扶梯下来坐到了座位上后，才迟钝地望向那个被指出的方位，床的边框上有张写有名字的纸。

探究的心思或许是在那时种下种子，又或许更早，水珊珊回想起姜珀发亮的指甲，然后把头往回转——目光遥遥落在姜珀微信界面的聊天框上。

从未见她在班群里发过言，这样的人，会和谁聊天，又聊什么天呢？水珊珊小心地想去看清她的手机屏幕。

"有人吗？"寝室门突然被敲了两声，姜珀扭头，水珊珊也跟着迅速转移了视线。门外探出张脸，见到屋内有人，那人皱起的脸又被笑容抻平："学妹们现在有空吗？"

看到行李还堵在门口，水珊珊急忙上前把袋子拉开一些，那位学姐也因此得以踏进房间。

编织袋在地面摩擦出的声响就像路边两元店的大音箱放的音乐，扎耳朵。袋子里头装着被褥，有些分量，水珊珊尽力往里头拉，而在学姐询问是否需要帮忙时，姜珀就已经过来搭上一把手了。

看着瘦高清冷的一个人，做事却是意外地麻利，默不作声帮着她把袋子往位子上拖，也是那会儿水珊珊才看清她指甲上发光的不是碎钻，而是一层透亮的甲油。

两人好不容易把行李拉到角落，汗将碎发全都打湿，水珊珊边抹汗边向学姐摇头道谢，转过去，冲姜珀感激地笑笑："谢谢。"

"没事。"她拍了拍左右手，回座。

学姐在宿舍绕了一圈，前后看了看环境："你刚来学校吧，一切都还顺利吗？"

　　这样亲昵的态度，这样精确无误地走到她面前，可她们分明是第一次见面。

　　水珊珊审慎地再确认一眼，发现学姐的确在看自己，而不是远处的姜珀，便应道："嗯，挺顺利的……"

　　学姐把手搭上床沿，随意打量着，好像那里本该有些什么："你应该需要置物架吧？"她拍了拍床头，"放些小东西，很方便。"说着，学姐又在手上比画着大小，开始介绍价格，"你给十五就好了。"

　　"啊？"

　　"很便宜了。"

　　"不是，是我——"她已经买了，网购的置物架就在驿站，只是没来得及取，可初来乍到的她不想开口得罪人，"我再看看吧学姐，我再看看……"

　　"我打听过了，其他人都卖二十，我看你是直系学妹才卖的十五。"

　　面对学姐如此宽宏的善意，水珊珊有话在心中绕：例如她不是经管院的学生，例如床头架没那么贵，又例如，对面那张床明明也什么都没有，为什么不去问姜珀……

　　话没说出口，学姐的脸色已经不太愉快，投射出的目光使水珊珊的背驼得更深，她的额间开始发热，学姐还在等一个回应。自己没必要花这笔冤枉钱，可又没胆子闹僵，情急之下水珊珊慌忙看向房间的另一个人。

　　姜珀手上还保持着打字的姿势，脸却偏出个角度往这边看，眼神就这样完成半秒的简单交汇："不好意思啊学姐，我们不用这个。"

　　我们，水珊珊心一跳，两个字直接把她拉到同个阵营，从容替她解了围，连拒绝人的姿态都很自若。

　　学姐耸耸肩："好吧。"

　　"啪"一声，门被关上。不知是暑气过重还是香水太浓，水珊珊有些眩晕，一边晕，一边脑中还在想：学姐会因此记恨自己吗？水珊珊琢磨，越琢磨越头疼，赶紧先把门打开。

她和刚出浴室的姜珀擦过身，鼻间飘过一丝若有若无的香，不知从哪儿传来的，带着水汽，特好闻。眼神不由跟随姜珀的动作走，眼见她把毛巾晾好，提起桌上的汽水看过来。水珊珊顿觉心虚，但想收回目光时已经来不及了。

姜珀似乎习惯了被注视，递过来一瓶饮料："喝水吗？"

接过后，水珊珊看着手中的饮料，觉得自己这时该表示些什么。

"已经报修了。"姜珀看了眼大热天拒绝工作的空调，又扭头望头顶呼呼作响的电扇，然后提起衣领微微抖了抖，"天真热。"

水珊珊不知道她是否在和自己对话，但那瞬间有些恍惚，夏日的一切焦躁似乎都被抚平。她在心里一笔一画写着姜珀的名字，心跳有轻微的加速。

水珊珊的目光从日光下姜珀近乎透明的耳郭游移至胳膊抬起来时细直的上臂线条，饮料的冷意在姜珀的掌心凝出细小的水珠，经由手指流向下巴，再从她细长的脖颈滑进锁骨。她的颈窝很深，那里坠着一串精巧的项链。

水珊珊承认自己有一些在这个年纪都会有的虚荣心，她会观察行人的衣着打扮，看有没有 Logo，在图书馆里挑选位子时，她会注意他人的学习用品，看他们摆的手机、平板，她更偏爱于落座在那些有苹果电脑的同学旁边。这是人性难以克服的壁垒，何况姜珀和她距离那么近，她留个心，人之常情。

而留心了就会发现，那是一个她从未见过的世界。

气质从一身考究的箱包首饰开始发散，如果说这只是肉眼可见的财力，那么看不见的贵气则来源于她的举手投足。

多数新生手忙脚乱时，她却把生活过得自如。该怎么学习怎么玩，安排得井井有条，而且特能兜住事儿，连小组成员临时弄丢文件，她都能拿出一份 plan B 来救场，有着一份完全超乎同龄人的成熟。

水珊珊总结出规律了，姜珀外出就靠一支口红，在宿舍头发就随便扎，基本素颜。天气好时，她喜欢把椅子搬到阳台看书，看的还是古董外语书籍；天气稍差一点，她可能就叼着苹果坐在凳子上盘膝听音乐，耳机线懒懒垂在 T 恤上。

好看得毫不费力，容貌优，能力优，她是各种意义上的优等生。课堂表现无可挑剔，每个任课老师都给予她极高的评价，课外更是如此。

两人同时进了实验室，水珊珊更觉得对比明显：她在电梯口见到都要躲着走的大牛导师，姜珀和他相处起来却更像是朋友，聊起学术大大方方的，谈及国外经历，从旧金山的阳光谈到西雅图的樱花毫不怯场。

相貌可以后天改造，智商可以有意培养，唯独阅历不能。

同专业，同实验室，同寝室，两人在校的步调大部分一致，说是形影不离也不过分，于是赶不上的差距就明晃晃摆在那儿，一点点蚕食她所剩无几的自尊心——特别是在她感受到姜珀在有意照顾自己之后。

白日尚能保持镇定，可每每入夜，水珊珊翻看着姜珀发在社交平台上的状态，猜测着照片背后发生的故事，心底的情绪野草般疯狂滋长，她却只能不甘地点下一个赞。

最初水珊珊还在努力说服自己，能和这样闪闪发光的人在一个学习环境，她并不低人一等，再说了，姜珀是她朋友的这件事，理应值得她骄傲。

即便内心有诸多矛盾，但她还是对姜珀很好。快递代拿，帮忙买饭、交材料，全是她主动提出，而姜珀也有来有往，从没让她吃过亏。

就在水珊珊快要认命时，事情出现了转机。

水珊珊极少正视她，只有偶尔并肩走在校园时才会以看风景为由说服自己，光明正大地望上她几眼。那些或明或暗的阳光照在她的脸庞上，琥珀色的眼珠迎着光，她美得那样冷清，像一块禁得起岁月更迭的珍稀宝石，对得起她的名字，姜珀，剔透无瑕。

看着她，水珊珊无数次在自己心底默念：恶心。

这个人现在正在接受四周的祝福。生日会是秦沛东为她精心准备的，他不惜重金包下星级酒店顶楼，一场宴会主宾尽欢。

华灯初上，江景在外。姜珀一袭拖地长裙站在一片浮光水影中央，美得动人。她接受祝福，享受簇拥，而她身边的秦沛东正望着她，含情脉脉，就像在仰慕一座古典的女神雕像。

水珊珊越过高高的黑金蛋糕注视那张近乎完美的假面，几欲呕吐。装得再好有什么用？毕竟光鲜皮囊之下，有不为人知的秘密。抽屉里时不时更替的烟盒，手袋最内层隐匿的计生用品，还有衣柜里掩藏至深的勾人衣服……想当众星捧月的优等生？姜珀根本不够格。

水珊珊细数姜珀的罪状——她自私透顶，当自己无意背了高仿被指出后，她假意圆场，踩着自己的自尊在众人面前挣一份情商高的好名声；她两面三刀，以没时间为由拒绝和自己一起加入校礼模队，却次次以编外人员的身份出现在学校各大晚会，出尽风头；她明明花钱如流水，却三不五时施舍给自己她不需要的品牌方赠品；她喜新厌旧，用忽近忽远的态度百般折磨男友……

毛病太多了，真要列举，三天三夜都不够用，说件最近的吧。

推免研究生，这是她的唯一目标，水珊珊早在进校前就立下。大三下学期，在那份她自己计算出的成绩表里，她的处境依旧危险，唯一突破口是有人放弃。

通过揣测前十名的社交平台上的动态，水珊珊最后将希望寄托在姜珀身上。只有她是看上去最志不在此的一个人。

一个再寻常不过的夜晚，两人躺在各自的床上，心里都装着事，无心睡眠，水珊珊侧耳分辨着斜对床的呼吸频率，突兀地，听见几声美甲触及屏幕的轻微声响。

她清清嗓子："姜姜，你睡了吗？"

"怎么了？"

"今天我听隔壁班班长说预推免开始了，你该着手准备资料了吧？"

"是吗？我没准备。"

"……什么？"

"我没有读研的打算。"

没听错，水珊珊深深呼出一口气。但作为姜珀明面上的好友，还得站在她的角度去分析问题："你年年排名第一，保研名额肯定有你一份。你要不要再考虑一下？"

"我对生物没多少兴趣。"

"即使没兴趣你也学得很好。"

水珊珊听见那头翻身的动静，姜珀应道："两码事。"

"好吧。"她假意妥协，心跳渐快，嘴角上扬，压抑不住内心的欣喜。

正以为事情尘埃落定，半晌，斜对面却传来一个声音："你呢，想升学吗？"

她刚放下去的心瞬间提起来："我再看看呢。"

姜珀"嗯"了一声："那晚安。"

"晚安。"

隔天，水珊珊在实验室听说隔壁课题组的师兄师姐在筹备一篇一区论文，当即决定暑期留下做项目。自己的论文写着，那头混个脸熟，随便挣个几作都不亏。

她昏天黑地做实验，姜珀也常夜不归宿，几天碰不上一次面。后来听麦宝仪说，是在忙拍摄。很好，越忙越好。水珊珊在睡前一遍遍计算着早已熟稔的学分，感到心安。

很快到了八月末，推免审核近在眼前，那段时间水珊珊的电脑内存几乎被推免材料的压缩包占满。

不同学校的资料要求不同，这边学院办公室刚给了证明，没用，那边还得要几封专家推荐信。她鼓起勇气向几位任课老师表明来意后，有位教授大方地答应了给她写推荐信。

到了约定那日，水珊珊去了研究所一趟，老教授挥动钢笔正要签字，抬头看她一眼，托托镜架："我看你很眼熟啊。"

"老师，我上过您的《分子生物学》，大二的时候。"

老教授摇头，不住打量她："你和姜珀同学同班？"

"嗯。"

"我想起来了，你和她经常坐一起吧！哎呀，那我的办公室这么远，你们俩随便来一个找我签字拿两份回去就好啦。天气这么热！"

那天真的好热，水珊珊顶着酷暑走在回宿舍的路上时，有种烈日灼身的错觉。其实她心知肚明她不似姜珀能在人群中发光，也无麦宝仪那样有趣讨人喜欢，但她付出的努力并不少，却仍要为他人作衬，苦苦挣扎。

能力有限，她接受失败；活在边角，她不断妥协；拼死拼活追求了三年多的推免名额被当把戏耍了一遭，这份委屈，她咬碎了牙也咽不下去。

回来后她就中暑了，浑身无力的症状持续了三天，姜珀没有过问过一句。是的，好感就是这样被姜珀一点点作没的。要假就从一而终假到底，别露出马脚。

直到第四天，姜珀在给她递上生日邀请函时终于开了尊口："你脸色好难看，生病了吗？"

"没有。"

一如那日面对学姐的犹豫，几年过去，水珊珊还是没有学会拒绝。这里处处欢声笑语，水珊珊身在其中而心不在其中，就在她因气闷到洗手间逃离片刻之际，无意间，她听见了姜珀和秦沛东的争吵声。

真能装啊，嘴上说着不要，结果打扮得比谁都上心。人品差，运气却那么好，总不能让她一直顺风顺水下去，至少要……失去点什么吧？

心态扭曲了太久，要疯起来的时候谁都拦不住，就当替天行道。于是在酒精的催化下，她做出了一个大胆的举动，虽然没能成功，但……

水珊珊只能说，秦沛东是个好人。当她因极度恐慌流下了泪水时，在近乎忏悔的陈述里，秦沛东就这样相信了她"情难自禁"的举动，宽慰她不要害怕。

那时她似乎有点明白姜珀为什么对秦沛东上不了心了，胸怀宽阔到能把爱匀给所有人，就连女朋友好友的不忠也愿意掩饰过去。这算什么？女孩儿们要的是一心一意的男友，不是慷慨慈悲的救世主。

那天过后，她生怕东窗事发，好几次午夜梦回被吓醒。好在一切如常，姜珀未察觉任何异样，只是和秦沛东的关系每况愈下。她为此愧疚过，甚至走投无路地寻求过信仰的解救。

种善因得善果，她疯狂渴求事情有转机，但不管如何，她还是在垃圾桶里看到了一张放弃声明，这也就意味着她之前的所有努力打了水漂，这件事几乎要将她摧毁。

万幸的是推免的事没有任何人知晓，后来，她吊着一口气，硬是咬牙从头备战起12月的统考，然后在4月考上了中科院。中科院是最靠近科学的地方，专业科研能力是S大这种综合性大学远不能比的。

那段时间，她频繁接到学院邀请为学弟学妹开座谈会分享经验，甚至路上都有后辈主动打招呼。炙手可热的处境太得意，让她对姜珀的恨意竟也凭空淡了不少。她大度，她马上要迎来全新的生活，她不想计较了。

可世事不会尽如人愿，从某天姜珀对她的态度发生一百八十度大转弯的那刻起，水珊珊就知道，自己完了。厌恶从未宣之于口，却全在眼睛里藏着，那种多看一眼都嫌脏的冷厉，生生要将她挫伤。她的一切就那么轻易被攥在他人股掌之间，全看姜珀的心情来败坏。

如果人生只如初见就好了，真的。水珊珊拿刀往腕上割时，脑子里想的全是这句话：都不要折磨彼此。命运让她们成了朝夕相处的舍友，也成了相看两生厌的同学，水珊珊无数次地设想与无奈，因为推着她做出选择的根本不是自己，而是姜珀——这个人的虚伪和做作，害了她，害了所有人。

为什么一切会向失控的边缘滑去？全怪她。

水珊珊点开私信里的照片：帽檐压得再低，口罩戴得再紧，着身的衣物再低调，化成灰她也照样认得出。身段摆在那儿，傲，故作姿态，与生俱来的毛病，假惺惺还是改不掉。

坐在联排的铁凳上，姜珀的膝盖上放着一张白纸。投稿人挺废物的，有胆偷拍没胆拍得清晰，放大了还是看不清纸上的字。她缓缓移动屏幕，这张图片最后定格在姜珀身后的两个醒目红字上：妇科。

天色暗淡无光，夏季的雨水丰沛，滴滴答答，没有尽头。

姜珀在阳台找到柯非昱，出门时他要跟，她没让，不是多光彩的事。平日里他陪着去趟便利店都能碰上好几个要联系方式的女孩儿，目标太大，她不想冒这个险。

野格蹲阳台门里，柯非昱坐玻璃门外，烟灰缸里面躺满烟蒂。他将胳膊肘搭膝盖上，手机夹在肩膀和耳郭间，边往嘴里叼根新烟边顺兜摸打火机打火，转而就朝电话那头不耐烦地答："就医院啊，你不是去过几次？问那么多干吗，闲的是吧？"

"不在 S 市无所谓，把地址给我。别叨叨了。"

"关她什么事？你少管我，我爱干吗干吗。"野格围姜珀脚边不停绕圈的动静引得他眼角余光朝这处扫来，声音低下去，脏字到此为止，"一会儿再说，挂了。"

姜珀拉开门时他刚挂电话，她叫停他左手碾烟的动作，无效。

姜珀坐下，说："给我。"他没反应，当没听见似的站直了，她也不重复，直接从烟盒顺了一根出来。柯非昱不为所动，只是看她。

姜珀懒得开口，索性伸手到他裤兜自取。猩红的火光自指间燃起，下一秒柯非昱终于看不下去，劈手夺下她的烟："怎么说？"

姜珀抬眼看他，沉默了几秒，从包里递了张纸过去。突然手就层层叠叠冒出一层汗，心也跳个不停，柯非昱紧攥检验报告单——*血浆、诊断、停经查因、*β*-HCG、1.00 mIU/ml、黄体酮。*

怎么逼着把字往脑袋里塞都塞不进，一个头两个大，什么东西乱七八糟的，脑子接收不下再多消息，嗡嗡作响。

"阴性。"她一句话砸在柯非昱胸口，就那么咯噔一下，心脏失了重一样坠下去。他的手无意识伸到嘴边，都准备咬了，陡然瞥见一点儿文身，又垂下。

姜珀静默地看着，看得出他的心浮气躁，那天的责任，其实五五开。她冷静了一下午，到底想出个结果。

迎着他手边的烟气站起身，姜珀直直对上他目光，天边白光在此刻一闪，"轰"的一声雷，劈开近处的天，瓢泼大雨瞬间倾泻而下，直接盖住她说话的声音。

"哗啦啦"，天色是暗，烟雾是浓，但他看得到，看得分明。

姜珀捏住他下颌，把人撞到阳台门的玻璃上。"砰——"

"你做什么？"柯非昱偏过头，眉间陷很深。

"这还不明显吗？"她说，照单全收他错愕的表情。

"阴性，我没怀。"说完这句，没给他松口气的空隙，姜珀双唇贴上去——所以，虚惊一场。

没怀孕是好事，可柯非昱却发慌，明明被惹得厉害，脑子却没来由地乱，进不去状态，像是把人的灵肉生生割裂成两个部分，一个在被动屈从本能，一个在主动掌控理智。

柯非昱是没兴致，但他抗拒不了她为他亲手缔造的欲望，亢奋一路飙升，矛盾持续对抗。

柯非昱深重地呼吸着，一个翻身把人顶到门上。姜珀后脑受痛，重心被无限往后压，他用犬牙叼住她的唇，她仰高脖子和他接吻。

雨打玻璃，野格在门外汪汪直叫唤，心都在颤。姜珀把手臂环在他脖颈，烟仍在她指间萦绕，袅袅四散开来。她如此放下脸面的主动让他心生疑惑，怎么想都觉得……太怪。

谁都是紧绷，谁都是难耐，谁都是欲念已经被放得太大。可她是姜珀，她不能，或者说不应该。

她近乎疯狂的索吻让柯非昱愈加不安，他拼命忍着冲动逼迫自己和原始的渴望斗争，不停地想，不停地盘逻辑，他试着站在姜珀的角度想问题。

如果没中招，那么她才是那个最该放下心来的人。几天焦虑地陪着熬下来，他身体都虚了大半，何况姜珀，她的摇摇欲坠他全看在眼里。

现在尘埃落定，她补个稳当的觉也好，吃顿安心的饭也行，只是休息调整的方式有千百样，唯独没有这一种。

石破天惊的雷滚过了第二声，天空白光再闪的霎时他猛然拐过脑子里的那道生硬的弯，手上的动作全刹住："姜珀，你别是要——"

两个字卡在嗓子眼，柯非昱说不出口，像被掐住了后颈，他有强烈的预感，预感这句话在说出口的瞬间就会不幸成真，于是他迫切地去看姜珀的脸，试图找到她松口的痕迹，只要有任何一丝破除预兆的迹象，这个噩梦就实现不了。

而姜珀也给了反应，额角挂有汗珠，她半合眼，看起来恹恹的，不说是，不说否定，她说的是："我们都冷静冷静吧。"

柯非昱反应很快："冷静？"

"对，冷静。"

"拿分手的语气说冷静，你当我傻听不出啊？"骂人是他已经失去控制的前兆。

姜珀沉默三秒，仍是回："那你也可以有这个心理准备。"

柯非昱的情绪向来外泄得毫无分寸，此时姜珀把他要拆家的心理准备都做好了，但这股山雨欲来风满楼的火气却又偃旗息鼓得诡异。

他把她手中的烟抽出来弹进脚边烟灰缸，硬是把语气压得平静："你要怎么对我发脾气是一码事，但分手的话少说，伤感情。"

他话里话外大事化小小事化了的妥协之意她听出来了，想当没事来着。

"少说，不是不说。"她补充，"这是第二次。"

雷打两次，分手的话她确实也只说了两次，可柯非昱却像被反反复复用了两千次不止。

呼吸打在她额间，此刻他全身上下的血液都在焦躁地倒流，有种说不出亦抓不住的疲惫，感觉患上了再多尼古丁都治愈不了的怪病。

试过了，失败。

他就是控制不住，做不到稳重，做不到眼睁睁看她走却不做任何挽留，所有被堆积已久的情绪杂糅着冲出阀门，汇成一句万般郁悴的质问："你就这么急着否决我？"柯非昱一手指向脚边那张报告单，"姜珀，你就这么急？！"

自尊悬于凌霄，学不会低头，勉强低了，脖颈还硬着，柯非昱把话说得特别冲。

"不是我急，就算没有这次的意外也早晚暴露出我们之间的问题。"姜珀深吸一口气，哑着嗓，"柯非昱，是我们。我们都有问题，你能明白吗？"

他阴郁着回望下来，不同的是眼皮一单一双，相同的是血丝密布。眼珠黑白分明，他的世界不容中立。那是独属少年人的稚气和武断，她没有也从来不能有的。

黑照样黑，白照样白，没浑浊过，可这会儿他的眼里却全是迷惘劲儿，特不明白她口中所谓的冷静是什么。

不想分，真不想分。

姜珀是有希冀，但不适合把希冀给他。不忍停留，她把视线移向外头的滂沱大雨，试图找回正常的呼吸频率，但在柯非昱眼中这却是没商量也不准备商量的冷处理。

"我不明白。"柯非昱的脑袋斜压下来，贴在她耳边，咬字很紧，"所以你得给我时间，我得想明白。"

姜珀侧头看他，视线就在这么狭窄的距离里不偏不倚对上了，无处躲，无处避。

行，他想明白了，不就是分手吗？他厉害，给的爱理所当然是全天下最厉害的，独一无二，有百分百的自信做到让人回心转意。

牙咬紧，姜珀被他托抱而起，不得不依靠他臂膀的力量才得以支撑重心不摔下去。他大步往房内走，气势挺骇人，野格再皮都有了眼力见，没敢靠近。

"啪"一声，门关了，雷响第三声，"轰隆隆"。

都是从彼此身上练出来的，快感在血管里不断奔涌，有人解了心头渴，有人却因失水而口干舌燥。姜珀的头仍是晕的，她双手撑在身子两边缓神，垂眸，一个居高临下的角度："你知道我在医院碰到谁了吗？"

"西别女朋友。"她怕柯非昱分不清是哪个，又加上名字。当"丝丝"这个名字出口时他才真正舍得分了一点儿注意力过来，她继续道："医院妇科。我，和她。"

有些话不必说得再明白，早已经浮于纸面，再直白下去就没意思了。如果姜珀没有俯身去拾那张飘落到她脚边的 B 超单，她应该怎么也想不到自己竟会和 Leon 口中请了病假的丝丝在医院的妇科碰上面。

她们的指尖触到一起，两人嘴角不自然抽动一下，好像苦笑。丝丝身形薄，个头小，风一吹就能倒的清瘦模样，脸色苍白似纸，唯独露在外的一双眼睛红红的。姜珀不知该说些什么，就先伸了手，牵她坐下缓一缓。

眼前人来人往，有人陪的，没人陪的，各有喜悲。两个失意之人沉默着，气氛一时压抑不已，丝丝望着前方滚动叫号的 LED 屏，轻轻开了口："两个月了。"

姜珀闻言下意识看她小腹，而丝丝瞥向姜珀手里捏着的那张单子。似乎对 HCG 数值的比较早已熟烂于心，丝丝只需一眼就脱口而出，语气很柔和："你很幸运。"

丝丝抚了抚自己的肚子："和他在一起的时间几乎耗掉了我到目前为止三分之一的人生。我相信我们之间有爱情，有亲情，还有很多……除了责任。之前我担心我们的经历会影响你的判断力，可既然在这里遇见了，就没什么可再隐瞒了。"

丝丝用了十分钟时间叙述了他们这些年分分合合的过往，她说他们现在没有感情了。

"说到底你就是不信我。"柯非昱的躁郁更是无处隐匿，从头到脚都是压抑的怒意，姜珀则神色复杂地看着他，心底的话很难说出口。

要怎么说？把丝丝的经历描述一遍，和他实话实说，说你们圈子的一些人都是浑蛋？不如干脆点和他说散就散。

正因为还给着希望，所以这些话她只打算自己消化，她尽量说得平静。

"一开始我也以为信任是最大的阻碍，但现在看来显然不是，我们之间的问题太多了，信不信的问题充其量是个导火索，得往后排。柯非昱，也许我们冲动的开始就是错误，后来错误像多米诺效应一个接着一个发生，越来越失控，才会有彻底脱轨的今天。

"我已经叫了搬家公司，晚上就走。"

柯非昱张口要反驳，姜珀抢先一步截住他的话："别拦我，也别再用耍无赖的那套来对付我。如果你足够成熟，你就应该知道暂时分开是我们最好的选择。"

"我不明白。我还是不明白。"柯非昱摇着头，"直白点。不是信任，也不是意外，那到底什么才是你提分手的真正理由？我不够成熟？"

"你觉得你够成熟？"

行了，到这里就行了。柯非昱敛下眉眼，抬了抬手，摇摇头止了她接下来的话。他心里仍是没想明白，成不成熟，这什么啊，但不管，先搁着。

"你给我时间。"柯非昱听话听一半，逮住关键字就死咬着不放，"我会成熟给你看。"把成熟说得这样轻松的人，这世界上恐怕也找不出几个。

柯非昱的话说得异常硬气，能唬住人，但这个"人"不会是姜珀，单凭这句姜珀就清楚，他还是那个长不大的小孩儿。

姜珀沉默片刻："你知道什么是成熟吗？你以为就是像个爷们儿，够男人，是吧？"

是非与否，成熟的命题复杂，姜珀一时无法给出全面客观的回应，加上她被一股突如其来的力道推到枕头上，眼前炸开一片白光，她更难捋清答案。

挺玄的一个循环，和他在一起的时间成了闭环的重复。临到分开的当下，似乎又回到了相识的第一个晚上，他还是个毛头小子，拼了命要找回一向看重的颜面，而今日——

"我们现在继续吧。"柯非昱现出一张咬牙切齿的脸，语气却是好商好量的，好像姜珀说"不"他就真会停手一样。

姜珀心一颤。

"很快。"柯非昱做出承诺，"给我半个月的时间，先不要喜欢别人。

不管谁追你，都别跟他们走。"

怎么个成熟法是仅需半个月的，姜珀不知道，她也没有余力去思考，毕竟柯非昱直接把人榨出魂了。姜珀抚上柯非昱的脑袋，紧紧抓了抓他的头发，又卸了力气，轻轻摸他的头。

"你这个烟瘾，真的要改。"

烟瘾，她不是没有，但她能克制，可感情这玩意儿比瘾难戒，离开绝不是一时气话。去医院前姜珀就把酒店安排妥当，不是没有过分居的想法，只是她潜意识里在拖，放纵自己和他厮混直至酿成今日恶果。

姜珀走的时候柯非昱没拦，始终靠在墙边玩打火机，花臂垂下，开开又合合，显得异常烦躁。约莫是被她那句不够成熟气了个够呛，柯非昱脑子不拐弯，直接就在放人和成熟之间画了等号。

关于经期紊乱，医生给出的诊断结果是姜珀近日精神压力太大，内分泌失调了。失眠、爆痘、头晕恶心，所以一切问题不是无迹可寻，而是她只愿去信她想相信的。没立场去指责柯非昱，她也有不小的性格缺陷，所以上段感情才会分得那样不体面，全是她活该。

行李草草往酒店房间一堆，姜珀边卸妆边走神，指尖在手机屏幕上心不在焉地滑动。社交软件里层出不穷的谩骂与骚扰看多了便不再觉得心惊，比起毫无根据的爆料，那个持续提到她的微博账号才是真的可怕。

那个账号仿佛偷偷窥着她的生活一般，放出的料又细又全，有很多是姜珀自己都已然忘记的过去。爆料博主自她的社交形象入手步步剖析到内心性格，里里外外，一丝不苟地抠细节，要论证的无非"虚伪"二字。

其言论逻辑缜密，有论据有观点，附加说明连她本科所发期刊的权威性都扒了个遍，提出一系列质疑后问题直指她成绩的蹊跷，特别指出她大三下学期这一推免的紧要关头一口气连发三篇一作。什么概念？意思是她的实验多半凭空捏造，数据八成无中生有。简而言之，学术造假。这指责尖锐，怨气深重。

姜珀不经意瞥向床边的垃圾桶，里面有张被揉皱的卸妆湿巾。一个热衷窥视隐私的舍友，一张被丢弃于垃圾桶的放弃推免声明，姜珀终于明白水珊珊对自己的恨意究竟从何而来。

　　柯非昱一反常态安生了几日，似乎真如他所说的在朝着成熟的方向努力，他没动静，姜珀却意外收获了来自赵阙的电话，接通了，三秒就挂。

　　你要说按错吧，难。要有多大的概率才能在误入她对话框的同时拨通语音通话，解释不通，就像柯非昱给的半月承诺一样，叫人很是摸不着头绪，徒增了心头烦恼。

　　说心死全了是假的，她全凭一口两人都会成长的气吊着，再次让自己陷入了互相纠缠的尴尬状况。

　　本以为离开他就能想明白，却不知一个人待着，回忆更是铺天盖地，避无可避。睁开眼是他，闭上眼也是他。这不是什么好兆头，姜珀知道，她得让自己忙起来。

　　于是在经期到来的那天她联系上袁安妮，但未等她说明来意，对方迎面就是一句："你最近状态不行吧？听几个合作方那边说，中断拍摄数次。"袁安妮很单刀直入地，没留面子，手指在那头徐徐敲着，话说得不紧不慢，"公司有多看重这个招牌，你是清楚的。"

　　即便平日里可以像闺蜜般一起逛街吃饭聊心情，可一旦事关利益，袁安妮的上位者姿态就顿时展露无遗，不怒自威。姜珀撑着额头努力想去解释，可话在嘴边几经辗转出不了口。毕竟走神的是她，无从分辩。

　　袁安妮久久没得到回应，替她圆了场："身体不好就没必要这么拼，姜姜。"

　　姜珀承认先前的失误，再三诚恳致歉，保证现在已经调整好心态，希望给她一次机会。

　　袁安妮沉吟许久，这才答应晚点再给予回复，而后也如约传来了讯息，递了条广告："强度小，半天就能结束，再试试吧。"

　　姜珀感激老板的信任，打起十二分精神，全神贯注投入工作。冰美式从天未亮就开始灌，半天时间造型换了不下三十套，特别卖力。

　　拍摄进行到一半，助理拿着她手机匆匆跑进棚内："响了好几遍了，可能是急事，你要不先接一下？"

备注显示的是里总，她皱眉点开绿色通话键，对方却喊她嫂子。音色很扁，并不是里总，是赵阙。

"出事了。"这是他的第二句话。连日来不安的预感成了真，姜珀的心咯噔一下，还没来得及反应，电话那头紧接着传来男女争吵声——

"说走就走你也不拦着？你们兄弟俩好到穿同条裤子我根本没多想！你以为我担心儿子？我担心的是他！"

"那，那你们快去追啊！赵阙，你电话打通了没？"

而被里总叫到的赵阙此时正叫她看微信里发的定位："嫂子，你得去拦啊！"

"你打给她做什么？手机给我！"里总压着嗓吼赵阙，姜珀耳边顿时一阵嘈杂，"啪"的一声，机身显然是在争抢后摔到了地上，姜珀焦急地"喂"了几声，对面却只余机械忙音。

摄影师在一旁催着，她强压焦虑拿出精神来应对，争分夺秒地赶，拍摄总算在二十条后喊了"咔"。拒绝了团队聚餐，不顾阻拦，她在宣布收工的下一瞬间立刻冲出摄影棚，随手叫了辆出租车直奔机场。

姜珀看着地图里显示的定位，手机在掌心抓到发痛。两小时的飞行时间，分秒难熬。

柯非昱是在自助贩卖机买烟时被抓个正着的，输液架还在左手边上，他一头红毛太过显眼，穿一身蓝白条病号服，懒洋洋地扫码，那股吊儿郎当无所谓的劲儿太浓了，不知道的还以为这是什么潮流穿法。

整层楼对他指指点点的医生护士多，病人也不少，基本上是走过去就看上好几眼的程度，哪儿来的异类。

就没法把他当个病人看待，里总怒火攻心，走上去狠敲了他脑袋一记："长本事了啊！隔省拐走我的小孩儿半句话都不说。"

摸摸头转身，柯非昱看到面前的两人，一脸莫名其妙："和嫂子说了啊，说带他出去玩。"柯非昱望向一旁头也不抬打游戏的小男孩，"你问他。"

没反应，他在小男孩耳边打了个响指，对方被惊到，忙不迭地点完头，又陷入惊险刺激的游戏当中，柯非昱优哉地冲里总挑挑眉毛，那意思很明确：瞧见没？自愿的。

"你这是玩吗？你这是胡闹！"里总阴沉着脸呵斥，却实在拿他没有办法，大有管束不动叛逆大儿的老父亲即视感。

柯非昱笑得悠哉，把烟揣进口袋里说，"爷现在和你们不一样了，懂吗，什么叫真男人你们懂吗？"他还得意得不行。

赵阙只觉得不可理喻，暗想着，就让你得意吧，得意没多久了。

里总回他："我不懂，但真男人肯定不冒充别人的爹。"

"你以为我乐意？医生向我要监护人签字，我从哪儿给，土里刨吗？非逼我给已婚证明，我还能有什么办——"争辩声戛然而止，弧度在嘴边缓缓降下，柯非昱不笑了。

他的视线穿过赵阙挂满耳钉的耳侧，穿过医院刺鼻的消毒水味，穿过来来又往往的医患，精准盯到十米开外一声不响望着他的姜珀身上。

高温三十九度的天气，打揽的花边嵌于十层前短后长的哥特风黑纱裙上，马尾扎得高，肩颈露得再多也是闷，她一身秀场打扮和男科医院格格不入，已经有不少人注意过来。

高筒靴十四厘米的鞋跟敲在大理石面上，来的路上太急崴了脚，姜珀冷汗涔涔，每一步都走得艰难。他身上玩世不恭的痞气随着她的走近慢慢敛了，先前飘得厉害的气场全沉下来。

里总见状回头，眉宇在见到姜珀的瞬间陷得更深，给后知后觉侧过身的赵阙递了个"这烂摊子你能收拾吗"的眼神，后者方才的看戏心态消失得无影无踪，压着大事不妙的慌张低声叫了声"嫂子"。

里总喊她"小姜"，用的是显而易见的劝架口吻。

姜珀完全无视两人，一点儿注意力没岔开，目标一直明确，远远确认他一切安好后，提了一路的心稍稍放下，但怒气随之升起，这会儿的目光已经从他的手移到脸上。他的下巴冒了些青色的胡茬儿，挺有男人味。

"这就是你所谓的成熟？"姜珀额角的汗冒得急，话却说得缓，反问句说成陈述句的气势。来兴师问罪的，柯非昱明白了。

"谁叫她来的。"柯非昱保持和她的对视没移开，话是问给边上俩人听的。语气很淡，仿佛他才是在场的那个不相关人员。可多说一句就能吵起来的火药味，赵阙闻到了。

本想多找张嘴来劝，却不想这两人早有龃龉在前，遇上火上浇油的情况是赵阙万万没料到的。锅不能让他总背，他正要开口认下，可"是我叫的"四个字只说了一半就被姜珀打断。

"我问你，这就是你所谓的成熟，是吗？"

"对。"

"你让我给你半个月，就为了争取时间做手术？"

"对。"

浊气涌动得厉害，来的路上有很多话想说，可真正站到面前姜珀的一颗心却千疮百孔："结扎就能代表成熟？你要不要这么偏激，柯非昱。"

"我偏激？"

"不如你来给我一个更准确的定义好了。如果我说不喜欢你太能说会道，你是不是还要把自己毒哑？"

"哑了还怎么做歌。"柯非昱慢悠悠地回，但偏偏说的话一是一，二是二，逻辑清晰到不像他柯非昱。

姜珀怒极反笑，但笑得很勉强："你知道这么做的后果吗？"

后果？柯非昱想起几十分钟前他在手术台见到的那盆静脉血，也想起手术时在空气中灼烧的那股臭焦味，他强逼自己压下寒战。

"听一遍术后风险都要二十分钟，你问我前后奔波一周知不知道后果？世界上没有真正的感同身受是你说的吧，现在我去手术台上躺了一遭，歧视和白眼我受得够多了，所以你担过的心受过的怕我都懂了。你说挺着大肚子读书不像话，那避孕的责任我来扛，明明皆大欢喜的局面，我不知道你现在对我发脾气是什么意思？"

姜珀死死盯着他，缓慢摇头："我以为你会改变，但你永远不会，你就是冲动，你就是不成熟。"

"我做任何决定都没超过一分钟，但这件事我想了整整一个晚上，你告诉我这叫冲动？"真不想吵，柯非昱抹把脸，加上一句，"姜珀你能不能别这样，有什么事我们好好说话，好好商量，行不行？"

"那你做这件事跟我商量过？"

行踪无故被透露已经很不爽，现在当着众人的面，柯非昱好话说尽，身段也放得够低，但还要被继续质问个没完没了，实在没憋住火："我的身体怎么折腾还需要跟你商量啊？"

姜珀被激到连说三个"行"："你当然不用和我商量，怕就怕你过了这阵子新鲜再找我算总账，到时候说是我暗示你做的手术，我岂不是有嘴说不清？"

柯非昱所剩无几的耐性被她几句看似无端的猜忌彻底耗尽："少操心这些有的没的，我结扎和你有什么关系？刀挨我身上痛着你没有？怎么总把我想得那么不是个东西，秋后算账天打雷劈，今天话我就放这儿了行不行？说怕中标，现在我让你彻底中不了标你也不行，我也真是不知道要怎么搞了。姜珀，你给个准话吧，还有什么不满意的，一并说了，我全解决。看我做什么，你说话啊！"

最后几句全是柯非昱吼出来的。

什么情况啊？整个楼层的注意力都被吸引到这边，连里总的儿子都抬起头，他还不懂事，大大的眼里全是疑惑，在看热闹。姜珀颤抖着，惊惧到顾不上羞，咬牙让他小点声，大人小孩都看着。

柯非昱讥诮地笑了一声："现在我还用在意什么脸面吗？追你追得多猛，大半个圈子知道，被你甩得多狠大半个圈子也知道，我的自尊在你姜珀这儿值几个钱，啊？"

柯非昱俯身靠到她耳边，看着她的侧脸，以一种近乎诅咒的姿态压着嗓替自己总结："什么都不是。"

几个医生护士闻声赶来，脚步和神色匆匆，身后带着黑衣保安。

偏偏面前这两人还剑拔弩张地对峙着，赵阙跳起来去捂柯非昱的嘴，里总负责收拾场面，连忙道歉说："没事，小两口拌嘴，没事没事，你们忙。"

一位医生用板子遮住嘴低声责怪："让你别和外头说接这手术了你不听，你看看现在闹的。"

前台被说得一脸委屈："那男的说做单亲爸爸不容易，这辈子对带娃有阴影了非得做，你们不也被磨下来了吗？怎么现在又来怪我……"

一拨人互相抱怨着离开了，输液架滚轮哗啦哗啦走，两人也被连声劝着往房内推，可那些话姜珀全听在耳里，本以为他能冷静下来想明白，没想到却是一条路走到黑。

"有话好好说，都别冲动。"里总留了这么一句，把门"砰"一声关上。

姜珀环视一周，柯非昱压根儿就不是个会亏待自己的主。落地玻璃窗，还是二十四小时随时欣赏海景的 VIP 单人间病房。

他不在乎扰不扰民，只在乎开不开心，嘻哈音乐放得震天响，地上行李箱大刺刺敞着，连鞋带盒全都铺开，估摸着有十几双吧，床上扔着平板，电视也还开着，她定睛一看——又在打游戏。

玩乐人生，什么都当儿戏。现实摆在姜珀眼前，逼得她不得不摇着头承认："我们真的是两个世界的人。"

柯非昱已经懒得再去掩饰暴躁，术后强烈的拉拽感和麻药消退后的疼痛雪上加霜地在此刻发作，头疼得不行。

他合上眼，脑袋后仰，将手指伸进头发里抓弄，忍着痛在她面前来回走动："能做的我都做，能给的我都给。只要你姜珀愿意考虑，方方面面的，我总能把你伺候到位，结果你现在跟我说什么两个世界……"

柯非昱稳下情绪，停下脚步，睁开眼，又是她的脸，他压着怒气："那你不会早说啊？"

"我早说了有用？"

柯非昱额角跳了跳："有没有用另说，问题是你从来不说。你哪次不是这样？有意见就憋着攒着，自己在心里走完了全程，可能对我失望了有千八百遍吧？完了想通了，想明白了，觉得不能这么下去了，然后甩给我一个结果，说什么冷静说什么分手。姜珀你怎么这么牛啊？"

她心口剧烈起伏着："你说你会成熟，我信了。叫我等你，好，我也等了，结果等来等去等到你拉着小孩撒谎，等来你自作主张的一台绝育手术。柯非昱，你都是这么和人谈感情的？"

柯非昱莫名地笑了声："我怎么了？我谈感情就是彻彻底底毫无保留，你说怕出事我就把根断干净，我让我的人以后少操心怎么了，我还有错了？"

"你以为是为我好？"她接着说，"不。"

姜珀的颈部发麻："柯非昱，你只是在和自己过不去。"

柯非昱上下点着头，挺认可的，手上连针带管扯下胶布，把这些束手束脚的破玩意儿一股脑儿全甩到地上，然后一脚踹飞输液架："那我还就乐意和自己过不去了，用你来教？"

输液架受力撞向墙，强烈的反作用力又让它直直冲到床边，"砰"一声，实心的，上头挂着的吊水瓶和病历本晃荡了好几下，最后失衡地连架带物全都稀里哗啦砸向地面，姜珀被这突如其来的变数惊得僵在当场。

敲门声滞后地响起，暴风雨般一阵接一阵，有着破门而入的气势。赵阙在外头捶着门问，怎么了，出什么事了，让柯非昱开门。里总的声音紧随其后出现，很低，听不清，像是在劝，门外的声响被一点点压下去。

姜珀的一颗心提到嗓子眼，她愣愣盯着溅到地上的点点血渍，想说点什么却一瞬失声。她下意识走过去要看他伤势，柯非昱却把手撇开，来来回回，吵得疲了。

"姜珀。"柯非昱的语气刻意维持着平缓，"你那了不起的成熟标准到底是什么？是能开车带你全家去旅游的成熟，还是能替你删掉全网视频的成熟？"

手还停在被他拒绝触碰的位置没收回，半丝寒意先从心底冷出来。姜珀呼吸陡然不稳，僵冷自头顶直蹿全身，柯非昱将她的神情变化尽收眼底，两人的姿态从这刻起微妙地调了位置。

"想问我怎么知道的？"柯非昱冷笑，"我说过了，这个圈子很小很小，小到他怎么处理的我打一个电话就能知道，但我没问，为什么？"

柯非昱看着她，步步迫近："之前你告诉我，不能公开是因为难给家人交代，我信了。姜珀，你说什么我都信。你扪心自问，你让我做的我哪件不是全力满足？现在我问你，你三番五次地敷衍我到底是真的事出有因还是因为你根本不够爱我？！"

"这根本不是一回事，你能不能冷静———"被他用力往后一推，肩头狠狠撞到墙壁上，姜珀骨头都要碎了。

"换你你能冷静吗？！"姜珀踉跄几步牵扯到脚踝伤处，眼睛顿时一酸，差点掉下泪。

而柯非昱仍在质问："删视频的事，你知不知情？"

姜珀浑身抖得厉害，三分痛三分悲，还有四分是无法如实相告的左右为难。要她怎么说，说那份视频在长辈眼里有多伤风败俗，说你热爱并为之奋斗几年的音乐在他们看来是难以入耳的垃圾？

窒息的沉默里，攥她臂身的那股力量逐渐卸下，他的手在完全脱离她肌肤之际却又被她紧紧按住。

姜珀抬起眼，睫毛尖都在颤抖："我家人看到的话他们会怎么想？你就不能替我考虑一次？"

柯非昱攥起她的手腕，闭了闭眼，极力忍耐情绪："我为你考虑得还不够多？"

对视许久，姜珀咬着唇憋泪："我和他没关系。"

"你知道我没在问这个问题。"柯非昱无视她的变相示弱，目标明确。

姜珀的肩膀抖得越发厉害，相对许多个日夜，她终于在这一刻窥见几分他过去的暴戾，也终于明白自己曾在他那儿受到了多高级别的优待。

他路子野，手腕狠，爪牙锋利，说一不二，他有呼风唤雨的本事，强势得不得了。

柯非昱眼神阴沉，咬住就不松口，又低声逼上一遍："你知不知情？"

她眼睛已经红透了，泪在眼里转，答案呼之欲出。他想放更狠的话，也能放更狠的话，Battle这么多年，多脏的韵脚都没怕过，Freestyle玩得凶是出了名的，但对姜珀，他突然就没办法了。

他可以拍着胸脯告诉所有人，他就是最厉害的，就是世界第一等，就是宇宙第一牛，但这股劲儿此刻全没了，一句重话说都不出口，蔫巴成了这个德行。

柯非昱只觉得被抽空了主心骨，耳边嗡嗡地响，脑壳生疼。

他信姜珀没有旧情复燃，也信姜珀并非有意欺瞒，他从头到尾在意的都不是她的过往，而是真心，是他可以奉上一切软肋，把她当作生命的一部分围绕她、只围绕她去构想未来的真心。

而她没有，她永远在掩饰，永远对他保有秘密，留有退路。

喜欢是喜欢，未必爱。柯非昱看清了，彻底心如死灰。

"行。"柯非昱一松手，盯着她退几步，"我也累了，爱谁谁吧。"

柯非昱倒着走，直至脊背抵上门把："就当你已经替我挨了一刀，我还了。我们两清。"

他转身按下把手，门猛地朝外一开——

门边站着的里总和赵阙满脸错愕，插兜和抱臂的手顿时都不知往哪儿放。转念一想，他们这是在守门啊，又不是听墙角，有什么好不自在的。

但到底是把来龙去脉听全了，赵阙不住地出声劝："老K……"

柯非昱大步向前，没停留。

"柯非昱！"姜珀在他背后喊，他顿了顿。她哽咽着，却尽力克制着哭腔："你今天要是出了这个门，我们就真断了。"

喉头滚到第三遍时柯非昱转了身，眼睛通红却面无表情地走到她的面前："断。"

甩给她一个字，不带多说的，他从她手中利落地抽出东西，姜珀没反应过来，就这么见他删除号码拉黑微信全套动作行云流水，和当初他打自己电话那样自然。

她眼睁睁任他把手机往她怀里塞，又被撂一句："断就断干净。为你守节的几年算我倒霉，追的时候我一心一意，该放手我也绝不会拖泥带水。有什么大不了的？回头草我这辈子没吃过，但是你给我记住了，能这么为你不计回报付出的只有我，只有我一个了，离开我你这辈子找不到比我更好的人。"

柯非昱的话说得难听，刺耳，绝，非常绝，大有此生不复相见的狠厉。她脚疼着，背抖着，所有理智和冷静崩塌得只剩一捧残灰，眼眶绷不住越积越凶的泪意，在他转身的刹那姜珀终于落下一滴泪，砸到地板上。

姜珀通红着眼，在他身后赌气地回："那就试试吧！"

他仍在走，不回头。

水珊珊是在凌晨一点收到的特别关注消息，在柯非昱微博的互相关注里挨个儿寻找关于姜珀的一切已经成了习惯，她就碰个运气，很怕姜珀过得好。

姜珀不常发微博，可她存在于别人的微博，例如她夜不归宿那晚在酒吧无意入的镜。往后的日子里，从细枝末节处就能拼凑出她恋爱的全部轨迹，水珊珊相信自己有这个能力。

收到姜珀微博推送时水珊珊没在意，只当定时矫情的毛病发作，暗自鄙夷着逛完一圈共同好友的微博，未有新的发现，水珊珊失望地返回再返回，界面回到柯非昱的界面，这才发现他原有的置顶消失不见，甚至连头像也全黑了。

心一跳，水珊珊迅速切换到姜珀的主页，姜珀一夜间清空了所有的微博，整个界面只留下一句话——**迷途知返**。

像以往的许多次一样，她立即转手发给了秦沛东。

麦宝仪将手机从耳旁拿下，皱眉看备注，又贴近听声音，不可置信。是姜珀给她打的电话，她一脸狐疑地把手机放在耳朵边上，再次确认："你说现在？"

姜珀说："对，来吗？"

一小时后，麦宝仪按姜珀报的地址来到远郊。暴雨过后的大排档如雨后春笋般多到离谱，热闹，字面意思，又热又闹。麦宝仪挨个儿数，数到第十家，终于看到人堆里的姜珀。

有日子没见，她依旧瘦，依旧白得发光，太显眼，面前摆着几盘龙虾还有叠成山的烤串。麦宝仪暗自一惊，吃夜宵这种事发生在自己身上不稀奇，但在姜珀那儿就说不过去，很说不过去。

知道她嗜辣，但不知道沾满干辣椒的牛板筋姜珀都能面不改色往嘴里嚼。麦宝仪从喧闹的人堆里侧身挤过去，还没坐下就不住吐槽："你这衣服也太那什么了，我远远看过来还以为在拍电影。"

"是吧，好滑稽。"姜珀在倒酒。

"滑稽不至于，夸张是蛮夸张。"麦宝仪问她，"从棚里来的？"

姜珀摇头："机场。"

视线在桌上绕了一圈，酥肉、丸子、烤鸡翅、烤茄子、烤生蚝，光看着就胃口大开，蠢蠢欲动。麦宝仪摩拳擦掌地问："什么味道的龙虾？"

"麻辣。"

挺好，麦宝仪笑嘻嘻的，麻利地戴好手套，拎起一只龙虾就往两边扯，接着上边的话题："去出差啊？"

"去分手。"

辣意猛地一呛，麦宝仪偏过头咳嗽，讲素质地捂了嘴，可偏偏手套上的红油沾到鼻头，难受得要死。

姜珀抽了几张纸巾递过去："够吃吗，要不要再加几串烤苕皮？"

手忙脚乱着，麦宝仪还是留意了姜珀一眼。她神色如常，毫无分手人该有的悲伤，仍是一如既往地周到。

是在关心，是在照顾，可怪就怪在她这话问得机械，动作也不急不慢的，自己这边都要人仰马翻了，她那儿还平静得和一潭死水似的。

麦宝仪没想明白，就暂时先回了话："……不了吧。"

姜珀点点头，给喝空的杯子斟满酒，麦宝仪瞟了眼她桌前。点了那么多，结果小龙虾才吃了个位数，其余的基本没动过，唯一没浪费的是酒，喝空了不少，酒瓶从桌上排到桌下。

"不是。"麦宝仪实在没忍住，疑惑冲出了口，"你们不一直好好的吗？"

姐妹的恋爱麦宝仪挂心，柯非昱的微博她关注了，没见过不好的苗头。

177

博文发得虽少，但暗戳戳的细节多，有她拍摄花絮的微博故事，有比厂牌手势时不经意现出的屏保，还有长袖盖不住的指节文身和黑色甲油，整体看下来就差没把"我有女朋友"几个大字写在脑门上了。

"不好。"飘远的思绪被姜珀一句话扯回来，"我们只是装得很好。"

"……聊聊吗？"

姜珀点头："聊。"而后她仰脖把酒一饮而尽，手指摩挲着杯壁，挺出神，"其实我很后悔。"

"后悔什么？"

"后悔来这个烧烤摊。"

做好倾听的准备了，却不想等到这么一个回答，麦宝仪怔怔地，见她把被风吹乱的碎发别到耳后，又听姜珀笑着自嘲："我老板那边给了任务，说大后天有场秀要走，你看有哪个模特像我这样不像话？"

意不在此，麦宝仪觉得意不在此，可意在哪里？老旧的电扇在一旁呼呼吹着，空气里有股说不出的憋闷在心头堵着，吹不开，这一桌美味佳肴突然就食不下咽，倒胃口。

"那就别吃了。"麦宝仪直接说出了口，本以为姜珀会坚持，没想到下一秒她就摘下手套，说她也这么觉得，还是走吧。

远郊经过的私家车多，出租车不多，得走一段。脚坐着还好，一动起来就开始疼，暗暗地疼，伤处姜珀没去看，藏在靴子里，肿得有多高，她不知道。

熟悉的烟气，并肩行过的街道，呼啸而过的车辆带起的风挺大，远光灯把她已经在机场整理并安放好的情绪一层层翻出来，照得仔细。在亮堂堂的光下，姜珀根本无处躲藏。旧地重游，一些熟悉的画面跑马灯似的在眼前放。眼球又干又涩，姜珀伸手揉了揉。

麦宝仪在她身侧走着，上了天桥。姜珀脚下使不上力，重心全拖着。原想让酒意把脑子烧得醺一些，发一次酒疯，痛痛快快把郁结已久的浊气抒光，可偏偏她越喝越清醒，胃里翻滚着灼热，倒把之前放过的大话证实了：没醉过，她的酒量是真的比他好。想到这里，一个没小心，她下楼梯时又扭一次同条腿，同一个伤处。

这回是真的不行了，姜珀闷哼一声，整个人跌坐到下级台阶上，麦宝仪一惊，赶忙去拉她："没事吧姜姜！"

但愣是没拉起来，姜珀紧紧搕着脚踝，裸露的肩膀在抖，很不妙。

麦宝仪四处张望着，找车，找诊所，手上还得分神扯着她，嘴里念叨着："你先起来，我先扶你去医院……"

姜珀摇着头，硬是掰开抓着自己的那双手。怎么劲儿往两处使啊！麦宝仪转头正要发火。

"我是不是挺自私的？"

麦宝仪呆住了。痛得钻心，姜珀的牙关却咬得死紧，又把话重复一遍。

麦宝仪心慌了："什么？"

指甲陷进手掌心，姜珀颤抖着："我和秦沛东没有藕断丝连，还有我拖着不带他见家长的原因……那些误会我不是不能解释的，但我没有，我不愿意。"

"我特别会权衡利弊，我清楚我们在一起我要面对什么——对外，我的全部隐私会曝光到大众面前，然后被不知名的网友骂个半死；对内，我爸妈……

"我会害怕，害怕脚踝肿了会影响大后天的秀。是啊，我有热爱的事，他当然也有，他十八岁就决定去走那条和主流截然不同的路了。宝仪，他比我勇敢多了。

"我最喜欢和最期待的是他的棱角，但最讨厌的也是，所以我总是逼着他磨平棱角变成熟。你知道吗？我甚至不止一次动了让他改行的念头，明知他放弃不了说唱，我还是问了。

"一开始我就明白我爸妈不可能接受他，但我还是放任自己享受他所有的好。我敏感又挑剔，我发了好多莫名的脾气也说了好多难听的话，可他通通理解，他通通包容，我却在他妥协完所有还把自己折腾个半死后再告诉他我们根本没可能。他是人啊！一个骨头很硬的人，事情发展到今天这个地步完全是我自作自受，放他走才……"

"姜姜！"麦宝仪打断她越说越哽咽的话，"你别说那些有的没的，我就问你，你还爱他吗？还爱我立马给他打电话！"

昏黄的路灯下，麦宝仪分明看见姜珀眼里涌下的泪光，但她摇了摇头，嘴角扯出了个悲凉的弧度，不用宣之于口，从来都是肯定答案。

"他说我再也不会遇到比他更好的人。没错，他就是最好的，他给过我最鲜活最完整的感情，这一生我不会再有下次了，可我太了解我自己，也许是明天，又或者是后天……"数着天数，音量渐弱，心一硬，姜珀的声音变得坚定无比，"最多三天。只三天，我就能彻底把他放下。"

姜珀望向麦宝仪，吸一口气："宝仪，我就是自私到这个地步。"

麦宝仪醒来时发现旁边没人，赶紧坐起来，紧张地往四周张望。姜珀在阳台，看着像是起床有一会儿了，做瑜伽的背影很精神，要不是绷带还缠在脚脖子上，麦宝仪都要怀疑在天桥上疼到颤抖的那人不是她了。

昨晚麦宝仪拦下出租车就急匆匆拉着姜珀去了医院，靴一脱，麦宝仪先倒吸了一口凉气。姜珀的踝关节肉眼可见肿成了包，青紫一片，特别吓人，麦宝仪看着都疼。

要换作是自己，又是失恋又是崴脚，就这么个屋漏偏逢连夜雨的情况就够她哭晕过去几十次，但姜珀不。按摩加包扎，她一声不吭，一滴泪没掉，就连医生都夸她能忍，姜珀也说她没事，但麦宝仪放心不下，坚持一起回了酒店。

大概是起床动静太大，姜珀偏头看了过来，边摘耳机边抬了抬下巴，于是麦宝仪顺着她给的方向看到了床头柜边上泡好的蜂蜜水。一口气干下去大半杯，掀开被子，麦宝仪几步走到她面前，盯着脚踝："不疼了？"

"疼。"

"那你这是？"

姜珀已经做到拉伸阶段，转了转身体，不急不慢地回："工作。"

麦宝仪一脸不可思议："都这样了你还打算走秀啊？老天爷，少做负重活动的医嘱你昨天没听吗？！搞不好会留下后遗症的！"

"我听着的。一会儿我去趟医院，做完针灸上个药，时间充裕的话争取再烤个灯，看看能不能恢复得快一些。但不管怎么样，秀得走。"

姜珀注视着麦宝仪，斩钉截铁道："我没多少时间了。"

所以就是腿废了都要拼完这半个月的意思咯？麦宝仪知道自己劝不动这个固执的朋友，姜珀就不是一个会被劝动的人。

但感性上是个人都能理解姜珀的选择，毕竟假期所剩无几就意味着职业模特的生涯到此为止，真正想干的事干不了，一天到晚躲躲藏藏的，累不累。

麦宝仪觉得这双面人生真不是人该过的："你考虑过和你妈摊牌吗？"

话说出口的她下一秒就后悔了，老实说，麦宝仪也曾羡慕过姜珀看上去十全十美的人生，然而在姜家待了一个暑假后她就彻底推翻了这个想法，转而改为"吃得苦中苦，方为人上人"。

姜阿姨的掌控欲很了不得，不苟言笑的一张脸，说一不二的威严在那儿压着，什么事都没得商量的态度，也难怪姜珀冒险欺上瞒下——都是不得已。

"考虑过。"姜珀居然转过头，回了她一句，"已经在准备了。"

该怎么准备，该准备什么，麦宝仪没有头绪，她只知晓姜珀的格局大。昨天刚分了手今天就能跟个没事人似的早起锻炼，情绪稳定，不慌不乱，脑子里里外外考虑的全是关于未来的计划。尽管遇了事儿，但她仍旧专注于自我提升，试问能有几个人比她更自律？

麦宝仪不禁竖了个大拇指，然而她不知道的是，姜珀这一晚并没有安眠，熄完灯的一小时后，姜珀悄悄下了床，拖着腿到阳台抽了根烟。

微信置顶对话框已经消失不见，屏幕亮度照到她眼酸。断就断干净，他说的。

行，可以，她冷静地把列表里柯非昱那边的人际网清理完，再转到微博，将同样的操作重复一遭，同时取消了所有嘻哈博主的关注，往主页发了最后一条动态，卸载微博。

迷途知返，可忘不掉的是相册里关于这个夏天的记忆。音乐、摩托、野格、他，一辈子也就疯这一次了。

烟雾被室外流窜的风吹得直打转，心脏在咸味的泪水里浸泡过，平日里细碎的点滴聚集在一起，姜珀努力压抑着胸口涌动的情绪，从后往前，一张张看，一张张删照片。

烟在晨光熹微的时候被毫无克制地抽光一包，未拭尽的泪痕让脸干到发皱发疼，她看着最后一张有关他的照片，心脏微微抽痛。

宣布恋情的图，意义格外不同。那是第一次见到野格时柯非昱给拍的，他用来做了很久的头像，她也很喜欢。

姜珀的手指移到左下角的删除键，颤抖着点下，再次确认删除，打在脸上的光登时一暗，最近删除的页面里顿时空空如也。

她终于和这场轰轰烈烈的疯狂告别了。

清除完痕迹，姜珀回到浴室洗了把脸，给自己敷上补水面膜，再拿滚轮麻溜走一圈眼周消肿，抹完眼精华顺便滴个眼药水缓解干涩，完了算着时间泡了两杯蜂蜜，走到阳台，照例铺开瑜伽垫。

医生说术后需要观察两天，但柯非昱显然没打算留。里总把儿子送回老婆身边后重返医院，病房外，和刚从外头回来的柯非昱打了个略显尴尬的照面。

尴尬是他的，柯非昱没有。柯非昱的脸黑着，架势是明晃晃的不好惹，都别来沾边，根本不在乎分手的内情被人知晓多少。

门一关，行李箱往地上一开，除柯非昱外，在场的两个人都没主动提起今天这档子事。

但这么下去也不是办法，好一会儿，里总看着柯非昱整理行李的背影开口打破了安静："小姜也是在气头上，等——"

柯非昱话接得快："谁是小姜？"

里总和赵阙互看一眼，得，现在是索性开启失忆模式了，那就顺着他开。

"没谁。"赵阙脚踩床沿，顺了顺颈后的头发，"你急着回去干吗，待几天呗。"待几天缓缓，免得一个冲动又不知道搞出什么难以收拾的动静来。

"要干的事多了去，下半年的巡演、新专，哪个不花时间？"柯非昱回道。

行啊，分个手突然有事业心了。赵阙心想：那先把压箱底的 Demo[①]都出完呗，你三不五时哼一句，整得你的粉丝老来我微博下面催你发歌。

里总老成，斟酌着眼下的情况，说要回去也行，让赵阙陪着，随后他给赵阙一个眼色。

赵阙说："哦哦，老 K 我去你那儿住几天。"

柯非昱额头斜过来，没说话。

赵阙看懂这个反应，借口是张嘴就来："医生说得观察伤口愈合情况。"

柯非昱冷笑："这么想看我伤口啊？"

赵阙差点儿就要骂出口了。谁想看你啊？冲谁发脾气呢？我被迫给你介绍完医院要被里总骂，怕出事打你对象电话要被你对象甩脸色，现在到头了还得受你柯非昱的气，三头不是人，你分手是我欠你的啊？

赵阙心里冒火，但还是给柯非昱递过了床边搭着的机能风外套。

真行，他做个结扎手术，不知道的还以为是来走秀的，行李箱里别的没有，衣服鞋子装得满满当当。

"都别来。"柯非昱回头甩下这一句，阴沉沉的。

知道他认死理的臭脾气，劝不动，这下是真没办法了，里总拍拍赵阙的肩，意思是算了，随他去吧。

赵阙从床上跳下来，没好气地走前头，里总临走叹口气，对柯非昱叮嘱了一句："手机记得看。"

姜珀不在了，这下找不到他都不知道该给谁打电话。

走秀对模特的身高有要求，但平面摄影没有。

姜珀在正式签约袁安妮的公司后曾参与过几天的模特培训，每天日程排得满，形体矫正和走秀训练轮着来，外加姿势练习和定期的创作拍

①Demo：指小样。

摄实践，但由于公司给的工作一直侧重于平面拍摄，T台业务这块儿姜珀自然就日渐生疏。

前段时日她参加了 R.K.L.S 的走秀试镜，候场区的高个儿模特多到数不过来，她只当一次破格尝试，没抱多大希望被选上，直到袁安妮给她打了电话。

那时她正在机场等回 S 市的飞机，话给柯非昱呛回去了，可姜珀心里却是没底的，究竟何时才能真正放下这段感情，她也无法确定，好在始料未及的工作机会带来了新的转机。

R.K.L.S 是她一直渴望合作的国潮品牌，最擅长将街头元素融入大面积拼接撞色，并在视觉上以年轻无畏的设计语言来呈现不被世俗定义的高街文化内核。

R.K.L.S 以其个性大胆的风格闻名于国际，一直是炙手可热的明星潮牌。离经叛道，单这个品牌主旨就足以令她心驰神往。

姜珀珍惜这次来之不易的机会，养伤期间仍保持规律的作息，运动护肤两手抓。

酒店里的音乐一直没停过，她每天琢磨走秀视频，学以致用，不断对镜练习表现力，再用相机记录下来，重复观看，反思自己在动作和表情上的不足。

一天到晚忙碌，就怕被情绪钻了空子。姜珀两耳不闻窗外事，一心做好她分内的工作，但外头关于她的消息却炸开了锅。

网友别的没有，对于八卦的嗅觉那是相当灵，两个人前后脚又是取关又是删微博换头像的，就差没把"分手"两个大字顶在脑门上了。

不同属性粉丝的反应不同，有人欢喜有人愁，虽然总体上热度不低，但也仅仅是相对圈子而言。

如果说这暂且只是小众的狂欢，那么接下来舆论的发酵就远远超出了本该有的事态发展。

导火索是一则爆料，有网友给某知名嘻哈博主投了稿，声称目击 FK

女友精神控制其做结扎手术，两人在医院大吵一架，不欢而散。

一开始压根没人信，就他这种"我天下第一"的脾性还能被精神控制？女神仙，是女神仙？评论区笑作一团，反而将重点放在爆料人身上，取笑他好端端去男科医院干吗？FK 在你隔壁床结的扎吗？还是你在他俩床下听到的八卦？

爆料人恼羞成怒，遂直接甩出实锤。照片里一对男女的外貌特征显眼到连维护他们的粉丝都暂时失了语，更别说还有 19 Hood 的两位在一旁作铁证。

粉丝蒙了一阵，很快又换了思路。人肯定是这俩人没跑，但爆料的真相性还有待进一步考证，心有不甘的粉丝又纷纷来到两人微博下求澄清。

媒体总能够精准洞悉网友的猎奇趋向，工作人员大半夜不休息，把"精神控制"和"结扎"往新闻标题上一摆，搭配上 Rapper 一词，劲爆程度直接炸出圈。

闻风而来的各路营销号迅速搬运，顺带把早前姜珀在妇科问诊的照片也挖出来，图文并茂，有意将节奏往男女关系混乱的方向带。

路人见势也一拥而上，嚼着他们的过往以供茶余饭后的消遣谈资，骂姜珀的言论不少，而事后事件主角之一的激情开麦更是为话题冲上热榜贡献了一把要命的力量。

里总草草翻了翻话题，再回到柯非昱微博的评论区，只觉头疼。

国内说唱圈次次都以反面教材出现在大众视野，从无例外，嘻哈歌手早成了烂人的代名词，不差这回，但柯非昱身处风口浪尖还发微博向网友宣战，显然是体内的冲动基因又在动荡作乱。

他柯非昱可以不在意风评几何，但这个圈子还有人要吃饭。里总是个合格的商人，公关手段他有，可比起如何把负面影响降到最低，眼下更重要的问题是如何强制性没收柯非昱的手机。

事情处理起来棘手，群消息一发，让所有能到场的兄弟全到场。一句话，天南地北随叫随到，哪儿来的都有。

工作室的门一开，烟气扑面，里总第一个看不下去："你搁这儿纵火呢。"

西别推推眼镜打圆场："压力挺大哈。"

柯非昱眼都没抬，手指在屏幕上噼里啪啦敲字："有事没事，没事滚出去。"

刘思戈挤开赵阙一屁股坐到红沙发上，摸了摸正吐舌哈气的野格："听说你要发歌，怎么还有时间和网友对骂？"

"谁说的。"柯非昱抬头，威慑力不言而喻，刘思戈下意识看了赵阙一眼，赵阙装没看见。

柯非昱一个人整日泡工作室，连家也不回，除了写歌就是录音，再不然就是不眠不休地放国外 MV 作品。他不吃饭不喝水，光抽烟，跟个人形烟灰缸似的。

赵阙路过几次，次次如此，见他异常极端的创作状态挺成问题的，于是就赶紧跟大家伙儿通了个气。

这情况，是真颓废。

"老 K。"西别没忍住，"看开点，别吊死在一棵树上。"

"吊死？"被戳到痛处，转椅向后冲，柯非昱从位子上腾起来，"我吊死谁了，啊？我吊死谁了？"

"干什么！"刘思戈站到西别身前，用半边身体挡着，"要打架啊？"

柯非昱向前一步，用行动证明。要打，得打。

里总站在中间，冲两头呵斥："都反了是吧！"

"哥你别拦。"刘思戈手指一转，指柯非昱，"老 K，你还就真别挑软柿子捏。西别好心好意劝你一句怎么了，你分个手我们连名字都得避讳是吗？我今天就偏说了，姜珀姜珀姜珀，你就吊死她身上了，要打我你有种朝这儿打，你打，你打啊！"

刘思戈脸红脖子粗，说着就朝前冲。

干这行的人都是暴脾气，里总加一个西别，两个大男人差点儿没拦住刘思戈急于干架的步伐。赵阙赶忙起身去拉另一个。

　　赵阙拉着却觉得不对劲儿,他怎么没动静啊? 再一看,柯非昱就站在原地,胸口剧烈起伏着,不进攻却也不躲。

　　柯非昱一双眼盯死刘思戈,一口气憋紧了,好半天才挤出一句:"嘴是真欠缝。"

　　"都闭嘴。"里总拉下脸,冷声再斥。

　　"就见不得这么窝窝囊囊的,大家都看你脸色多久了?"刘思戈继续质问他,"失恋的阴影还没走出来吧? 你要不要喝一夜酒发一夜短信再去球场淋雨打一夜没结果的球? 真奇了怪了,喜欢你的哪个女孩子不够漂亮? 要你柯非昱今天在这里要死不活地做痴情种?"

　　太敢说了,边上几人都提着心,刘思戈句句往心口扎。痛点被戳中,柯非昱整个人强撑的精气神瞬间泄光,蔫巴了。

　　"漂亮,都漂亮。"不堪重负地重复着这句话,柯非昱捂住眼睛狠狠揉一把,"但那不一样。"

　　刘思戈不信这个邪:"哪儿不一样? 不就是模特吗? 不就是高才生吗? 今天就带你去找。"

　　柯非昱默了好一阵,很沉的一句:"除却巫山不是云听过没?"

　　赵阙和西别互看一眼,异口同声:"太装了。"

　　"少装文化人。"刘思戈说,"你知不知道你和她分手的消息传开了之后有多少人拉我去各种饭局? 因为有我,就可能会有你,她们连这点胜算都要赌。你再看看你,什么德行? 你就这么输不起?"

　　"是啊。"赵阙审时度势地开口,"真不怪人说你不成熟,一言不合就跑去动手术,才谈多久就这样,我要是个女的我也被你吓破胆。"

　　"老K,先回去休息休息吧。"西别劝道。

　　里总板着脸,把柯非昱的手机从裤兜里一抽,警告他:"强制性断网,想好了再找我拿。"

　　"网内人"系列是R.K.L.S和美国艺术家Stephen Shaw的跨界联名合作。

作品将高科技的冷感和街头反叛的风格完美融合并加以重塑，探讨了虚拟网络对人类认知的影响。

秀场被红色灯线扯出的警戒线包围，诸多时尚和潮流界的专业领袖齐聚现场，在昏暗氛围笼罩下，R.K.L.S 的 Logo 散发出幽冷的夜光。

随着音乐声响，一束通天灯光直打在 T 台。超模 Stephen Shaw 着一身 3D 包裹式西装外套走开场，在伸展台的定点处接受特殊灯光照射。

下一秒，他前胸 F.A.K.E 字样的织物像素迅速被光线折射重排为 R.K.L.S，设计师正是通过这样的虚实变化来启发观众对当下网络时代信息的真伪判断进行更深入的思考，视觉效果令人为之惊叹。

人前显贵人后受罪，秀场有多光鲜精彩，后台就能有多琐碎忙碌。所有人在大秀前六个小时就开始紧锣密鼓地准备，工作人员忙完服装的熨烫又马不停蹄去检查配饰是否齐全、鞋履是否脏污，直到开场前一秒都还在确认各个细节。

后台满屋凌乱，但兵荒马乱中却秩序井然，造型师们围绕着各自负责的模特不断调整妆发以确保最后效果，摄影师穿梭于混乱中拍摄，设计师则和各方人员进行最后阶段的整合和推敲。

紧张，所有人绷同一根弦，导演团队的姐姐挥舞着造型单，此刻正被催促着排队的姜珀收到一条来自秦沛东的短信。

她匆匆看了一眼，内容是让她少看网络评论，有需要帮忙的尽管开口，话里话外颇有种终于守得云开见月圆的正室心态，很是不计前嫌。

姜珀见过他处理起视频的雷厉风行，自然分辨得清他此刻上心与否，态度能够这样自若淡然只能说明一个问题：事态的发展对他无关紧要。

秦沛东不在意她被舆论中伤得多厉害，而是她在大众面前的"清白"还在不在，所以实打实的亲密视频他看不过眼，但虚无缥缈的谣言他无所谓。

"咔"一声锁屏，她把手机递给助理。工作人员朝她点头，以眼神示意，姜珀深呼一口气，肩膀下沉，挺直腰背，迈步。目不斜视，她在光怪陆离的镁光灯下启动全部的腿部肌肉。

　　走秀的感觉太过神奇梦幻，她有条不紊地走在笔直灯带上，看台座无虚席，上百双眼睛盯着，即便脚踝处仍隐隐作痛，但她每个步子都踏得实。

　　姜珀这场被安排了两套样衣，一套造型需要在短短几十秒内完成，因此她几乎是在进入帘幕的下一秒就开始脱衣。

　　时间紧迫，整个后台都处于异常敏感的状态，性别意识在这里被模糊得彻底。只有效率，没有隐私，而幕后长久的准备仅仅为了台前精简的二十分钟。全体人员最后在灯光中集体亮相，设计师和艺术家上台谢幕，掌声雷动，持久不息，大秀完美落下了帷幕。

　　下秀后，灯光亮起，到场的各位大咖找到设计师交流合影，媒体到采访区开始进行各自的工作，而员工们则忙着整理清点衣物，挨个儿打包。

　　现场嘈杂混乱，有些模特妆都没来得及卸就赶往下一个试镜现场，实习生姑娘们在一旁叽叽喳喳，小声议论着不远处那些星光熠熠的名人，说没想到还邀请了 Rapper。

　　一个女生问是谁，有人说就是最近很火的那个啊，刚上过综艺的，就坐在看台第一排，一会儿还要去庆功宴表演呢。

　　姜珀心一跳，尚未回过神来，一旁新认识的模特朋友就撞撞她的手肘，问她要不要一起去逛逛隔壁的静动态展。她摇头婉拒了，换回便装走出后台。

　　时尚圈的水深，但能潜多深各靠本事。资源交换和人脉结识在这里发生，气氛仍然热络着，姜珀没多作停留。

　　一位西装革履的男人却突然拦住她的步伐，烫金名片被塞到姜珀手上，男人主动自我介绍："《Moom》国内刊主编。Cunningham，康宁安。"

　　姜珀摸着名片说道："您好。"

　　"拍过我们杂志吧？我印象很深。"衣穿人的，康宁安见多了；人穿衣的，少。

　　姜珀年纪不大，眼里却全是故事感，独特得令人过目不忘，所以他一眼就记住了姜珀这个名字。就像是刀剑折射出的冷光，清冽，傲得疏离，但你不感到害怕，因为你知道锋刃根本不屑落下，只是凛凛不可犯。

"有兴趣参加下一期拍摄吗？"

眼角余光一直有道强烈到无法忽视的视线，姜珀把外套紧了紧，康宁安看出她的不自在："现在不方便？"

"嗯。"

"那一会儿一起喝杯咖啡？"

"抱歉。"她露出礼貌的微笑，"我有一些私事要处理。"

"这样。"康宁安闻言点头，没挽留，而是侧身让出一条道，"改日再聊。"

夜幕低垂，习惯了一天的喧闹后街道相对而言静了不少。姜珀匆匆离开秀场，在就近的公交站歇了一会儿。脚脖的肿胀感渐渐袭来，是她用力过猛的后果。

她俯下身在脚踝四周按压着减缓酸痛，刚想凑近了去看瘀青扩散的伤势，正巧一道车灯从侧方袭来，巧是巧，但巧得晃眼，她不由伸手去挡。在眼睛逐渐适应了光线后，姜珀看到一辆保时捷911。

里头的人摇下车窗，丢下一句："上车。"

姜珀没理，看着刘思戈慢慢直起身，自顾自塞上了耳机。

挺傲的，有身段的女孩子不少，真正有资格摆的却不多。就这样难啃的骨头换作之前绝对是刘思戈最钟爱的那一款，但他现在没这个兴致，也不想多说，直接就原地熄火。敌不动我不动，比谁更坐得住。

公交站旁的几个行人用奇怪的目光看过来，可姜珀依旧未起身，一阵不动声色的对峙后，远处打来了新的灯光。

公交来了，就刹在他车后。他胆儿够大，依旧八风不动停在那儿，一副你不上车我不开走的架势，非常牛，厂牌祖传的无赖功夫。

姜珀终于舍得抬头看一眼他，刘思戈朝副驾驶座斜颔，再次发出邀请。她咬咬唇，绕过车头，拉开车门快速坐了进去。

刘思戈倒也痛快地一踩油门，车身飞速驶向前方，他开口的第一句话是："你是不是给他下了什么蛊了？"

"说点有营养的。"

"行，"刘思戈冷笑着，"看看吧。"手上操作几下，他把手机扔给姜珀，机身落在她腿面。

姜珀皱眉拿起来，入目即是柯非昱的微博主页：结扎了，自愿的，不用私信骂她，有问题直接找我对线。外加一句脏得看不过眼的问候语，坦坦荡荡的。

她被造谣已不是第一遭了，见怪不怪，也愈发金刚不坏了，只是姜珀难以抑制地在心里做了一个比较。

从前在学校被人戳脊梁骨的那段时日，莫须有的标签一个又一个往她身上贴，有多少爆料中的知情者和她打过亲切的招呼，姜珀不知道。

就在她为此失眠几天几夜时，感情里的另一个人却始终藏在风言风语背后一言不发，顶着"受害者"的名头任由这把火烧，烧到她彻底心灰意冷离开后再跳出来挽留一句"我不澄清是为你好"。

是的，也许不澄清，一切事态就都将随着时间的推移偃旗息鼓，何况分得这样难看，柯非昱作为前任没有任何义务去替她澄清，但他还是这么做了——尽管还是幼稚可笑，尽管还是冲动嚣张。

姜珀眼皮一颤，偏过头调整呼吸。

刘思戈太熟悉兄弟这个护短的毛病了："你告的状？"

"……怎么可能。"她连微博都卸载了，姜珀想起她曾在他手机上登过账号，估计忘退了，"他最近要发歌吧？"

刘思戈顿了顿："听说是打算发。"

这就对上了，柯非昱不是一个常上微博的人。他有超话，也有几个粉丝群，但他唯一的活跃时间只会是在发歌后，美其名曰"看看反馈，听听评价"。

早在上次闹矛盾时他就主动坦白过，说是电话和微信接连被她拉黑，迫不得已想到微博这条联系她的途径，顺手就看了几条私信。

姜珀的注意力重新放回他的微博，评论区里的人，大概也是知道自己骂不过，能大大方方数落她的不多，所以通通转化为惋惜口吻：不是之前那个 FK 了，变味儿了。

刘思戈转头看了她一眼，观察反应，姜珀的手指在屏幕上慢慢滑。

"我真挺怵你这种女的。"刘思戈说，"没心没肺的，玩完就甩，转头就能和别人好。"

"那我不一样。"姜珀放下手机，继续接他的话，"我就挺欣赏你这种男的，未知事实全貌也能挺身而出为兄弟抱不平。"

"损我呢？"

"夸你。"车内冷气打得足，姜珀摩挲着自己的手肘，"他没告诉你是他甩的我？"

"你差不多得了。"荒谬，刘思戈又看她一眼，"我还没见谁主动分手能分得这么狼狈的。"

确实狼狈得要死，柯非昱被强制断网的那天，哥几个就带着他出去透气。看起来是千杯不醉的浑样，但他酒量其实一般，平时悠着喝那都是他为了作弄别人给自己留下的余地。

柯非昱当晚心里可能特别不设防，几杯下去就秒进状态了，卡座里有人看不下去，随口说了几句，抱怨夹在里头，不太明显的帮腔。

柯非昱把酒杯随随便便往桌上一撂："她是我当宝贝追的，说她不值——"他眼一抬，"你是真觉得她太差还是在讽刺我太瞎？"

刘思戈摸着良心讲，对方的话也没说太狠。对方姿态放得挺低，要不是道歉道得快，这事儿可能还真没自罚三杯这么简单。

柯非昱浑身戾气，就闷头喝酒，谁也不管，发泄完了打算回巢，然而刚出门两步就狂吐，吐完直起身，他嘴角挂着血，把大伙都看愣了。还没反应过来去拦，柯非昱跟跄几下就摔了一跤狠的，被吓个半死的众人赶紧拉着他去医院报了到。

医生说他术后不管控，喝酒抽烟作息太差引起炎症是没办法的事，另外胃病的老毛病也犯了，吊瓶连着打了不少，看得兄弟几个都心疼。

柯非昱从小没父母在身边，靠老人拉扯大，没什么人管着，性子野。走江湖的时候年纪小，凭借一身好本事走到金字塔顶尖，团队乃至整个圈子都当他是灭口不见血的天神，愿意纵着让着。而天神如今却为情所困把自己折腾个半死，即便分手后也不惜代价百般维护对方，由不得外人说一句不好。

知道他从来都是真心换真心的个性，但不值当，这也是刘思戈没敢说出口的心里话。

"虽然我之前要过你微信，但朋友妻不可欺的道理我懂，就算是前妻，我也不欺，今晚拦你是单纯看不过眼你跟个没事人似的和别的男人谈笑风生。其实你要当真不给前任一点儿尊重无缝对接了我也管不着，我就嘱咐你一句，分道扬镳就分得彻底，离他远远的，别再耽误他，行吗？"

姜珀说行，很干脆。

摸上车把手正要开，车门"咔嗒"一声响，锁上。姜珀皱眉，刘思戈没回看她，把目光移至她阴影处的脚踝，又直视前方："被他知道我今晚就这么放你走，我是真的可能会被打死。"

"别端着了，导航输个目的地，我还赶着去庆功宴。"

姜珀沉默了一阵，指腹才触上手机身旁的键。屏保顿现眼前，一张合照不过两秒，画面震荡，跳出密码框，人脸不符，识别失败。

刘思戈还是想不通，摇摇头："他怎么就这么喜欢你呢？"

一声叹气，是真不值当，刘思戈一踩油门，驶入隧道。

黄光自上方打下，光圈不停旋转，刘思戈瞥见姜珀在发呆，再仔细一看，懂了，手机提过来往脸上这么一照，解完锁扔回去，催上一句："导航。"

可姜珀的思绪沉在照片里。

那是一张看得出年头的合照，像素差，熟面孔多，隐约看得出19 Hood单刀会已经初具现今规模。他蹲在中间的位置，那是真正的年少轻狂，翻飞的衣角，嘴角的坏笑，整个人意气风发得显眼，一边搭刘思戈肩膀，一边还揣只独眼小黑狗。

他基本没变，野格却长大不少。

说者无心听者有意，她叹气一声，惊动了记忆的毛边，惹得心头一

193

片痒——"为你守节的几年算我倒霉。"分手那天被她刻意遗忘的话语响在耳边，隧道排布的一道道灯光在眼前闪过，心跳开始加速，姜珀紧闭双眼，站在记忆的交错处，拼凑。

野格……因为我见过你……X市……它对你不一样……一种永不会消逝的费洛蒙……等多久无所谓……苦行僧……你妈管你管挺严……《Bound 2》……遮阳伞……

浮出水面的细枝末节逼近一个逐渐清晰的猜想，头顶呼啸而过的瞬间，她的手心出了汗。昏黄光线斑驳，迷离得仿佛时空隧道，姜珀的喉咙一时紧得厉害。遮阳伞，她也有的那把伞，落在哪儿？她头疼欲裂。

刘思戈没了耐心："导航，别让我话说第三——"

她不由分说直接打断："锁屏照片什么时候拍的？"

刘思戈一愣："……六七年前？"

本无意告知，但看着她那张严肃得不得了的脸，不知怎么就顺着说出了口。

车身穿过隧道尽头的一霎，光线消失，一切归于黑暗沉寂，刘思戈把换挡杆拉得懊恼，手掌猛地拍上方向盘："你家到底在哪儿啊？"

姜珀随口说了个小区，刘思戈把地址输进导航里，等送到了，也不管她进没进大门，掉头就撤。

长久紧绷的注意力分散了痛觉神经，这会儿放松下来，脚踝伤处传来的刺痛感激得她背脊浮起一层虚汗。姜珀勉强走了几步，最后实在撑不住，扶着墙在小区门口缓缓坐下来。

晚风吹过，颈后发凉。尽管清楚迟来的自省毫无意义，但她停不下内心疯狂的推演和复盘。假使，假使他在告白时如实相告，又假使时间回到分手那一日，他们会如何？

他们还是会交往，但对他保有的歉疚心理将在今后的相处中持续作祟，让她一次次背离原则为他的不成熟让步，事事失去立场，变得越来越不像她。

逐渐地，她会开始怀疑自己，怀疑他，继而怀疑当初在一起的决定是否纯粹,然后独自在理智和感性间展开拉锯,分手周期耗上个把月,把他糟蹋成下一个秦沛东的同时把自己也折磨得满心疲惫。

即使想通了,分手的症结仍在。她一早知晓也只会徒增优柔寡断,害人又害己,结局未必更愉快。不论他出于何种立场隐瞒了事实,但她很感谢柯非昱这么做。

姜珀重新叫了车,车窗外,沿途景色急速后退,一如她脑内回溯的风暴。

没想通的事,有,可即便有百种情绪亟须消解,有千种疑问有待回答,时间在继续,故事在轮转,辗转徘徊的无数瞬间里,一切早已尘埃落定,多说无益。

车在朝前走,她在朝前走。

人不靠感情过活,即便分了手,天也不会塌,地球照样自转,这世上没有谁离了谁过不下去的,爱再深都一样。后来S市下了几场或绵或疏的雨,又放了几天晴,或柔或烈,朝暮轮替,日升月落好几次,转眼到了八月最后一天。

厚积薄发,她长久的努力会被看到。

三分钟热度的舆情无法左右制作团队的判断,姜珀接到了某品牌粉底液的全球广告拍摄邀请,在飞往布拉格的航班上,她对着星罗棋布的灯火许下了生日愿望。

发脾气是本能,压脾气是本事。

在柯非昱出院前夜,里总第一次和他算了笔掏心窝子的"总账",细数团队这些年来前前后后为他兜过的底。柯非昱没反驳,没回嘴,全认下,还一反常态冷静地问,到底怎样的男人才算成熟。

低级乐趣带来的满足感往往短暂。

挖不出更多隐私的水珊珊时常感到无聊,她在去往中科院报到的路上途经S市,因而顺理成章和秦沛东约了顿饭。两人的交情全靠姜珀维系,这次也不会例外。

谈及遥遥无期的复合，水珊珊旁敲侧击地询问秦沛东是否还有挽留的筹码，秦沛东锁紧眉头，迟迟不语。

想不通的谜底总有一日会揭开。

麦宝仪还是热衷于闲逛各类论坛，但网友对八卦新闻的敏锐度比她强，评论区一句无心猜忌，才令她后知后觉姜珀决然提出分手和水珊珊搬离宿舍仅仅相隔一天的蹊跷可疑。

兄弟如手足。

刘思戈的两只宠物狗有了新的照顾者，自从综艺取得不错成绩后他很快成立了自己的服装品牌。往地上走的代价是忙碌，他越来越顾及不上兄弟们的邀约，可屏保仍然没更换。

念念不忘的终会放下。

丝丝和西别的意难忘演至尾声，听 Leon 说丝丝在工作中遇到了不错的追求对象，丝丝每天脸上都挂着笑。西别依旧冠着说唱诗人的名头，在 Morty 组的局里左拥右抱。风流会至死不渝，他比粉丝想象的更加滥情。

所以各有征途在望。

结束最后一场拍摄的姜珀连夜回了国。

广播在身后响，她踏着清晨的雾气走出机场，天气渐凉了，她把手藏进薄绒衣里，直到适应了一会儿踩在地面的实感后才从包里掏出手机，开机。

错过的消息太多，手心传来的振动不停，姜珀草草翻了翻，正想回复，一个电话登时拨过来。花两秒看清备注后，她把手机夹在肩上，边帮司机把行李箱放到后车厢边朝那头回："郑导，我也是新生。"

"我知道。但我听学院说，迎新工作你做了有三年了吧？"

是，有三年了。院里校里一有活动就爱拉上她，说是帮帮忙，理由总是多。姜珀踌躇几秒没说话，但耐不住对方盛情难却，她最终还是应承下来。

一手关车门，一手将墨镜捋到头顶，她打开微信的对话框，昏昏沉沉地敲键盘，给其他几位请她在社团招生帮忙的朋友表达歉意，而后划拉联系人列表，点入"老板"的聊天界面，打了一串字发送后，她摁下锁屏键。

手机放在膝上，她开始闭目养神。

两小时后，袁安妮穿着一袭鱼尾裙袅袅飘进玻璃房，见到姜珀时她正托着脑袋放空，很出神地往外头看，不知道在想什么。

午后阳光透过穹顶把人照得波光粼粼，有绿植墙作衬，隔着墨镜都能感受到这柔光的强劲，袁安妮刚想夸她一句气色好，结果墨镜才拉下一半就没忍住惊呼："你这是有多久没好好休息了啊？怎么和……"

打住，袁安妮咳一声："随便来阵风都能把你吹走。"

姜珀扶着额头翻菜单："时差问题，没倒过来。"

"那还不回去休息，非得现在约我喝下午茶？"

"没事。"

她一贯我行我素，劝不动，袁安妮干脆坐下。

"怎么样？"袁安妮把帽子摘下放一旁，"布拉格。"

姜珀点点头："上次听 Leon 说你在纠结下一季淘宝上新的拍摄地，那布拉格你一定喜欢，有很多好拍的地方。另外，巴黎街很好逛。"

姜珀从桌下拿出一个橙黄色礼盒，推了过去。

"给我？"

姜珀说对。

袁安妮心里有了个预想，抽开蓝丝带的蝴蝶结，翻开盒盖，入眼是一只包。这个款火得出奇，她去专柜预订了半年都没货，袁安妮当时就笑了。

"这么客气做什么？其实我争取再多也没用，广告商才是那个最后拿主意的人。"

"不单为这件事。"

"为这次暑假的工作？那以后还拍吗？"

"当然。"

197

"你要这么说，也许下周就能有活。"

姜珀抬眼，《Moom》，袁安妮抛出这个单词。

"听说他家这次的周年刊是铆足了劲儿去做的一期，很看重，大咖流量都请到了，不愁销量，但愁质量。现在这个模特市场你也知道，什么牛鬼蛇神都有，真能干的也就那几个，来来去去的，全是熟脸，所以他们想浪里淘金，新的金。"

茉莉花的香气投在鼻腔，袁安妮放下茶盏，看向她："内部消息，拟定的模特名单里有你。"

对视一眼，姜珀看起来并不惊讶。袁安妮很懂，挑挑眉。

"听说了？不会吧，我刚知道还没多久。"

姜珀用纸巾轻擦杯壁上的口红印，几秒过后，缓缓开了口："主编加过我微信。"

"Cunningham？"生意场摸爬滚打这么多年，嗅觉不是一般灵敏，姜珀前后不超十个字，袁安妮立即提炼出句意了，不加任何修饰的陈述句被直白地扔出来，"他喜欢你？"

"是吧。"

"直说的？"

"没。但他和我说第三句话的时候我就知道了。"

这话换个人来说袁安妮会不服气，会觉得你是什么人，哪来的优越感，但从姜珀嘴里出来就格外合理。太受欢迎的人都会有诸如此类的直觉，大概是示好见多了，什么来意，只消一眼就能分辨。

袁安妮问："你什么态度？"

姜珀摇了摇头。这个结果，在袁安妮意料之中。康宁安其人她接触过几次，是在一些觥筹交错的时尚晚宴上。

男人混点儿英国血统，个儿也高，在人群中异常显眼，但他立体五官中却有亚洲人独有的温润。

人是总部空降来的，当初不少高层不服气，也就一个月时间吧，整个杂志社从上到下变得服服帖帖的。不知道他用了什么手段，摆得这样平。

袁安妮猜测应当是他手腕强，他到任不到半年，杂志销量直接翻倍，成绩死死堵住那些唱衰的嘴。

康宁安今年不到四十，但他看人的眼光，绝对是超脱年纪的独到老辣。他手上资源多，是很不简单的一个人。

"你不想接？这是一次很好的曝光机会。"姜珀没吭声，袁安妮用一种"你还太嫩"的眼神看她，"想听听我的建议吗？"

姜珀抿嘴，袁安妮会意，接着说："你走得越远，自然有越多人喜欢你。"

"可我不想把工作和感情混为一谈。"

"没让你和他谈，做朋友就行。"

"做不了。"姜珀秒回。那些被追着骂"资源咖"的日子记忆犹新，姜珀往一个方向慢慢搅着咖啡，"那样很奇怪。"

袁安妮无奈摇头，人太年轻，总怕欠着谁的。

"他对你的好感和你本身的能力是两码事，康宁安是成年人，不会恋爱脑到拿杂志质量来充当追求女孩的筹码，他有他的职业判断。提携你究竟是为了杂志着想还是真的藏有私心，你也没必要非得分得那么清。

"男未婚女未嫁，他追你，没毛病，他愿意用资源捧你，更没有问题。《Moom》是国内顶尖的时尚杂志，国际上都接着轨，你想走职业的路，没有比它更好的敲门砖了。知道这次布拉格的广告机会怎么来的吗？就这么来的，国内四大刊之一，谁有它曝光度高？

"姜姜，无论你把他当模特事业的伯乐也好，把他当过渡恋情的跳板也罢，他愿意帮，你就受着。百利无一害的事，你得学会变通。"

姜珀静静听着，用叉尖戳了戳舒芙蕾，那儿塌化下一块软绵绵的奶油。

袁安妮趁热打铁，继续劝："工作都有层次差距，拍完广告再去做Fitting模特①？你愿意我还替你不值。机会不常有，搭搭顺风车，顶得上你多跑十个秀。"

袁安妮讲了这一通话下来，口干舌燥，却没得到回应。因为有点儿累了，也想给姜珀留一些回心转意的余地，袁安妮开始享用甜点。

等整盘慕斯消化干净，她才擦擦嘴角，想着考虑时间应该给够，才

①Fitting模特：指试衣模特，在大秀或拍摄开始前的试装模特，试装包括服装、搭配饰品、彩妆、发型等。

悠悠开口："怎么说？"

"再考虑考虑。"

当时袁安妮就知道没戏了，姜珀就是这样，有主见得很，她认定的事百分百不会更改，但出于自身素养她会认真听完建议，可事后怎么做又是另一回事。

给了面子又没给全的事不是一次两次了，通常来说，不听话的员工不受老板喜欢，但袁安妮看好她。或者说，时尚看好她。

要知道，模特绝不仅是生活在橱窗里的摆设，如果只为了展示成衣，衣架要比人完美板正得多。正因为模特是人，活生生的人，所以他们有情感，懂表达。好的模特是演员，他们能在快门定格的瞬间讲故事，无声胜有声，连服装也有了灵魂。

灵魂说起来太泛，太飘，他们一般用三个字归纳——表现力。

这个道理袁安妮懂，康宁安也懂。摆在桌面的策划案被来回翻了几页，模特名单里没见着她的名字。康宁安摇摇头，其实觉得很可惜，毕竟懂得塑造产品形象感的模特万里挑一。

如今业内更新换代极快，模特低龄化严重，多的是心比天高不愿为服装作配的心思，私下改妆、挑拣成衣……做尽小动作，年轻人不想着如何提高创作能力，只在意能否时刻展现最佳状态的自己，对这行连最起码的尊重都没有。

但他在姜珀身上看到了敬畏之心。对长相要求到近乎严苛的平模她能做，抛却自身脸蛋存在感只为衬托的 T 模她也能扛。不仅能扛，还扛得出色。

她的身高虽是劣势，但天赋高，领悟力强，这种人想走哪条路都不会差。抛开其他，康宁安对她有出于多年职业素养的高度欣赏，可惜了。

掌根撑住额头，姜珀的另一只手将笔夹在食指与中指间，一圈圈转着。

脑子里过了遍日程表，时间被反复计算安排，毫无转圈之地，沉重地叹了口气，挨个儿划掉了品牌方的名字。落笔很重，在记事本上的最后一行字都被打上大叉的瞬间，她的心情也跌到了谷底。

圆珠笔尾端抵着桌面下压，笔头"嗖"的一下弹了回去。声响不大，但在二人寝室中就另当别论。笔身在食指中指间游刃有余地转了一圈，姜珀在化妆镜里和身后的舍友米典对视一眼，后者迅速移开了目光。

开学以来袁安妮递来了不少合作，有几个甚至是她特别感兴趣的牌子，可课程和实验把她的生活挤压得不留空隙，多数工作机会都因档期无法协调而错过——很难碰上一个只在周末拍摄的团队。

姜珀不是一个会回头看的人，但每当这时，她就会特别怀念过去。

那些坐着高铁上下班的日子，那些在两市间奔波以寻求机会的日子，那些叼片吐司就能直接出门的日子，那段时期碰到的困难算不上少。

她印象很深，有次遇上早高峰，左等右等通不了路，担心迟到，她干脆下了出租车，扫了辆单车就往目的地赶。骑行几小时，面试几分钟，最后的结果是被淘汰，但连失落都来不及，她简单收拾一下，又继续赶向下一个试镜现场。

人人羡慕模特的光鲜，然而背后的辛酸却少有人知。

中暑的时候自己给自己扯痧是有过的事，试镜时被导演开着麦克风当众批评台步是有过的事，候场期间困到靠柱临时打个盹也都是有过的事。

盛夏酷热，动根手指头都嫌热的天气，她却得穿着秋冬棉服，不厌其烦地一遍遍摆造型。摄影棚的条件还好，最怕棚外，碰上恶劣点的拍摄环境，比如草地森林，被蚊虫叮咬都是几十个包起步。

是很苦，但因为热爱，就也算不得苦，而现况却是她连苦都吃不上。

循规蹈矩的在校日子过得平淡而忙碌，像忘加了盐，每一天都是复制粘贴。教学楼、实验室、宿舍，三点一线，生活照样充实紧凑，只是一个人从早忙到晚，再无绮丽疯狂。

如果不曾有过琳琅绚烂的极乐体验，平庸未尝不是生活的最好形态，可她已经见过更好更圆的月亮。

触手可及是爱，心中有惦念的人和事物，每天筋疲力尽睡去，再满怀期待醒来，在那之后都是缺陷，都是遗憾，都是不圆满。心理、生理，两者都是。

姜珀不会否认，她有时会想起柯非昱。

那段时间玩得过分了，柯非昱太能折腾，几乎把能想到的招数都践行了个遍。他言出必行，没有一个诺言被逃过。往往一看到她就兴奋，连眼睛都红了。

姜珀经常说他是狗，但见到她的他才最像狗，很大一只，热烘烘的，精力格外旺盛，喜欢摇头摆尾地黏人。

他总有手段讨人欢心，然后从她嘴巴里挖出些好处。姜珀提不起精神的时候他也听话，不瞎闹。

两人向来合拍，姜珀说不出口的话他有心灵感应，懂她皮薄，不要脸面的事他来做。

他每次都对她特有招，不说话，就光拿眼睛看着她，黑眼珠子里充满期盼。姜珀通常被看得没办法，他想要的她都会给。

柯非昱的有求必应甚至无求也应把她的口味养得太刁钻，以至于现在的诉求姜珀自己都难以对付且感到陌生。

花样是和他玩出来的，快乐的阈值也是被他拉高的，她只能自己勉强跨过这个坎。呼出一口不堪重负的气，姜珀疲劳地蹙眉，双眼望着帘顶的漆黑，失了焦。

这样
念念又不忘

白露一过，天气一日凉过一日，身体对气温变化的感知变得愈发迟钝，她总是有些疲懒的，提不起精神，尽打蔫儿。

姜珀在连续打了几记喷嚏后才意识到同屋早已收起了夏天的竹席，于是她特地腾出了一个上午更替床品，洗洗晒晒的同时也不忘将衣柜整理翻新。

寝室总有说不上来的安静，刻意维护着似的，呼吸都轻。

"那个——"姜珀抬头，舍友米典正小心翼翼看着她，"你的 T 恤，可以给个链接吗？"

开学了一个月，两个人平日的交流仅限于点头和问候，是个友好社交距离。她俩可以说是标准意义上的舍友，这一开口，她还挺意外的。而感到意外的绝不止姜珀一人，米典没料到姜珀这么好说话，下一秒就给她找衣服了。

米典有些惶恐，生怕没说清楚，半个身子都要从座位上探出来，用手连忙比画："就，就膝盖边上那件。"

姜珀把衣服取过来，摊开。

"欸对对，就这件。你介意发我链接吗？"

"不介意。"但姜珀很快又接一句，"但我没有。"

"啊……"

米典的手指悬在屏幕上方顿住了。表情说夸张是夸张，说自然也自然，下意识就流露出来了，没有任何矫饰的成分。姜珀看在眼里："如果你喜欢的话——"

她拎起T恤的两个肩膀："要不要识图看看？"

"这，这好啊！"

米典连声音都响亮了些，根本没来得及在群里汇报进度。

"你等等啊。"她争分夺秒打开淘宝，用搜图功能识别。

可惜宿舍光线不好，半天也识别不出来，她谨慎地请求："能不能稍微移一点点，光线不大好。再过来点，再，再往右——"来回几次，米典抱歉到差点开不了口，好在姜珀主动站起来找了个亮堂的角落给她，把衣服提着，米典再次受宠若惊。

"可以了可以了。"她赶紧说。

手机加载了两秒，查询结果跳出来。是个没听过名头的小众潮牌，只有一家海外代购在卖。衣服是限量不说，关键还是男装，撞衫的概率少之又少。原来还可以这样另辟蹊径，很特别，有格调。

穿搭思路一下被拓宽，米典从凳子上转回去，强装淡定把界面切回微信，敲了三行字到群里：啊啊啊！我向她要了！！！我跟她说上话了！呜呜呜！

群里迅速有了动静，长久的苦心孤诣就等这一刻了，各式鞭炮表情包齐放，其中有位发来了语音消息，米典点击播放。

"然后呢然后呢，美女给你链接了吗？"声音挺杂，姐妹一号估摸是在外头，收音效果不理想，像是从很远的地方传过来的，即便把音量调到最大也解决不了问题。二十六宫格跳出来，米典正想回复。

"没给。"米典疑惑转头，姜珀看着她，指了指耳朵。意识到发生了什么，米典的脸嗖地发热起来，不用照镜子都知道一定比猴屁股还红。

她默不作声把耳机取下，"咔嚓"关上，好半天才憋出一句："不好意思啊。"

"没事。"姜珀仍旧继续着手头的活儿，整理和挂放衣服的动作娴熟无比，挺专业的，像是做惯了，看起来根本没把这个小插曲放在心上，但米典自己尴尬得不行，打算说些什么来化解这种心虚。

米典想了整整一分钟："我还以为你挺难相处的。"

"我？"

米典点点头，讪笑："之前我都没敢和你说话，怎么说，你看起来就很——"

米典纠结着形容词，好不容易想出四个字："生人勿扰？"

姜珀第一次听人在面前这么评价自己，笑了一下："你刚刚还问我要了链接。"

米典更不好意思了，其实，链接不是目的，搭话才是。

关于姜珀的话题度一直高，同学们私底下都在讨论那些发生在她身上的事，可他们都是一群摸不到故事边缘的后来人。姜珀太神秘，他们没头绪，只有浇不灭的好奇心。姜珀对人对事礼貌有余、热情不足，虽然不至于拒人于千里之外，但总显得不合群，再加上她和时尚圈接触得多，看起来和他们阶层有别，老引得个别好事地向米典求证真伪。

米典没搭理，一方面潜意识不愿信，一方面确实一无所知，虽然两人共住了一段时间，却生疏得都没说过几句话。看得到摸不着，她想增进关系却不得其法，挺焦急。要链接这个建议是姐妹给的，说是只有女孩子才懂这种惺惺相惜，说米典要是觉得好看就大胆要，姜珀心里绝对高兴，给了血赚，不给也不亏。

"我做了很久心理建设才开口的，没想到你会给。"

闻言，姜珀冲她点一点头，那感觉淡淡的，米典觉得那意思大概是"这样啊"，所以她也点了点头，然后场子就冷下来了，再没下文。

不应该啊，按照米典二十几年的社交经验来说，对话应该接着"给链接"的话头继续的，姜珀理应问一句"为什么"，然后自己再顺着话题深入，从而自然而然地聊起天，但她偏偏没有。不是说这样不对，但就是——算了。

有点热脸贴冷屁股，挺难堪的，米典有点信了传闻中的某几条，以后再也不这样了。手机里消息一条一条振，催得不行。大伙"嗷嗷待哺"，都盼着她的实时转播。米典按捺下沮丧，打字：你们知道刚刚发生什么了吗？我以为我耳机连上蓝牙了，结果语音直接外放！

罪魁祸首一号还没出现，姐妹二号率先幸灾乐祸地发了满屏的哈哈哈，紧接着发来一条语音。谁那么傻还跳两次坑啊？米典这次学乖了，不外放，她语音转文字：美女怎么说？

怎么说？那可说来话长了。米典斟酌着用什么样的文字才能将自己过山车一样的内心独白描述到位，好久没打出字。

"米典，你可以帮我拿一下衣服吗？我不方便起来。"

"啊？"听见姜珀喊她名字，米典愣三秒。类似于"你没听错"的眼神抛过来，姜珀对她抬了抬下巴，指方向："那件。"

心才刚冷下，米典拖鞋也没顾上穿，匆忙就把裙子送到她手边。

"谢谢，扔过来就行。"

"没事没事没事。还需要哪件？"狗腿得有些过分了，米典后知后觉有些难为情，可要命的是她根本抗拒不了这种难为情的同时带来的兴奋感。米典很想走到阳台边，拿着大喇叭冲全世界宣布姜珀让她帮忙整理衣服了。她米典，独一份的。

蹲在姜珀身侧，她悄悄呼吸着，好香，这下是真心实意想求个香水名了。说真的，姜珀打开行李箱的瞬间米典就想问需不需要帮忙了，那么一堆她看着都头疼，但姜珀身上那股注重隐私的气场太强了，凡事都兜得住的气场也太强了，热心肠的话就这么被生生咽回，就怕冒犯了她。

不怪报到那天男生一窝蜂争着给她提行李，米典觉得她要是个男的，她也得追姜珀。姜珀什么都一等一地好，整个人往那儿一站浑身上下就写着仨字儿：有本事。没道理不喜欢。

正出神，姜珀又一次拜托她递东西，米典看都没看，抓起来就殷勤地递过去。停顿五秒，回忆着方才的触感，米典迟钝地发现："我们好像……同款包欸。"

同款，意味着审美一致。

米典秒回座位，在衣柜里翻找出一个包，急急穿上拖鞋跑到姜珀面前，喘两口气："是不是？"

姜珀还没说什么，她自己先比较了两眼，定睛一看，差别在一个显眼的 Logo。场面再次尴尬到米典只想原地把自己埋了，姜珀的反应倒很平常："流浪包的款都差不多。你哪儿入的？我下次买个轮着背。"

说完姜珀还指 Logo 给她看："磨损得太厉害。"

米典硬着头皮凑近一看，还真是，没想到牌子货这么不耐磨啊。急于从狼狈的情绪脱身，她顺着话茬儿就往下爬，把包面拍得啪啪响，假装真的在推荐："Z 牌啊，你完全可以买个平替。"

"有空逛逛。"

"正好我有件想买的内搭，要不要——"米典停顿，瞬间改口，"呃，算了算了。"

姜珀问她："怎么了？"

"我好像把你圆场的话当真了。"米典小声说。

姜珀被她的直率打败，笑出声："我想逛的。"

"真的吗？"

"真的。"

一时间兴奋和忐忑交替抢占大脑的主导权，面部神经错乱得厉害，好在姜珀没抬头，否则米典根本无法想象她当下的表情会有多滑稽。可话说都说了，左右不差这次丢脸，她索性壮着胆子得寸进尺："那我们逛完要不要顺便吃顿饭？或者你有没有想吃的，就当宿舍聚餐。"

"都行。"

姜珀回应得太痛快，以至于米典像做梦一样，没敢信，摆手："不能吃不用勉强的，有次我和我朋友在餐厅嗦粉，看到你在对面窗口打包轻食，就吃那么点儿，还是全素。她们都猜你这个身材是不是都不碰碳水。"

"碰啊，我又不是神仙。"姜珀再次回应。

再次被搭理，这个甜枣给得太大，米典抑制不住本能的冲动："你已经很神仙了！我朋友都问你怎么做到皮肤那么好的，我说别总想着不劳而获，你们能做到每天花两小时坐在桌前护肤吗？不厌其烦地，一遍又一遍按摩，你们能吗？"米典说得兴奋，好半天才反应过来把姐妹交代她收集八卦的事抖搂出来了，"不是，我们没……就好奇……正好我和你……她们就……"

姜珀抖了抖手上的衣服把袖子往内折，开口打断她的支吾："我皮肤是随了基因，好是好，但妆化多了容易过敏，不那么一遍遍去做不行的。你朋友闭口严重吗？"

米典已经蒙了："是。"

"她需要的话我可以推荐护肤品。"姜珀冲她笑了笑。

天哪，当时米典心里想，心脏快要冲出胸膛，但她还是拼命忍住，对姜珀重重点了点头。有太多的情绪需要释放，米典憋不住，只能将这种难以言喻的悸动转化为疯狂的文字输出。

那边指尖疯狂跳动，这边姜珀把最后一件不属于自己的 T 恤装进打包好的黑袋子。里头满满当当的，是一些本该尘封的回忆，她麻利地打上一个死结，而此刻米典也和姐妹们发出了最后一句"以后谁都不许说美女坏话"的警告。

"米典，你们青协现在还有捐衣物的活动吗？"

"啊……"

米典自来熟，聊了一次就有第二次，她循序渐进地，向姜珀讨教一些购物经，买东西的时候也会咨询姜珀的看法，让她给点儿建议。

这边新的关系联络着，那边旧的朋友也没断。

麦宝仪跨专业的基础不扎实，总和姜珀抱怨跟不上班里的学习节奏，姜珀问她打算怎么办，麦宝仪说想去蹭药学本科生的专业课。

姜珀觉得可行："去吧。"

"不去。一个人上课太孤独，没劲儿。"

"所以？"

所以姜珀没耐住麦宝仪的死缠烂打，在每周四下午多了一门课——一周去一次，持续了几周。专业课排在昏昏欲睡的下午两点整。

"咖啡因的成瘾特性教材里有详细表述，这边我再补充几点……"

姜珀发着呆，面前摊开的书本半天没翻页。麦宝仪凑过去看了眼，没什么知识点，就一个化学结构式，她用手肘顶顶姜珀，小声问："困啦？"

反应过来又想到了那个人，姜珀照着黑板上的粉笔字往课本上写了几笔。麦宝仪瞟她一眼，贴心地把她的书页翻到这几行笔记本正确的所在，又摇摇头："认识你这么久，第一次见你上课走神。"

姜珀拾起桌上的笔帽盖上，对麦宝仪说："以后我不来了。"

"干吗不来，课没意思？"想想也是，麦宝仪说，"是没什么意思，这老师就知道照着PPT读，有这工夫直接把文件发群里自学不是更省事，我们还能多睡一会儿觉。"

"不是老师的问题。"

麦宝仪疑惑，刚想转头看她表情，头转到一半，无意和前排几道视线对上。

第一次开课时，这群人顶着鸡窝头，踩着铃声来上课，他们猫着腰打哈欠，目的明确，直接钻后排，结果上阶梯时发生了追尾事件。

后面的人鞋被踩了，刚有些不爽，又撞上前一个："有病？站这儿干吗？"

但前头的人被这么问候也没动作，仍杵在原地。后面觉察到不对劲儿了，探头一瞧。姜珀的笔身优哉地转了个圈，几个人全闭上嘴坐到后排，三节课鸦雀无声。

第二次再见面，这群人明显上了心。发型精心打理过，人模狗样的，你推我我推你。

其中一个被撺掇几下，摸着脑袋踱过来，停在姜珀桌边，用食指和中指叩两下桌面："同学你好，可以认识一下吗？"

姜珀在等待网页加载的空隙中抬眼："你叫什么？"

"周竞。"

屏幕上品牌官网跳出来，她一边浏览一边回男生："只想认识我？"

这，这一看就有戏啊。舍友纷纷冲周竞挤眉弄眼，鼓励他一鼓作气冲一把，还兴奋地催："去啊去啊。"

"上啊竞少。"

男生看得出活到现在应该是没缺过女孩儿追的，得到这个回应不算太意外，发起攻势来本就信心十足，再加上被周围人这么一鼓动，胜券在握地挑眉笑："想让你做我女朋友。"

周遭的躁动已经压不住了，围观者嘴角的笑扬起，呜呼声蓄势待发。

姜珀也笑："抱歉，那给不了。"

麦宝仪这会儿穿着保暖的针织毛衣，但多少层防寒措施加一起都没能挡住后颈飕飕发凉，她悄悄用手肘撞姜珀："喂……"

可以拒绝，但不能这么拒绝。换作是她，大庭广众被来这么一下，一学期都抬不起头做人。后排一圈撑场子的兄弟你看我我看你，噤若寒蝉。再看小学弟，方才的游刃有余消失得无影无踪，只剩一张脸涨得通红。

麦宝仪摇头，替他算好了心理阴影面积，可事情却超出了她的预料。

小学弟有点儿门路，打听了姜珀的课表，下次见面就上道地喊了声学姐，规规矩矩又黏糊，跟块甩不掉的牛皮糖似的，净制造一些幼稚的偶遇。次数多了，他倒先在表白墙上出了名。

墙，捞一下 10 月 15 号下午在教学楼 B 的男孩子，队服写的 11 号，如果没有女朋友的话很想认识一下。

评论区一排队形，全都提到一个账号，统一口径：竞少牛啊！

幼稚的把戏。回过神来，麦宝仪找了个空餐桌放包，从姜珀手中接过餐具，聊点正经的："是他们上课老往后看搞得你很烦吗？"

"是啊。"

"这很正常。"麦宝仪见怪不怪，"男的都这样，喜欢只有一种方式，就是三百六十五度吸引你的注意力，能让你产生自我怀疑的，那都不是喜欢。"

每个人身边总有一位从未有过恋爱经历的感情大师，麦宝仪就是。

姜珀托着下巴笑："你觉不觉得他们还挺可爱的。"

两叉子生煎下去，腮帮子和仓鼠一样也阻挡不了麦宝仪参与八卦的迫切："有喜欢的？其实吧，周竞长得还不错，我之前留了个心，后来还真是他第一个来找你。"

"没有。"姜珀摇头，"但不影响我觉得他们可爱。"

"搞不懂你。"麦宝仪嘟囔着喝口汤，眼角余光看到什么，做了个手势，示意姜珀去看后头叫号屏，"你的沙拉好了。"

虽然接不到工作，但姜珀对一切习惯都照常坚持，时刻为可能到来的机会付出努力。

一顿饭下来，麦宝仪叽叽喳喳个不停，姜珀说你和我舍友一定聊得来。麦宝仪说真的吗，改天约出来一起玩，姜珀说好。麦宝仪摸着肚子打了个心满意足的嗝，打算回寝室躺尸，问她晚上什么安排。

"你说呢？"

一看就懂了，麦宝仪挥挥手："走了。"

两人在食堂分开，看时间也还早，姜珀不急着回实验室，饭后先在实验楼下散会儿步，消消食。空气氤氲着桂花香，微风带冷，吹动她的长发，她用手轻轻拨开。

一切都刚刚好，从这个角度能看到傍晚金光万缕的秾丽夕阳，油画色层层叠叠晕染开大半边天，治愈得恍若梦境，特别好看。

几个女生停住脚步仰拍天空，大概都在酝酿一条与风景相关的绝美朋友圈文案。姜珀不免俗，也拍了一张，转手就要往微信发。

一进朋友圈，张奕的小视频猝不及防就自动播放了。她愣着，没划拉开，但也没放大。一个人满为患的场景，热情的手臂在前排死命挥舞。

他看起来过得不错，红毛成了黑毛，轮廓锋锐如昔，人踩着音箱晃，麦克风耍得合心又称手，唱到尽兴时振臂一甩，水花四溅，台风燥得不行，炸天炸地的坏劲儿所向披靡。棱角犹在，天生此咤。

是的，他应该这个样子的，无牵无绊，少年人快意恩仇，即便世事变迁，也仍有拿一身江湖气去碰去闯的无畏勇气，横冲直撞，意气风发。

他要永远快乐，他要永远做自己。看来生日愿望很灵验。

姜珀再一刷新，这条状态顿时消失于眼前，她紧了紧风衣。

校园的沥青路铺满被秋意浸透的黄叶松针，踩上去松软窸窣。抬头望，壮丽山霞为渐燃的毛叶桦作衬，在这段天高云淡的日子里，所有人都在飞速成长，就连一向玩世不恭的张奕都有了想要为之努力的目标院校。

姜珀手把手带了他一年多，进步都看在眼里，如今他不仅科研能力提高不少，还学会了成年人的回避和同理心。

老实说，在物是人非的景色里，姜珀偶尔会想起水珊珊。早前还能从麦宝仪口中零零碎碎听到一些她的事情，后来没了，麦宝仪说是单删好友了，问过原因，麦宝仪摇摇头，闭口不谈，不知道她过得如何。

水珊珊曾指控过她一口气连发三篇普刊的可疑性，而她自己马上要发出人生中的第一篇 SCI 了。姜珀的导师韩明认为，发文章得讲究质量，那必然是有质也要有量，与其盲目发给三流刊物，不如等一等，把现有的实验成果再细化一下，搞票大的。

稿件她陆续都在投，恰好同个时间段发出而已。从来不是学术造假，而是她早有准备。至于推免资格，就算没有这些加分项，名额也有她的一份，水珊珊致力于给她制造各种不顺心，无非是认为被抢走了名额，偏离了原有的人生轨迹。

挺可悲的，厌恶感早就淡到可以忽略不计，如今姜珀只希望她能早日走出阴影。

"韩老师，您就在这儿停吧。"

雨刷器左右摇摆，韩明往外探了探头，侧方有家二十四小时营业的便利店，他问姜珀："有伞吗？"

姜珀身子已经出去大半，手仍扶在车门上："有的。"她弯下腰冲里头道，"回去后我把会议记录整理完再发您。我先走了，您路上小心。"

"好，你早点回校。"

姜珀点头，手在额前挡飘零交织的细雨，几步赶上了台阶，她推门进去。季节到了，凉气打颈带来的已经不是凉爽，而是冷战。

近处的热柜里有流沙包，还上了热腾腾的烤地瓜，香味相当诱人。姜珀目不斜视走到冰柜区，拿一罐酸奶。计算着今天营养的缺口，她顿住走向收银区的步子，转而绕向零食区。

脑子反射性给出几个备选，她蹲下身，一个个翻过去确认营养成分表，逛完两排货架，姜珀终于打定主意捎上一包鸡胸肉。本想走，她突然又改了想法，继续逛。

是这样的，导师韩明有个女儿，小朋友上的是 S 大附属幼儿园，在校内的，过去都是由爷爷奶奶负责接送，现在韩明回了国，那么任务自然就落到了他的头上。也正因如此，最近姜珀总能在实验室里见到她。

小朋友扎俩小辫儿，穿着制服和短筒小白袜，背着个小书包，小脸红扑扑的特别可爱。她年纪小，正是玩闹的时候，在爸爸的办公室坐不住，就时不时跑到自习室来找学生玩，哥哥姐姐一通叫，嘴甜会来事儿，大家都顶不住，争先恐后给她投食。

姜珀想买一点儿吃的在自习室备着，总不至于次次都给小朋友吃奶酪棒。她从小被管得严，不吃零嘴，挑起来都没经验，漫无目的地走着，却鬼使神差停在了一排货架前，意识过来的时候已经晚了。

从前他陪她来便利店买酸奶，总会顺手买一堆零食回家囤着。牙齿嚼的，舌头含的，全是齁甜的口味。姜珀笑话他，说穿得二五八万像要去炸场的样子就为了买袋小熊饼干，说出去谁敢信。

他不以为意，还变本加厉拿了一排旺仔牛奶："这是好养活，懂不懂？"

的确是只好养活的小土狗，胃很杂，怎么样都能过得开心。姜珀深吸一口气，抬脚刚要走。

"小姜？"熟悉的男声把她从回忆里拉出来，姜珀愣了一下，转过身。

"这么巧。"里总冲她露出一个笑容。太久没见那个圈子的人，男人这么一出现，她恍如隔世般，没反应过来。里总没半分尴尬，走过来熟门熟路拿起一排她刚摸过的白绿包装饮料，掂了掂重量，像在回忆什么。

"他爱喝这个。"见姜珀抬眼，他解释道，"我儿子。当然，他也爱喝。小孩儿就是被他给带的。"

姜珀不知道该说什么，扯了扯嘴角。

"你们做模特的应该不吃甜食吧？"

"少。"

他点头，相顾无言，气氛眼看着要陷入古怪，好在 IPhone 的三全音响起，打破了尴尬。里总划拉开微信信息，按着语音键对那头说话，让对方再等等，哄人的语气，一听就明白。姜珀浑身不自在，正欲和男人道别。

"KK 很喜欢你。"不管姜珀的惊愕，里总眼睛还停在屏幕上，翻着大拇指上下找表情包，找到一个可爱的发过去，才说道，"我算看着你们一路走过来的吧，所以一直有句话想问你。"

"分开是因为手术吗？"没有主语，单刀直入，杀了姜珀个措手不及。

男人个头不高，目光稍稍平视过来，姜珀感到一股压迫感，对视两秒，她听到自己的心跳声："……不是。"

里总颔首，手搭在零食架上来回敲着："但他确实太孩子气了，和他在一起会很累。那时老听说你们闹别扭，你应该也听过几个版本吧？说插足的、劈腿的，有鼻子有眼。次数多了，影响感情。有些话，你可能神不知鬼不觉就听进去了。"

"听几个小孩私下里交流过，说被你单删了。"

姜珀的心咯噔一下。

里总侧过脸，看着她的表情安慰道："没事啊，没事。"

"你可能不了解，在我们这个圈子里单删是件很要命的事，搞不好就是一场 Beef。要是两个说唱歌手的 Beef 闹人了，那就是两个厂牌间的矛盾。我听他们那么说也好奇，试着给你转账，发现你还在列表里。"

里总一面说，一面走到了收银台前排起队，他问："忘了删吗？"

他言语老到，几句话就轻松掌控了这场谈话的节奏。

姜珀的嗓子有点干："我和 1786 的合约还在。"

"理性是好事。"里总肯定她,而后抬眼看店员,"你好,一起算。"

"有的人就做不到这点。有的人,太重感情。感情不是一刀两断能切明白的东西,有时候'义'字当头,近墨者也未必黑,对自己人的底线总是放得低。我知道你和我们不同,应该很难接受这套理论。"

里总指右手大臂处:"见过他这儿的文身?"

姜珀不作声,是有过猜测,只是她自己分寸感强,理所当然不主动问及他人隐私。

"他和你说起过家里的事吗?"

"我不是很清楚这方面……"

"是他爷爷奶奶。"不在乎她是否想了解,里总自顾自答了,"爸妈不合格,他从小跟着老人长大的,他爷爷奶奶挺早之前去世了,他文在身上,留个念想。他那么在乎行头的人,身上文身的质量却参差不齐。"

"他有个文身师朋友,早年创业,他用行动支持,朋友技术还不精进的时候文了些乱七八糟的花臂,第二个是人头像,第三个是厂牌的花样,他身边是没缺过兄弟,但那总归不同。

"我们能找的乐子他不愿意,我们劝不动,就随他去了。虽然你们……没可能了,但该说的还是得说,否则我都替他委屈。这么些年,他自己一个人过的。"

里总结完账,把袋子提给姜珀。姜珀愣愣接过,跟着走了几步,里总推开门,她的长发被带雨的秋风扬起,里总看向便利店的玻璃窗:"不一起走吗?"

她跟着视线转了头,窗边,周竞吃着芝士火鸡面,嘴角流油还不忘隔着热腾腾的蒸汽伸手打了个招呼,看样子他是来蹲点的。

"我自己回。"话出口后,姜珀也没明白自己为何要对里总划清和周竞的关系,"不是一起的。"

"这样啊。"里总不甚在意,"没带伞吧?"

里总说完递给她一把,姜珀低头一看,是他刚买的。男人手机响了,于是对她说:"那你自己路上小心。"

The Fifth Part

国内的厂牌说是厂牌不如说是 Crew（团体），一群志同道合的朋友聚在一起，看着像拉帮结派，实际上当然也是，但这种拉帮结派有江湖义气在，圈外人难理解，注定属于小众文化。

Morty 作为厂牌制作人，外头的活儿接是接，但自家人的事儿一定摆在第一位。Cypher 是大事中的大事，是对外展现精神面貌的，他很看重。Beat 他在初秋那会儿就做完了，柯非昱最早交了词，录音那天 Morty 正好监棚，一听完，转头就往群里发消息："老 K 蛮凶。"

确实凶，他要狠这么多年，功夫全在心里，发出来不知道要被多少人当作教科书反复钻研咀嚼。柯非昱是老手了，开头就放招，而且是大招。那调子太拿人了，他特别懂怎么抓人耳朵让人跟着拍子走，有自己的特色腔调。

技术流的天赋选手，光凭俩韵母就能从头跌宕到尾，一气呵成到不给人喘口气说牛的机会，等被腔调秀一脸了听者才反应过来。厉害啊，所以没别的，就是帅，整个 Cypher 的调性在他这儿就定下了。

MV 拍三个场景，光天化日没情绪，烘托气氛都靠黑夜，第一场拍摄地是商圈，十几个人站着，背后倚仗万丈 CBD，近处举全厂牌之力，狠货依次排开。

围观的路人不少，大家都好奇，但迫于一种骇人气场又不敢随意靠近，隔五米远远看着，琢磨拍什么呢。

在距离约定时间还差半分钟时，打头阵的柯非昱到了。十月底的冷空气杀来，他还不慌不忙活在另一季：薄夹克叠着白色连帽卫衣穿，松垮垮的，他拎拎衣领，半缩着脖子，手边拖个行李箱游荡过来。

当时所有车屁股组了个圈儿，后备厢打开人往里头坐，就等他一个。

里总眯着眼睛抽烟，没说话，Morty 把他的车钥匙扔过去："听说你演出七点结束，现在几点？十点。飞机就一小时吧？"

柯非昱拉了口罩坐下，一手接过钥匙一手把帽子摘了，把压塌的发型抓起来，答道："两个半小时。"然后才纠正他，"高铁。"

赵阙揉揉耳朵，问对面骚红法拉利里的西别："他说什么呢？"

　　几个人呆呆的，你看我我看你，不清楚是什么情况。倒是头脑最不灵光的赵阙先领悟了，说："老K，你就算提辆车也不至于消费降级成这样吧，缺钱花吗？"

　　"不缺我还用跑商演？"

　　Morty"啧"一声，嫌弃地从脸上摘下赵阙喷出的瓜子壳，弹回去，转头问里总："哥，你俩常一块儿上山你肯定知道，他这个症状多久了，不行的话就送医院吧。"

　　柯非昱伸脚就要踹。赵阙到这时已经不惊讶了，想得很明白："没事，欠钱没事，你说个数，我回家找我爸要。"

　　里总赶紧叫停："好了好了。人有持家的想法是好事，再叽叽喳喳误会下去，待会儿他把暴脾气炸起来谁都拦不住，边上都是人看着，你俩还在这儿闹，像什——"没训完的话被遥遥传来的爽朗女声打断了。

　　"还真是你们啊。"

　　几个人转了头，同时"嚯"一声，喊安妮姐。

　　里总招呼她："打哪儿来的？"

　　"刚在商场听人说这儿豪车一字排开很酷炫，你们不是说这几天要拍MV吗？我寻思过来碰个运气。这不，巧了。"

　　西别看她两手空空："一个人逛？"

　　"不逛，来踩点。"

　　"踩什么点啊？"赵阙问出口的下一秒，柯非昱剥了颗喉糖扔到嘴里。赵阙这人怎么什么都好奇。

　　"喏。"袁安妮用手指后头广场，"看看广告在哪儿播。"

　　见赵阙疑惑，想继续往深了问，袁安妮也不吝啬，反正是熟人，只是出于某种恶趣味心理，她先往柯非昱那儿望一眼，笑道："能说吧？"

　　一句话三个字，附近看不见的耳朵立马转了方向。明面上找不到端倪，该调设备的调设备，该开玩笑的开玩笑，大家嘻嘻哈哈各做各的，一个都没往这里看，非常有默契。三秒后，柯非昱耸了耸肩。

　　赵阙在第四秒条件反射般抓一把葵花子递过去："嗑瓜子吗姐？"

"嗑。"

庆幸得此回应，赵阙赶紧把兜里的瓜子都贡出来："给，都给你。"

吃人嘴软拿人手短，袁安妮笑嘻嘻地拈起一颗就要往嘴里送："你有求于我啊？"

尖壳抵唇，夜风呼呼，袁安妮这才后知后觉里头讳莫如深的猫腻。

是听说过柯非昱要死不活的，她也亲眼见过，是硬被拖去饭局的，看见他整个人浑浑噩噩，人在神不在，如行尸走肉。

因为年轻，分个手跟丢了半条命一样，垮了；也因为年轻，恢复得快，后来该发的歌发了，生活重回正轨。

魅力没耽误释放，酒吧夜店照样有他玩世不恭的身影，偶尔兴起他还会到 DJ 台上玩玩，底下就一阵一阵的骚乱。

安保很难展开工作，柯非昱特别招女孩儿稀罕，还是不羁，还是自在，从没被伤过心，一身的骄傲。但现在，袁安妮摸出点名堂了，到底因为年轻，面上藏得又好又周全。

"她的名字不能提？"来这么一句后，袁安妮用肩膀顶一下赵阙，"K子都没什么反应，你那么紧张干吗，好像是你和姜姜有过一段似的。"

Morty 说："你们分了有几个月了吧，她长什么样我都忘了，哎呀 K 又不是被抛弃的流浪狗还眼巴巴等主人，婆婆妈妈的，像什么话。"

西别用中指扶眼镜，咳两声，看柯非昱的眼色："应该不会的哈，夏天那会儿谈上的，现在都冬天了。"

兜里的烟已经掏出来了，柯非昱用手挡风打火，见四下都在等他反应，他先笑一下，Morty 见状也笑："是吧？我看那女的也没少谈。"

"你又知道了？"柯非昱眯着眼看 Morty，问了这一句，烟吸一口，呼出来。

Morty 觉得莫名其妙："这么认真干吗？我和她不熟。"

烟雾在他嘴边飘，虚无缥缈，只余一点红光在手里悬着，目光没收回，盯着。里总看不下去，给袁安妮使了个眼色。袁安妮收到了，也意会了，却装没看到，觉得挺有意思。

"问我啊，我和她熟。是没听说有男友，只知道有个主编条件挺不错的，混血，撵在她屁股后面喂资源，不知道能不能成。不过上次公开了恋情就被网暴，兴许她这回吸取教训转谈地下了。"

一转头，袁安妮以过来人的口吻继续和赵阙说话，语重心长："赵啊，分手充其量就是刚分的时候难受，几天过去就好了。你说说我们姜姜，今天分手明天就拿下广告，旧的不去新的不来，听没听过这个道理？大家这条件，都不缺人谈感情，姜姜你不知道，K 子你总不可能不知道什么行情吧？别把人想得那么不干脆。"

"那我还不是怕……"

"怕什么？"柯非昱截住话，他叼着烟从后备厢跳下来，走过去从后头用双手压赵阙双肩，凑他耳边说话，"你看我像有事的样子吗，啊？"

真没事，他揉两下筋松两下骨，笑着闲闲走开了，但也没走太远，就在一旁拍花絮的摄影机边上停着摆弄。

可不就是……有事吗？赵阙看着他的背影默默嘀咕，没敢说："你没事，你很好。你多好啊。"敷衍完，赵阙扯来一件外套穿上，快十一月了，这大晚上的真冷。

袁安妮制止他："穿衣服干吗？脱了。穿这么多拍什么 MV？"

"我冷啊。"

"冷也不能穿，要想出效果这点自我要求没有？你也不看看我公司哪个女孩子不比你能熬？二十几岁的小伙子，身体虚成这样，学着点吧。"

赵阙被说得一脸丧气："学学学。"

"算了。"袁安妮见他哆嗦得厉害，好心给个台阶下，"也不是非熬不可，总有特例。"

赵阙嘴皮子向来比脑子快："什么特例啊？"

"姜姜咯。"

赵阙下意识就看柯非昱。他云淡风轻的，不知听见没听见，手插兜里，吐了一个烟圈，一切正常。但太正常，才不正常，目睹过当天那阵仗的人没人能不后怕。

吵得那样凶，两个人放起狠话的架势吓人，什么疑似怀孕疑似劈腿，听那动静，搞不好还动了手。赵阙晕血，所以记得格外深。

里总，平时老拿主意的人，现在都不出来主持局面，大抵也是心有余悸，全场唯独袁安妮看不清形势，还在面前絮叨。

"人家又不是全职的，要上学，档期相撞就没工作了，不过也挺好，至少不用受冻。你说大冬天的还得露着腿多受罪，现在还感觉不到，等上年纪就懂了。"袁安妮说着指了指肚子下方那块——宫寒，她二十出头时为了拍摄也拼过命，落下老毛病。

赵阙根本没仔细听，嘴上用嗯嗯啊啊的语气词糊弄，脑子里想的全是如何脱身，再不济让袁安妮转移话题也行，逮着他一个人聊，心里不舒坦，老觉着毛毛的，过意不去。

"导演。"

掌镜的兄弟是大家玩很多年的朋友了，平时也玩点说唱，是圈内人，被柯非昱这么冷不丁一叫名头，太客气，直接愣了。柯非昱朝手腕上的表盘哈口气，擦一擦，朝人抬眼。

"什么时候开拍啊？"他脸上没表情，淡淡的。

刘思戈接完电话回来正好听到这句，他隐约察觉出气氛的不同寻常，扫视一遍，大家各司其职，都筹备着手头拍摄，没见着端倪，就也走过去，跟着问了一句怎么还没开始。

"啊，那，那准备好了就开始吧。呃，灯光师呢？灯光来一下。"

听够了，就等破冰的这一刹，一声令下，大家全塞塞窣窣动起来了。

"回来了？"刘思戈走过去，"品牌供应商那边——"

"他妹是你歌迷，爱你爱得不行，三天两头找，我理由都要用光了，你再想几个。"

"想个什么。今晚走起。我请。"

"真的假的？"

"玩呗。"柯非昱甩着打火机，火光明明灭灭，"多叫点人来，多了热闹，那个谁，看他朋友圈忙好几天了。"

"谁啊。"

"就那谁，他合伙那品牌上新忙差不多了吧。"

刘思戈觉得有哪儿不对劲，偏偏三言两语说不上来，想了想，还是没想明白，多看柯非昱几眼。

"你还是注意点吧，少逞强。"

气温一直都在降，最后一场秋雨过后，温度一降起来就收不住。一夜之内，校园内涌出不少穿棉服的同学，所有人不得不承认冬天真的来了。

天气冷到姜珀需要围上围巾保暖的那天早上，她在实验楼下见到了周竞，他蹲着打游戏，搓搓眼睛，还浑浑噩噩着，困得直打哈欠。

不知道是第几次的偶遇了，周竞毫不遮掩的追求闹得课题组上下都知道，连韩明都打趣过她，说小伙子很执着啊，下雨还来。

姜珀看周竞一眼，没停留，径直从身边走过。目标人物出现，周竞醒了大半，起身跟上她脚步，并肩走的同时递给她袋子："带着吃啊。"

她走得快，不搭理，周竞急了，下意识一把拉住她："姜珀！"

姜珀淡淡看他一眼。周竞老老实实地叫道："……学姐。"

她的视线继而下移，停留在被他抓住的手臂上。周竞抖一下，松了，而姜珀继续往前走："我说过我不喜欢这样。"

"哪样？"周竞摸摸脑袋，看手里热腾腾的早餐，挺无辜的，"你不吃的我都没买，无糖豆浆和鸡蛋金枪鱼三明治。都是轻食，吃不胖。"

小把戏太幼稚，姜珀看透不说透："别再把时间花在我身上了。"

见她不吃装傻充愣这套，周竞终于正经了一点儿："嗯，这是我的事。"

"是你的事没错，可是这样很没意思，我对你没感觉。"

"感觉可以慢慢培养。"

"培养？"姜珀停下来，"你在一厢情愿什么？我说过不止一遍了，你这样总来堵我让我很苦恼。我最初觉得你挺可爱的，别把我对你的好感耗光，行吗？"

"不行。欸！学姐你别走啊。"

"我不走难道要在这里继续接受你的死缠烂打？"姜珀的话说得很不客气，但周竞竟然没觉得多生气，最多只是懊恼。

坚持有一两个月了，对方还是这么油盐不进的，连微信都没能加上。从小到大，他的情路一直顺畅，喜欢谁，对方不出两周就能喜欢回来，他没受过挫，昂着脑袋，难免不服气："外面追我的女孩很多。"

"所以呢？"

"所以我不知道你为什么这么抵触我。"

外头寒风直刮这边还堵着不放人走，姜珀闭了闭眼。这神态放周竞眼里显得格外怅然若失，加上一些耳闻过的传言，他不由志忑起来："是不是我长得像你某个前任啊？"

姜珀无奈："多看书，少看狗血剧。"

"你心里有人吧？"

"有我自己。"姜珀说完，伸手按了电梯键。

周竞的反应也迅速，连按两下立马取消楼层："就算有人我也能等。"

明明已经二十出头，五官都长开了，可心智还是个小孩儿，不把话揉碎了喂给他，他就不会意识到问题所在。她抱臂，转过去直面他："那你能等多久？"

周竞一下被问住，但不以为意："就，很久啊，反正肯定会等到那一天。"

"你还挺自信的。你喜欢我什么？不过是见过几面罢了，看脸的感情走不远。小时候大人不让干的事干起来特别有劲儿，你现在就处于这个叛逆的状态，说不上多喜欢，但就是不信邪。"

睨一眼他手里的东西，这家店姜珀知道，很出名，挺远的，不提供配送。

"今早冷吗？以后你还会有更多个心灰意冷的时候。周竞，你执意要啃硬骨头我拦不住，我只是丑话说在前面。成功了我恭喜你，失败呢，你做好准备了吗？我想你多少有感觉到，追我绝不是念念不忘必有回响的一件事，花在我身上的时间和精力都不会重来，食物有很多，啃骨头也许是天性，但饱不了腹。利弊我说完了，值不值得你自己掂量。"

周竞被噎得说不出话，姜珀面不改色继续看着他，好半天他才憋出一句："你说我是狗啊？"

"那我换个比喻？"

"别换了，还挺通俗易懂的。但这些话我得消化一会儿，学姐。"

姜珀点头，第二次触上电梯按钮。

"等等。"周竞把早餐塞到她怀里，小声道，"我不吃这些，你不收我也是扔垃圾桶。"

姜珀手心一阵热乎——都还是暖的。顶着寒风去买也算是有心了，姜珀说"谢谢"，看了眼手机时间，提醒他："你现在回去还来得及睡个回笼觉。"

周竞怔怔地点了点头，转身离开，只是走三步回一次头，多半还沉在那番话里没缓过神来。姜珀没再管，收回目光，看着眼前的红字不停往下跳动，即将跳到"1"时，手机屏亮了。姜珀一看，是袁安妮发来的，她往右划开，聊天框顿时弹出来。

姜珀能主动打回家的电话不多，有事基本上只用文字沟通。

一听女儿有事要讲，姜云翡感到意外，虽然不清楚她的用意，但还是照她的话，下班后没回家，而是驱车前往常去的商场。晚风呼啸着将衣服的大毛领吹散，姜云翡走入旋转门，刚抽下皮手套，脚步却被迫停下。

面前超大的 LED 显示屏正在循环播放广告，悠扬的琴声响起，城堡群高耸的塔尖有群鸟划过天际。画面迅速下沉，布拉格广场鸽群飞起的瞬间钢琴主旋律的强拍落下，配合电影感慢放的是便衣舞者的延伸旋转。

落叶飞舞，琴声的自然滑长中，柔与力交织，镜头从立起的鞋尖向上扫，带过舒展的肩背。再推进，秋阳为她的后颈镶上金边，乐声骤停，她回眸落下一瞥，微笑，白天鹅的眉眼清冷。只一秒特写定格，紧接着是一段急促的柱式和弦，她踏着轻重奔跑，踩着急缓跳跃，镜头继续闪，舞步即兴。她昂着头，修长的手臂飞扬再沉淀，直直往日出尽头奔去。

阳光，笃定，自由。来自女性独有的坚韧力量，感染力极强，看得浑身都暖了，几个路过的女孩不由为此驻足、屏息。广告里的舞者，姜云翡再熟悉不过，软开、竖叉、跪脚背，路人感叹的优雅体态，哪一样不是她亲自盯着走过来的？现在全搬上了大屏幕。

素人想要一夜登上贵牌化妆品广告的可能性微乎其微，唯一的解释就是姜珀私下筹谋已久，而自己一直被蒙在鼓里，简而言之，欺骗。

理智将她勉强钉在距离姜珀电话里指定专柜的五米开外，从来说一不二的权威受到了前所未有的挑衅和威胁，愤懑和震惊交织成难以平复的盛怒。

怒火攻心，姜云翡按捺住时刻要爆发的冲动，疾步回到车上，门一关，电话拨过去，不待姜珀开口就厉声质问她究竟何时拍摄的广告。

终于等到摊牌的这一天。姜珀没有正面回答，她深深吸一口气，顿两秒，像早已排演了数千次耗尽了情感，语气没有一丝该有的起伏："妈，我想做模特。"

想过被否决，很没得商量的那种，彻彻底底，这都是姜珀意料之内的。可否决还不是最后结果，姜云翡开始清算被姜珀蒙在鼓里的账。

姜珀听着头大，以实验室不方便为由挂断后，姜云翡又连环轰炸了十几个过去，姜珀只好关机。

没得到想要的答案，通讯录一长列拉下来，姜云翡精准找到字母 D。

麦宝仪瞥见姜珀手机屏幕显示的来电备注："不接？"

"不想。"姜珀嘴边呵出的气聚成一团白雾，她说着就把手机扔兜里了，毛呢衣角随之轻轻一坠。麦宝仪看着她的动作，进行一个相当合理的推测："阿姨能打给我，肯定也能打给他。"

凉风呼呼吹过，发丝被扬到脸颊，姜珀两处虎口都圈着保温杯腾不出手去将，稍侧身，轻松避开侧风向的狼狈："光商量没事，怕就怕他再提其他的。我不想听。"

电话持之以恒地响，和拨号人一样，很执着，闹腾。

姜珀伸手进口袋，一摁，声响消失。麦宝仪看在眼里，"啧"一声，跺跺脚，冻得不行："有件事我一直想问你，你不想说就当我没问过。"

姜珀转头，示意她继续。

"秦沛东是不是对水珊珊动过歪心思？"麦宝仪补充道，"我猜的。"

"他是没。"

麦宝仪立刻就心领神会了："就，水珊珊有呗？"

姜珀没回应，低头用鞋尖蹭了蹭地面。麦宝仪心下有数了，劝她："接吧。老实人急起来不得了的。"

姜珀抬眼的同时挑眉："他什么时候成老实人了？"

麦宝仪撇撇嘴："反正大概就那意思。他是公认的好人你没意见吧？连阿姨打电话查你岗的时候他都在帮你各种扯谎打掩护。好人，好到没底线就是老实人了。当然，他没担当的那笔账我还记着呢，但我就是觉得吧，分手了还能在你这儿耗这么久，说白了我觉得有点儿病态，你没必要惹毛他。再说了，他这不是想和你商量吗？"

麦宝仪分析得不无道理。两家人关系摆在这里，抬头不见低头见的，顶多冷淡，必要的交流她躲不掉。

姜珀没想惹毛他，秦沛东从前的实习基地在她实验室楼上，留下的人脉多，许多事都能夹杂在关心里被他问出来，很不经意间稀松平常地随口一提，绝无旁的意思。

其实自她和柯非昱分手后，秦沛东的打探就已经没那么勤了，仿佛柯非昱才是那个心头大患，解决完他，其他的他根本不放心上，所以才能毫不避讳地聊起她的在校日常。

但她不舒服，被人事无巨细知晓的感觉很差，姜珀逆反心重，这口气顺不过来。

正犹豫该不该接，前方跑来一个熟悉的身影，呼哧呼哧地大喘气。张奕看到她俩站电梯口，感到奇怪，两声"师姐"叫完才问："这么冷的天，不上去吗？"

麦宝仪让他少管美女的事："你匆忙去哪里？"

他开开心心摇着手中的包裹，很薄，很轻："驿站啊！"

包裹上的快递单明晃晃在麦宝仪眼前飘着，她捕捉到一些字眼："票？

什么票？"

张奕的神色不太自然，看一眼姜珀，挠头："就……票呗！"

难解释，他把快递揣进棉服，伸根指头按完了电梯键，搓搓手："那我就先——"

手机铃声大作，张奕的话被倏地打断，循声就往姜珀大衣兜里瞅，确定声源后去看她的反应，见她置若罔闻，他满脸问号："不接吗？"

麦宝仪也在看她。姜珀吸吸鼻子，拿出手机附在耳边接了，内容比她想象中的简短。秦沛东算有轻重，没扯其他有的没的，开门见山就问了一句他要怎么应付。

"随便。"

"什么叫随便？"他想过了，事情败露，按理来说她是最着急的那一个，然而她给的反应却平静地出奇。

"就是你想怎么说就怎么说。"

行吧，秦沛东没再说话，给了姜珀一个地址："阿姨说，晚上一起吃顿饭。"

姜云翡到站时秦沛东正好下班，他自告奋勇去接，本打算从机场拐到学校捎上姜珀，但姜珀拒绝了，说她自己会去。

几小时后，三个彼此许久未见的人就在日料店的包厢里碰了头。盛怒的情绪经过几个小时的飞行已经沉淀不少，姜云翡盯着姜珀脱鞋、进门、放包、坐下，低气压持续了整整一分钟。

包厢里一片沉默，原木门外囊囊的木屐声都听得清晰，叫人特别喘不上气。气氛逼近窒息的冰点，姜云翡开始发问："什么时候开始的？"

"大二。"

"假期不回都是在做这个？"

"不一定。"姜珀答得严谨，"有时候是。"

"这个暑假你告诉我在学校做实验？"

姜云翡不拿秦沛东当外人，与其说是在了解来龙去脉，不如说是在拷问重刑犯人。

　　"我说谎了。"姜珀认了。话音刚落，姜云翡看向秦沛东，冷哼一声——这位是帮凶。帮着糊弄长辈，他一丝不苟，勤勤恳恳。女人不怒自威，秦沛东低头夹了片蒲烧到姜珀碗里，不吱声。

　　鲷鱼汤没喝，鹅肝寿司没吃，刺身拼盘没碰，从头到尾姜珀连筷子都没举起过。她垂着眼，但脖颈直着，态度硬，问一句，回一句，秦沛东险些都要怀疑身侧坐着的还是不是那个一向在长辈面前温顺的她。

　　握着的茶杯一紧再紧，乌龙茶不作声喝下去几杯，心口的火还是去不掉，姜云翡最后问了一句："书不读了？"

　　并不陌生的问题。下午接到姜云翡的电话后，麦宝仪就着急忙慌跑到姜珀实验室找人，而在得知姜珀是有意为之后，麦宝仪简直惊诧得不成样子。她不反抗是不反抗，一反抗就……搞起义？

　　老天爷没给她勇气，至于上不上学姜珀没想好，她只是觉得坦白后她至少活得不用那么累。

　　姜珀从包里掏出一本作品集，转了个方向，朝姜云翡推过去。姜云翡强忍头痛，一页页翻动起作品集，那些被记录下或微笑或忧愁、或沉思或悲伤的瞬间，都是她不曾见过的模样。

　　她承认，这些照片从构图、色调到表现力都完美得无可挑剔，是艺术，只可惜模特是姜珀。露肤面积大幅，拍照姿势大胆，这样具有冲击性的画面还包括但不限于吞云吐雾。

　　姜云翡不敢信，也不能信自己的女儿竟然还有这样邪气的一面——身后大街人来人往，而她蹲在街角旁若无人地抽烟，姿势比她在校园角落抓到的违纪学生还要自在老练。姜云翡看着橘黄光线下不卑不亢的姜珀，头疼欲裂，不停揉太阳穴。

　　她在来的路上不断反思，可思来想去也不知家庭教育究竟在哪一环出了差错，让孩子偏移了路线，长得这样歪。姜云翡深感疲倦，当下只有一个想法：掰正她。

　　姜云翡在脑中快速搜刮了一遍能够牵制她的筹码，一无所获。关于开销，姜珀给他们夫妻二人的红包数额一直不小，多半早就自给自足，甚至颇有富余；至于亲情，弥天大谎持续撒了几年，能这样不顾父母意愿在外头不务正业，想来她是并不在意的。

难以再掌控的无力感铺天盖地席卷而来，姜云翡在这时才迟钝地意识到，姜珀不仅是一个拥有自主意识的独立个体，还是一个手握充足资本抗衡家长的成年人。无须谈判，即便姜珀仅作告知，抑或是破罐破摔决定转行当模特立刻退学，她也半点办法没有。

姜云翡在S市停留了一周，姜珀就在酒店陪了一周。她尝试过才知道，摊牌没有想象中困难。摊牌前她有过心惊，有过胆战，可只要鼓足勇气走出第一步，接下来的问题就会迎刃而解。

话在心里藏了多年，她忍受，她妥协，到后来她主动顺从。姜珀想明白了，牢笼是她给自己造的，被束缚久了，即便绳索不在，她也一样望之却步冲不出禁锢。如今她终于迈过那道坎，横跨人生的分水岭，划出过去和未来的自己，界限分明，她清醒地尽力了。

姜云翡也尽力了，她以执教多年的经验作基础，使出浑身解数好说歹说，疾言厉色和苦口婆心都试过了，通通不奏效。她和陈中宏通过气儿，他给姜珀发了几条信息，叫她不要叛逆，可是没用，女儿几乎是妻子一手带大的，她的话都不听，更不会在乎这个在成长路上屡屡失职的父亲。总之姜珀异常坚持，犯倔劲儿。

有次姜云翡提到为她被迫暂停工作的往事，眼眶发热，姜珀也跟着红了眼，递过纸巾帮忙拭泪和顺气，但该坚持的立场，分毫没让步。窗户纸捅破了，呼呼往内漏冷风，不缝也不补，话说开就彻底敞亮了。

后来她甚至还能在姜云翡面前大方外放袁安妮传来的语音："姜姜，最近有时间吗？之前上过巴黎时装周，火焰项链被国内外明星网红成功带火的那个潮牌，SLOT.M，他家新一季形象片的首选是你，给的拍摄时间很合适，资料我发你了，你可以考虑看看。"

姜珀打了个"好"字，开始下载文件，姜云翡把这些听在耳朵里。

"现在翅膀硬了。"眼见姜珀把她的话当耳旁风，指尖还在不停划拉屏幕，姜云翡心气难平，"姜珀，你是不是真的要把我气死？"

姜珀抬头，皱眉："您别这样。"

"我怎么了？我培养你长这么大是为了让你去做模特的吗？"

姜珀重重叹口气，调整姿势，转过上半身，她直面姜云翡："是。我知道您不容易，也知道您和爸对我的期望。读完硕士攻博士，最后争取留校当大学老师，我一生的路都早早被规划好了，顺遂安稳。可你们考虑过我的想法吗？哪怕一次？"

"我的喜好，我的梦想，我的热爱，你们不在乎，也不屑去在乎。因为都是老师，所以身为女儿的我就理所应当走这条路。二十多年来，面子里子，我都替你们挣全了，现在我想做自己真就那么难吗？待在实验室我可以做出成绩，无非就是消磨时间消磨自己。科研是很有意义，只是我没有那个热情，妈。

"改变想法需要时间，我不求您即刻接受，只希望您能放下偏见，不要马上否决，拜托也看看我做出的努力。行吗？"

字字句句真情流露，她哪见过姜珀这样口若悬河过？没有，姜云翡连个接话的机会都没有，直接愣在当场，哑口无言。四目遥遥相对，正僵持不下，电话合时宜地响起，姜珀别过脸抹眼泪，姜云翡则低头查看来电显示——年级主任打来的。

学校有大堆的事务等待首肯，姜云翡一天到晚电话接个不停，每个人都说话语权不够，一切得校长来亲自定夺。工作繁杂琐碎，子女还不太平。姜珀像块冥顽不灵的石头，油盐不进，好在没提退学一事，姜云翡最担心的没发生，那就还有回转的余地。各方催得急，矛盾就这样被匆忙搁置下来。

接近零下的温度，阴天。

这次是拍外景，拍摄地点选在人烟稀少的度假别墅区，有湖有林，行人屈指可数，低调的黑色跑车倒是看到一辆，挺炫的。

姜珀盘腿在凳上等待化妆师把眉毛染成金黄，双手藏抱枕里捂着，暖宝宝放小腹贴着，让温度缓解生理期的阵阵不适。发型师在给她耳鬓的旋涡碎发定型，身边工作人员都在忙忙碌碌布着景，说是光线不足，临时用机顶闪代替主灯。

姜珀听着那些并不陌生的术语，心脏在慢慢回暖。工作通常是反季节拍摄，这次也不例外。全场人均羽绒服，各个小暖炉陪着，毛耳罩戴着，防寒模式开得齐全，唯独她光着两条腿，格格不入仿佛在过三伏。

姜珀无法抑制地颤抖，暴露在外的皮肤被冻得青紫，鼻子也通红。摄影师理解她的不易，格外体贴，指导动作时让她放心跑跳，他负责抓拍。

提前熟悉摄影师风格和客户的概略情况是模特的基本功课，姜珀做足了准备，了解过 SLOT.M 的品牌调性。

品牌主打"鬼马"风，火焰是其标志 LOGO，产品设计追求趣味性，多用橘红、宝蓝等高明度的跳脱色调，风格浮夸又古怪。

因此她放得特别开，对着镜头做鬼脸，翻白眼，后仰前趴，什么都来，肆无忌惮释放怪诞气息。

摄影师将机位放低，利用湖面反射拍摄，变焦镜头不停拉近、拉远，只为捕捉灵动一刹。

这场拍摄进展顺利，姜珀稍做休息，准备下一场造型。手机微信里，麦宝仪给姜珀发了几十条吐槽，说她吃饭的时候在餐厅看到周竞，没想到居然和学妹在一起了，还当场表演了情侣喂食。吐的表情霸占整个聊天框，显得特别愤愤不平。

姜珀笑，伸出两根手指往上头打字：*你要他怎么样，为我终身不娶吗？*

麦宝仪觉得不服气：*话不能这么说，问题是他才追多久啊，喜新厌旧，亏我之前还看好他。*

爱可以绵延不绝，也可以转瞬即逝。不可能因为她曾经见过，就理所当然苛求所有人的感情都没有上限。感情未必就要撕心裂肺地舍身一搏，背水一战。

听得进话，懂得及时止损，周竞给他自己留了后路，姜珀其实是欣慰的。

正想着，几米外开来一辆车："外卖到了！"

工作人员拍拍手，示意大家先将手中的工作停下。助理忙凑上去，拎了几袋饮品就挨个分发开来，顺一圈儿，最后走到姜珀面前递给她。

姜珀看着手里的东西愣了愣，往四周张望，人手一杯："这是？"

片场跑了不少，见过发奶茶发咖啡的，发红枣桂圆枸杞茶倒是头一回，助理下意识往远处瞟了一眼："喝这个对身体好嘛。"

姜珀顺着方向探寻，那里站着个刺绣夹克叠穿腰果花马甲的男人，看着似曾相识。他在讲电话，却老远地，像收到指令但执行延迟般缓缓抬起头朝她看。

负责人曾说品牌合伙人会亲临现场坐镇，她心一跳，收回目光，握紧手机，屏幕亮起，同时跳出两条方框——

信息：阿姨已经到机场了。

提醒事项：下周老板生日。

赵阙的心理活动只剩下脏话，烟抽了好几根，还是如坐针毡，心想着今天真不该来。他问刘思戈："刘啊，你难受不？"

刘思戈一半没听清，一半没听懂，往赵阙那儿偏了些许，问道："说什么？"

"你看。"刘思戈闻声下意识回头，迷惑的视线从赵阙的脸移至他给出的方向。

最右边的卡座上，他的好兄弟柯非昱嘴叼烟，背靠沙发，优哉游哉，胜券在握地轻松看着对桌摇骰盅。烟雾从下颌边弥漫到肩身，五官不真切，但作弄人时惯有的坏笑挺嘚瑟的。他在这方面绝对的控场，想躲就能躲，想堵谁就能堵谁，拿捏得特稳。

柯非昱向来是人来疯的性格，喜欢被簇拥，人一多就能嗨，不藏着掖着，坦荡。他把"我在耍帅"四个字写脸上了，光明正大。

周围环了一圈异性，不加掩饰地尖叫起哄，估摸着带定位的微博已经发了几轮，就等蹭个合照了。

刘思戈打趣："看上哪个女孩子了？"

赵阙没跟着笑，讳莫如深地摇头，看反方向。

那里一群女孩儿在拍照，各个身材没的说，全是袁安妮公司的模特。红光绿影斑斓闪烁间有熟脸，即便久未谋面，刘思戈还是一眼认出。

姜珀伸手撩发时大屏正巧切换为"庆生"字样，一片白光瞬间照出嘴角弧度，绝是真的绝。

"别看了。"刘思戈自个儿心动完，反过头说赵阙，"都这么久了，用得着你赵阙在这儿咸吃萝卜淡操心？"

赵阙依旧严肃，有意拉远座位，目光也一次没抓到，可两边相反的磁场却莫名让身处交叉中心的他如芒在背。

"我有预感。"赵阙难以言说。

刘思戈扬扬下巴："预感自己会喝趴？那我可以告诉你这不是预感，老K这把绝对开大，看到没，都备好了。"

面前有侍者端盘走过，赵阙的目光被吸引走——冰西瓜兑朗姆酒，谁吃谁拉肚子。注意力被彻底带跑，赵阙没忍住破口大骂。刘思戈问："你是不是得罪过老K啊？"

赵阙也奇怪，不记得有过啊，怎么他老逮着自己不放，一到酒桌就换着花样折腾自己，好像灌过他酒似的，报复个没完没了。他正怒目而视，始作俑者却在同一时间举了手示意过来，自在的样子，惹得一群女孩子也朝这儿看。

没办法，赵阙只能硬着头皮上。

姜珀来了有一会儿，没见着袁安妮人影，像刻意躲着她似的。姜珀手里调货等了一周的亚克力小包一直没能亲手送出去，后来问了几个人，袁安妮说是去舞池蹦迪了。

袁安妮爱玩，非工作状态就全面自由散漫，今天过三十岁生日，因为高兴，直接夜店包场搞公司团建不说，潮牌圈网红界的人还都叫全了，香槟塔一推，不醉不归的架势摆很大。

　　姜珀暂且在卡座上等着，意兴阑珊。后来她看到了刘思戈，他和赵阙在隔壁桌哄着一群白富美烧纸玩。他们嬉笑打闹，轮流在纸上点火，谁让纸巾上的骰子落杯底谁就喝酒。

　　而有他们，就难免会有——在更远些的地方，她看到了熟悉的身影。

　　心里挺……警铃大作，又打住了。袁安妮提前通过气，姜珀知情，只是再见面难免有细微的情绪波动，提前离场的心愿强烈。

　　姜珀起身想找袁安妮知会一声，有身影从旁闪过，拒绝交换联系方式的话都在嘴边了，一转头她却直接愣住："你怎么在这儿？"

　　"我不能吗？"秦沛东回得快，面无表情，像是临时赶来的，风尘仆仆。

　　姜珀很难解释她当时的讶异，秦沛东出现在夜店给她的冲击很大，没等她缓过神来就被他牵起手往外带了。木木跟着走了两步，姜珀意识到不对劲想扯开。秦沛东不让，他握得格外紧。

　　"你放开！"

　　秦沛东转身看了她两秒，面无表情，但难得痛快了一次，说放开就放开。他说有话要讲，出去说。

　　"有什么不能在这儿说的？"

　　电音炸耳，距离不凑近，说什么都得拔高声量，秦沛东在原地定着没动，等姜珀自己觉察这么扯着嗓子沟通有多不方便。

　　一个女孩儿喝得有点上头了，犹犹豫豫开了口："你好像是姜姜的前男……"

　　剩下的话被旁边好心人的手肘顶回去了。拨拨头发，姜珀尴尬道："给你十分钟。"

　　"什么事？"不知道秦沛东到底有什么非说不可的话要挑在她老板的生日会上把她叫出来单独交谈，姜珀的语气好不起来。

　　"他也在吧？"这话一出，她的心跳就开始加速，两人继续对视。

　　秦沛东盯着她，重复一遍重点，强化那个呼之欲出的答案："他，我还要再忍你多久？姜珀。"

"忍？"姜珀皱眉，莫名其妙，"你少质问我。"

不待秦沛东再开口，姜珀先发制人："谁告诉你我在这儿的？"

来参加生日会的事儿她压根儿没和几个人说过。姜珀一个个猜了个遍，直到猜无可猜后，才后知后觉想到一个被遗忘已久的人："水珊珊？"

他的神色终于出现一丝松动，很不可置信："这重要吗？"

不重要吗？他看上去真的很迷茫，姜珀差点儿被气笑："还联系着啊。"

"你问过我你做得哪里不好我非要分手，那么我现在就可以告诉你。你什么都好，而且你还对谁都好，好到就算我朋友对你示好你都瞒得我严严实实，好到东窗事发后你还能和她保持联系，合起伙来窥探我的踪迹，你说你够不够好？"

"她说她是愧疚。水珊珊就是知道对不起你，所以才一直帮我出主意挽回我们的感情，她是好意。"

"这你也信？"哈，天大的笑话。愧疚的人会用仅一人可见的状态来割腕威胁人，愧疚的人会在事后爆料甚至造谣污蔑她的人生？

"姜珀，我们从初中相识到现在，你就这么不信任我？你就这么极端这么冷漠？你以前分明不是这样的人。"

姜珀已经懒得和他争辩下去了，她说，那我现在是了："再满分的信任也是你作没的。你要说我极端也好，冷漠也罢，我现在怕了你这种大善人，复合的事下辈子下下辈子都不会有。人生太短，我只想要眼里就我一个哪怕多半个人影都嫌挤的偏爱，没有就不要了，我不勉强，我也不缺你这份爱。"

秦沛东的嘴角轻微抽搐着，眼神很沉："不缺是吗？"

姜珀冷冷看他，不再多做表示。秦沛东到此终于认清了形势，点点头，从大衣中掏出手机，手上操作了几下把屏幕转向她，示意似的举了举。

姜珀眼神还行，记性也不差，就那么两三秒的时间，上面播放的内容不仅看清了，记起了，头也"嗡"的一声。

有些眩晕了，姜珀咬着牙："你没删……"

"删了。"秦沛东反驳完，低头看屏幕，"只是手机自动备份了。"

这种视频，姜珀和柯非昱拍过无数次，和秦沛东当然也拍过，但就一次。

她的性子算是触底反弹了，离家甚远的大学给了她过火的自由，特别是在背着父母和秦沛东尝过禁果后，但不投机就总差点意思。

秦沛东继续说："我不是没有手段让你回到我身边，只是我不愿意。你说，你缺不缺这份爱？"

"这根本不是爱。"身子僵冷，姜珀忍着呼吸困难驳斥他，"别把自己说得那么深情，你放不下只是因为付出的沉没成本太高，放弃我就等于否定了你的大半个人生，你接受不了这样的挫败。"

所以这是威胁不是爱。

定论是从牙关里挤出来的，秦沛东心如死灰地笑了笑，掏出一个 U 盘，直视姜珀，硬是掰开她的手塞进去："原件。"

"你想怎么样？"

"我底牌都能给你，这叫威胁吗？"

手心躺着一块烫手山芋，姜珀下唇紧紧咬着，逼着自己去思考他此举的动机和她可能将要为之付出的代价，一时不知是恐惧还是心凉更多。

秦沛东看着她，慢慢靠近，伸手把她落下的发丝慢慢别到耳后，低声道："我纵着你的坏脾气，事事以你为主，心甘情愿为你犯错撒谎。你呢？想一出是一出，毫无征兆就提分手，分手后就无缝对接得人人皆知。你年纪小，我当你贪玩喜欢新鲜感，想着你玩够了玩腻了就会收心，我忍着，我让着，结果你还是执迷不悟和那样的人厮混不清，一次又一次挑战我的尊严和底线。姜珀啊姜珀，我到底还要再对你多好，嗯？"

姜珀被他说得脆弱，整个人都在颤抖。几年的关系走到这里是到尽头了，连个难看的收场都没有，什么体面都不管了。

死寂的沉默中，稍有声响就异常清晰。秦沛东侧头警觉，一个颀长身影从小巷阴暗处现出来。

黑夜的角落，来人又背光，五官不免模糊，但姜珀认出来了。可对方别说相认，根本一个眼神都没往她身上撂，他神情默默，边走边把表收进兜，然后，此生从未见过也不愿再见那般和她擦身而过。

肩对肩，秦沛东被撞退半步，握着的手机被抽走，柯非昱趁着未锁屏前再次打开视频，将它删除。

动作快到惊人，也自然到惊人，比烟友借火酒友加杯还要理所当然，让人完全反应不过来。两秒后秦沛东清醒了，冲上去要抢，柯非昱反手扔了自己的外套。

姜珀眼前一黑，铺天盖地的烟草调。这瓶香水她从前说过喜欢，他就再也不换了，成天喷。

随后就是一声闷响，拳头砸到皮肉，那种裂到深处、能听出疼来的闷响。踉跄脚步声，布料摩擦声。秦沛东都来不及叫唤一声。一拳过去，挫骨只在转瞬间。姜珀的心猛地一坠，急急扯下盖了满头的衣服。

地上躺着一个人。柯非昱在最近删除里删完视频，往墙上用力一掷，清脆的"哐当"一声响，手机屏幕被砸得粉碎，碎片炸到姜珀脚前，她被惊退一步，从没见过柯非昱发这样大的火。

秦沛东奋力够手机，柯非昱则低头，手伸到面前了，他用脚踩上去，慢条斯理地碾着，秦沛东隐忍的抽气声听得人心都颤了。

姜珀没多想，想不了那么多，一步冲上去抓柯非昱手臂，叫道："够了。"柯非昱没反应，她惊魂未定，声线颤抖得不行，要哭了，"我求你了柯非昱！"

他顿了顿，停下。地上蜷缩着的男人一抽一抽的，发出哼气声，然后费劲儿地翻了个身。

这回是仰视的角度，看到真人了，秦沛东仍嘴硬："果然是小混混。"

秦沛东偏头，呕出一口血，讥讽道："姜珀啊，你是不是瞎了？"

柯非昱漫不经心的状态在秦沛东说完第二句后转变，他转过身，居高临下给人投下一片阴影。秦沛东剧烈咳嗽着，没等顺完气就被一脚踹去，像手机一样重重落到地面。秦沛东在地上不自然地抽动着，再不能挑衅了。

姜珀像被人扼住了喉咙，麻了，喊不出话，颤抖着再想去拉，他却停了手。从未见过他这样冷酷，也从未见过他这样，能收能放，张弛有度，很稳。

她这边脑子还嗡嗡的没回神，耳鸣着，他那边就已经开始打120，报了个位置。

急救电话刚放下，哒哒哒一阵脚步声传来。里总怒喝了一句"住手"，赵阙暗骂了一声"完蛋"，开始摸兜找手机，而刘思戈则做了个预判，冲过去迅速把柯非昱摁到墙上。袁安妮踩着高跟鞋匆忙小跑过来，也被眼前的景象吓了一跳，但她镇定得快，立马捡起地上的羊羔绒外套给姜珀披上，嘴里念叨着"没事吧，没事吧"。

刘思戈一把揪起柯非昱领口，压着声问他："有什么毛病把人打成这样。疯了吗，啊？"柯非昱任抓任攘，随便折腾，但就是一副置身事外的漠然模样。他我行我素，无所谓，完了还分了个神给赵阙："车已经来了。"

柯非昱这儿嘴硬拒不开口，袁安妮只能寄希望于在场的另一人身上，想要问出来龙去脉，可姜珀惨白着一张脸，给不出任何反应。袁安妮心急如焚，但里总制止了。

里总一个眼神使过去，让她别问，手指向柯非昱："谁没喝酒？赶紧带他走。"

看到他，里总一脸恨铁不成钢，实在压不住气，别过头："把他给我带走！带走看起来！别再惹事儿！"

大家你看我我看你，都……不太行。

"我。"姜珀抬头，除柯非昱外的所有人全部看过来，她疲倦地闭上眼，重申道，"我没喝。"

姜珀再睁开眼："我带他走。"

在场人皆是震惊，全傻了。带谁？他？不是分得难看吗？怎么能放心？不能。可现下有谁能治他？只有她，没选择。

这下柯非昱也终于望过来了，这晚光明正大的第一眼，目光沉了又沉。

　　救护车很快来了，里总跟去医院，而刘思戈和赵阙则留下稳住阵脚。

　　正值厂牌年末巡演，事情要处理好。袁安妮悄悄把姜珀的随身物品都运出来，回场前审慎地看了他们一眼，比了个打电话的姿势，给她做口型：有事打电话。

　　姜珀点头，这条乌漆麻黑的巷子伴着远去的鸣笛声终于安静下来。重逢的情景她想过很多很多，兵分两路一笑泯恩仇是最好，再不济也起码是个分道扬镳相忘于江湖，唯独没想过这样的再相见。

　　午夜梦回过数十次的人就靠在墙边，借着昏黄的灯光，姜珀看他棱角分明的脸："打得开心吗？"

　　"为什么要对他动手？"

　　"看不过眼。"

　　所以，他还是那个做事不顾后果的性子，姜珀转身就走。

　　"你想怎么解决，和他复合？"她没说话，他追上来，再问一遍。

　　姜珀双腿很软，乏得厉害。柯非昱紧随其后，刻意加快的步伐被他两步追平，迟迟要不到回答的他去捉她手腕，而箍紧她的下一秒就受了一记结结实实的耳光。脆生生的，速度之快力度之大声音之响使得他一时恍神，没法儿想，手上握着的劲儿霎时就松了。

　　她把话说得冷："这是你这个声称要断干净的前任该管的事吗，柯非昱？"

　　脸偏着，他保持着这个被她扇过去的角度，时间静止三秒，他在愣怔，像是在消化这句话。姜珀全看在眼里，柯非昱这边振作起精神毫不犹豫再去拉她。

　　又是干净利落一巴掌，反作用到她身上都快麻了半条手臂，可他一句没说，只是看她。没怨恨，没愤怒，眼里纯粹得没有任何杂质，只管照出她的人影，他默了许久，问她手疼不疼。

　　都这会儿了脑子里还绕着她在转，彼此距离真是近到绷不住了，她的脆弱和恐惧被他的目光亮堂堂地照出来，无所遁形。心理防线终于松懈，推开他的手都在抖。他抓住机会掌握主权，借力打力掳过她手臂挎着的包和衣物，一手攥紧她的手腕，拖着人走。

夜店入口的门边用隔离带圈出车位，车大灯亮起，极具科技感的蝴蝶门给她向上拉出一个位子。姜珀木着，仍没回过神来，他的手扶住车顶不由分说把她推进去。车门一关，他从车前绕了一圈，坐进驾驶位，手机滑进储物格，"咔嗒"一声系好安全带，开暖气，踩油门，车内氛围灯幽暗地亮着。

被车起步的惯性压着靠后了两秒，从一个场景快速转至下一个场景，她在副驾驶位里还是蒙的，只是用直觉下了定论："你没喝酒。"

"没。"他单手盘着方向盘，挺熟练。之前考了几次驾照都没考过后怒而向全世界宣布这辈子只开摩托的人，现在看着上手有一段时间了。

"买车了？"

绿灯亮，车身冲出十字路口。

"嗯，想结婚了。"

姜珀眼眶登时一热，心脏慌慌张张地跳，过分庞大的信息量直冲大脑，她处理得辛苦又疲惫。累，特别累，心脏的负荷让她喘不上气，所有的情绪压力只有一条宣泄途径。泪一滴滴掉在手背，不受控地啪嗒又啪嗒。

她无声地，一下想明白很多事，也一下想起了很多事：张奕的票、独一杯的桂圆枸杞茶、难得排在周末的档期、SLOT.M抛来的橄榄枝，以及玩遍赌酒游戏的他滴酒不沾。

姜珀也想停，可泪却失态地越掉越多。她本该是理性的人，分手后除了三天的放纵，每一天她几乎都在往前走，练就了一颗无所不能的金刚心，不仅对于他的消息心如止水，还能跨过自己那道坎向家人表明心迹。她过得很好，她凭什么哭？

一路上，柯非昱抽了空就转头看她。她的头发比上次见时又长不少，大波浪弯弯曲曲，露出个漂亮的鼻尖儿，痣都快不明显了，看不到脸，他只看得见她微微颤抖的肩膀。估摸着她在担心视频泄露的事，他递过抽纸。

"我都删了，你别害怕。"想起什么，他又补上一句，"我手机里的我很早就删了。我不威胁你，你不要哭好不好？"

可她头低着，肩膀仍瑟瑟抖着。他开始反思其他让她流泪的可能性，咬咬牙说："我错了。姜珀，我不该打人，是我错了。"

他向她道歉，样样件件，不分大小，从分手那天的恶语伤人到私自跑去结扎的意气用事，他都道歉。

不该买辣条也不该去文身，不该在她打电话时使坏，只要她皱过一次眉头的，千错万错全都是他的错。

他说他幼稚他爱顶嘴，他说他太过自负，只管出气不管网友对她口诛笔伐造成伤害，他说他们的糊涂账一笔算不清，永远也断不了。他说，是他对她不住。

放出的利箭会成倍扎到自己身上，牵肠挂肚了近四个月的话开了闸似的涌出口，都是他在每个想她的时刻里百转千回过的悔不当初。他嘴上不停顿，手上攥得紧，手背青筋暴起，把所有想要抱姜珀的意志力全转移到方向盘上。

而她一直别着头，看向窗外，就像是一场默不作声的较劲儿。

一路窒息的沉默，车身终于刹停在 S 大门口。车内照明灯亮起，姜珀没动，柯非昱伸手摁了按钮，安全带嗖地往回抽，卷曲的长发被带起几根，她头皮抽痛一瞬。

他说："回去吧。"

她抬眼，把利弊权衡了一路，知道在劫难逃，也知道悸动难挡。从今晚见到他的那刻起，她就意识到局面将会无法掌控，于是主动给自己找了退路，想走，想躲，可惜秦沛东出现，命中注定她躲不掉。

"你知不知道他不会放过你？"

"知道。"做过思想准备，出手绝非一时冲动，至于后果，柯非昱也明白。书读得少不代表法律意识淡薄，下手轻重，他心里都是有数的。

柯非昱要的就是那个重："蹲局子。我知道。"

姜珀怒其不争在他胸口捶上一记："你的前途呢？不要了？为了他你傻不傻？"

脑回路痛得转回来，柯非昱慢半拍地听出包裹在愤怒话语里的那层关心，情绪压不下，他一把将她搂到胸前，任打任拍不还手，抱紧了，抱死了。他已经把事情琢磨得很仔细，咬字也是。

"不是为他，是为你。"他再补一句，"为你怎样都值当。"

姜珀奋力挣扎着："你算什么东西，我稀罕你的值当吗？你放开我！"

熟悉的气味不由商量地从各个方位将她包裹，避无可避，压抑着不去回想的记忆被他一声声道歉翻出来，她只觉心酸又气愤。

前路为她绽放的风景明明还有很多，她根本没理由为他停留，可不管她走多远，只要他的身影一出现，她就能被彻彻底底重拉回那个浓墨重彩的夏天。

"当初不是你要的两清吗？你就这么笨，连账都不会算？这么帮我你能落着什么好？啊？你说啊！该删的我删了，我过得好好的，凭什么阴魂不散到处都是你的影子？凭什么要我夜不成眠，要我难受到现在……"

她的质问声越来越低，最后竟是带了哽咽，说不出话。他说："我也难受。"

"……浑蛋。"

"嗯。"他认了。

她一句句低声骂"浑蛋浑蛋浑蛋"，他就一句句受着，姜珀心里那股无法发泄的气又提起来，卡在喉咙。

被憋得心闷，姜珀摸上车把手不管不顾就要下车。一声解锁，她的身子被反方向拉回，车门往回一关，她猝不及防就对上他投来的视线，电光石火间尚未完成聚焦，唇就撞了上来。

骂声堵进喉咙，她整个人就这么被他按在车座里深吻下去。不愿意，她死命抵着牙根，拿手推他肩膀，全身上下抗拒着，可柯非昱任她怎样用力也赶不开，扣在后脑的手掌倒越收越紧。

方才留意着他们那拨人半口柠檬半口伏特加的玩法儿，她还替他揪心下半夜反胃会有多难熬，现在他嘴里明明一点儿酒味没有，但她却尝到了，心里泛酸又泛苦。

无奈他劲头猛，吻得过于投入，她急得一口咬下去给他提点神。

口腔顿时弥散开一股浓浓的铁锈味，然而受伤的仿佛不是他，压根儿没影响，还不用换气。伤口随着他的动作扯得更大，血腥味浓到受不了，姜珀第三次扬起的手被他精准钳到真皮椅背，钉住，钉牢，迫使她的脖颈抬得更高。

嘴唇紧紧相贴，一口气在感情和理性间反复横跳，她快要窒息了。

当初就是明白他未来还会积攒更多无谓失望才分的手，姜珀见过秦沛东落拓到底的样子，她不希望这一幕在柯非昱身上重演。

那晚她对麦宝仪说把利益权衡了遍，其中何尝没有一份是为他考虑的？放手是思虑再三的双向止损，他从骨子里就不服管，既然她给不了自由，那就别再火上浇油做那根束缚他的牵引绳。

而如今他却卷入因她而起的事端，处境堪忧。

姜珀一直安慰自己，不是一个世界的人，分就分了，只希望再见面时能保持平淡的情绪，多余的心思别透出来，但现在她发现自己做不到。对不了弈，她根本争不了那口气。

许多画面在被热气搅成一团的脑子里走马观花地上演，不分对错的偏袒，明里暗里的照顾，还有太多太多翻江倒海的回忆，她控制不了全身上下叫嚣的细胞向他贴近。

抵住前胸的手向上转去揽他后颈，从凸起的骨头顺着脊柱下滑，长久的思念化为这一瞬的厮磨缠绵，至死方休。

察觉到她回应，柯非昱吻得要死，一颗心扑通乱跳震裂耳膜，喷薄而出的爱欲让整个都市也停摆。电流从嘴唇一下穿越至四肢百骸。

瘾一旦被勾起就难再抑制下去，胸膛贴胸膛，柯非昱恨不得把她揉到骨头里，这当口什么感觉都来了，轰天裂地地炸了。他的脑海中冒出一百种方式哄她开心，她想怎么开心就怎么给。

吻到头晕目眩时姜珀先找了点克制回来，偏头移开唇，略带狼狈地喘，提醒他，也提醒自己："别这样。"

潜台词是：我们已经分手了。

她就喜欢这么说话，说好听了是委婉，说难听了是费劲儿，总之真正的句意绝不止面上的那一层，总需要人动几个脑筋去想。从前他不懂，错过了好多，但现在他学乖了，回话前好歹先咀嚼一遍："那就复合。"

她皱眉，他继续道："说要断干净是我嘴硬图一时气爽。世上没有比你好的人，我抽身的事儿更不会有。我信你一定比我先谈上恋爱，但我不会。"

"我爱不了别人。"难以置信，有一天天不怕地不怕的柯非昱身段还能放得这样低，可他的声音偏偏特别坚定。

"姜珀，你这棵回头草我永远都吃。"柯非昱眼里有光，亮晶晶的，就那么笃定地望着她，一片赤诚肺腑。

"……你能不能别这样？"别三百六十五度只绕着她转，别总把她当作生命的一部分去考虑，别什么都不在乎却总是能为她不顾一切地拼命。

"我就这样。"他很固执，并不觉得堂堂正正爱一个人有什么错。

姜珀心口涩得慌，想移开注意力却无意瞧见他脸侧的红肿指痕，抚上去："痛不痛？"

实打实的两巴掌，她心疼得不行。柯非昱把她的手在脸上压实了摩挲，而后吻了吻手心，眼神一直没舍得离开她的脸，被放弃一百次也能第一百零一次重新相信那样对她摇头，说没事。

他不说还好，一说，她眼睛一酸，又掉眼泪。她的反应让柯非昱手足无措，他凑上来，边说"好了好了"，边用袖口给她擦眼泪，极力安抚她。

姜珀的鼻尖红红的，一半是哭的，一半是被冻的。人是贪心的，他不满足于点到为止的接触。天性如此，上嘴了。

姜珀由着他亲吻自己止不尽的热泪，暖气开得足，夜幕里只余对视的两双眼睛，气氛变得异常闷，透不上气。

凌晨一点，校门口四下无人静默无声，车内氛围灯的流光在闪烁。

243

狭小的空间有股若有若无的檀香味，姜珀不由动了动鼻子。

她的目光追根溯源，最后停留在他的手腕间。柯非昱跟条狗样敏锐地捕捉到了："喜欢？"

姜珀还没答话，佛珠就已经落到她腕上。

"送你。"

"给我做什么，你自己戴。"

什么都不怵的人是在分手后才有的信仰，一开始跟着里总上山只图个心静，日日夜夜那么熬着，他也很难把日子过下去。进了僻静处，好歹能静下心来。

后来去久了，受了点儿影响，开始信因果。

他活到现在全凭喜好，随心所欲惯了，算不上什么好人。佛珠是为她求的，当时他跪在佛像前，双手合十祈求保佑她一生平安顺遂，只要她过得好就好。

姜珀皱眉要脱，他不让，一把将手串重捋回腕间。

"我算物归原主。"

黏滞的声响不断，柯非昱问她有没有想过他。她脸色绯红，斜着头，把长发拨到一边肩膀，由他啄吻她近在咫尺的下巴："你觉得呢？"

熟悉的拧巴劲儿，让人上瘾，独此一份不给好脸的同时，又独此一份的亲近。

挺好，分开的这段时间里别的学没学会不好说，成年人该有的自我开导他沉淀了个十成十，毕竟你不想开，没人替你想开。

她的亲吻告诉他，多少有。但转念一想，他们不一样，她对自己都不留情面，对他——

"你心真的比我狠。"他把气息压得很沉，"我以为你至少会来看看我。"

她没吭声，静了好一会儿才说："你有吗？除了拍摄的那次。"

目光对接一霎，有灼灼火星子落下。麻痒的火在尾椎烧，他有股火气，她不敢多看，怕真燃起来。他出神了似的，有那么十秒没说话。

"有。"

不待她反应，情绪落到唇间，又吻了上去，他全神贯注就腻在她身上，抽不了身。

折腾了一遭又一遭，摇摇晃晃，狭小的空间伸展不开手脚，把人耗得厉害。柯非昱也在缓神，呼一口气："回校？"

姜珀摇头，不知意欲何为，柯非昱扯安全带的手顿了顿。

"再带我看一次星星吧。"姜珀轻声说。

"行。"

一脚轰油门，引擎发出呜呜震响，沿途风景不断倒退，车身飙上国道沿着山路辗转再辗转。

都是熟稔于心的路线，到地了，变形键一摁，车软顶后收的同时减速、停车、挂挡、熄火，动作一气呵成。

浩瀚穹宇犹如画卷般缓慢绵延于眼前，阔别近四月，从夏入冬，这里景色依然开阔如旧。

不同于仲夏的满天星群，斗大的光粒稀疏地高悬于夜空，夜色明明浓得泼了墨，碎钻似的繁星却把它照得透亮无垠，偏紫，冬夜静谧，深邃不可及。

寒气轻吹，气温低，车上常备的大毛毯终于等到主人，姜珀将半张脸藏进去，找了个舒服的姿势窝着，檀香串藏于毯下，手中慢慢盘着。

余光里，他指间她亲手写下的文身还在，她估摸着他缠上手串的模样，亦正亦邪的，应该特有意思。

"什么时候对佛法感兴趣了？"

"分手后。时不时会跟着里总去寺里学个打坐，修身养性。"

姜珀望向他的眼神带有"佛门清净可能容不下你这尊大佛"的劝退意味。爱在心中口难开，她一时不知道做什么表情。

好不容易见上一面，她心底空落落的疑问得有个回响："我接下SLOT.M应该不是巧合吧？"

柯非昱转头看她，姜珀说："你朋友我见过一次。"

他搓搓脸："不完全因为我。喝酒的时候我提了一嘴，问他选模特了没，他说没，我说哦。就这样，能选上全凭你自己实力。后来他敲定完倒是和我知会了一声，拍摄时间是我建议的，这我认。"

姜珀知道他们的圈子一直信奉义薄云天这一说。特别是他，重感情，对人对事都用力。

有忙就帮，不吝惜力量不讲究道理不管三七二十一就是胳膊肘往内拐，而这么个付出不求回报向来只顾做歌的兄弟突然送上一句关心，该懂的都懂。

姜珀心里也有数，就数他傻愣愣地真当所有人都不懂人情世故。

柯非昱有多动症，说完就弹开火机盖，"咔嗒"玩着，动作老练。他习惯没改，手上停不下来。火苗打着了，在风中飘忽着晃，他没掏烟盒，权当已经抽过一根。

柯非昱的下颌角轮廓被火光映照得柔软，姜珀的视线在他脸上停留了两秒，问他野格过得好不好。

"好。"他答，"前段时间带去医院做了体检，哪儿哪儿都健康，比我好，除了体重超了点儿标。它心里不挂事，吃得好睡得香，就是总扒拉着往外看，直到我关上门。"

说完他加一句："挺失落的，我儿子。"

"小狗的记性……是比人要好得多。"姜珀的心抽了一下。

手肘倚在窗沿上，柯非昱单手扣着额头，深以为然地点着，刚开始还笑着，颇有自家小孩被夸奖的欣慰和自豪，直到把她的话在脑海中过了四五遍才滞后地嗅到了不同寻常。

他机械地转了头："你什么意思？"

"你说呢。"

"你别来这套姜珀。"他语气有点儿硬了，"有话直说，别绕圈。"

她点点头："你对我的感情和它有关，对吗？"

柯非昱愣住了，手上一松，蹿老高的火焰忽地就弹回去了，盖子一合，打火机落到身侧，又直直滑向置物槽里。

"你记得。"他声音低了点儿。

姜珀却否认："我是半蒙半猜。"

他仍不说话。

"我们现在这种关系，不知道你对我保证过的永远坦诚还作不作数？"

柯非昱沉默良久："你什么时候见到它的？"

姜珀长这么大，在路边玩过的小狗没有一百也有五十只，但像野格这么特殊的，还是少。她迟疑地开口，不确定："高一……一个雨天吧？"

"是雨天。"他很肯定，颔首，"你在书店门口看到它，转头就去便利店买了贡丸和香肠，蹲着一口一口喂。头发落了，一遍遍捋到耳后。那天，你穿的白裙子。"

纸白色的，他描述。他把细节补充得齐全，历历在目，仿佛就发生在昨天。

姜珀费力捡起那些四散在时光里的记忆：白色的裙，遗落的伞，姜云翡的车。她隐约记起那日下了不小的雨，她刚下补习班，姜云翡发短信说临时有工作，得迟一会儿，让她哪儿也别去，先在隔壁书店等着。

然后她就看见了野格，一只左眼发着脓的小可怜，小小一团缩在角落，黑色毛发被檐下的雨水打湿不少，光哆嗦，叫也叫不出声，用剩下的一只眼睛巴巴望着她，水汪汪的，好像在哭。

真的很可怜，她当时心就软了，想带回家，但——

"你妈来了，让你上车。"他说。

"柯非昱，"她皱着眉截断了他的话，"你知道这件事过去多久了吗？"

"如果你当时高一，"他算着数，除了平静还是平静，"大概七年？"

心里不是没有过猜测，但由于太过荒唐，一度被她否决。七年，他语气平平淡淡，好像在说别人的事。

可七年是个什么概念？七年，人体全身上下的细胞都会彻底更新换代一遍，亲密无间的夫妻也会有七年之痒，而他却把毫无回应的心意坚持了七年。

得出这个结论后姜珀的脖颈都僵了，她张了嘴，又合上，反复几次才找到自己的声音："……你等了这么久。"

可他摇头："不好说。"

"只有是或不是。"姜珀不明白，两个选项，为什么还会存在中间地带。

"真不好说。"他重复着，抓抓脑袋，"主要是我过不去自己这关。只见过一面，连名字都不知道就瞎等，我又不是傻，怕就是怕再遇到。'虽然我喜欢你这么多年，也没耽误我和别人谈恋爱'，这种混账话不是我的风格。见过人饿死的，没见过人缺爱缺死的。是喜欢没错，可算不上等。"

很理所当然，也能够自圆其说。一套说法盘下来，他又把责任揽了干干净净。说清楚了，不要她有半分包袱，可姜珀很难做到。

"没必要。柯非昱，你没必要。"

他将她的反应照单全收，悠悠笑了一声，笑完了，也不知道在笑谁。

他说："当时，你宁愿自己湿透也要给它留一把伞，但确实没必要用多高尚的语言去形容。我猜你也不会喜欢，一念间的事，根本没必要去放大，是吧？后来你妈降下车窗隔老远训你，你磨蹭半天边走边抹眼泪。当时我在街对面躲雨，目不转睛盯了你整整十五分钟。十五分钟，姜珀。"

姜珀试图去理解他的逻辑："你想说你喜欢天使一样善良的女孩？"

他扯了扯嘴角："你以为我是——"

没说下去，他手指在车窗有一搭没一搭地敲着，这话接得，谁都笑不出来。许久，他才开了口，问她是不是觉得不可思议。

姜珀呆望前方，回他有点儿。他笑了笑，笑容很淡："我也是。什么一见钟情，又不是拍电视剧，那么假。但当我每次看到野格就想起你穿的白裙时，我就觉得，还挺真。"

雾从毛毯边缘飘出来，她声音很轻："为什么不一早告诉我？"

"因为会左右你的判断。"柯非昱触了触太阳穴，"我最怕的就是你现在这个样子，被感动绑架。这七年是我自己的事，时间没静止，微信朋友圈你见过，热热闹闹，女孩儿很多，我的生活依旧在过。这些事无关紧要，我在追你的时候不说，未来更没打算说，但你既然问了，我就得坦白。"

"我知道你担心什么。这个圈子有的人对待感情很随意，可我不是这样的。你总说我对你的追求毫无理由太过诡异，可我想比起习惯来这更是一种本性。"

他沉沉望向姜珀，竖了两根手指："喜欢上同样的一个人两次，是本性。"

四下太静了，除了风吹过繁密枝丫发出的沙沙声外，什么也没有，静得让人发慌。

早前姜珀无法接受他真挚赤裸的爱意，她不明白为什么有一个人可以这样不计代价地逗她开心，明明很有脾气，却又能在她招招手的瞬间毫无防备飞奔过来。

她抵触过，犹豫过，不安过，甚至又做了很多试探，但所有思绪都在今天被理清、捋顺，她大彻大悟。

情愫早已种下，前因顶多算锦上添花，姜珀吸了吸鼻子："我哭得一定很丑。"

"说实话。"柯非昱想了一会儿，犹豫该不该讲出口，"我觉得你哭的时候很可爱。"

"你能善良点儿吗？"

柯非昱直接笑出声，带着爽朗的、满满的少年气，他愉悦地眯起眼，大大方方袒露情绪。

再转头，两相对视，到底是长大了，彼此目光都有了不同的意味。

心跳漏拍一刹，初雪落在她的鼻尖，凉丝丝的。姜珀条件反射般去摸，却始料未及被拽住了手腕，他不动声色倾靠过来，毫米的距离让雪意迅速融化。

在山间，第一次交换心意的地方，她曾递给他一根头绳，而现在她的腕上多了一串佛珠。因为有了姗姗来迟的心意相通，这一晚便显得弥足珍贵。

细碎的冰晶附着于她的发间，他们接吻。雪花易逝，爱却在无止境的吻里生长。

他们说了很多话，想你，想见你，一句句说，一遍遍说。姜珀捧着他的脸问他分手后到底还见过她几次，柯非昱说，很多次。

对她甩下的狠话让他觉得这辈子都无法和自己和解，不指望她能回头，他只是给自己找一些还算看得过去的理由，然后不经意路过那些她可能会在的地方。远远看一眼，确认她一切都好。

分手后，他见过她在外人面前的很多面。而此刻眼前的她，爱欲写在眼睛里，看着他。

即便早就做好为她忠诚一生的准备，但就这么一眼，别说两次，柯非昱觉得还能喜欢上她一万次。

云层中刺出一束阳光，周身便逐渐有了光。

这场初雪下得浅，日出一照，留不住，落在草甸浅浅一层全化成雪水。车窗降下通风，有泥土香泛上来，隐隐约约的，带着清冽气。

远处一抹橙黄晕开天与地的分界线，天边云海山头金黄，疯狂过后静了，姜珀在他肩上累得不想说话："秦沛东那边……"

还是说了这么一句，一晚上避而不谈不等于从未发生。在出手伤人一事有确切结果前，"复合"二字提都不提，当时就是默契到了这种程度。

关于结果，姜珀有准备，柯非昱也早下了决心。

眼眸低下去，他蹭了蹭她的唇角。

"我会去自首。"

WU XU
BAO MI DE QING HUA
The Sixth Part

无需
保密的情话

多说一句都怕误事的时候。

从医院大门走下来的袁安妮刚接完里总电话，对姜珀打了个招呼，匆匆驱车离开。电梯一层层上，浓烈的消毒水气味冲进鼻腔。要说是能别来就真别来，光站着就叫人压抑，胸腔被挤扁了呼不过气来。几次来都没留下好回忆，这次也不会例外。姜珀驻足于门外，抬手，放，再抬手。

叩三声，推进去，他喜欢的古典乐轻柔地放着，有健身习惯的人身体好，昨晚被打成那样，现在就已经能听着音乐养精蓄锐了。

秦沛东往门外看了看，但门合上了十秒也再没脚步声，显而易见，就姜珀一个，他问："逃了？"

秦沛东声音嘶哑，听着难受。姜珀在离他不远的软座坐下，望着他手上缠着的重重绷带："是自首。"

倒是出乎意料，秦沛东愣了愣，摇着头："可惜。我已经报过警了。"

姜珀说"哦"，拿过小刀，一个苹果在她手中轻巧地褪出一层皮来，又被不疾不徐切进玻璃器皿里。秦沛东心下有所触动："你这是？"

大小都是刚好入口的，牙签也备齐，她推过去："人道关怀而已。"

即便伤势不轻，好人也做到底，他绝不放弃任何劝人向善的契机。

"姜珀，你是无所谓，但我替你担心。和那样冲动的人在一起能有什么安稳日子过？何况还有案底。"

她看了眼苹果，面色如常，又或者说心不在焉："吃吗？要氧化了。"

话不投机半句多，两人相对再无言。待秦缙进门时两个人的反应都算淡定，姜珀站起来，秦缙朝她点头。

即便早已从商多年，但秦缙身上那股属于军人的气质依旧在，极其正派的不苟言笑。他审视了病房四周一圈才把注意力放到秦沛东脸上，冷静到底了，仿佛在看别人家的儿子，秦沛东喊了一声爸。

"妈呢？"

"没来。她身体不好，看到你这个样子更受刺激。"

话音刚落，高跟鞋声响，姜云翡裹着羊绒披肩踏入病房，视线一扫，顿在姜珀身上。半个月内竟见了这个一年到头见不到人的女儿两面，稀奇。

然而上回的不愉快还记着，姜云翡的心情不太好，好在秦沛东的礼数一向周全，马上就打了招呼："阿姨。"

姜云翡脸色缓下来，放下慰问品，摆手示意他少说话。那边秦缙拿起伤情鉴定沉着翻阅着，这边姜云翡走到姜珀身侧低声问："电话不接？"

自半夜接到秦家电话后姜云翡就没睡着，说孩子被人打进医院，手机摔坏了，还是委托医护人员给家里递的信息。秦家就住在隔壁，秦沛东是她看着长大的，姜云翡心急。

可再急也还是要等待航班，无奈之下姜云翡给姜珀打了一晚上电话，想着她就在Ｓ市，好先去照料一下。但无人接听，姜珀拿出手机，几个绿色软件的红色角标尤其醒目。

她晃给姜云翡看："没注意。"

"那你昨晚在做什么？"

姜珀快速丢下一句："我和他在一起。"

姜云翡自然而然把"他"代入"秦沛东"，以为姜珀陪了一夜才这样憔悴。姜珀的疲惫都写在脸上，她把女儿额边的碎发别到耳后，心疼地问："早饭吃了吗？"

姜珀没再回，因为看见了袁安妮发过来的微信。袁安妮说人被捞出来了，这会儿应该在来医院的路上，让她心里有个底。姜珀背过身哒哒哒地打字，问什么情况。学法的朋友询问了几个，都说这个案情基本是当场拘留的。

袁安妮问她知不知道赵阙什么来路，姜珀说不知道。袁安妮报了个名字，然后说律师团也备着了，叫她别担心，他兄弟绝对比她更着急。

语音转化出最后一个文字时门扉从外被推开，姜珀转头。柯非昱冷帽墨镜齐戴，外套却松垮垮敞开，牛仔裤破了两个线头狂飞的大洞，一身上下银饰不少，事态对他再不利，浑不懔的棱角也不会消失。

两人对视一眼，千言万语都按捺着不说，秦缗肃穆的目光随着秦沛东的视线落在毫发无伤的柯非昱身上，问了一句："认识？"

立场对立的两个人居然异口同声："不认识。"

秦缗静三秒，没情绪："为什么动手？"

一个伤痕累累躺着，一个安然无恙站着，这句显然是单独问柯非昱的。

柯非昱慢腾腾把手插进裤兜里："心情不好。"

"所以还摔了手机？"

姜珀登时咯噔一下，她下意识往柯非昱那儿看，而他则望向秦沛东。

"他手机颜色我不喜欢。"

这理由，闹呢？秦缗以他五十几年的人生阅历为基础，结合人物身份和事发地点，暂且把这件事归于酒后肇事。伤情鉴定被拿在手上，几张白纸黑字简单总结为四个字：**轻伤一级**。

秦缗掖了纸页，对柯非昱道："年轻人，我们是可以追究刑事责任的。"

"追吧。"柯非昱无所谓，淡然到极点了。

姜云翡多看了他几眼，下了定义：社会青年。皮囊可以，但吊儿郎当的做派放学校里绝对是违规乱纪的那一个，一看就是从小没学好的，谁家女儿被招惹上谁倒霉。

姜云翡心疼秦沛东有这样的无妄之灾，刚想走近些关怀伤情，衣袖下的手就被姜珀握住了，暗暗地，姜珀没有回看过来。

"你们商量过了？"

你们？谁和谁？放出的饵钓起了鱼，谁抬起眼就是谁。

秦缙和姜云翡的两双眼睛明明白白捕捉到自称不相识的两个人飞速互看了一眼，隐晦地，有些蠢蠢欲动，他们一下瞧出来了古怪。

姜珀转头问秦缙："叔叔，为什么他会去酒吧，为什么我碰巧在场，还有……"视线转向正愣神的柯非昱只一秒，掠开，"您真觉得是偶然吗？"

秦缙看了秦沛东一眼，那头脸色已经变了。

"姜——"

她打断："不要以为就你会拿捏别人的痛脚。秦沛东，你无非是吃准了我不敢说出真相，你是受害者没错，但你别忘了，我也是。这口黑锅他愿意背，我不愿意。"

她什么都想过，只是真到了这紧要关头，心仍不免抖。心里翻覆着汹涌波涛也要撑着平静，她尽量用和缓的语气告知两位长辈——

"他拿亲密视频来威胁我复合，所以被砸了手机。"说着姜珀从兜里摸出一个U盘，"这就是证据。"

放弃自尊和廉耻，一个女孩子把这样隐秘的事放到台面上来说，脸面，她是真没想过再要。

"姜珀！"姜云翡先绷不住，情绪噌地腾上来，拽着她面向自己，"你说什么？！"

手上的力道重得出奇，可姜珀眉头都不皱一下，脸灰着，心死了，一具空壳，要拽就拽吧。

"我说他威胁我。"担心她没听清，又说一遍，"妈，亲密视频。他，和我。"

在场的人都听在耳里，那一刻凝结了初冬所有寒意的冷空气"哐当"一声就碎成了冰。柯非昱突然朝这边抬了眼，兜里抽出了手。

几个词被单独摘出来，生生叫人心惊，姜云翡直愣愣盯着她，耳边炸了似的，不敢相信。在她不知道的情况下姜珀还做了这样多，太阳穴突突地疼，抽了筋犯了病，想去按，刚刚要抬起手时柯非昱捕捉到这个动作，条件反射想冲上来挡下。

"沛东——"男人的声音把窒息的空气扯出一道口子，拉回姜云翡手臂的同时叫停柯非昱的脚步，语气还是冷静，"有这回事吗？"

"……我没威胁她。"秦沛东的第一反应答非所问。

秦缙心下有了定论：理亏。

"你觉得不是威胁？"姜珀勉强笑着沉下眼，"那好，今天叔叔和我妈都在，我问你几句话，不是事实的你尽管否认。"

"你是否将早就说好删除的视频擅自保存至今？

"是否在我老板的生日会上拉我出去谈复合？

"是否把手机里备份的亲密视频播放给我看？

"我问完了。"简短，但拳拳到肉，姜珀的话掷地有声。

姜云翡在这时候才找回点理智，教育失败的事她可以回家关上门细谈甚至彻夜不眠持续三天三夜之谈，怎么都可以，但姜珀受人胁迫才是目前的首要问题。维护女儿迫在眉睫，姜云翡的语气已经变得过分森然。

"……是这样吗东东？"

"阿姨。"秦沛东态度软下来了，百口莫辩，"那份 U 盘是原件，我连原件都能给她，我能威胁她什么？"

姜珀的眼神泛着冷光："秦沛东，你觉得是什么不重要，重要的是你做了什么。当晚的人证很多，光我朋友就有五六个，至于物证，我相信警方一定有手段恢复你手机上的数据。你别忘了还有巷子的那份监控，够你告他一纸故意伤害的同时也够我告你一状人身威胁。"

几句话，秦缙听出些别的意味，手一抬，按下秦沛东急于辩解的话头，看柯非昱："动手伤人的原因到底是什么？"

无非就是判伤害罪，由头并不重要。和秦沛东的那一眼里他们心领神会达成默契，出于对姜珀的保护，他不会提到视频一事，而柯非昱将会胡诌个借口把真正的缘由瞒下来。

开始柯非昱当这对中年男女是受害者家属，没放心上，直到姜珀喊出那声"妈"，蒙了，再加上这一通弯弯绕绕听下来，他总算明白了，姜珀是在用近乎自毁的方式保他。

"看不过眼。"柯非昱握紧了拳头，喉咙滚了几十遭，想不到她竟打的这个主意。昨晚的抵死缠绵有了解释，谁都想为对方放弃自己。早知道她打了这个主意，他死都不会放她走。哪怕拿绳子绑起来，哪怕恨他，也千万别牺牲她，真的千万别。

秦缙若有所思看向两人："你们什么关系？"

两人抬头，反应很快，几乎是喊出来的。尾音相同，两个人的回答生生被柯非昱压成一句——

"朋友。"姜珀的指甲陷进掌心的肉里，从前他那么想要一个名分，却在这时委曲求全地为她做回朋友。柯非昱快速瞥她一眼，生怕她反口，再重复一句："是朋友。"

叹出的一声气，很轻，落在姜云翡耳里，姜珀的回答，她也隐约听了个三成。

秦缙作为旁观者看得门儿清，两人是有些猫腻的关系。但说到底，朋友还是男友根本无所谓，混混女婿自有姜云翡发愁，无须他来操心，他此刻最在意的是姜珀的诉求。

"小珀，咱们一码事归一码事，沛东是有错，但错不至此。"

心凉到底反而硬起来，姜珀说："秦叔叔，您站在我的立场想一想，他存着视频已经是别有居心。"看着一脸震惊的秦沛东，姜珀不介意把话说得再重，"如果他传播开了呢？"

一句话激起千层浪，不到十个字，从民事到刑事层面。

"我没有！"秦沛东猛地支起上半身，却不想狠狠牵动了脆弱的缝合伤口，扭曲着表情，"嘶"的一声又狼狈倒下，倒吸凉气，说不出话，正因为房内太过安静，所以听着才更为揪心。

秦家对秦沛东的管教绝不输姜家，高压下长成的苗子一直规矩板正，前途大好，可一旦立案，不管是拘留还是判刑，他的人生都会留下无法磨灭的污点，还是这样下作的污点，这是军人出身的秦缙无法忍受的事。

姜珀在赌，她不惜豁出所有，筹码抛下去，赌一份秦缙对家风的看重。

姜云翡目视这一切，私密照，一种足以让人社会性死亡的东西，对当事男方不仅毫无影响甚至还会成为谈资的东西，后怕和担忧恐怕只有女性才能共情。

她往前一步护在姜珀身前："就算我女儿不愿深究，我也不肯，老秦。"很硬的口气。

"事情可以再商量。"

呵一口气，姜云翡皮笑肉不笑的，这便是要撕破脸皮了。

秦缙依然平静："你我都是父母，就像你对小珀所言无条件信任，我也一样，我不认为沛东是恶意威胁乃至大肆传扬，真要报警处理，一切证据都需要警方先行过目。其次，事情已经发生，就算小珀朋友是出于情谊出手伤的人，毕竟造成一级伤情，这笔账也不该就这么抹平。云翡，大家是差一步做亲家的街坊邻里，事情闹大了不好看。"

话说得稳健，好听入耳，恩威并施。姜云翡尚未给出确切回应，姜珀就先一步发问："您怎么想？"

"我替沛东作保签一份协议，承诺视频销毁干净，赔偿我会给到位。另外，你朋友伤人，我们同意签下谅解书。"

姜珀摇头："撤案。"

秦缙着实吃了一惊，小姑娘，心太狠。他没松口："法律程序得走。"

"那就一起法庭见吧。"

"有必要做到这个地步？"

当然有，姜珀的姿态坚固如磐石，不搭腔，脸上的神情丝毫不退让。一番僵持伴随着秦沛东压抑在喉咙的痛苦呻吟，气氛一时紧张，姜云翡握住她的手。

"姜珀。"她叫她名字，手上不轻不重摁两下。自己的事要紧，犯不着为别人死磕。

姜珀不管暗示，重新申明一遍："不需要保证书也不需要赔偿金，就一个要求，撤案。"

"不可能。"秦缙的态度也坚决。几厘米的伤疤留在脸上是一辈子的事，这个哑巴亏他们吃不下。

局势至此已经太过明了。秦缙希望秦沛东干净，姜云翡挂心姜珀名声，姜珀力保柯非昱清白。三方各怀莫测心思，顾虑着，放不下，怎么都谈不拢。

"用不着。"在旁沉默许久的柯非昱突然出了声，谁都不看，站住了，脊背和脖颈挺得笔直，"一人做事一人当，什么后果我都接受，用不着妥协和遮掩，该怎么判怎么判。"

他看着所有人："我只求坦坦荡荡。"

病房外，姜云翡坐在医院过道的长凳上，联系身边信任的律师朋友咨询案情，手指在屏幕上一笔一画地写，姜珀心里清楚姜云翡是急性子，现下的镇定不过是假象。风暴在内心酝酿，挣扎许久，她终于开口喊出一声干涩的"妈"。

姜云翡顿了顿，像是被这句称呼拉出了沉浸的世界，先放了手机，摘下眼镜，最后是摇头，缓慢地摇头，有种"我可受不起"的无奈感。

"你还当我是你妈？"

姜珀一句话开了个"我"的头就卡住了，嗓子紧得厉害。自由，恋爱自由，人身自由，面对一向保守严厉的母亲，这一桩桩一件件她从未讲起，不知从何讲起，更不知如何讲起，喉咙被苦涩堵住，发不出声。

情绪升腾到一个阈值就灭了，翻不起波澜，连训斥都没有，她知道姜云翡对她已经失望透顶。

她淡漠的语气，没有多余情绪，除了失望，还是失望。一双手藏在衣袖里，姜珀两边都揪着衣角。姜云翡肉眼可见她的无措，两个人一高一低，这个视角，一览无余。气愤，可她再气愤也深知此刻再去计较事情本身的错对已然太迟，教育的话好不容易在嘴里咽下去，视线里却火上浇油地现出一个身影。

那人就站在长廊尽头处，挺显眼的一个，手插裤兜里，没靠近。那一身上下的"狗链子"似乎开始在耳边叮当作响，闹腾，姜云翡的头开始闷闷地疼。

"你那提的是什么条件？撤案？你现在都自身难保，你还有心思去管别人撤不撤案？"

"他是为我才惹上的官司，我不希望他出事。"

他，连名字都不叫了。一个字，他。说不尽道不明的情谊和矜持，承载了多少欲语还休的少女心事。暧昧到了极点，这样的话姜云翡多听一句脾气就压不住。

"我不管他是所谓的朋友还是什么关系，你赶紧给我断绝来往！"

"为什么？"姜珀问了这三个字，轻轻地。

姜云翡怒极反笑："你还敢问我为什么？姜珀，你是我多悉心才培养出来的孩子，干干净净，结果跑去和那种不三不四的人鬼混甚至恋爱，你还敢问我为什么？"

望着姜云翡鬓边长出的白丝，姜珀抿唇："他不是不三不四的人。"

"那他是什么？痞子？你告诉我，你还要我形容得多好听？"

姜珀的喉咙干到连声音都是沙的："他是 Rapper。"

姜云翡愣着，努力去理解这个词。陌生到能想起和这个词有关的只有闹上娱乐周刊乱七八糟的花边新闻，再想远些，甚至是社会新闻。

滑天下之大稽，姜云翡想不通姜珀怎么敢拿出 Rapper 一词来反驳她的观点："他们能是好人？"

见姜珀要张口辩解，她的头又开始痛。

"别说了。"

"妈……"

"我让你别说了！"深呼吸，姜云翡尽力降下音量，"大学这四年是我疏于管教，事情发展到今天这个地步，我有一部分责任。你现在一头陷进爱情里不听大人劝，等将来真出了什么事一切都迟了。姜珀，我当你叛逆期来得晚，社会阅历少才被这些人的花言巧语和手段蒙蔽到看不清现实。总之，和他断绝来往，正好期末放假，你马上和我回家，同样的话我不想说第三遍。"

"做不到。"轻轻的一声，飘到空气里就散了，一点儿回音没有，姜云翡差点以为出现幻听，沉默三秒，又听姜珀道，"我做不到。"

"什么？"姜云翡眯起眼。

"他是很优秀的音乐人，对我很好。妈，他是一个很好的人。"

"你是识人不清，被骗了还不自——"

"他从来没有骗过我！"姜珀第一次不由分说地打断了母亲的话，语气和表情如出一辙的坚决，维护之意溢于言表，明摆着绝不允许任何人往上践踏。事情已经一波三折得让人身心疲惫，姜珀蹲下身，对上姜云翡震惊的脸，双手恳切地覆上她的膝盖，深深望进她布满血丝的眼里。

姜珀想要讲道理："妈，您设身处地想一想，如果当晚在场的是您呢？是爸呢？抛去和秦家这些年的交往和情谊，你们又会怎么做？"

"祸端因我而起，他却对视频只字不提。话您都听到了，他说他问心无愧。我们早就分手了，他到现在宁可坐牢也不要我拿名声去换，这样毫无保留的感情不算好，那怎样才算好？"姜珀吸一下鼻子，本想平复情绪，却越发觉得憋屈，"而您一直视为己出，极力撮合我和他在一起的秦沛东，欺骗我威胁我，事到如今，识人不清的究竟是我还是您？！"

一个耳光不偏不倚打过去，姜珀半边脸麻辣辣的，登时就耳鸣。

耳边立即有急促的脚步声朝这边赶来，姜珀没转头，快速丢一句"你站住"。声音不大不小，刚刚够他听到。就像悟空给唐僧画出的那个圈，脚步被困，柯非昱在距离她三米的地方定住。

姜云翡颤抖着手，一字一句告诉她："姜珀，我打过你很多次，弹钢琴时我打你的手，跳芭蕾时我打你的腿。但耳光，这是第一次。"

姜珀单手捂着脸，抬起头。两人眼里皆蓄满了泪。她狼狈，姜云翡的表情绝不会比她好看，也是颓败模样。这一巴掌耗光了她所有的力气，到底是打在谁身上，不好说。

"是。你的胆子随着年龄渐渐大了，你身上我引以为傲的品质一个个消失不见，取而代之的是抽烟喝酒撒谎和顶嘴。我知道你现在有本事独立，我管教不了你，但我可以明确告诉你，天底下根本没有父母会接受自己的女儿和一个混混搅和在一起。所以是要他还是要这个家——"

"姜珀，你自己选。"

柯非昱不是唐僧，"不驯"二字死死刻在骨头里，天生注定不服管，所以，他走出了那个圈。

姜珀被拽着胳膊拉起来的时候还没从掌掴中回神，一声"阿姨"先让她被动地打了个冷战。脚下正酸软，他的手指不由分说强势插入她的指缝中，稳当当牵着，一下给她定了心。

浮木终于找回实感，而后姜珀迟钝地意识到这两个她从始至终避免碰面的人马上要说上话了——在不适宜的场合，以这样不体面的方式。

"混混"，很摧毁自尊心的一个词，扎进她的耳膜里，柯非昱也一定听得到。生怕他一个鲁莽做出什么无法挽回的事，姜珀紧紧抓住柯非昱的手，急迫晃两下，话在嘴边了，可偏偏慌到说不出口。

"这个决定我来做。"不同于她的慌乱，柯非昱淡淡瞥她一眼，把话回给姜云翡听。

姜云翡的眼神盯在他们十指交扣的地方。她当了半辈子的教师，青春期少男少女那点心思野火烧不尽，棒打鸳鸯的事见了太多，也不手软地做了太多。然而天道好轮回，今天，这根棒结结实实打到了自家孩子身上。她起身拎过包，看着这个在她眼中穿着和做事均不入流的社会青年。

柯非昱倒不躲不藏不畏惧，就那么对视上："阿姨，我曾经的确混过，现在说不上改邪归正，但还算有一份能养活自己的工作。我是爷爷奶奶一手带大的，自觉这世上没有什么能比亲情更重要，要她为我放弃自己的父母，没必要，我会主动退出。"

话音刚落，姜珀脊背受力，走了两步，手上的暖意如潮水般消逝退去，后知后觉地发现她身侧站着姜云翡。她的手指抽动一下，指腹触到干燥却并不温暖的大衣面料——所以，是他松开了手，姜珀惊愕。

"她不必选择我，但我不会放弃爱她。我会用所有的诚意向您证明。"

姜云翡似笑非笑地说："听上去很有担当？"

"我更希望用行动来坐实评价。"

姜云翡嘴角的笑渐渐淡去，接着就变了语气："凭什么？凭你一张灵活的嘴皮还是凭你马上要面临的牢狱之灾？"

姜珀实在听不下去："他是为我——"

"为谁都不行！过程我不管，我只在乎结果！把人打成轻伤一级是板上钉钉的事，武断冲动，素质可见一斑！"

焦头烂额的一腔怒火正愁无处发泄，姜珀是直接撞到枪口上。刻板印象在，入眼全是虚招，以姜云翡一贯的家教，和这样的人多打一句交道都是浪费时间。她拽着姜珀抬脚就要走，柯非昱上前一步挡住她们的路。

"和冲动无关，即便时光倒流我依然会这么做。"

没别的，就想坦白这一句，柯非昱表完态，望着姜珀后退一步。他不拖泥带水，意味明确，痛快放行。

这下轮到姜云翡停了步子，她不由冷笑："与其在间隙示爱表态不如担心你自己，别的不说，试问有哪位母亲会放任女儿和这样的人交往？年轻人——"

重戴上眼镜，姜云翡转头看他："我明确告诉你，不可能的。"

姜云翡拉着姜珀回了学校，和导师韩明见了一面，出办公室的时候，实验室的假条已经拿到手了。这个假一请就是几个月，用的什么理由，姜珀没过问。

没来得及带上任何行李，也没来得及给所有人一个交代，她就和姜云翡坐上了开往机场的的士。几个小时的飞行时间后，姜珀回了家。

大约是姜云翡事先和陈中宏知会过，他在厅中坐着，静悄悄的，没开电视，周身笼罩着阴霾，看了一眼姜珀。女大避父，事情的性质尴尬，陈中宏神色复杂，姜珀也缄默不语，上楼，反锁上自己的房间。

一楼持续有动静，开始只有姜云翡一个人的声音，压着，并不大，多半是在叙述事情经过，而后夹杂进了几句男音，很低，但仍旧听不清，后来声响逐渐大起来。

陈中宏的性格平和，平时本就寡言少语，在姜云翡的强势做派下更是常年保持沉默，这般激烈的对话少之又少。此时已将至深夜，打个喷嚏都格外清晰的时候，何况争执。

今日陈中宏一反常态，脚步声冲上主卧，姜珀听到行李箱重重倒地的声音。他执意找秦沛东要个说法，轮子的滚动声不断，像在推搡争执。

姜云翡的声调扬起来："你还想怎么样？那个混混已经把人打成那样了，他脸上的伤缝了针，永久留疤了你明白吗？"

"那是活该！女儿受这么大委屈，你能冷静我不行，身份证还我！"

"陈中宏！"

"还我！"

随后是一阵杂乱的脚步，拉扯碰撞咔嚓声，有人在大喘气，还有什么东西落了地，尖锐的一声，闷闷凿进地板，很深，乱七八糟一大通往姜珀脑子里钻，明明下一秒就要炸了似的，又突然诡异地静下来。

沉默了许久，传来男声："身份证没了还可以办临时证明，你有本事把户口本也剪了。"

"亏你还为人师表，出了问题居然想着用暴力解决，年纪大了反而长本事了！"

"就算我要做什么秦缙又能怎么样？是谁理亏在先？我坚决不同意走司法程序！"陈中宏的音量又压下来，"呈堂证供都是要被轮番检阅的，真闹上法庭她以后还怎么做人。姜云翡，你就是这么给人当妈的？"

"我怎么当妈可轮不到你来评价！"姜云翡立即反唇相讥，"姜珀从小到大的教育你出了多少力？倒是会嘴上要求她优秀，补习班兴趣班哪样不是我一个个陪过来的？除去身上那点血缘，你比陌生人还要不如！"

意见不合，矛盾点从官司轮至教育，最后演变为一场夫妻间积蓄已久的矛盾大爆发。手机被没收，姜珀放不了助眠音乐，身边又没有烟，一切烦躁和不安无处安放。她疲惫不堪，但也只能一口气悬着，干叹气。

外头的动静断断续续，静了又喧，喧了又静。姜珀一晚上似睡非睡，总盼着清净，可真等到静了反而心慌，她呆呆望向窗外，被姜云翡拉走时柯非昱对她点头的画面挥之不去。过了不知多久，耳边渐渐有车轮碾过雪碴子的声音，"嘎吱嘎吱"，窗外的枯树枝被下了一夜的细雪压得晃悠，扑簌着，不堪重负，最后细微的"咔"一声。

折断的边缘她慢慢看清了轮廓，是天亮了。

这几日，里总兜里的电话隔段时间就响，他成了大忙人，厂牌全国巡演的事暂时顾不上了，交给刘思戈去主持全局，完了回头继续和律师交涉。赵阙站一旁听着，偷偷给柯非昱比画了个数字三，又做了个夸张的嘴型——最多。柯非昱翻了个白眼，袁安妮越过赵阙的肩身去敲柯非昱脑袋，问他有没有姜珀的消息。

柯非昱摇头，下意识瞟了眼屏幕。一方有难八方支援，朋友们都热心，这几天收到的信息不少，但就没等到想要的那条。

柯非昱靠在长椅上，望着她离去的方向失了神。

那日姜珀三步一回头，神色里藏着多少想说却没说出口的话。谁不是心有不甘，谁不是迫不得已？但束手无策，总不能连带着她一起焦急。手机在手心里不停转，柯非昱烦躁得多少有点儿颓。

FK 的名号在江湖向来呼风唤雨，要什么有什么。因为总是被爱，所以行事乖张，所以有恃无恐，可到了现在，柯非昱才发现这个世界远不如他想象得那般简单，他的问心无愧在各方压力面前一文不值。

姜家放话要求身家清白，秦家不甘心想起诉到底，里总为团队急于平息事态，兄弟们都想往上走，他不能坏了一锅粥。人人心里都有算盘，噼里啪啦响。

柯非昱无所适从，心里躁得慌，手举到嘴边正要啃下去，一群医护人员做完例行检查从病房鱼贯而出，动静不小，一时转移了几分注意力。

队伍最后是秦缙，他站在门边对柯非昱示意。

起先柯非昱并不愿意，觉得烦，觉得晦气，看不起，但后来硬是被袁安妮从座位上拉起来，压低了声音不停在他耳边叮嘱，要他端正态度，争取谅解，让他想想团队，想想姜珀，想想自己。

他拗不过，心不甘情不愿走进去，坐下。

这是柯非昱长时间以来正儿八经看秦沛东的第一眼。床上的人头上缠着胶布，脸上有一条遮不住的伤疤，缝线清晰可辨。

酒吧附近巷子的地面有什么都不稀奇，多半是被不知名的碎片划的。袁安妮对医美颇有心得，早就告知柯非昱这个疤难祛，八成是一辈子的事，语气挺惋惜的，说好好一个人，就这么破相了。

破就破呗，谁叫他下作。

"找我干吗？"

"她走了？"

"嗯。"

"被姜阿姨带走了？"

"嗯。"

"回家了？"

"嗯。"

连着应完几句，柯非昱懊恼，凭什么自己有问有答。对方像憋着屎一样地问话，不痛快，让他很烦躁："有话说话。"

秦沛东默了半晌："你信我吗？"

柯非昱反应了几秒："我信你？信什么？你没威胁她？分手了把人视频存到现在，不是威胁是准备留着当传家宝？"

秦沛东没理会一连串的讥讽，往柯非昱身后看了一眼，秦缙不放心这二人单独相处，门开着："我爸和姜阿姨是一类人，他们现在看着都在张罗官司。其实真要打下来，对谁都没好处。"

柯非昱闷闷地应了声，想起什么，语气一转："怕了？"

秦沛东叹气："我说了，没威胁，更不会四处传播。"

柯非昱眯起眼睛，冷笑。某些不良网站上满天飞的情侣视频不说了，就近的，圈内拍了传播的也是一抓一大把。他不理解，还挺莫名其妙的，怎么有人会喜欢分享自己的女朋友给别的男人看啊？神经吧。

想到这儿就冒火，柯非昱新仇旧账一起算："你能不能少搞小动作？光明正大求她复合我还敬你是个男人，又是用小号微博私信又是拿着视频威胁，我真瞧不起你，啊？"

"私信？"秦沛东皱起眉头，"我没有。"

"你有。"

"我没微博。"

"你有。"

秦沛东来回否认了几次，咬死了，坚持着不认。两人大眼瞪小眼，终于秦沛东先松口，将信将疑："给我看看。"

柯非昱冷哼一声，划拉屏幕，在微博私信里一顿找。雨后春笋般的爆料是他们在酒吧公开一吻后冒出来的。霸凌舍友和劈腿男友的八卦混杂在一起，言之凿凿。那时他看着所谓的罪证，倒是想起她只身一人坐在校门口说是和舍友闹了矛盾的那个夜晚，也想起再远些时候，她回绝他追求的说辞。

来龙去脉究竟如何，他不明白，姜珀也从未向他提起过。谁的女朋友谁知道，身正不怕影子斜，他们两个人的私事和那么多人报备干吗？没必要解释，特别是反骨心态作祟，他转头就在微博上把恩爱秀得更厉害。

五分钟过去，柯非昱把手机扔给秦沛东："铁证如山，自己看。"

秦沛东接了过来，是有这么个号。乱码 ID，原始头像。爆料人对两人间的事情了如指掌，不客气地点明柯非昱上不了台面，姜珀也就是玩玩，真结婚，还得讲究门当户对。

那些言论条理清晰，话里话外玩的就是一个心态，挑拨离间有一手，很难说不是利益相关者发的。两家其乐融融出游的照片被一并附上，爆料背后的面孔愈发清晰起来——像极了一位气急败坏的出局者。

"不是我。"秦沛东还了手机，音色很沉。

"那是鬼？"

秦沛东的脸色难看得厉害。这些信息的确私密，但除了他们二人外，还有第三人知晓，且正是通过他的口泄露出去的。过分的在意用心怀愧疚说得通，但用怀恨在心也同样说得通。背后环过的拥抱、声泪俱下的道歉、体贴入微的殷勤……还有太多当局者迷的盲区，而这些林林总总的迹象全都汇聚成水珊珊那份远道而来的关心，即刻响在秦沛东的耳边——"你还有复合的筹码吗？"

很意味深长的一句，包含了多少看热闹不嫌事大的戏谑。那时他被柯非昱的存在刺激得不轻，想起也许自动备份了的视频。水珊珊的温馨提示就像最后的稻草，他不顾一切地向姜珀献忠，却适得其反，最终落得一个在道德上孤立无援的下场。

不仅姜珀难以置信，秦缯也无法理解。

在承认那晚的所作所为后，秦沛东清楚地觉察出秦缯的愤怒和失望，父子间的信任荡然无存，他明白接下来父亲的一切坚持都只是强弩之末。沉默在此刻成了故作镇定的心虚，柯非昱更加肯定了自己的判断——就一个死变态，向他道个鬼歉，掉价，他冷冷道："说完了吧？走了。"

"我不看好你。"

柯非昱刚站起身走了两步。

"或者说，我厌恶你。"前方的秦缯把手机放到了耳边听电话，柯非昱停住，听秦沛东继续说，"温室里的花朵追求离经叛道，姜珀想要的新鲜感你能给，我了解她，别人越是阻挠越是会激起她的叛逆心。她为了你一定会死扛到底，公布证据也在所不惜。但我舍不得，我会说服我爸撤案和解，只是你别忘了，什么感情都有保质期，我和她不是没有过快乐的记忆，可七年的时间也敌不过一时性起。"

"我很好奇过了我这关你们还能走到哪里。"

听到这儿柯非昱才舍得斜额过去给一个眼神："那就继续好奇吧。我们会走到你走不到的地方。"

一副自以为好人做到底的姿态高高在上，什么毛病？多看一眼都算他没格局。柯非昱黑着脸径直与刚放下了手机往内走来的秦缯擦肩而过，就在他关上门的下一秒，里头传来一个低沉的声音："小珀说，她坚持上诉。"

肃杀的空气盘旋在城市上方，这个冬天格外冷，难熬。

或许是姜云翡的那股冲动劲儿退去了，利害掂量清楚了，她在这些天里不止一次劝说姜珀，要上法庭可以，但要搞清楚目的："上诉的周期拉得长，伤敌一千自损八百。你……"

沉默，不接话，没有然后，姜珀的对抗绝不似断食这类孩子气的威胁，她到了点就下楼，没落下过一顿饭，该吃吃该睡睡，只是始终缄默不言。但无声的博弈才最是可怕，没人能阻止一颗破釜沉舟的心。

姜云翡最终还是让步，给秦缙打了电话。陈中宏看在眼里，暗地里叹气，亏欠姜珀太多。

她自打婴儿时期就听话，在姜云翡的肚子里毫不闹腾，相识的准妈妈都羡慕，说她运气好，小孩这样乖。姜珀懂事，甚至是懂事得有些过头了，在上幼儿园的年纪就成天陀螺似的转。

那么小一个孩子，看着同龄人跳皮筋眼睛都直了，却不发一言，背上书包又匆匆赶往下一个兴趣班。

陈中宏不是没对这样严苛的教育提出异议，但都被姜云翡驳斥回去了："我教得不好？那你以后少拿她的成绩单和人炫耀。"

陈中宏无言以对。于是姜珀就这样乖巧安分地长大，没有厌学，没有早恋，一路优等生，表现得耀眼夺目，从没让他们操过一分多余的心。

或许姜云翡是对的吧，陈中宏渐渐默认了姜云翡的做法。但他早该知道，每个人都有叛逆期的，早晚之分而已。

大门紧闭，锁上加锁，姜珀被禁锢在家的一周里时常对着雾霭沉沉的窗外发呆，她见过父母神色匆匆地进出，也见过隔壁秦阿姨拖着行李箱远去。她猜测着事态发展，却摸不出任何头绪。

有次等得实在心焦，她就趁他们外出的空当摸进书房，试图与外界建立联系。无果，网线早被拔得一干二净，她就像身处一座孤岛，消息出不去，也进不来。

捋一把头发，姜珀靠向椅背疲惫地揉眉心，视线无意间与桌面平行，在放满教学资料的书桌角落，有几份未经标注的牛皮文件袋，这不是父母的行事风格。

　　姜珀心生疑惑，慢慢坐起身，几圈绕开文件袋上的白线，小心翼翼取出资料——全都是关于模特行业的调查文献。

　　姜珀草草翻阅，里头的内容客观全面，从行业现状至前景，都是用心搜寻过的结果，上面的笔记做得认真仔细，甚至一些总结性语句下还有勾出下划线，将提示语句补充在旁。两种截然不同的字迹，姜珀再熟悉不过。很厚的一沓资料，也许还有些别的什么。

　　但远处传来轻微的声响，姜珀没来得及看，压下复杂的心绪，将桌面迅速恢复成原样，然后悄声离开书房。在离开旋梯的最后一秒，她看到了姜云翡的拖鞋。

　　警觉的功夫都是练出来的，以前她偷着抽烟，全靠耳力分辨父母脚步声的远近，以此把握时间去完成通风散气清烟灰等一套熟能生巧的程序。

　　姜云翡和陈中宏的审慎斟酌不无道理，姜珀能理解他们的苦心。

　　模特，说白了就是吃青春饭的行业，黄金期不过几年，而市场的竞争和更新换代又太过残酷，模特们日趋低龄，宁愿放弃学业也要争先恐后挤入这个看似光鲜的圈子，但二十五岁的分水岭过后，他们又该何去何从？这也是姜珀需要考虑的人生议题之一。

　　可他们不主动提起，姜珀便也配合佯装不知，一无所知的日子里，她能做的除了等待，只有等待。

　　隔天，姜珀用过早餐后起身准备回房，姜云翡却出声叫住了她。她回头，心心念念已久的手机居然出现在桌上。

　　事出反常必有妖，可那会儿姜珀根本没心思去看姜云翡的脸色，她满脑子都在担心母亲临时改变主意，所以几乎是以掠夺的速度慌忙拿起，攥在手心中，死死按住电源键。

　　开机的第一件事就是点开微信。眼见红点的数字不停增长跳动，消息栏却并未跳出他的对话框。

　　她是急糊涂了，姜珀后知后觉想起柯非昱的联系方式早被他亲手拉黑，但两人的默契在，她相信他有报平安的自觉。

269

姜珀退出微信，进入另一个绿色 App，她往下翻，在乱七八糟的服务通知中，她好半天才找到了那个化成灰都能记住的陌生号码，点进去——等我。沉甸甸两个字，发出时间就在他们分别后的几分钟。

她这才打起精神重新去梳理微信里来自四面八方的消息。得知内情的几位口风都严实，袁安妮看起来全然不知视频一事，只是每日转达情况。

就在她记录中断的昨天，秦沛东发来一条短信，说他要出国养伤了，有缘再见。与秦沛东的言简意赅相反的是麦宝仪，消息发得尤其多，最新一条是：**你前男友突然问你家在哪儿，我吓死了，没说，他不会要把你怎么样吧？**

打出问号的手指还悬在发送键上方，门铃突然响了，姜云翡和陈中宏你看我，我看你。姜珀的脑子轰了一下，短暂的宕机过后一步冲到可视门铃旁，姜云翡也反应过来了，赶过来意图阻止，却不及姜珀朝思暮想的手速。

门被推开，外头站着一个人。

一头偏乖的碎发，FOG 双帽灰卫衣外套了一件黑北面，肩上有未融的细雪，牛仔裤难得没破洞，脚上一贯花哨的球鞋不见了，取而代之的是一双帆布鞋，乍一看，是学生气挺浓的一个男高中生，柯非昱拉下口罩的同时摘下帽子，深色的眼睛对上姜珀的目光。

想说的话太多，但绵绵情谊要有个度，得收住，收好。柯非昱转而朝两位长辈鞠了个躬："叔叔阿姨好。"

"你好。"陈中宏和善地问，"你是姜珀的同学？"

姜云翡没给好脸色："有事吗？"

陈中宏尚未明白情况，不解妻子的冷淡从何而来，说外边儿冷，还招呼着他进来坐。姜云翡在一旁听着，实在没忍住："他就是——"

夫妻两人相视一眼，陈中宏偏头不自然地咳了一声，姜云翡随之接过话："这里不欢迎你。"

"妈……"姜珀求情的话被一记眼刀瞪回去。柯非昱反应很快："阿姨，我这次来是想给个交代。"

眼看进不去了，他索性在门口把话一次性说完："二位也一定了解进展，虽然对方同意撤案，但不论出于何种缘由，动手就是我的错，法律程序在继续，等到判决结果还需要半年时间。"

"为什么不撤——"

"知道了。你还有什么想说的吗？"

姜珀脱口而出的追问被姜云翡冷冰冰打断，两位长辈的脸色都难看得过分，就差没将逐客令写在脸上，柯非昱自知不受待见，摸摸鼻子，摇头。

"没了。"放下了手中的见面礼，柯非昱再鞠一躬，深深看了眼一旁手足无措的姜珀，转过身缩着脖子重戴上帽。看着他插兜迎着风雪往阶下离去的身影，她的心脏钝痛。

她见过他在 battle 场上的骄傲，一张嘴就是最快的枪、最利的刃。他年纪很轻，要什么有什么，想赢的比赛从没输过。

狂妄，说他是一个时代的传奇也不为过，而就是那么一个意气风发的人，却在她的父母面前受尽所有的冷眼，心甘情愿变得黯淡无光。

不甘的脚步眼看就要追出去，可她一下被姜云翡扯住了衣角："你敢？！"

她敢，她当然敢，事到如今她没什么豁不出去的。可被爱是义无反顾的勇气，更是心甘情愿的软肋。她深知这不是他想要的结果，他没能够拥有的亲情，他会为她守住。

姜云翡和陈中宏在后头低声商量着什么，姜珀没心思去听，愤然甩开手上了楼。此时手心传来振动，她皱眉低头，在看到号码的瞬间太阳穴突地一跳。

机身被急急放到耳边，不等她开口，电话那头就问她现在在哪儿。

"……什么？"

"找个就近的窗户。"

心跳加了速，她不由屏息，什么也没顾得上问，疾步回了房间。

锁上门，她一边拉开窗，而他就在感知这一动静的下一秒侧目过来，一边伸手扬着招呼，一边从错误的转角处看着她倒退，直至完全站到她面前。穿搭风格是变了，但眉眼桀骜依旧，不像受过什么打击的样子。

姜珀将下唇咬了又咬："新发型很帅。"

他笑："我什么时候不帅？"

两人隔着一道矮墙长久地对视，姜珀红着眼笑了笑。也算不上笑吧，顶多是三叉神经的抽动，挺苦的。

爱情是不是真的好伟大？伟大到两个人甘愿抛却个人主义，你保我我护你，到最后彼此亏欠得太多成了死循环，缠绕互生，谁都走不出去。

从事发到现在，算下来一个星期的时间，并不很长，但他们面上的神情都有了改变，两人心意相通了，只需一个眼神就能自动填补语句的空隙："他们今天——"

"没事。正常的。"

"我妈那天……她只是暂时接受不了，你别放在心上。"

"阿姨看人准，也没说错。"他的话轻飘飘的，看似毫不在意，还在笑。

凝望他许久，姜珀终于问出最想问的那句话："为什么不接受撤案？"

"因为想堂堂正正。"他轻踹了下地上的雪，"做错了事哪有全身而退的道理，你好好的，不要和他做交易。听说过判三缓五吗？我还是能在你身边。"

在身边，对，一个健健康康的柯非昱能站在她眼前就已经足够，再不要他做出什么改变，姜珀所愿不过是他能吃得饱一些，烦心事能少一些，然后过得比她想象中还要再好一些。

留不留底子不重要，毕竟他是光明磊落的人，有一点瑕疵的人生，根本算不得什么。

姜珀深吸一口气："你应该有很多事要处理吧，怎么那么忙还回来一趟。"

"来看看你，顺道巡演。"

"巡演？"

他点头："年终厂牌巡演，这里是最后一站。"

嘴巴张了又合，有些想说却碍于事态不适宜说出的话在嘴边徘徊，柯非昱想了想，还是算了，所以最后只是冲她笑笑。白茫茫天地间一双黑亮的眼，一如初见。

忙里偷闲，柯非昱有空就来，天寒地冻不怕冷。有时白天，有时夜里，只要能见面，待一小时行，待一分钟也愿意。

冬雪落在鞋面结成冰，他被冻到没血色，一说话，嘴边的雾气就糊满了脸。姜珀不忍赶他走，然而柯非昱本人觉得有意思，乐此不疲这么来回折腾，还问姜珀，说你看我们现在像不像拍电影。

"那麻烦男演员照顾好自己，别感冒了。"

小伙子睡凉炕全凭火力壮，他这种人生了病从不去医院，天不怕地不怕，就是硬扛。

姜珀不是第一次劝了："在酒店也能通话，我们可以视频，你何必这样？"

"我真人比较帅。"

她失语片刻："……你要不走吧？"

好吧好吧，知道不该嬉皮笑脸地贫嘴，柯非昱摸了摸鼻子："想见你，一个没有网络延迟的你。"

"都在一个地方，能延迟多少？"

他不管，次日照来不误。

姜珀担心被父母发现，反锁的门要确认好几遍，每次都压低了声音讲电话，像极了上学时身边那些背着家人谈恋爱的小情侣，偷偷摸摸，提着一颗心，觉得害怕又刺激。

神不知鬼不觉的往来持续了几天，隐秘的感情不可为外人道，可心酸中泡着甜蜜，也算苦中作乐。

取舍完了，姜珀早已想得很明白，不过是一份不撞南墙不回头的勇气。最怕失去后只剩追忆，度日如年，就算前路未知的崎岖再多再险，只要有他在身边，什么都不足为惧，终章由她自己来写。

这日一家人照例齐聚餐桌，用过午餐，姜珀准备先行离场，陈中宏放下筷子，叫住她。

"小珀。"陈中宏神色晦暗不明，松了口，"让他来家里吃顿饭吧。"

四人磁场诡异，柯非昱如坐针毡。家里暖气开得足，柯非昱坚持了许久，直到抹汗的动静大到引起长辈几次注意，实在没办法才脱下了外套。

姜珀注意到他脖子上的膏药贴，没问。用餐时禁止交谈，这是姜家一贯的习惯。焦灼在一言不发的压抑中酿就，空气中时不时有餐具碰撞出的细微声响。

柯非昱不是守规矩的人，姜珀知道对多动症的他来说此时一定难熬，看向他时，他却回过一个笑，眨眨眼。

姜珀戳着米饭，暗暗观察父母。她看不穿，他们各自沉着脸，态度说不上友好却也算不得冷漠。

这次的邀请是陈中宏出面的，想必是两人商量过后的结果，能请姜云翡屈尊和她眼中的混混在一张桌上共进晚餐已然难得，无法再苛求更多。

闷涩的一顿晚餐下来，最后是陈中宏主动开了口，让柯非昱上楼聊一聊。

亮堂堂的仿古书房内，紫檀木架上四面藏书。

两位长辈在沙发上坐下，见柯非昱仍站着，陈中宏指对面："坐。"

姜珀被排除在外，这是三人局，气氛凝成一团，散不开，呼吸也难。柯非昱在座位上坐得端正，两只手在腿间放着，看看姜云翡，又看看陈中宏。

夫妻二人肃穆的眼神来回交换了一个意思，于是任务就落到了陈中宏身上。

"今年多大？"

"二十五。"

"以后什么打算？"

这是很有深意的一个问题。老实说，柯非昱并不明白，但也老实地答了："继续做音乐，跑巡演。"他斟酌着，总觉得缺了什么，不完满，又加上一句，"以后我还想和她在一起。"

陈中宏略过下半句："你是说唱歌手？"

柯非昱点头。

"什么时候在一起的？"

"六月初。"

姜云翡听在耳里，脑中计算天数，眉间不由皱起，陈中宏感知到妻子的不悦，看她一眼，继续问："在哪里认识的？"

"酒吧。"这话说得太实诚，话音刚落地，姜云翡就差点儿绷不住脸色。

"姜珀真的是……"陈中宏按了按她的手，"她妈妈和我上网查过你的资料。嘻哈歌手——"

几天几夜的新闻看下来，这个中年男人不得已接收了太多负面消息。

"你们这个文化，我们理解不了。姜珀从小到大都被我们保护得很好，她不适合，或者说她不应该……"看得出来陈中宏在努力克制情绪，教养维持着，称呼还是尊重，"小伙子，你能明白我的意思吗？"

柯非昱双手捏在一起，手心出了汗："我明白。"

"希望你能理解我们。"陈中宏颔首，"这顿饭没有别的意思，之所以留你，不是因为对你有好感。闹出这样大的事端我认为很不妥，但作为一个父亲，面对这样的事，我一定会比你更冲动，事发后你没有逃避责任，这是我对你唯一的认可之处。"

耐着性子等陈中宏说完最后一个字，姜云翡就避之不及似的，几步到了书房门口。这边陈中宏缓缓起身，柯非昱也反应过来，紧随其后站起来："叔叔。"

他站到两人中间，对着姜云翡的背影挽留："阿姨。"

"就到此为止吧。"陈中宏喊了停，意思已经很明显了，送客。

"叔叔。"不放弃任何一丝希望，他在心里快速做了一个比较，然后在两位家长中选择了态度更为和善的陈中宏极力请求道，"我有想说的话。"

柯非昱抿紧唇，忐忑，不知道他能不能答应。

陈中宏默了默："你说。"

"您看到的新闻我都可以解释。我知道我动手打人就已经说明了暴力这一点。来之前，身边成了家的兄弟向我传授过经验，然而连家庭情况都没被问起，我大概明白二位对我的态度。可就算不问，我也想坦白。"

"我是老人带大的，爸妈有我的时候还不懂事，我妈留下我名字后失踪了，我爸干了不该干的事，死得早。叔叔阿姨，我不知道怎么说可以让你们安心，我只能说从今往后您可以随时让我尿检，这是我的承诺。"

他不觉得低人一等，也不觉得有多可悲，就只是有一说一地陈述，人生经历被他说得淡然。陈中宏压下情绪，视线很沉，检阅般地在柯非昱脸上走了一遍，审视着，想要看穿这个年轻人，可他的眼神偏偏坚定，没伪装，没防备，坦荡到底。

"一个问题，闹得最凶的那则新闻——"结扎，难以将那两个字说出口，不愿承认不该发生的都发生过，陈中宏的声音低到几乎听不清，"我给你一分钟解释。"

柯非昱反应很快："结扎和姜珀没有任何关系，只是我觉得几十分钟就能完成一台手术，简单还可逆，我没理由不做，以后她再没必要为无谓的意外提心吊胆，一了百了，但这件事我事先没和她商量过。我自作主张了，是我的问题。"

字句落地有声，姜云翡镜片背后的眼神动容一霎，不知该说年轻人的想法太前卫还是……男性引以为耻的尊严问题，连脾气这样温和的陈中宏都无法忍受，大环境的压力下，她在婚姻中再强势也还是成了上环的一方。几十年的时间，节育环长进肉里发了炎，下腹坠痛已久，前阵子学校组织体检才查出来。

现如今女性承担避孕责任仿佛是天经地义，所有人都如此，所有人都在为男性结扎可能会带来的后遗症辩护，甚至她也在日复一日中默认了规则，直到痛苦发生在自己身上。是，姜云翡承认她是有所改观，但到底是盲流子，无一般配的两个人，怎么可能会有未来。

姜云翡气不过，出声质问："可是你能保证什么？给她安稳和幸福？你倒是敢给，但我们不敢要。"

柯非昱闻言从身上摸出一张银行卡，放在桌上压着推过去。

姜云翡挑眉："你这是做什么？"

十二月三十一日，晚九点。人挤人，人挨人。

Livehouse 里的人海为热爱而来，厂牌成员个人 Hitsong 和合作曲一个一个引爆舞台，台下听众的垫音涌进后台，尖叫的声浪比音响还要厉害，太热闹。休息室里，赵阙笑嘻嘻过来和柯非昱撞了肩，问正对着手机发呆的他："听说你去你老丈人家了？"

老丈人？柯非昱刚想回嘴，无奈他究其一生都渴望的家庭归属感在这仨字里落了实，没舍得骂下嘴，他反被气笑："谁给你说的？"

赵阙神秘地挑眉，不愿意透露，把耳返戴上去调整几下，又问："谈得怎么样？"

柯非昱拿毛巾擦头上的汗："不是太好。"

"哟，我 K 哥还有不自信的时候？"看热闹不嫌事大，赵阙喜闻乐见地说，"多一个人治你，哈哈哈，先替里总烧炷高香。"

柯非昱摇头："你等着吧。"

其实这种事吧，不是不报，是时候未到。命，再牛的自信都不治这个毛病。他曾经也是不知天高地厚过的，但世界上总有一个人能让你怀疑自己。

一开始担心做得不够多，才哪儿到哪儿，后来等真做多了，又怕做得不够好。遇见就被吃死了，一身的锋芒打磨得厉害，上下换层皮，而他甘之如饴。

赵阙挺无语："你是不是寺庙去多了，怎么和里总越来越像了。"

"说我胖？"

"说你老。"

柯非昱冷笑着捋了一把赵阙刚理好的头发，常言道：男人的头，可断不可碰。同性间的摸头行为是万万要不得的，涉及尊卑，涉及物种，就这么一下，两个人直接在休息室追着打起来，叫着挑衅着，满身的汗止不住，从额间顺着脖颈没入胸膛，水瓶互相砸来砸去，溅了刚下台的刘思戈一脸水花。

刘思戈没来得及抹干净："你俩干吗呢？"

"他摸我头。"赵阙告状。

刘思戈看着玩烟的其他成员，示意脚下："不管管？一地水。"

"管不了。"西别手上抛的烟没叼住，头没抬，忙得满地找烟，"KK，这个有点技巧的哈，你怎么接的？"

柯非昱鞋底在地面蹭出刺耳的吱吱声，他气喘吁吁，还跑着："拿嘴接呗怎么接。"

这边闹哄哄一片，那边几个在Battle，时不时爆发一阵欢呼。

刘思戈无奈，摇摇头："老K，到你了。"

麦克风扔过去，距离多远都接得上。柯非昱熟稔地在手里掂了掂分量，不跑了，往上一抛，落下来稳稳当当再旋个圈，指着赵阙说："回来再收拾你。"

状态能收能放，柯非昱方才还嬉皮笑脸，踏上几级台阶后立马切进状态。身影迎着换场的鸣笛声出现，巨屏闪出他的名字，他脚踩音箱，仰脖润了口水，一边手上摇着毛巾朝台下舞，无须开口就引得一波又一波的欢呼。

灯光呐喊齐聚一堂，脚步压在舞台，雀跃听在耳里，心脏跳得踏踏实实，他就像回了家。

夜，大雪纷飞过后，一片白皑皑的大地。

商谈不出结果，姜珀忧心忡忡地送柯非昱出了门，到了玄关，陈中宏拦下，提出两个人单独再走走。

姜珀正想阻止，被柯非昱截住话："那就麻烦叔叔了。"

寒意过境，风毫不留情地往脸上打。冷风无孔不入地钻进身体里，让人抖抖索索。身旁的中年男人从始至终保持缄默，看着没想和他搭话的意思。柯非昱心里没数，深一脚浅一步走着，步伐虚，不太自然。

他正思忖着该不该开口打破尴尬时，陈中宏说了话："脖子没事吧？"

柯非昱下意识摸上去。

"不用遮了，我知道你有文身。"心要跳出喉咙，他还未从这句话中缓过神来，陈中宏又是一句，"辛苦你。"

柯非昱抬头。

"车上的雪。"这几天家里车库门坏了，要操心的事太多，一时没顾上喊人修，陈中宏暂且把车停外头了，可是一点儿积雪也没有。

柯非昱没吭声，肩膀被轻拍了拍，陈中宏往屋檐上方指，示意那儿有一个摄像头。背过手，男人又往两侧方向望，柯非昱这才后知后觉黑洞洞的小东西们遍布住宅区，全方位监控。

罗密欧与朱丽叶演了一段时间，原来一直有观众捧场。

"叔叔，我就顺个手。"柯非昱有些着急解释。

陈中宏摆手，又往前走了几步："喜欢做音乐？"

柯非昱老老实实地答："喜欢。"

"做多久了？"

"七八年。"

"那有段时间了。"

"嗯。"脚步踏着雪，发出咯吱咯吱的声响。

"小伙子，你一直很坦白，那我就直说了。也许是年纪大了吧，我欣赏不来这种歌，不理解嘻哈，也不希望自己的孩子和嘻哈文化走太近。"

柯非昱默默地听着，没说话。气氛陷入凝重，再走几步，到了小区门口，陈中宏突然停下脚步，转身再看他："说唱，还做吗？"

委婉过了，直白过了，话说了这么多，再笨的人都该明白背后的权衡之意了。长辈五次三番提及音乐，尽管话里话外全是不支持，但他分明听出后退一步就能再商量商量的余地。

279

多少个日夜渴求的许可近在嘴边，只差临门一脚。

很可惜，他的抱负说大也大，说小也小，说起来全都是质朴的虚荣心。人生就是要活得自在，还得帅，处事原则更是怎么酷怎么来。

当初干这行没别的，就图一个与众不同。几年一晃眼过去，多纸醉金迷的体验都有过，而他还是享受最原始最肤浅的快乐：那些五光十色的梦里，台下排山倒海般高高举起的手臂，聚光灯和尖叫声将他紧紧包围。

他想到演出就兴奋，就手舞足蹈，就睡不着觉。他喜欢这个，多困难都没考虑过放弃，特贪心，所以音乐和她，他都要，不仅要，还想让全世界都知道。

柯非昱握紧话筒，看台下："今天在这里向大家正式介绍一个人，你们应该也知道，我女朋友。"

人群开始骚动，杂乱的声响中，无数视线交错互看，以为姜珀身处他们当中。

"她没在。因为不可抗力的原因，没来。"柯非昱擦一把脸上的汗，"我收到过很多关于她的爆料，多难听的都有，她本人是看过就算，但我不行，我很不爽，所以没管住嘴。有时候因为冲动，闯了祸。"

"你们知道我话挺多，没想到也有词穷的一天。所以讲真的，我现在非常紧张。"

这话一出，不同寻常的意味立刻足了，底下猜什么的都有，起哄的也不少。柯非昱笑："求婚啊？那不是，女主角没到场，我求给谁？"

柯非昱摸摸脑袋，把冷帽边缘拉下来些："就一首歌，写给她的。"

"编曲混音母带处理这次自己全包了。样采的 Ponderosa Twins Plus One，《Bound》。我一直觉得我们的相遇就是这样。歌里头有故事，有回忆，但这四分钟的时间怎么也写不完我对她一生的想象力。"

说着他在前排找了个手机，原地坐下，镜头切成前置摄像，他舔下唇，有点儿紧张，有点儿得意："这首歌献给我的'玛利亚'，《姜姜》。"

他此刻眼里亮晶晶的，像装了星星。谁买票的时候想过今天还有这样的大场面？没有。山呼海啸，尖叫让场内温度直线飙高，台下观众此起彼伏扬着手机，浪潮一样汹涌，有几位甚至直接喊话叫他换个设备。

柯非昱的注意力被吸引过去，一女孩儿，还是扛摄像机来的。他问："重不重啊？"

摄像机后面探出个头："还行。"

"能蹦吗还？"

"可以。"

"太辛苦了吧。"

"不辛苦。你一会儿洒水时注意点就行。"

他说好，那也麻烦你注意点，找个角度，拍帅点。他把头转向手机，很低一声，只说给她听："姜珀，这是迟到的生日礼物，也是我的真心话。"

把手机还回去，柯非昱干脆利落旋个身就起来。手机主人忍不住尖叫一声，柯非昱抓着毛巾，边擦头上的汗边跑向台中央，给 DJ 一个眼神。

这么多年团队下来，默契是有的。DJ 心领神会，五束白光瞬间独打他周身。

前奏响起，柯非昱披一身光晕站在中央，拉高麦架。紧贴麦克风的嘴唇喷射的不再是锋利的刀剑，他收敛起咄咄逼人的戾气，张狂肆意的少年在这一刻改了性子。

这是一首只为她而作的情歌。

遇见你之前的我不相信一见钟情，

原谅要你姓名的我太在乎输赢；

看风吹吹过你的头发留下背影，

无法言喻的熟悉让我不想喊停。

你眼睛里有我想去的所有风景，

在你身边我的心就像玻璃透明；

让车身盘旋漂移一路冲上山顶，

我的世界永远欢迎你来光临。

心跳浮现在耳膜，柯非昱睁开眼。灯一盏盏熄，随着鼓点走，又一盏一盏亮。舞台设计成了星空顶，是她爱看的那一种。脚边烟雾慢慢飘，身后气氛慢慢营造，他拿下麦。

带着所有时间来到你的身边，

想要你照片成为我新专封面。

太幼稚都怪我错，

总是学不会低头。

计算聊天日期的灰色我做过反省，

对你的热爱是弹钢琴的指尖。

离开后我复习了一遍又一遍，

情绪被你所左右，

做只属于你的狗。

柯非昱穿着她手绘的鞋，踩着节奏，来回走。他换了路子，放弃最拿手的押韵，重心在听感，走旋律，走心。

整首歌没用什么唱歌技巧，就是普通人的大白嗓，但音色加分，胜在"除了真心没什么能再给你的忠诚"。

"Bound to fall in love"的副歌编排得有记忆点，两遍过后，台下就有了跟唱的声音。

时间和空气在音乐中缓缓流动，他张开手，让趋紫的灯光照出飘忽的光尘。观众席上手臂摇晃，涌动着光晕，而他的视线落在更远的地方。

即便那里空无一人，但他知道，她一定在某个地方看着他。

姜珀，我们注定会在一起。

跨年夜行人来来往往，厂牌的人都有安排，要么亲亲热热合家团聚，要么浩浩荡荡组团喝酒。单独行动的也有，柯非昱算一个。

Live 结束，一群人嘻嘻闹闹走出场地，他盘算着回趟酒店，洗完澡喷一身香水再清清爽爽去和姜珀煲电话粥。倒计时的雪，面对面的夜，光是想想都觉得氛围十足。

柯非昱习惯性地摸全身口袋，发现只剩个手机，一转身，问正要离开的刘思戈有没有看到他房卡。

"又掉了？恭喜咯。"

他作势要踹，刘思戈一个闪身躲过，里总正好走到二人中间，挡住了。刘思戈屈臂引他尽管招呼，柯非昱心情好，不屑继续闹，直接扭头问主理人："里总，你看没看见我房卡？"

"看到了，给助理了，在酒店里。"

互道完路上小心，剩柯非昱插着兜，站在人潮熙攘的路口。他仍在想那首歌，想她，思绪已经飘很远了。

迎面看到几个歌迷，都眼熟，他自自然然打个招呼，问："没走吗？"他们说在等车呢，他说挺巧，给大伙儿散了烟，站着聊聊天，顺便问了反响。

一个男生表示他还是喜欢 cypher 那种狠货，疯狂押韵最爽，身旁的女孩不同意这个观点，说技巧和听感难以兼得，总要考虑市场吧。另一位男生也认可，觉得快嘴做多了，玩玩旋律，多尝试没什么不好。

完了他还问柯非昱这首发不发，他说发。

"哥你可别骗我们，得发啊。"

柯非昱说行，正好有出租车过来，他说挺晚了，让他们一行人先上车，完了自己塞了几张红钞给司机。

刚送走歌迷，他约的车也到了。到了酒店，他摇摇晃晃走到房间门口，摸口袋，抬手敲三声，他慢慢来，门也慢慢开。

柯非昱酒顿时醒了大半，旋即就愣住了。姜珀穿了件内搭毛衣，领子开到锁骨，裙边长到脚脖子，在门边抱着手臂看他。没太打扮呢，像是着急出的门。

如果时间给够，他可以往深处再琢磨，但当时蒙得厉害，没敢说话没敢动。眼下的情况不是很多见，却也不是没发生过——她在门里头，他在外头，他们所有故事的开始。

"被冻傻了？"

他真不敢动，就怕梦醒了。屋门旋转半周合上，柯非昱慢吞吞挪过去，走近了，将她一张脸看了又看，张着嘴发愣，眼神都挪不动。她伸出一只手，他木了木，张开手掌握住了。

这儿的神经元非常敏感，一牵上，上下的血液就开始倒流，加速着，连心脏也被重新上了颜色，他手上的力气加重，捏得很用力："你这是，这是，偷跑出来的啊？"

"怎么可能。"姜珀垂眼，把手翻了个面儿，方便他揉手心，"我爸放我和你一起跨年。"

"你爸？"

柯非昱傻了，她爸，那个严肃的中年男人。许可来得突然，他越想越觉得蹊跷，挠挠头，低声咕哝着："考验我呢吧。"再多看姜珀几眼，他突然定了神，很谨慎地说，"我送你回去。"

"是真的。"她摇头，往后退，"先看看你的表。"

他闻言低头。秒表嘀嗒嘀嗒，时间在流逝，鹦鹉螺机械的咬合间，一个半小时的跨年倒计时——连说的话都和那晚一样。当时他没考虑太多，就想着给这场无疾而终的单恋一个交代，你情我愿，谁都不亏，结果却连身带心输得精光。

姜珀不知道他心里早已起承转合了多少遍。

"新歌很好听。"话说得轻柔，姜珀眼角唇边有缓缓流动的笑意。

"你改的曲。"柯非昱捏几下手，尽量再找找实感，他压不住嘴角，目光始终追随在她脸上，"能不好听吗？"

"少油嘴滑舌。"

两人距离靠得够近了，一股醺醺然的味道，彼此心有灵犀。柯非昱在她发问前率先坦诚，他是喝了那么一点儿酒，是上台前助兴用的，也不多，两只盎司杯。

这人酒后别提有多折腾，彻底断片儿了倒不怕，她最怕这种半醉不醉的状态，记忆浮现上来，姜珀有点儿惜命，抬脚说她想走了。

"别。"动作永远比大脑来得快，柯非昱钳住她，再拉回手臂，姜珀被他毫不犹豫压向橱柜。唇舌找准目标就往她脖颈里绕，弄得她直发痒，姜珀难脱身，说你别闹了，他不听。

他身上的热气从领口灼出来，姜珀察觉不对劲，躲开脸颊边游走的气息，用手背去探他额头温度："你发烧了？"

"没。"柯非昱捉住她手腕，拿下来，从凸起的骨头顺到指关节，掌间再一翻转，扎实拉住了她，还想继续。姜珀按住他的嘴，他对上眼神，赶紧解释自己是热不是烧。

"你给我老实点儿。"姜珀没信他，转身到桌面摸了根体温计过来，甩了甩温度，对他说"啊"。柯非昱还算老实，没再赖皮，放弃了抵抗，张嘴就咬住，姜珀摸摸他的脑袋，低头设个闹铃，抱着臂看着他等。

体温计被他像叼棒棒糖似的在嘴里漫不经心地转，看出来没拿健康当回事儿，可他偏偏又服从安排了，听话，属于一种"为你而妥协"的割裂状态。

他这样，姜珀拿他很没办法，看不下去，没忍住要说教："我是不是说了打微信视频也可以？你非要在楼下等，这下感冒了？开心了？"

"没感冒啊……"柯非昱小声回答，"那个，没了。"

"什么？"她没听清。

柯非昱从嘴里抽出体温计："微信。"他又口齿清晰补充一句，"我说没你微信了。"

"叼着。"姜珀迅速把东西塞回去，"你想加？"

他把头点得殷切，上上下下。她微笑："再说。"

其实分分合合，彼此经历过风浪，她就是开个玩笑，并没想过真的秋后算账，但在柯非昱这儿，他翻不过篇，删好友这事是他做得不地道。当时是真上火了，他从没对她说过那么狠的话，年轻气盛，说删就删。

他有时会冷不丁想起那些话，特别是夜色里，他一个人的时候。那些话都是些尖锐的玻璃片儿，细无声地往心里扎。有多难受，他明白，正因为明白，所以他才懊恼，恨不得冲回几个月前把自己捶死。

好不容易熬到闹铃响，也没管结果，多待一秒都难受，他把体温计丢给她去在意："我现在耍赖还有没有用？"

"你说呢？"姜珀心不在焉地回他，对着光找角度，一看刻度，"还真没烧。是不是坏了？"

坏不坏的，不重要。重要的是柯非昱已经在她身上摔过太多跟头，他现在极擅长自我安慰。没关系，人是他追的，实在不行再追一次，这次肯定进步。他这么想着，手上拨开她落在颈窝的头发，目光从深陷处上移："坏了。"

"是吧？"

"嗯。"柯非昱肯定，"你来给我测指定准。"

"我？"姜珀指自己，"怎么测？"

口腔测温就不是一个正常人能想出的主意。姜珀没反应过来，柯非昱也没太想让她反应过来，一手扣脑袋一手环腰身，头低下去二话不说加深了这个吻。是，有经验有默契了，再追一次，手段是进步不少。

鼻间萦满了她身上散发出的冷香，他不合时宜地想起哥几个似笑非笑的眼神。这下反应过来了，柯非昱用了点力气下去："谁给的房卡？"

全厂牌藏一个秘密，挺能瞒啊。姜珀把头往后挪了半寸，喘着问："我给你准备惊喜，你对我兴师问罪？"

柯非昱不乐意了，凑近过去："我的意思是你都把我删完了，怎么联系的他们？"

姜珀揉揉他的耳珠："想见你，怎样都能找到办法。"

柯非昱听得一怔，这一路走得不容易，他太懂这种心理。天再冷，愿意等；气再傲，愿意消。之前柯非昱笃定过这辈子卸不下一身盔甲，头昂得高，谁都不服气，后来却心甘情愿拥有一根软肋。

心爱的骨头，他宝贝着，最好谁都别来抢。姿态一放再放，什么都能让，他最擅长的是等待，能等到今天的两相情愿，不容易。再能言善道的人到这时也没了话讲，"爱"这个字，从来靠发生，不靠发声。

细汗浸湿了她的额头，哪哪儿都湿得厉害，姜珀分出点儿神去问他今晚原本打算怎么安排，他叼着她颈后跳动的经络："打电话。"

"……这么素？"

"现在素不了了。"柯非昱拉出一点距离，"想和你在一起，做什么都行……"

拿刚唱完情歌的嗓音说这种话，姜珀耳膜都快麻了，刚想喊他闭嘴，却闻见他手指上的尼古丁焦油味。想教训的话吞肚里了，她知道他也不好过，骂都舍不得骂上一句。

见柯非昱这打算和自己待一晚上的态度，姜珀有些急，拿了一旁手机往屏幕上看时间。"咔"一记锁屏，数字没看到，直接黑屏，柯非昱把手机倒扣向桌面："专心点，宝宝。"

"我怕我妈回来……"这话把柯非昱说得都给愣了一下，脑子转不过弯来："合着今晚这事儿你妈不知道？不知道你还能出来？你爸一个人能不能做主啊？"

姜珀摇摇头，难说，为了今晚，她早做足了准备，几天前就和里总取得了联系，约定好将房卡放在物业，到时候她找个机会怎么着都得跑。偏偏父母都齐着，一个在书房，一个在主卧。

近九点时，姜云翡说小姐妹有聚会，说出门就出了门。一看难度系数减半，姜珀急忙披上大衣摸黑要走，人在玄关，眼前陡然一亮，她麻着半边身子转过去，什么也没说。

陈中宏替她推开门，把她领子竖起来，拉紧了些："别着凉。"

"新年快乐。"

"……爸？"

"早点回来。"

"当时我急着打车没细想，后来到车上才觉得蹊跷。"把原委联系一遭，姜珀越发觉得古怪，"哪有那样突发的聚会，跨年夜，这种节点，更别说我还在家，我妈说走就走了，又不是你。我爸妈他们今天就好像，好像形成了某种默契，约好了一样睁一只眼闭一只眼……"

柯非昱是听着，但没听懂其中很深的猫腻，只懂了眼下的形势，敢情这都是些偷来的时间，他挺抱歉的。

想着抓紧时间，姜珀却把他轻轻推开，眉间微皱着，特别好看："柯非昱。"

"嗯？"

她看着他："你那天，到底和我爸妈说了什么？"

是说了很多话，但预想过的，一句没说。要说起来，混社会那会儿他还更稚嫩，有次为了抢游戏厅地盘的事儿，两边地头蛇碰上了面。类似的世面他见过很多，没怵过，算老练的，但当时那对文质彬彬的中年夫妇却让他慌了阵脚。

多少年没碰到老师了，该有十年了吧？柯非昱学生似的拘谨坐着，摸膝盖，想抠总是开着老大空儿的裤子破洞。

摸不着烟盒，柯非昱这才想起穿的是特意去买的裤子。头脑发紧也发热，心理防线本就不太牢固，这下最后一点寄托没了，对方没问两句，心里话哗啦呼啦就全倒出来了。

柯非昱想压着韵的，没压上，平日里口若悬河的人这会儿成了结巴，连腹稿都没来得及打，摸兜摸出张银行卡，放桌上，往前一推，夫妻二人都不解其意。

姜云翡觉得这个年轻人说话驴唇不对马嘴的，对起话来费劲儿，像缺根筋："我们家不看重这个，你没必要这样。"

"阿姨我——"

怕他听不懂，姜云翡打断他的话再补充："我说得通俗点，你富有，姜珀的生活不会有所改变；你贫穷，我们家的条件也足够让她过得自在，收回去吧。"

陈中宏也摇头："钱是身外之物。小伙子，你误会我们的意思了。"

"不是。那什么，二位也误会我的意思了。"柯非昱抿抿唇，解释，"是这样，我花钱大手大脚，漂了这么多年，从来都是过了今天没考虑明天的玩法，遇见姜珀后我才迫切地想有个家，和她一起的家。叔叔阿姨，我真心冲结婚来的，但做太多口头的承诺没意义，我知道我看着也不靠谱，不如我务实点，给您二位交个底。"

"车，刚提半年，房子有点儿难，我在努力。这张卡里是我目前所有的积蓄，都是跑商演和音乐节挣来的钱，各个音乐平台的收益也有一些，林林总总加起来是不少，但想要以此证明财力还差得远。我拿出来没别的意思，主要是图个安全感。

"无所谓家底，她靠自己的能力就能过得很不一般。正因为我知道她有多好，所以我才急于在长辈面前过个明路。

"我希望二位能收下这张卡，不为别的，只求她套牢我。"

"套牢？"姜云翡皱起眉。

对，就这词儿。姜云翡当时强调了一遍，现在也是，对着姜珀，他郑重其事地说。

柯非昱将她的无名指圈紧、圈牢，估摸着尺寸，考虑得仔细："我说希望你套牢我。"

姜珀以为自己听岔了："……什么？"

"没事。"柯非昱和她的手五指相扣，"已经套得很牢了。"

柯非昱贴着她的耳根小声说话："我根本都出不来。"

柯非昱神情很邪性，扬着嘴角，似乎在说：我的，都是我的。

开心了？开心的。碰哪儿哪儿着火，热气升腾得厉害，相握的掌心变得水津津的，分不清是汗还是别的什么。

"你别弄脏了我的衣服，我没法儿换。"

"没事。"柯非昱抵着她的额头，亲亲她的唇，"你穿我的衣服最好看。"

窗外的雪飘飘扬扬地下，屋内一片热意浓浓。

柯非昱惯会享受，客房向来住高层，能多高就多高。

酒店露台能轻易将城市的大半夜景收入眼底，两人洗完澡索性就裹进毛茸茸的厚毯里等待零点。姜珀摆弄着手机拍风景，他也在拍，自拍。

直男角度的镜头里有他，有他被薄雪染上的长发，有她毫不知情的侧脸，还有天边烟花绽放定格的一刹那。

换上新屏保，柯非昱从她腰身环抱上去，对她说有些俗套的念头想在跨年的最后一秒和她一起实现。姜珀扭头，问是什么。

风雪落在她脸上，呼吸伴随厮磨的吻烫遍颈侧，无人机就在高空倒数，柯非昱还不老实。

痒意从她的小腹升腾起来，升到一半陡然停下，她手里的东西被柯非昱一伸臂一抽手夺走，机身在掌心转一圈，往她面上打了个照面，解锁完毕。

下一秒手心叠手背，由不得姜珀多想，她的大拇指被压着点进微信。柯非昱用左手熟练地把他的微信打开，她的头像仍旧在置顶的位置。

就那么一秒，快得没能认清内容，但姜珀分明看见了那一列伴随红色感叹号的绿框，每条语音下都会显示的灰字提示——**发送好友验证**。

速度流畅到姜珀都有点看蒙了："你没删？"

"没。"柯非昱的气息往她耳朵里灌，"所以我得用你的手机删。"

这人是左撇子，双管齐下的操作挺行的。他一面还说着话呢，一面就用右手控着她通过了好友申请，她突然就明白了。

所以歌词那句"计算聊天日期的灰色我做过反省"是真的，他早猜到自己会把一切清除得干净。拿她手机删好友，起码能保存一份记录。

姜珀皱眉，半嗔半叹："你变聪明了。"

他笑一声，把手机扔到一旁的软座上，拇指轻而易举翻覆起波澜，严丝合缝，不剩一点空隙，嘴唇黏在一块儿，湿乎乎的。他抱着她亲，亲得动情，欲望烧得人发晕，红晕从眼角漫到胸口。

跨年夜钟声敲响的那一刻，此起彼伏的焰火很快燃亮大半个天空，无法维持聚焦，只有漫长的白光飘在她眼前，等待消散。

远处灯塔的光线从南射向北，又由东指向西，那一刹灯火交映的光芒恰好将整座不夜城等分切割成两半，遗憾和期待皆有。

晚风带凉，姜珀趴在栏杆上呼气缓神，柯非昱不轻不重地咬她脖子，十指交扣着，把她手腕上的皮筋顺过来，她的发丝被吹起，软软的发梢携香浮在他脸上。

有点儿痒，他想伸手拨拉开，却不知怎的手指缠上去慢慢绕，柯非昱一点一点收紧，露出她侧脸，又忍不住吻上去，他的唇从她鬓边游弋至唇边，伸着舌尖又想黏想亲。

"……刚刚怎么答应我的？"

知道做错事，柯非昱止了动作顾左右而言他："你得回家了吧？"

"嗯。"

"那，我送你。"

听得出来，他心不甘情不愿。柯非昱像小孩儿一样，是喜欢耍赖不错，却也听话。世事变迁几遭，如今他心里有了分寸，长进不少，但庆幸的是她羡慕的简单天性还在，仍旧一身反骨，爱得淋漓，恨得果敢，即便前路荆棘遍布，他的直率和坦荡也不会改变。

柯非昱将下巴埋在她肩窝处蹭个没完没了，无需言语的，光这样就能把她一颗心泡透。

他知道该松手了，也要松手了，可一想到不知何时才能再见，这手怎么都舍不得放，他进退两难，小狗一样眼巴巴望她，实心眼，望着她，只望着她。

黑色瞳仁很亮，那里藏不住情绪。柯非昱对人对事的痴迷执着从来写在眼睛里，不权衡利弊，更不惧刺伤，是一颗热乎乎的真心。

虽然他笨拙又莽撞，但她却始终会被这样无条件的信任和热烈打动千千万万遍。

姜珀撇开眼，心软得不成样子："柯非昱。"她轻声道，"你以后早点睡，不要再熬夜了。"

"好。"

"少喝酒。"

"好。"

"少抽烟。"

"好。"

"再也别打架。"

"好。"

全部都答应你，当然要答应你。要给你一切悟力，要给你生活中所能有的男子气概，要给你一个从未有过信仰的人的忠诚[1]，这忠诚包括肝脑涂地，也包括有一说一。

---

[1]此句引用博尔赫斯的《我用什么才能留住你》：我给你我的书中所能蕴含的一切悟力，以及我生活中所能有的男子气概和幽默。我给你一个从未有过信仰的人的忠诚。

　　柯非昱干净利落答应完最后一句，根据实际情况掂量了下难度，吸了口气，向她老实交代："全都做到不太真，但我会开始养生。"

　　姜珀冷不丁接了"但我会开始养生"的下一句歌词，柯非昱愣住，偏头直直撞进她的眼神里。心中有爱有未来，她笑得坦然纯粹，目光柔柔的神采融进她身后的万千灯火，他的心脏在那瞬间颤动得特狠。

　　"……不辜负你的期待。"

　　远方霓虹灯闪烁，近处心声终于相牵。

　　一切不算太晚，爱的女孩就在身边。

End

BEFORE
NEXT AUTUMN

The Extra Story

Before
Next Autumn

之前打视频电话时姜珀就听柯非昱提过一嘴，说里总有了新爱好，入手了好些装备。柯非昱语焉不详地，自己都没搞明白，姜珀更没会意，后来还是从袁安妮那儿了解到情况。

"娱乐场所都暂停营业了，他闲不住就琢磨着出去露营，想玩得自在，索性在远郊盘了块地。"这话听着鲁莽，不太像里总的行事风格。

据说基地开始空空如也，但渐渐地，滑梯秋千吊床，有一样算一样地被搬进去，该有的娱乐设施也全都落实到位。在里总的精心养护下，波尔山羊能跑能跳，荷斯坦奶牛长大不少，一晃大半年时间过去，当初的原生态荒地成了正儿八经的休闲农场。味道有了，意境足了，里总的脑筋也就动起来了。

两人驱车抵达的时候已将近傍晚。

九月底，天很高，草甸尚未黄透，还夹着丝生青，远处几座木屋随着地势的起伏被掩在水杉林深处。空气中有秋天特有的气味，山风夹杂着孜然味扑扑往鼻里钻，烤架看样子已经支了一段时间。

不知道是看到车身还是听见引擎声了，在相隔还有几米时，刘思戈背着身问候了一句："终于舍得来了？"

说完刘思戈才回了头。下一秒，他的神色惊诧得根本不加掩饰："这是——"

姜珀说："好久不见。"

"和他有什么好见的。"柯非昱丢下一句，人走前头和刘思戈自顾自地握手撞肩，完了把手插回兜，仰头问道："天幕支完了？"

很古怪的气氛。

刘思戈狐疑的目光在两人身上游离了一趟："要真等你，那我们就都别玩了，约好的下午，居然拖到现在。"说话间他抬头留了个神，看柯非昱从头到脚一身很是上心的打扮，"别是挑衣服挑晚了吧？今天都是熟人，没招蜂引蝶那个必要。"

"轮得到你猴急？"姜珀刚想张口说些什么就被柯非昱拦下话头。

"我不急。"刘思戈闲闲地往翅根上刷了层油，"收收你护犊子那劲儿，不知道的还以为我把你老婆怎么了。"

早习惯了柯非昱的气性，刘思戈拿捏得很稳，太懂说什么样的话能让他听着顺耳，甚至顺毛，所以果不其然，柯非昱就笑了。

彼此相处的方式还是没变，先糟践取笑几句后才能正经些，聊聊各自的近况。

刘思戈抱怨他的个人品牌设计那关没把控好，新品闹出了些事端，计划挖些有态度的艺术家来担此大任。

柯非昱左耳进右耳出地听，明显没太感兴趣，一手搓着竹签把鱿鱼翻了个身，一手仍插在兜里，问刘思戈新专辑准备到哪一步了。

袁安妮在隔壁棚下准备鲜蔬什锦，听着这头交谈得热烈，走过来一看，也是难掩一脸的惊讶。

姜珀先喊了声安妮姐。

"你要回来怎么也不提前说一声？"

姜珀笑笑，俯身解开野格脖子上的卡扣，让它自在跑开，然后折起毛衣两边的袖口，问袁安妮洗手间在哪儿。袁安妮一时没搞明白状况，但嘴上让姜珀先跟着，引她往林深处走。

里总在同一方向的湖边垂钓，眯着眼看过来，和一圈圈收着手中狗绳的柯非昱打了个远距离的招呼。

沉迷越野摩托的赵阙慢半拍也瞧见了，跑过来寒暄的架势惹得刘思戈家的两只比格犬也跟着发疯。

三只狗隔着老远打量彼此，特别记打，即便许久未见，后两者也能马上反应过来撒丫子逃跑。

一时间，人声狗声咋咋呼呼，热闹得不行。

天气挺好的，人来了一些，基本上都是男女搭伙，熟脸占多数，袁安妮边走边给姜珀介绍她可能眼生的几位。

"戴贝雷帽写生的那个是赵阙女朋友，再远点儿，在牧场边上互相给对方拍照的，瞧见没？光着腿和露肚皮的那俩，是西别和他带来的姑娘，刚老在偷看你。"

姜珀道了句："换女朋友了？"

"换了。"

姜珀面上没什么反应，话还是一样少，或者说，比以前更少。

有段时日不见，袁安妮上下仔细打量她，是很想说点什么的，但最后只剩一句评价："瘦了。"

"饮食不太习惯。"

"下巴怎么尖成这样？脸色也差。你当初——你妈也是心狠，为了逼你俩分手能拉你去美国。要我看，该分的早分了，散不了的怎么拆都散不了，还费那么大劲儿。而且你说怎么真就那么巧，你前男友就诊的整形医院和你学校就隔着一个街区……他后来有再来找你吗？"

"没有。"

"那你们还有——"

"怎么可能，长辈间的联络都断了。"

"看你这反应……觉得可惜？"

"毕竟认识了那么多年。"姜珀将双手放到洗手器感应区下任水流冲洗，"他人不坏。"

回忆起忙前忙后打官司的经历，袁安妮也认同："那倒是，主要是他爸和你妈是一类人，太强势。我看他自己破相成那样也没坚持刑事诉讼，就象征性要了些赔偿，好像哪里亏欠你似的，巴不得程序走快点儿。其实律师私下曾让我们做过最坏打算，毕竟他要真想告，胜算很大。"

旧人碰头，难免回忆往昔。

袁安妮感叹着时光飞快："刚认识你那会儿你才大二吧？头发及肩的长度，被 Leon 领来摄影棚让我参谋参谋。他本身嘴挺毒，但对你的评价却意外的高，开始我还不太信，但看到你的瞬间我就拍板了，这妞我得签。要不是你后来出国，我绝对有信心把你捧出更高的热度。"

姜珀抽了几张纸擦手，脸上依旧带着笑。袁安妮问她在美国找到兼职没，她摇头。

"难，也忙。"

"忙到一个月才想起来联系我一次？"

姜珀转过身，缓缓将身体重心靠到盥洗台，无奈地笑了笑："过得好吗安妮姐？"

"想听真话假话？"

"真话。"

"不好。"

袁安妮别有深意看了她一眼："说实话，你走之后，我们过得都不太好。"她继而摸出打火机，"说说我自己吧。"

细长女士香烟被夹在指尖，袅袅烟气腾起，尽数缭绕在袁安妮精致挑起的眉峰。

"公司虽然看着大，风光，实则更难维持。现在这个形势你是知道的，各行各业都不容易，特别是电商，你真以为里总搞户外是和他们几个一样孩子心性闹着玩？他也在找出路。"

姜珀把话听在耳里，心神却走得不露痕迹，点着头，礼貌都给到，但袁安妮是个生意人，只稍留心几眼就能把形势看出个大概："在闹分手？"

姜珀心脏一跳："他说的？"

"你男朋友像是会说这种事的人吗？"

也是，柯非昱巴不得把最得意一面展示给世人看，有苦从来自己藏着。

姜珀不说话，袁安妮继续问："你们什么矛盾？"

姜珀沉默许久，摇摇头。

异地恋。

袁安妮了然地把她说不上症结的病因归结于这三个字："仅代表个人观点，远距离我谈不来，没法谈。见不到面的恋爱算什么恋爱？看不见，摸不着，光对着手机日思夜想，有了矛盾甚至连架都不能好好吵，最后闹到连再见都说得憋屈。不过感情终究是你们两个人的事，外人也不好给出什么意见，只是我看你们一路走到这里，如果不是什么原则性错误，你……"

正说着，外边儿突然探出一个头，把两人都吓了一大跳，袁安妮抚着胸口："赵啊，你什么时候换了个发型？"

"烫染太多了，脱发，得养养。"赵阙耸耸肩，显得特无奈。

"是真脱了还是你爸看不顺眼，以生活费相逼要你剃光啊？"

"不是不是。"眼看最后一层遮羞布就要被扯下，赵阙红了脸，急忙摆摆手往外指，"那个，里总喊吃饭了。"

人聚齐的时候天色已经完全黑下来了，皎白的月光撒了一地，海水般的深蓝色，是秋天特有的沉郁。音乐声热闹地放着，几只狗子难得肆意放风一回，精力仍是旺盛，追来逐去打闹个没完。

袁安妮一面负责烤制新钓上的鱼，一面还得分神时刻盯紧里总儿子的手，担心他小小年纪就有样学样染上咬指甲的恶习。

年轻女孩们忙着分享刚拍的照片，在修图软件间来回切换，一门心思检查着自己的脸。

厂牌的哥几个找到舒服的坐姿，一手串，一手酒，惬意地畅谈起大小事。

镜子里，姜珀的气色出奇的难看。

她在洗手间补了个妆，口红顺着唇线一点点勾勒，偏正红的唇色因着白色高领毛衫的存在不显锋锐，反而被衬托得柔软温润。

天幕下，唯独柯非昱的身侧留着位子，姜珀走过去，整个山野都随着她的到来镀上一层松软晕白的柔光，众人纷纷往这儿看。

她拉开椅子坐下。

圣女果、玉米、西兰花、紫甘蓝、鸡胸肉，果蔬蛋白质五比二的熟悉配比，从沙拉食材到油醋汁儿全按她的习惯拌好，就连已经开了盖的酸奶也是她从前无限回购的那一款。

姜珀的手心沁出些许湿意。

女孩们还低头忙着，没空说话，而几个男人正在聊厂牌内部的工作。里总话里话外的意思表明确的，他年纪大了，这几年操心得没完没了，接下来他想转移生活重心歇口气儿，而厂牌这面大旗早晚得换人来扛。至于人选，刘思戈最合适。

面对厂牌更换主理人这么大的事儿，众人反应都挺平淡的，估摸着也不是第一次谈了。特别是柯非昱，一副置身事外的样子似听非听，串吃个不停，二郎腿跷得吊儿郎当，没个正形。

大家各聊各的，气氛不错，酒过半旬的时候大伙肚子都有了存货，席间有个女孩儿喊西别把他手边的椰汁递过来一下。嗓音听上去莫名熟悉，姜珀寻声望去，回想着袁安妮方才的介绍，一时没想到是谁的女伴。

待视线随着女孩儿有意无意瞥向的方位着落到她心内的猜测对象时，对方正向着她举杯示意。姜珀停顿三秒，回敬过去。

里总问："这次准备待多久？"

"明天走。"

赵阙的嘴巴比谁都快："那还来聚什么会啊？你俩找个地儿抓紧谈会儿吧。"

话糙理不糙，所有人都下意识望向故事的另一位主人公。

而他拿玻璃杯的手正顿在半空，挺愣的，看起来似乎对姜珀的离开毫不知情。那些充满好奇的视线自然而然变了质，有莫名的情绪在空气中胶着，说不出来的猫腻。

三秒后，柯非昱抬头，把停留在他面上的目光挨个儿对视了个遍："一个个看我做什么？"

得，这语气，明晃晃是别触他霉头的信号。

兄弟们早已见怪不怪了，咀嚼食物的腮帮子就顿了那么一刹，该吃吃该喝喝。只是可怜几个小姑娘第一次见他笑意不达眼底的架势，单眼皮压着，显得凶上加凶，她们连交换个眼色都不敢，纷纷低下头眼观鼻，鼻观心，八卦的心思全被唬得没影。

"你吓到她们了。"袁安妮瞪他一眼，随后把方才准备好的菌菇拼盘摆上桌，对姜珀道："下午来迟了项目没玩遍，基地过几天就对外开放了。"

"学业重要，你要来，随时都能玩。"里总举杯圆场，先是欢迎了姜珀到来，再感谢各位抽空捧场，最后又说了些场面话。

得体，大家听在耳里都舒服高兴，玻璃杯撞击的声音继续响。

叮叮当当清脆碰完半个圈，在撞出最后一个高亢的音节时，西别手机冷不丁收到一条来自陌生号码的信息：我要结婚了。信息是从屏幕陡然跳出来的，在他低头的瞬间直接人脸识别开屏。

西别第一反应是往口袋里摸烟盒，斜对桌的里总轻咳一声，他这才如梦初醒想起在座还有一位闻不得烟味的异性，收回手，转而向杯里沉默斟酒。

眼看时间就要逼近零点，这伙人却一点儿休息的意思都没有，冰啤一箱箱搬，烧烤一串串翻。

油香味浓烈，酒意到位，感觉慢慢上来了，席间有人开了隐晦玩笑，但都放得很开，就这么放纵酒话底线向下再向下。估摸着平时也是这个玩儿法，没人觉得不妥，都很自在，几声你知我知的咳嗽过后，几位男性端起酒杯起身互敬，柯非昱也站起来了，但没碰杯，一声不吭往外走。

赵阙看着他的背影疑惑："老 K 去哪儿啊？"

刘思戈说可能抽烟去了，里总不说话，西别闷头喝酒没空管。几个女孩儿不明所以，交换着眼神。袁安妮敲敲姜珀手臂，低声问她什么情况。

姜珀此时正叉了片生菜入口，脸颊缓缓嚼着，半晌才应她："没事，我一会儿去看看。"

姜珀是在湖边找到柯非昱的，一个背山面水的落寞身影，头上的毛线帽不分四季地照戴，手肘撑腿，上半身惯性向前沉。他的常见姿态，啃手抽烟二选一。是许久未见了，但还是太好认。

他垂下的手边缭绕着独立于篝火的烟雾，走过去，再近一点儿的地方，能看清椅脚放着几罐奥丁格啤酒，其中的一些已经空了，四仰八叉倒在地上，有一罐还立着，上头搁置的手机在放音乐。

前奏的鼓点轻轻重重传到耳里，她很熟悉。

近乡情更怯。

姜珀吸了口气，往前走。

两步，三步，草坪窸窸窣窣的响动靠近，柯非昱头没转，连一秒都不用多确认的，直接就把指间的东西弹进火堆，反应快，几乎形成了一种下意识的本能。

他抬臂，用手面扇去空气里未散尽烟气的同一时间，姜珀拉了把椅子在一旁坐下，然后转头看他。

深秋，户外温度直降十度以下的山谷，他穿一件单薄的卫衣，还要把灰卫裤的裤脚刻意拉高，脚脖处堆起褶皱，只露袜子不怕冷，怕的是突显不了品牌经典的长鞋舌。

姜珀把带来的羊绒毯往他背上丢："你也是真能折腾。"

肩背受力，柯非昱下意识直起身，背上的毯子眼看着滑落下去，他一面回头一面伸手去捞："能换个开场白吗？半年没见。"

"想听什么？"

"挺多的。"柯非昱把毯子理了一下还她。

"我有外套。"姜珀裹紧羊毛大衣衣领，再回到原来的话题，催他，

"随便说一个。"

柯非昱先是用手揉了揉脸,再慢腾腾把身体重心转移至椅背,侧过头,目不转睛看她:"过得怎么样。"

姜珀愣一下,轻笑道:"我们之间已经生分到需要这么打招呼了吗?"

"觉得生分啊。"他若有所思重复一遍,眉头轻皱,好像真的有在很认真思考该如何打破睽违许久再见时尴尬的局面,"要不要先接个吻熟悉熟悉?"

分明是调节气氛的玩笑话,他说得也轻松,但她的心却沉重,于是就谁也笑不出来。

挺有默契的,他们在心照不宣这块儿做得向来很好。

缄默的山间有晚风带着凉意吹过,一时冷得厉害,姜珀缩了缩身子,摩挲着掌心的热咖啡取暖,耳边音乐一首首放,如出一辙的播放顺序愈发验证她心下的猜想。

"我的歌单?"

柯非昱偏头看了眼手机屏幕,她的歌单恰巧切换至下一首:"习惯了。"

肌肉记忆是在他们那次分手后养成的。

那时候刚断开联系,他魔怔了一样疯狂想知道她的近况,偏偏姜珀在保护隐私这块儿做得格外好,他根本一无所获,后来还是经人点拨,他找到她曾经分享过的音乐链接,从而发现了她的音乐账号。

接下来的日子里,他每天播放歌单,关注新增歌曲,小心地凭借着姜珀在互联网里留下的为数不多的痕迹猜测她在听同一首歌的心情,幻想出不同场景下她的身影,就好像——

她还在身边。

风换了方向,打落一地黄叶,姜珀把飘乱的发丝往耳后顺,注意力被不远处露天电影的音效吸引。

即兴说唱和嬉笑怒骂夹杂在一起,更反衬此处寂寥。

柯非昱同样往灯火通明处撇了一眼,然后继续用树枝拨弄眼前渐弱的篝火：“明天走？”

“嗯。”

“几点？”

“八点。”

“定了？”

“定了。”

利落的问答过后姜珀能感觉到一旁的人有了一个明显的情绪起伏，几乎是这两个字出来的瞬间他就绷不住了，那些太想装作若无其事的心思被篝火照得明亮，很难藏住。

时间仿佛停顿了三秒，空气中谁吸了口气，不知道。喉间发出的声响瞬间湮入黑夜里，只余下木柴张裂的滋啦声不断。山间凉意本就萧瑟，此刻凝结成厚重的湿气，让人透不过气。

柯非昱随便摆弄了火堆几下，不知怎么的，又弃了手中树枝：“有时候我真挺搞不懂你的。”

“不懂什么？”

“你不知道？”

柯非昱转头盯着她，姜珀看懂他的意思，回他：“我有一场重要的会要参加。”

眼神交换，继而博弈，两个人的心脏都随着火焰的节奏鼓动。

“重要到明天就急着走？”

“对。”

“为什么不提前告诉我？”

“没必要。既定日期的会议，即便告诉你也改变不了结果。”

“那什么有必要？”

姜珀不吭声。

“说话。”

灰烬飘到姜珀的长靴上，她没去拍：“柯非昱你好好说话，我不想吵。”

“难道我想吵？”头疼得实在厉害，柯非昱揉了揉眉心，终究退一步，

"那我好好说。"

"你知道你当时说要见一面的时候我有多高兴吗？我几天都没睡好，每天掰着手指算你回国的日子。下午我带着所有期盼去酒店接你，你呢？从回来你就一句话不说。问你饿不饿，你说没必要，问你吃不吃饭，也说没必要。知道你回来一趟遭罪，我一句话不敢说陪着你静，想着我们的事不急，只要你回了国，我们有的是时间慢慢谈。"

"今天吃饭大家都在，你冷不丁来句'明早就走'，我问你，里总要是不提，你打算什么时候开口？"

他步步紧逼到姜珀无处可退，她垂了眼皮："你别这样。"

"别怎样？"他掷出手中柴火，火舌"噌"的一声腾空蹿起，红金的火星子霎时碎了满地，暗淡成细散的灰褐，弥散四周。

"对你我能怎样？"

尖锐的对话像刀子般凌迟心脏，发泄后，又是一阵自我的妥协。

"其他的我都不问了，我现在就想知道这么点时间能修复什么感情？连自己女朋友什么情况都搞不清楚，刚刚他们怎么看我的你没瞧见？姜珀，你是来给我宣判结果的你就直说，用不着讲场面话。"

"觉得我让你没面子了？"

他从鼻腔里笑一声："你就是这么想我的？可以，那我现在明确告诉你，我要真怕丢脸就不会死缠烂打到现在。"

姜珀闻见掩盖不住的酒味，不由皱眉："柯非昱你冷静点行不行？"

"我哪里不冷静了？我一字一句都在和你好好说。"他摘掉墨镜脱下帽子，一身在乎的行头全忽略掉，手伸进发间，前后抓弄几十下。

颓到极致了，柯非昱闭上眼，重重深吸一口气，又去揉太阳穴，折腾了好一遭，近乎自暴自弃："不讲道理的是从来都有自己一套行事逻辑的你。"

这股情绪压得不易，许久，他才睁眼看烟雾迷蒙的前方，尽量平心静气地说话："我还要多讲道理？姜珀，为了这份感情我什么都能做，如果不是有出境限制，我甚至可以抛弃国内的一切陪你留学。现在隔着十二个小时时差，积极点怕你嫌我烦，懈怠了又怕你变心。你出国半年，做了多少让我丧气的事你自己心里到底有没有数？"

堆叠燃烧的木头呛出烟雾，姜珀直视他下了结论："所以你就是累了。"

见他不答，她心口起伏，又问一句："对不对？"

姜珀一年前的坚持最后等来了姜云翡的让步。

"要和他在一起，可以，我们约法三章。"

姜云翡一石二鸟的心思姜珀心中有数，一旦她出国留学，两个人的感情就无可避免遭受异国考验，不仅如此，几年硕士攻读下来，她拿到学位证时的年龄就已经逼近模特界公认的限制时点。

二十五岁，届时她是否还怀有热忱，是否仍有工作机会，一切皆是不定数。

但姜珀愿意赌，愿意下重注，她对这段感情和自己都抱有充足信心，再大的风雨都蹚过，她相信时间和距离不会成为阻碍他们相爱的绊脚石。

第一个月，费城的时差遂了柯非昱的意，他还贫嘴，说挺好，他的爱永远比姜珀快十二小时。也巧，他昼夜颠倒的睡眠意外被派上了用场，两人步调保持同频，视频从早挂到晚，蜜里调油，如胶似漆。

第二个月，不可抗力在前，对于柯非昱乐此不疲的分享，姜珀只能每每抱歉地给予延时回应，与此同时，亲密到窒息的关系让她逐渐感受到吃力，毕竟日程紧凑，导师的任务多且紧，她时常无法两头兼顾，可柯非昱百忙中也要抽空的爱意她不忍浪费，只好透支身体陪着他事事有回应。

第三个月，柯非昱生日那天姜珀在实验室陡然倒下，而后被同学紧急送医，这事儿她没敢和柯非昱说，每天换着借口躲他拨来的视频电话。住院期间导师韩明来探过病，话里话外敲打了几句。姜珀同样意识到这样过分你侬我侬的状态阻碍彼此前进，因此在出院后，她提出新的时间分配方式，柯非昱答应了。而在克制的时间里交换心声，话题根本难聊彻底，未尽兴的情感反馈只能被一次次无奈地寄托于不知归期的再会。

　　第四个月，柯非昱脑子转不过弯，没太懂她那句"兵分两路山顶见"的含义，也没腻，没在意她的冷淡，依然像块橡皮糖似的黏得紧。尽管姜珀一再劝他转移生活重心专注自身，但他不听，几经争吵闹得不甚愉快。他是小孩心性，挺能折腾，语音视频连环拨个没完，急待解决的问题在他缺失的安全感下极速上升至姜珀的心是否另有所属的信任危机。

　　第五个月，柯非昱慢半拍地发觉姜珀的疏离，人心肉长，冷暖自知，他也不似从前主动。于是沟通不开的矛盾愈发深重，两人之间不可抗力太多，加之芥蒂在前，几次视频姜珀都能感受到柯非昱在大洋彼岸苦苦坚持的无望，遮不住的疲倦写在脸上，融进眼里。那时候，她第一次产生了分手的念头。

　　第六个月，远距离攒出的失望逐渐取代了表达欲，后来的争吵总是围绕"累"一个字。两人明明为着彼此着想，却各怀心事，真正的情绪和惦念瞒着藏着说不出口。感情被地域生生逼入冷淡期，只剩形式化的早午晚安，偶尔的连线也处处透着客气和疏离，恍若入了冬的活火山，只待一次在劫难逃的爆发。

　　从开始还能因为词不达意的语句吵得天翻地覆，一连冷战几日，到后来连吵都吵不起来，开着视频佯装客气，互不打扰，也互不牵绊。

　　昭然若揭的不对劲，两人心知肚明。

　　最近一次视频里姜珀熬着夜赶报告，被持续内耗的感觉太差，所以当文档敲完最后一个字时她喊了一声他的名字，疲倦地托了托额，而后靠向椅背，视线投向屏幕里的他，开门见山问他觉得这么谈着健康吗。

　　柯非昱那头的背景是他做歌的小房间，灯光特别暗，分辨不出黑夜白昼，也看不清他面上的神色。

　　他顿了顿："哪部分不健康？"

　　"不可以让那部分变健康点儿？

　　"解决方式只有分手？"

　　他连续的三句反问问得彼此心气涌动，他们深深浅浅地呼吸，而后相顾再无言。

受不住煎熬，姜珀主动挂断僵持许久的视频界面。

人在异乡，心事无人倾吐，加之学业和感情方面的压力，痛苦被无限扩张，再自持冷静的人都能分分钟被逼到崩溃。

在濒临抓狂的时点，她硬是裹着宽厚的长围巾下楼买了包烟。

夜风侵袭于面，吹得她又恢复了些许理智。回到公寓，她把未拆封的烟盒扔到角落，在每个躁郁难忍的瞬间她都如此，那个角落早已堆积成山。

姜珀在不开灯的房间呆坐了十分钟，然后拿起手机，摸黑敲着键盘给他发去消息：我们见一面吧。

彼时面前的柯非昱抬眼，向她确认一遍："是真关心我累不累还是在借机分手？"

"真关心。"

"我说不想分，你会怎么想？"

姜珀还是重复以往同样说了不下十遍的话："觉得你累。"

"那你什么感受？会烦我？或者你也会很累？"

"让你累的同时我就在累。"

他点点头："那我告诉你我根本不累，而且就算是我们现在的状态我也觉得还算是个舒服的状态，所以你可不可以就不要提分手了？"

平日一副狂妄嚣张的样子消失得一干二净，他一双黑眼珠里是近乎逞强的笃定，语气里的委屈比哀求淡些，却比恳求深厚得多。

"……摸着良心说，你真的舒服吗？"

"还算舒服，偶尔不。"

"不舒服的点在于——"

"你老谈这个话题。"

心口酸得厉害，她压着艰涩，忍不住质问："凭什么你每次总是要卑微给我台阶下？你也有自尊，没必要一次次忍让我。"

他被问得一脸莫名其妙："一段关系本来就不太可能完全平等，为什么你要觉得我卑微？我喜欢你就是这样。"

柯非昱仍是看着她的，问什么答什么，爽利，没想过掩饰，还是不管不顾的坦荡，就是喜欢她。特喜欢，最喜欢，就是没辙。

许多话在她的喉咙口翻腾却说不出声。

他对她的包容太无底线了，好像一场不切实际的童话，从认识到现在，不断让她觉得虚幻，不可置信。眼眶拼命忍下溃堤而出的酸意，姜珀哑着声音说她这次回来真没抱着说分手的目的，问他信不信。

他反问："我说你说什么我都信，你信不信？"

姜珀摇摇头："不信。"

意料之内的回答，柯非昱并不惊讶，就知道她是这么个人，固执，但他偏偏就爱她这股只看怎么做、不怎么听说的认死理的劲儿。

微风拂过，她的发丝飘动，颈间飘出的香气清冷如故。

借着摇曳的火光，他侧头望抱膝静坐身侧的姜珀。眼前是那张梦回千百遍的脸，眼皮薄，小痣还在，鼻子依然高得不行，该漂亮的都不变，只是那双眼微微泛红，他听着她说。

"你真不累？我的臭脾气你不是不知道，没在一起时就难以捉摸，后来更是变本加厉。患得患失、敏感多疑、摇摆不定……这些都是我的毛病，我不想你继续过这种辛苦的生活，但要放下对我也是一种折磨，我想不通，但我得想通，所以我回来了。"

"平日一个拥抱就能解决的小问题就是会因为见不到面被放大数倍。你是，我也一样。我们不断崩溃，又不断自愈，填不满的思念变质成无尽的焦虑，这些负面情绪我以为不说就能避免影响你，但现在我才发现不论我倾诉与否都会成为刺伤你的箭头。柯非昱，其实被动接受冷处理的你也很累，你只是嘴硬不说。是不是？"

她哽咽间，天边有群鸟展翅而来。

音乐正至高潮处，它们幡然而起，又向四面八方飞去，男女声交叠吟唱，柯非昱沉默不语，许久后，才俯身按上手机屏幕的暂停键。

姜珀看着他紧绷的下颌角，让他说话。

"不觉得累。"柯非昱拿起一罐啤酒。

"你知道什么是真的累吗？"他握着瓶身晃了几下，"是吃药。"

"啪"的一声，大拇指弹开易拉环，满满灌进一口，他的眼睛看过来。

他说，姜珀，我不想再吃药了。

她的心抖一下，但柯非昱很平静，就这么慢条斯理继续给她讲。

"你问过我分手后都在做什么，我也不知道，那会儿心好像被割掉一块，浑浑噩噩的，我真不知道自己在做什么。会在一天的很多个时候想起你，想起我们相处的分分秒秒，反应过来是睹物思人后想过丢东西。丢过，不是没丢过，完了又后悔，跑去垃圾场一个个翻出来，反复几次之后就不丢了，大不了我自己搬出去。

"疯了一阵，把大家折腾得都挺累，疯完了，我也清醒了，好不容易接受你离开的事实，接下来就开始失眠。是真没劲啊，我说这日子过得怎么比死了还难受，里总听见了，转头就拉我去寺庙清修。地儿是真清净，清净到我睡不着。有天晚上我趴窗头，点打火机逗狗，有个弟子起来解手，以为我要火烧山寺，咋咋呼呼把整个师门都喊醒了。

"之后就不让我住寺里了，我偶尔去静坐，图个踏实。失眠的毛病还是挺大，睁着眼一天天熬，实在受不了的时候还偷过赵阙的安眠药。当时不清楚副作用有多厉害，只知道吃完能踏实睡一宿，后来才懂，依赖药物的代价是醒来后嘴里发苦，是精神恍惚，是时不时就会有十几秒失忆了一样不知道自己身处何处。想写点歌吧，老打错字，删了写，写了又删，删了再写。我不是我的感觉，是真不好受。"

"……现在呢？"

他不接，只说一句："你在就能缓解。"

柯非昱转头，眼里的光芒扎扎实实与她对上。

太久违了，不再是面对手机屏幕，而是近在咫尺的思念。那些能不能放到台面上来说的事他都只想和她一起做，一辈子被吃死了，就指着这一个人过。就算是分手后，狠话放了一圈说得连自己都信了，门的那把钥匙依然在她手里握着，谁都打不开。

感情只想和她谈，觉只想和她睡。他猜测自己也有类似守节的心态，有个要命的牌坊在，很可笑，但没办法，拗不过来，就是认死理，非姜珀不可。不是她，都不行。

相遇的那晚，在酒吧，楼上楼下的距离，电光石火间，他认出来了。过了这么年，还是脑子热。心慌，耳鸣，曾经戴着耳机或踩着滑板游荡或在集装箱上闲坐的岁月都跟着她回来了，那瞬间心跳加速得厉害。

记忆翻江倒海全部涌上来，就像做梦一样，连走到她面前的步子都挺虚的，不太真实。的确是仓促了，仓促到他没想好开场白，甚至连"你好"也没说，光顾着点了个头，没时间再细琢磨。

酒吧开业典礼，人来人往，肢体装酷耍帅的惯性让他和友人说笑着，心跳却逼他分出神，脑筋不停转。

大概给出了几十种追她的方案吧，一个一个想，再一个一个推翻。被追的故事可以说上三天三夜，但追人这块，他是真没经验。大概是太看重她，说什么都怕冒犯。谨慎到神经兮兮，束手束脚，特别无助。

现在不必寻，不用等，更不需要隔着遥遥太平洋确认心意，失而复得的人在身边，虽寒露来袭，但起风时一下就可以握紧她的手。

柯非昱这么想着，也这么做了。

他拿开她掌间那杯早已失去温度的咖啡，手伸过去拉住她冰冷的指尖。

从指甲到关节慢慢摸索，顺着肌肤往掌心轻缓地揉。熟悉的肌理，亲近的气息，全是唯独她才能给到的安心。

"所以我真不累。"他说。

他有一种独属少年人的，珍贵的透明心，想法太过纯粹到近乎澄净，以至于姜珀单从对视的目光就一览无遗。

"……我们之间的问题还没解决。"

"没有问题。"他回得很快，"心意没变就没问题，你别单方面断我联系。我不敢发信息是怕你厌烦，你如果真要空间我就收着想念，我什么都答应，我们有商有量地慢慢来。姜珀，我只怕你变心。"

　　这样掏心窝子的话一句一句毫无包袱地抛出来，噎得姜珀如鲠在喉，只觉得胸腔负荷过载快要裂开。

　　下唇咬了再咬，终是扛不下去，视野被热泪浸泡一秒，她偏头，用食指偷偷抹掉轻轻滑落的湿意，吸了吸鼻子："柯非昱，我回来只为了确认一件事。"

　　姜珀别回脑袋，脸偏出个角度看着他："……还喜欢我吗？"

　　声儿不大，只供他能听到的音量。

　　山盟海誓作不得数，都太年轻，所谓的喜欢譬如朝露，如梦亦如幻，十几岁那会儿喜欢的，亦或者一年前爱到头破血流的，反复消磨内耗了那么久，现在一切都还依旧吗？

　　他没立即开口，只是调整了座位朝姜珀坐近了些，然后声音沉沉，半是叙半是叹："何止喜欢，那可是爱不活了。"

　　姜珀的胸口刹那间擂鼓般咚咚，是数万只的小鹿乱撞不停，又好似一墩大石终于落了地。头脑发白作响的下一秒，她落入一个温暖的怀抱。

　　肩膀被柯非昱紧紧揽上，力道温度都是熨帖的，熟悉的手，熟悉的纹路，抚上她的后脖颈又绕回脸侧，来回抚摸着。

　　视线交错间，柯非昱凑上来吻她。

　　唇瓣相贴的瞬间犹如过电，电流一路窜至脚尖，她身体发麻，心悸得胸闷发慌，想要捂心口的手却被他拉着搭上他宽阔的肩背。吻没停，他的动作温柔，妥帖，两个人的额头贴在一起，呼吸声在夜色中很是清晰，再湿凉的时间在这一刻都被拉得漫长。

　　辛辣刺激的酒味全都被渡进她的嘴里，已经这样久了，柯非昱给她的感觉仍是没变，是真上瘾，一碰就受不了。

　　炙热的吻从脸庞游移至锁骨，他喘息得重，让她耳膜鼓动不止，一片绯红从耳根染至脖颈。他捏着她的下巴，撞着鼻子攫取呼吸，她抬高脖颈，抓着他的手臂落下指痕，喘上一声不堪重负的气。

　　水汽将眼睫浸湿凝结成簇，姜珀睁开潮雾的眼："……去帐篷？"

　　柯非昱喉咙滚动一下："好。"

火还在烧，灰烬还在飘，但两人都没管。他把大衣披到她身上，环着背部和腿弯处就将人打横托抱起来。装饰了星星灯的帐篷内，两人仍是亲密。

姜珀紧攥着柯非昱的脖子回吻，他的吻法变得蛮横不讲理，收不住劲儿。扑在她耳边的气息很急，真的很急。滚烫热意袭袭，痒得她近乎瑟缩。姜珀的耳根烫得实在厉害，几近轰鸣，因为某种不知所措，又因为许久未发生的可能性，她的身体本能地收紧——

箭在弦上之际，他却将她的两条细肩带拉好。

柯非昱用拇指内侧拭去她吻出边际的口红，最后珍重再珍重地捧着姜珀的脸，往她已经汗湿的额间落下一记吻。

"……你这是？"

"一起睡会儿觉吧。"他说。

所以在距离日出还有三个小时的帐篷内，柯非昱像个真正的成年人一样异常理智地刹住了积蓄半年的汹涌冲动。情到深处，氛围浓郁，但多攒动多膨胀的反应能说压就压，就是可以什么都不说，什么也不做，只扣着姜珀的五指静默躺下，平复潮起潮落的心绪。

就是克制到了这个地步。

夜已将尽，他鼻腔内有股似有若无的檀香缭绕，听着四面不知名方位秋虫的鸣叫，柯非昱深吸一口气吐出，反而更觉心静。这感觉好比古刹佛音，却又强过听经闻法，甚至比氯硝西泮的药力奏效厉害十倍、百倍。追根溯源，无非一个安心。

感受到她在怀中逐渐柔软的身体，他也放松下来，分享着同频的均匀呼吸，慢慢闭上了眼睛。

倦鸟归巢，四季更迭有序，我也终于找回错过了一整个秋天的你。

图书在版编目（CIP）数据

反骨头 / 艾木西沈著.
—武汉：长江出版社，2022.9
ISBN 978-7-5492-8425-2

Ⅰ.①反… Ⅱ.①艾… Ⅲ.①长篇小说—中国—当代
Ⅳ.①I247.5

中国版本图书馆CIP数据核字(2022)第137072号

本书经艾木西沈委托天津漫娱图书有限公司正式授权长江出版社，在中国大陆地区独家出版中文简体版本。未经书面同意，不得以任何形式转载和使用。

反骨头 / 艾木西沈 著

出　　版　长江出版社
　　　　　（武汉市解放大道1863号　邮政编码：430010）
选题策划　熊璐
市场发行　长江出版社发行部
网　　址　http://www.cjpress.com.cn
责任编辑　李恒
特约编辑　李苗苗
总 策 划　幸运鹅工作室
插　　画　逅止 白昼环形 覃菌 筱四伍见 MOON月
装帧设计　吴穆奕　杜荳
印　　刷　深圳市精彩印联合印务有限公司
版　　次　2022年9月第1版
印　　次　2022年9月第1次印刷

开　本　889mm×1230mm　1/32
印　张　9.5
字　数　290千字
书　号　ISBN 978-7-5492-8425-2
定　价　46.80元